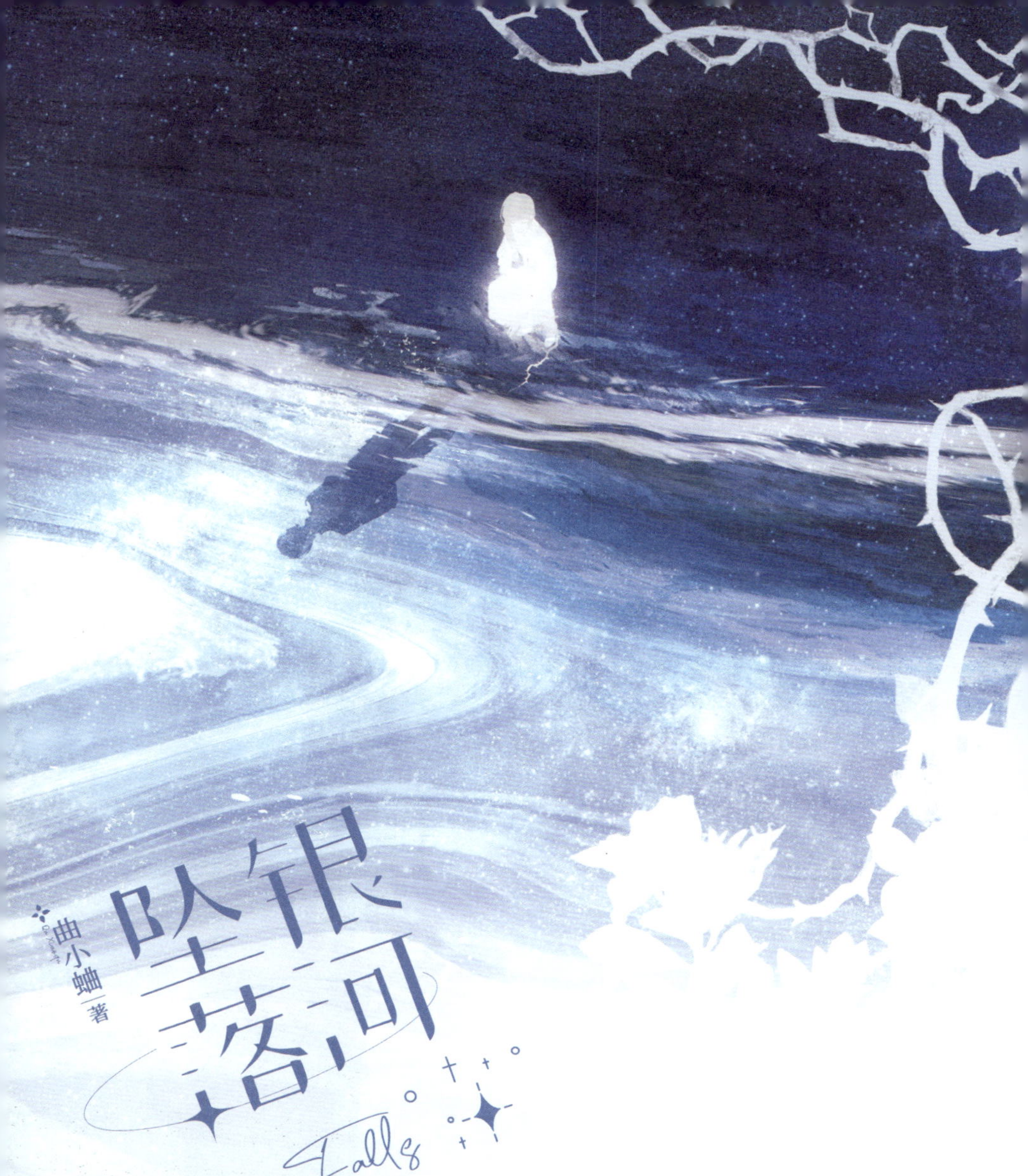

银河坠落

Galaxy Falls

曲小蛐 著

Qu Xiaoqu

四川文艺出版社

那短暂的几秒里，桌后的人懒洋洋地抬了下眼，漆黑眸子在她身上拂过，然后毫无波澜地落回去。

他咬着笔帽，墨迹张扬随意。

只一句话——

山高水远，S大再见。

山高水远，S大再见。

就这一句话，宋晚栀记了整整三年。

隔着被竖立堆排的书切割成多边形的书架空隙，里层过道里，一个女孩捧着一本《无人机应用基础》，微蹙着眉读得目不转睛。

江肆停住。

那张清隽的面孔背着光，阴影拓过他高挺的鼻梁，黑漆漆的眸子晦着浓墨似的——情绪介于兴奋和无奈之间。

僵持数秒，他垂了眼，没出声地直回身，朝书架外走去。

Galaxy Falls

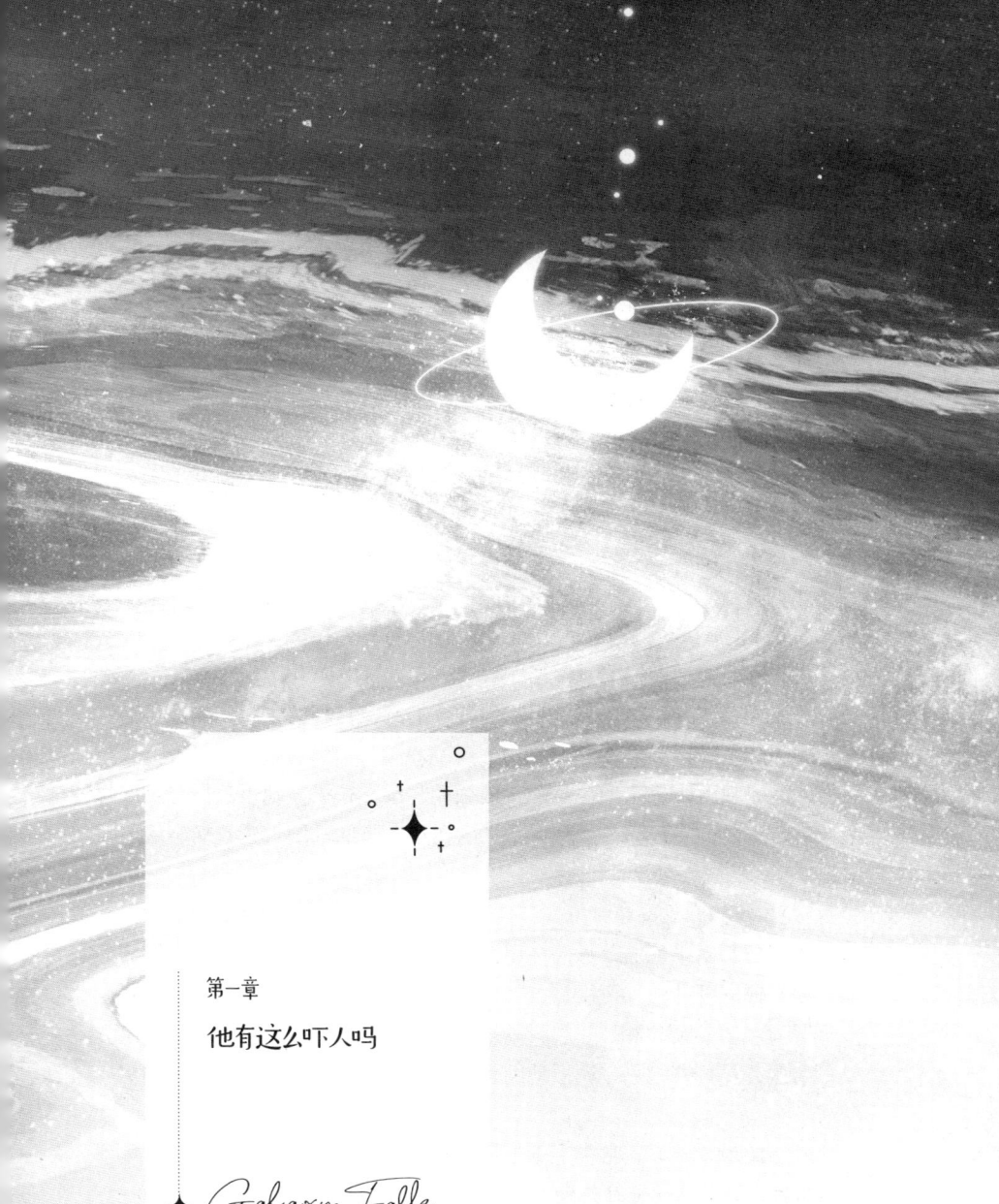

第一章

他有这么吓人吗

Galaxy Falls

夏天的雨总来得急切，像怕误了人间。

一簇青绿的枝叶低矮到玻璃外，和路上行人一样，在这场骤雨里瑟瑟；落下枝头的被雨捣碎，抹得青砖上花红柳绿，一直淹没到窗前。

隔着透明玻璃，趴在窗里桌旁的女孩朝落地窗轻轻呵了口气。水雾一瞬就笼上玻璃，把外面那个世界洇得模糊起来。

她伸出手指轻点，热度化开，于是冰凉的水雾里透出一孔安静的窗外世界。

街对面，S大校园的西墙在雨雾里若隐若现。

就在此时，店门口的风铃摇曳响动，有人冒雨冲进门内。

宋晚栀停了几秒，微微直身。她回头的间隙，那两张陌生的女生面孔正抱怨着从她桌旁走过去。

大概是对方带进来的凉意冻得她微绷起肩，长裙被她用手指轻轻拢紧，仍遮不住的半截颜色就藏在拂动的裙边，脚踝纤细，透着病态孱弱的白。

"这位小姐，您的茶续好了。"

男服务员给半凉的菱形高杯里添上滚烫的水，热气升腾，宋晚栀蓦地回神，轻声接过："谢谢。"

"不客气，请您慢用。"

男服务员拎着银色金属质地的长嘴壶，在散漫敲窗的雨声中踱回柜台前。

开店的最怵雨天，常常半下午见不着什么客人。点完单的女服务员无事可做，背对店里靠在柜台前，压低声音："哎，她又来了啊。"

"嗯？"男服务员抬头，然后顺着同事的目光看去窗边。

白色长裙在雨前摇曳。

——像株轻易就能折断揉碎的栀子。

男服务员停了会儿,转回来,假装不在意:"每周六下午3点,11号桌都会被预订,你还没习惯?"

"就是觉着奇怪,干吗跟打卡上班似的,这都第四周了吧?"女服务员悄声,"你说那个订桌的男人是她什么人,俩人要这么雷打不动地赴约?"

"谁说雷打不动了?"

"啊?"

男服务员把手机顺着柜面一推:"3点7分,他迟到快十分钟了。"

"哟,还真是。"

宋晚栀低着头,轻轻抚过打磨莹润的杯沿。

冒雨进来的两人和她背对着,在角落的桌旁小声交谈。雨里的小店清寂安静,细碎的说话声悄然溜过她耳边。

"都怪这破雨,来得也太不是时候了。"

"什么事啊,这么急?"

"明天新生报到日了嘛,我们部群里刚通知,今天校学生会提前开统筹会议,副部长以上的都要到。"

"你现在还是干事啊,也要去吗?"

"不是我!副部以上欸,校学生会副主席肯定要列席的!"

"噢,我懂了——你想去看江肆?"

宋晚栀抚过杯沿的指尖蓦地一抖,像是被水汽烫到了似的,心跳加快几拍,下意识想回过身去听她们说什么,但最后还是按捺住了,垂回眼去。

身后话声伴着雨声滴答。

"哎呀,我是那种人吗?主要是去学习部长们的工作安排,顺便……顺便一睹江副主席的真容嘛。"

"看你这点出息。进学生会一年了,还没看够啊?"

"你是不知道,我们江副主席一整年神龙见首不见尾,除了重要活动必须列席时,根本见不着他几回。听说他天天泡在他们自动化系实验楼区搞什么无人机,实验楼又不让随便进,想看都没的看!"

"要真那么喜欢，怎么不干脆去表白？"

"表白？得了吧……那可是江肆，哪轮得着我啊……你没见学校论坛里扒的吗？他前女友全是那种漂亮又浓艳的大牡丹花类型，无一例外欸，不是这种的他根本都不会看。"

"也是。"

女生的话题在叹气声里转走。

半晌，宋晚栀抚紧杯沿的指尖才慢慢松开。她低眼看着，指腹压出一道浅浅的白痕，然后慢慢被血色充盈，浸满。

杯内水面轻轻摇晃。倒影里的女孩五官素净，不见上妆，瞳仁乌黑，是很澄澈干净的那种漂亮。

但和"浓艳""牡丹花"，显然一点都不搭边。

"呼。"女孩低头，吹皱了茶面，也揉碎了上面的人影。

半小时在檐下由急到缓的雨滴声里过去。

等店门再次久违地被推开，探头的是一个穿着快递员服饰的小哥。他进来几步，有点不确定地对柜台后的服务员说："你们这里有姓宋的客人吗？有她一个同城快件。"

"客人？"服务员疑惑地抬头，"客人的快递怎么会送到我们这儿？"

"寄件人就是给的这个地址，说人应该就在这家店里……"

"可能是我的。"

像沁过凉雨的声音熨过耳边。男服务员意外地回头，看见窗边的女孩不知道什么时候走过来，没什么动静地停在门边。

核对过信息，女孩低头在单上签字。

快递小哥有点迟疑："寄件的那位宋先生让我再捎句话，说公司临时有事，过不来，很抱歉。"

"没关系。麻烦您了。"女孩递回纸笔。

枯等将近一小时，她的声音却听不出任何失落或恼怒情绪。

男服务员意外地看着。

风铃声再次响起，然后归于静寂。

宋晚栀对着空落落的门口低了视线，转回："那杯茶的账，请您帮我结一下吧。"

"啊？哦不用的，订桌的先生提前说过，所有账单记在他那边，我们不能额外收您的钱。"

沉默一两秒，她垂眼，睫毛轻拂浅茶色的眸："好，谢谢。"

男服务员没来得及再说什么，女孩转身离开。

那道背影走得很慢，但门口那块玻璃很窄，很快就再看不见她。

"还看？"女服务员过来，叩桌，"魂儿都给你勾走了啊？"

"别瞎说。"男服务员咳嗽了声，继续擦柜台。

"哟，还不承认？每次人家一来，你那眼神就差贴上去嘬两口了，"女服务员撑着脸嘲讽，"那么好看？"

"好看是好看，可惜。"

"可惜什么？"

"你没注意？"男服务员撇了撇嘴，低声说，"她是个瘸子，就是没那么明显。"

窗外啼声一寂。

风终于停下来，枝头的鸟抖了抖潮湿的羽毛，衔起半帘雨青云昧，扑棱棱地飞去街对边的西墙内。

S大校园里。

林荫道上雨声滴滴答答地敲着石砖，天不下了，树还在下。

这会儿学校里空荡荡的。明天才是正式的新生报到日，除了参加夏令营的新生，像宋晚栀这样提前几天领钥匙到校的没多少；老生们的返校时间被刻意往后推了几天，免得乱。

宋晚栀抱着那个快递送来的薄薄的文件袋，慢慢走在树下，纯白的长裙像败落的花瓣一样垂着，洗得娟白的裙尾缀上了几颗泥点。

她走得出神，直到显示着"妈妈"的电话打进来。

"栀栀，回学校了吗？"女人在电话那头声音轻柔地问。

"嗯，刚进校门。"

"今天你——"对面迟疑了会儿，"和他聊得，还好吗？"

宋晚栀默然望了眼手里的文件袋："……嗯。挺好的。"

"好，那就好。"

女人很单纯，四五十岁了也还是没变。坏处是识人不淑，总是被男人们骗；好处也是好骗，所以很轻易就能相信和被安慰到。她开始笑着嘱咐宋晚栀注意身体之类的。

还是那些每次在电话里都会聊起的话题，见不到的人总是百提不厌。

宋晚栀安静地听，也温和回应。

通话接近尾声，电话里的女人却例外地突然想起什么："栀栀，上次你外婆说的那个事，你去问过了？"

"什么？"宋晚栀下意识问。

"就住她隔壁的老太太家的小孙子，不是也考在 S 大吗？以前两家来往过的，论村里的辈分算远房亲戚呢。不过他家里人都搬去 P 市那边了，你找着他问问，别不好意思，你外婆和人家老太太也讲过的。你说你考这么远，有个认识的照应一下，总比自己没亲没故地在那儿好……"卢雅温暾着声絮叨。

宋晚栀却慢慢停下来。

她停住的路旁是一排长长的宣传栏，陈列着上一学年各院系的表彰名单。

她面前这几块宣传栏归属信息学院的自动化系。那些五花八门的奖学金和竞赛项目的表彰列表里，几乎每项都有一个重复的名字，以及同一张两寸照片。

照片里是个意气风发的少年。

比寸头稍长一些的黑发，反衬得他肤色沁着冷淡的白。双眼皮很深，开扇形，卧蚕饱满。眉骨与鼻梁如青峰连绵一般完美相连，因此轮廓深挺而立体，下颌折角流畅凌厉，勾勒得正颜与侧颜都毫无死角地清隽。

侵略感很强的长相，明明慵懒却也张力十足。

"说起来那个孩子叫什么来着，"卢雅犹豫，"你看我这个记性，怎么就给忘了。"

"江……肆。"

望着照片下的署名，宋晚栀轻声念。

"哦，对的，是这个名。"卢雅松了口气，又笑起来，"你找过他了吗？他和你平辈，比你大些，见面记得喊'哥哥'……"

"找过了。您别担心。"

树下的少女眉眼温软地说着谎，转身。乌黑纤细的长发被潮湿的夏天的风掀起来，轻拂过照片里少年桀骜恣肆的眉眼。

雪白的长裙略微滞涩，慢慢走远。

比大人们知道得都久。

她已经认识他很多年——虽然只是单方面的。

宋晚栀是 S 大这届自动化系 1 班的学生，宿舍分在女寝 2 号楼的第一间学生寝室，104 间。

明天才是正式报到日，寝室里四个床位空着三个。宋晚栀提前到校几天，早就习惯了寝室里寂静无人。

打开文件袋，倒出来是一个信封，褐色的牛皮纸，里面薄薄一沓。信封上没留下任何笔触或痕迹。

宋晚栀没拆，她知道是什么。把它放进包里后，她习惯性地拿起桌上的小台历，在今天那个数字上轻轻画了个圈。

再有两个月，她就要满 18 周岁了。法定抚养金也领到那一天。

宋晚栀放下台历，轻呼出一口气，换上浅杏色上衣和牛仔长裤重新出门。走之前她没忘从包里拿出眼镜盒，把那副有点木讷的黑框眼镜取出来，戴上。

黑框眼镜，她的防"扰"必备——高中三年能心无旁骛地学习，基本全靠它。

今天是在便利店兼职的最后一天。

宋晚栀把信封里的钱存进 ATM 机后，提前十五分钟到了校外。还在假期，学生都没返校，这家藏在大学区街角的小便利店里也没什么客人。

"小宋来啦？"店长跟她打过招呼，交代几句结工资的事后，把工作围裙递给她，"今天不用你收银，就把促销台上的旧货品下下来，把新货品摆上，然后你就下班吧。明天开学吧？别耽误了。"

"好，谢谢店长。"

促销台是店里一个低矮的圆柱形小展台，靠在墙角，促销的货品会在展台上摆成造型别致的一圈，供客人挑选。

宋晚栀挺喜欢这项工作的,像堆积木一样。

耐心地"堆"完展台上的造型,宋晚栀搬着店里的小凳子,绕去展台后面的墙角。

她左脚踝处有处旧伤,不能久站,好在展台很矮,坐着小凳子也不耽误。宋晚栀扶着膝盖,趴在堆得高高的促销货品后面,一件又一件地摆起稀奇古怪的造型。

天色渐晚。

摆完最后一件,宋晚栀微坐直身,仰在墙角前安静地欣赏自己的"作品"。

就在此时,脚步声从促销台外走近。

最早过来的是个怨气满满的大嗓门:"今天竟然输给外联部那帮人,耻辱啊!真的,要不是我把护膝护腕忘家里了,他们想赢我宣传部?门都没有好吗!"

"行了,你最牛。"有人漫不经心地笑了。

那副嗓音仿佛天生缠着低哑戏谑,对谁都是一样地撩拨。

促销台后,听见那个声音的宋晚栀却蓦地滞住,身影僵在墙角荫翳里。

外面两人未察,仍朝这边过来。

走在前面的元浩听得大喜过望:"真的假的?连你都这么说,看来我今年球技大长啊。那你快帮我选个最帅的护膝颜色,回去就虐死那帮家伙!"

008

"……"

两人走到货架前,一道清挺身影停下。

只隔着几十厘米的距离,谁也没看到藏在货品后雕塑似的女孩。

宋晚栀屏息,无声地望。

那人撑着长腿站得很近,目光沿着货架,由外向里懒懒扫来,随口道:"黑的吧。"

"啊?为什么?"

低哑嗓音压低,发出一声冷淡又骚气的笑:"耐造。"

字音落时,江肆细长的手指停顿在货架尽头的护膝盒前。

一两秒后,他微侧过脸,对上墙角里一双浅茶色的湿润惊慌的眼。

宋晚栀已经快要忘记有多久没亲眼见过这人了。

大概两年零三个月。

最后一次见到江肆是在她高一即将结束的那个夏天。

那年的夏来得格外早些,烈日炎炎,他站在校广场中间很高很高的石阶上,漆黑的眼懒懒地俯着全校师生方阵。风鼓起少年的衣襟,敞着的校服衣摆被吹得恣意飘扬,与他修长的身影相映,像高台上最张扬挺拔的旗帜。

千篇一律的发言里,台上的人个个正襟危立,只有他站不成站相,唇角牵着漫不经心的笑。

那是高考前的誓师大会,也是月末例行的奖惩仪式。

江肆领完竞赛奖状后没下台,就退后两步站在旁边,直等到念检讨的学生们灰头土脸地上来,又一个个下去——

他再次上前。

师生方阵里响起压低的哄笑声,个别老师都绷不住。

拎着奖状做检讨,江肆大约是安乔中学有史以来第一人。偏偏这一幕对他来说从来不算新鲜。

"等太久,忘了,"少年叩了叩话筒,神态颓懒又张扬,"那就……同上吧。"

底下师生还蒙着,江肆已经退后一步,懒洋洋地行了个躬身礼,散漫敷衍到极致,眉眼浸着的那点嚣张笑意却也撩人到极致。他对着脸都青了的领导们一招手,转身下台。

……

"啪。"

细长手指在她眼前捏了个清脆的响指。

宋晚栀蓦地回神,抑着惊慌抬眸。

记忆里那人此刻就近在咫尺,已经懒洋洋地直回身:"想什么呢小朋友?"

"……"

宋晚栀的唇颤了颤。

他大概就是随口一问,所以没等答案就转回去了,余光都没留下半分。

　　而到此时江肆回过身，宋晚栀才看见，他今晚穿得单薄，上身就一件领口松松垮垮的白色线衣，黑发收拾得干净利落，修长的颈线完全暴露在光下——

　　大片的红色荆棘文身，像烈火一样探出白衣，缠绕攀附在他后颈。

　　与他的冷白皮相衬，更灼得她眼里发涩。

　　拿起的护膝盒被江肆随手抛给身旁的人。

　　元浩手忙脚乱地接住："人家要是没成年，你这可是在犯罪。"

　　"我犯什么罪？"

　　"开荤话，教坏未成年啊。"

　　"咻。那也算荤话？"他侧迎着光，半低着头拿出手机，边摁边笑，"改天找个机会给你念几句，长长见识。"

　　"我去，"元浩双手交叉护在胸前，"你到底还是骚到男女不忌这一天了，是吧！"

　　"你不行。我挑食。"那人散漫地应。

　　回神的宋晚栀被迫想起他俯到身前的那句，雪白脸颊一下子就灼上嫣红。

　　她慌忙低头，扶着货架起身。

　　只是还没迈出去第一步，她停住了。

　　货架到促销台之间也就半身的空隙，那人的身影在出口外挡了大半，让她进也不是退也不是。

　　女孩举步维艰，艳红浸透了脸颊也不敢出声，元浩看不下去了："嘿，江副主席，堵着人家小姑娘耍流氓，是不是有点过分了？"

　　"？"

　　正回信息的江肆略一撩眼，顺着元浩的示意回身。

　　低着头的女孩被他堵在身后十几厘米的货架墙角里，站起来也还是像方才躲在角落里一样纤瘦，额头还不太及他肩头。

　　下颌尖尖的，雪一样地白，唇似乎微微咬着，从粉色间迫出一点深红来。

　　江肆眼皮一跳，退开。

"哦，"他语气如常散漫，"抱歉。"

"没……关系。"

没了距离遮蔽，江肆看清了。

女孩低着眼，乌睫还轻轻地颤。似乎怕他怕得厉害。

——他有这么吓人吗？江肆微微挑眉。

像是验证了他的想法，得了空隙的女孩有些慌乱又迫不及待。她从货架和展台间出来，就匆匆又滞涩地走过他面前。

长垂的乌黑发丝盘踞在她雪白纤细的颈，擦过那一秒，江肆嗅到她身上有种淡淡的苦茶香，涩然又清凉，像雪里钻出的纤弱叶芽。

茶香最末，涩尽甘来，一点蜜意钻心入骨地勾人。

栀子香。

江肆眼皮又跳了下。

等女孩走过去了，他才不轻不慢地撩起眼，视线跟上她细白的颈。

元浩跟着看了几秒，然后露出意外的神色。

等那身影消失在视线里——

"欸，"元浩回头，"这小姑娘好像是个瘸——"

江肆眉眼一收，懒耷下漆黑里点着微光的眸："有没有点礼貌。"

"？"

元浩噎了半天，等那人转身往外走了才反应过来，气哼哼地跟了上去："江副主席这是认识人家啊，这么维护？"

"是有点眼熟。"

"？？"元浩显然不信，"你这年纪越长，泡妞水平越回去了。还眼熟，你以为你是宝玉哥哥呢？"

江肆笑了下，取了烟盒晃出来一根，不以为意地咬进唇间："你什么时候见……"他回头，眸子点漆似的透着淡淡嘲弄，"我碰过这种乖乖女？"

元浩语塞。

这倒确实，实得全校皆知。

几分钟后。

目送着一路上第三个被敷衍走的女生，元浩叹气："对不起，我忘了，你一直是被泡的那个。"

"嗯。"江肆轻抵着烟头，嗤笑，"这不是我人生准则吗？"

"什么准则？"元浩顿住，"噢，就你那不主动、不在意、不挽留的三不守则？"

"……"

江肆突然没动静了。

元浩走出两步才察觉，回头看去。那人摸出手机停在原地，几秒后，看着昏暗里荧荧发光的屏幕，咬着烟，微皱起眉。

路灯光影将他眉骨薄削得深挺，就连皱眉也多了几分肆意的性感。

元浩拍了拍塑料袋："学生会又有事了？"

"不是，我奶奶。"江肆疏懒了眉眼，揣回手机。

"啊？"

"让我照顾一个什么……"江肆拿下了烟，走到垃圾桶旁摁灭，"远房妹妹。"

"咱学校？哪个专业的？"

"不知道，懒得问。"

元浩笑起来："可以啊，谁家长辈这么大胆，让你照顾妹妹？这不是送羊入狼口吗？"

夜风拂来一阵茶花清香。

江肆停了几秒，随即回神。

"滚，"他走出去，低哑嗓音在夜色里拖得懒慢，"兔子还不吃窝边草，何况我这种有原则的人。"

"……"

新生报到日大概是每个学年最杂乱繁忙的一天。

宋晚栀吃过早餐，拿着从跳蚤市场预买的旧教材去了图书馆——今天学校里到处都会吵闹得厉害，大概数这里最清闲。

图书馆里有大片的落地窗，阳光肆无忌惮地洒在馆内，黄白木桌被釉上一层夏意，翻动的书页间仿佛都能生出花来。

宋晚栀很喜欢这样安静的、不必匆忙的时间，随着天边的太阳朝生暮死，除了午餐和散步，她在图书馆里度过了一整天。

傍晚时候她才离开，穿过被新生们搅扰了一天的校园，向女生寝室楼走去。

104 的寝室门没关。

宋晚栀站在门外犹豫了会儿，还是抬手敲了敲门，然后才推门进去。

空旷了很久的寝室地上堆满了行李和桌椅，乍一望去无处落脚，宋晚栀有点怔然地停在门口。

"咦，刚刚是不是有人敲……门？"一个女生从屋里探出身，对着宋晚栀一呆，"你是？"

宋晚栀刚想开口。

"啊，你就是最早到，结果一天都没露面的那个宋晚栀，对吧？"留着梨花烫中短发的女生弯眼笑起来，朝她伸手，"你好，我叫王意萱，住在你对铺。"

宋晚栀上前，晃动着纯白长裙微微滞涩："你好。"

王意萱呆了下，下意识问："你摔到腿了吗？"

"小时候留下的旧伤。"宋晚栀并不介意，轻声答道。

王意萱脸一红，露出尴尬无措的表情："对、对不起啊。我……那个，我不是故意的，我不知道——"

磕磕巴巴的说话声被转椅的轮子碾碎。

从宋晚栀斜对角的视线盲区里，一把电脑椅缓退出来。

椅子里坐着个女生，让人第一眼注意到的就是她那一头乌黑笔直的短发，发尾像被一刀劈断了；而再对上她面无表情的眼神，又会让人觉得那是她拿眼刀劈的。

仿佛每一根头发丝都缀着"酷女孩"的标签。

"邢舒。"

"酷女孩"只留下冷酷的两个字，就把机械感十足的耳机扣回去，椅子也被拉回电脑桌前。

邢舒这一打岔，王意萱明显松了口气，她凑近两步捂着嘴，小声对宋晚栀说："邢舒就这样，不针对谁，我和她一块儿到的，她今天一天加起来跟我说了不到十句话。"

"……嗯。"

宋晚栀没什么朋友,以前也没住过宿舍,因此即便是同性,她也不太能适应对方这样亲近的距离。但担心退开会让王意萱尴尬,她只好微垂下眼,藏住那点不自然。

"邢舒跟我连床,住你斜对铺,然后和你连床的是康婕,大美女!"王意萱用张大一倍的口形表明了赞叹,"不过她在阳台上接家里人的电话,应该——"

话声未落,阳台的玻璃推拉门唰的一下被拉开。

"好了好了知道了,"披着栗色大波浪卷长发的女生嫌弃地举着手机往里进,"不堵车才一个小时的车程,还没我上初中那会儿远,别念叨得跟我出国了似的好不?"

不知道对面又说了什么。

"好好,周末就回,挂了,么么。"女生敷衍又迅速地挂断,抬头时一甩长发,对上宋晚栀,愣了下,"新室友?"

没等宋晚栀开口,王意萱笑着替她说了:"她就是你旁边那个床铺上贴着的,名字特别好听的宋晚栀。"

"我是康婕,"女生挥手,"喊我'康姐'或者'婕婕'都行。"

波浪卷发下那张面孔漂亮得近乎艳丽,宋晚栀在心里认同了王意萱说的那句"大美女"。

"正好人到齐了,走,今晚校外撸串,我请客!"康婕以和那张妩媚脸蛋完全不符的豪迈气势一挥胳膊,率先向外走去。

"……"

宋晚栀的婉拒没有任何出场机会。

尤其在邢舒皱了几秒眉都扯下耳机起身的情况下,她只好放下背包,也跟上去。

S大校园的占地面积,委实可以用"广袤"形容。

从宿舍楼一路到北门外的烧烤园,天色都被她们走得黑了下来。

"烧烤园"店如其名,就是室内室外圈起来的一大块园地。室外露天的占大部分;用深色的塑料布搭起长方形的大帐篷似的空间,夏天防蚊,冬天避寒。

今晚新生报到第一天，店里生意却格外火爆。

"没地方了吗老板？"康婕轻车熟路地进了园子，完全不像个刚来的新生。

老板一边在煎炸的油烟中间忙活，一边抽空问："几个人啊？"

"四个。"

老板把手里烤着的翻了面，回头扬声问："小井，最里面大棚子还有桌吗，四人的？"

"好像还剩一张。"

"那你领她们过去吧。"

"好嘞。"

宋晚栀落在最后，走得很慢，细白的胳膊和指尖不安地垂在裙边。

她有点后悔出来前没戴那副黑框眼镜了。

那一件纯白长裙在夜色里格外显眼，而她肤色更白，在棚间随意支起的灯火下半点不逊月色。即便她低垂着头躲藏着眼光，还是被一些目光肆无忌惮地瞄上来打量。

可她没办法走快。

短暂却又漫长的一段路后，宋晚栀终于到了支起的棚前。

没比她快几步的三人刚进去，康婕的声音从吵闹的背景音里传出来："今晚怎么这么多人？"

"嗐，你们也是 S 大的吧？今晚你们校学生会聚餐，这最大的棚子都让他们占了。"

雪白的长裙尾摆擦过深蓝色的棚布，在那句话声里蓦地一停。

校学生会，聚餐？

宋晚栀还未来得及反应。

"这怎么回事？怎么又领人进来了？"最靠外那桌一个男生站起来，不悦地问，"刚刚已经跟你们老板娘商量好了，这个棚子我们今晚包场啊，你们怎么安排的？"

随着男生开口，棚子里的笑闹声慢慢停住。

几桌目光齐刷刷压了过来。

宋晚栀下意识地抬眸。

不知道是那个人太过引人注目还是别的什么原因，只一眼，她就望见了几桌正中——江肆正慵懒地抬着眼靠在桌旁，薄唇间叼着根没点起的香烟，要掉不掉，开扇形桃花眼噙着笑，整个人都松散得漫不经心。

——却又勾人得要命。

就在宋晚栀失神的那一秒，那人仿佛察觉了什么。

薄唇间的香烟被轻轻挑起，他眼帘一掀，漆黑眸子沾着未退的笑，隔着灯火和缭绕的夜色懒懒望过来。

目光相合，俱是一寂。

"咦，"江肆身旁坐着的元浩都愣了下，压声问，"这不是昨天便利店那个——"

话刚说一半，两人视线里穿着纯白长裙的女孩回了神，下颌尖尖的脸好像都吓得更白了点。她迅速扭头，惊慌地躲掉了江肆的目光。

看侧影，仿佛下一秒就要夺路而逃。

江肆唇间抿着的香烟轻轻一顿："？"

他是能吃了她吗？

元浩都有点难以置信。

"嚯，这是装不认识啊？"等反应过来，他乐得转回头，"这可是我见过的第一个不但不受你魅力影响还畏你如虎的小姑娘。你快反省反省，到底对人家做过什么十恶不赦、人神共愤的事？"

江肆轻睐了下眼，细长手指间银色打火机翻转几圈，被他勾回掌心。一点情绪从他眸子里泛起，旋即又被压了回去。

"我怎么知道。"他拈起酒杯，随口道。

元浩琢磨了会儿，断言："肯定是你那天那句'耐造'吓着人家小姑娘了。"

江肆无声一哂，落回视线。

不远处的棚子入口。

宋晚栀绷紧的薄肩慢慢松下。她余光见那人已经挪开眼，好像什么事都没发生一样，心里的紧张和慌乱退了，却又后知后觉地咕嘟起几颗酸涩的泡泡。

他大概已经忘记见过她了。

这样也好……这样才好。

宋晚栀轻轻做了个深呼吸，像是要把心底那些酸泡泡吐出来。她重抬起眸，望向身前一两米处还在交涉的康婕几人。

叫小井的店员正赔着笑："外面实在没地方了，商量商量，反正那空桌你们也用不上。"

"商量也不行，说好了的事。"之前起身的男生表情难看，"我们副主席和部长们都在呢，我要是答应了你们这边，校学生会正式聚餐让外人插一桌，这得算当着各部门的面丢内联部的人——回去部长不骂死我才怪。"

店员还想说什么。

"算了。不让就不让，我们换个地方。"康婕有点不耐烦，回过身正巧对上门口的宋晚栀，迟疑了下，"你……脚没关系吧？"

宋晚栀醒神，微微摇头："几步路，没关系。"

"那——"

"学长！"突然跑过来一个女生，停到内联部那个负责的干事身旁，"主席说聚餐而已，用不着赶人。"

内联部男干事不确定地问："江副主席说的？"

"嗯。"

男干事表情古怪地抬头，目光在店员身后的四个女生身上一掠而过，最后停在为首的康婕脸上。

一两秒后，他露出"原来如此"的表情。

"好吧，反正都是学妹，以后说不定也是我们学生会的人。你们过去坐吧。"男干事笑容一展，热情地把她们领过去了。

说是单独一桌，但离学生会那边最近的一张桌连三十厘米都不到。

宋晚栀和王意萱坐在一边，王意萱在她坐下后迅速撇过脑袋来，小声嘀咕："这学长变起脸来也太快了吧？"

话声刚落，才离开的男干事笑着凑过来了。

王意萱吓了一跳，连忙直起腰假装自己什么都没说过。

不过男干事显然没听到，将手里的烧烤铁盘往桌上一搁，不偏不倚就在康婕面前："学妹们别客气啊，这是我们点多了的——他们店今晚人多,上菜肯定慢,你们先吃着。"

康婕有点莫名其妙,但还是接了:"谢谢学长。"

"哎,这位学妹,"男干事弯下腰问,"你跟我们江副主席认识吗?"

康婕挑眉抬头:"江肆学长?"

男干事眼一亮:"果然认识啊。"

"我认识他,他不认识我啊。"康婕笑着低头翻菜单,"我是S大附中的,你们副主席的名号两年前就传过去了,那句'S大和江肆,至少得上一……'喀,全附中还有谁没听过?"

"啊,你们不认识?"男干事愣了下,似乎很意外,随即又笑了,"没事没事,早晚会认识的。"

"?"

对方没再说什么,转身回去了。

但那几桌仍时不时有人往这边看,目光尽数是奔着康婕去的,还常传回几声笑来。

康婕莫名其妙地扭回头:"他是不是喝大了?"

"才不是呢,"王意萱低头,露出打趣暧昧的表情,"我知道他们为什么这个反应。"

"为什么?"

"学校论坛早就有个帖子,不知道哪位神通大牛扒出来了江肆所有前女友的照片,"王意萱朝康婕眨眨眼,"全都是像康姐你一样的超级大美女、人间富贵花。据说江肆自己都承认了,他就喜欢这一种类型!"

"所以?"

"很明显呀,江肆看在你的面子上才让我们进来拼桌的嘛。"

"……"

两人聊得热闹,学生会那几桌的声音更躁动环绕。

背景音纷杂得像海潮,一浪高过一浪,汹涌地冲撞拍击着。海里有叶小舟,在铺天盖地的海浪里窒息地漂荡。

宋晚栀安静地低着眼,望着菜单。

其实这不算什么。真的。

毕竟他传闻里的前女友们她都亲眼见过,在很多个角落。

喜欢上一个人以后世界会变得很小很小，好像无论你走到哪里，都能听到他的名字、看见他的身影。只是那些恣意又张扬的笑容，那些慵懒又散漫的目光，示威地挽着他胳膊的手，企盼地接近他下颌的唇，从来都不是她的。

她只是站在一个很远的角落，藏在影子里，一直难过又安静地仰头望着他罢了。

而说起难过，这点议论和玩笑更不算什么。

宋晚栀见过江肆被别的女生亲吻，那大概是在某天傍晚的运动场，她一个人坐在空荡荡的看台上。台后他倚着斑驳的红墙，咬着烟侧迎着，很淡漠地笑了下，余晖碎在他眼角，揉成不屑还是别的什么。他拿下烟朝那个女生勾了勾手，女生抛下了矜持就吻了上去。

于是单词书成了一片空白，白不过女孩孱弱攥紧的手指尖。

她竭力扭过视线，没去看最后一眼。

那其实也没什么，很正常的，宋晚栀知道，大概没多少女生能承受住江肆那样的蛊惑。所以他从不主动，更不需要，就算被戏称"渣得明明白白"的三不原则一直流传着，也永远有飞蛾扑火。

她也是飞蛾。

只是她隔着不可逾越的透明玻璃停在雪地里，望着窗内明亮的火。她心里太冷了，她多渴望那一瞬的滚烫和灼热，哪怕被烧成灰烬。可她的理智又知道，不是每一只飞蛾都有那样不顾一切的自由和资格。

至少她没有的。她的自尊不允许她重蹈卢雅的覆辙。

"……晚栀？晚栀？？"

提高一截的音量让宋晚栀蓦地回神，侧眸望去。

"你手机响，响了。"王意萱愣了下。

近在咫尺，女孩勾翘的眼角微微泛起薄红，浅茶色的眸子像釉上层水色，潮湿、干净。

宋晚栀慢慢回神，察觉到，拿起振动的手机："抱歉，我……出去接一下。"

"哦，哦好的。你去吧。"

等那个背影消失在棚子外，王意萱才呆呆地转回来，问："你们有没有觉得，晚栀的眼睛好好看哦。"

"花痴。"康婕笑话道。

王意萱脸一红："真的！之前她戴眼镜我都没注意，近距离看特别好看！就……就网上说的那种又纯又欲的感觉！"

"你别是爱上晚栀了吧？"

"哎呀，康姐你又开我玩笑！"

"……"

这通电话是卢雅打来的。

宋晚栀没什么朋友，卢雅和那个人离婚以后就连亲人也没多少了。手机通讯录里存着的号码不过那么几个，会联系她的也只有母亲。

烧烤园里吵闹得厉害，宋晚栀捂着话筒都听不清，只好沿原路出去，到园子外面的街边。

顺着矮墙又走了几十米，宋晚栀拐进一旁岔出去的巷子里，身旁终于安静下来。她停在墙前，脚边树影像海浪似的轻轻摇动，夜色混着月色，倦懒地卧在树顶。

"栀栀，你是在学校外面吗？"卢雅听她这边静了，主动问。

"嗯，今晚有室友聚餐。"

"室友？嗯，这样好，这样才好，以前我就觉得你该多交几个朋友的，外向一点……"卢雅絮叨过交友论那一套，才想起正事来，"栀栀，你昨天是不是跟我撒谎了？"

宋晚栀怔了下，想起骗母亲说已经去找过江肆的事，她一时心虚，默然几秒才轻声问："什么谎？"

"宋昱杰傍晚给我打电话了。他说他昨天公司临时有事，没能过去和你见面。"卢雅轻轻叹气，"你怎么却和我说，你们聊得很好呢？"

宋晚栀没答，只微微蹙眉："他为什么给你打电话？"

卢雅一默。

宋晚栀把手机攥紧了些："我们说好，他不可以再联系你，就算联系了，你也不要理他。"

"这……这不是你刚到大学吗？"卢雅迟疑，"他想给你送些日用品，问我方不方便去你学校里——"

"不方便。"宋晚栀的声音轻柔，却斩钉截铁，毫无余地。

她鲜少会打断别人说话，对卢雅就更是。卢雅讪讪片刻，又叹了口气："栀栀你不要生气，你不想他去我会跟他说的，叫他不要去打扰你。"

"是不要打扰我们。"宋晚栀轻声纠正。她像是被落下来的影子压得微微低了头，长发垂过她肩颈，藏起她苍白清秀的眉目。缓了半晌，她才终于找回情绪平静的声音："既然从前没有负过责，以后也就不要负了。"

"他就是想弥补过去……"

"过去没办法弥补，过去就是过去了。"宋晚栀安静地说着，"我成年前的最后两个月，领抚养金还是会按他说的方式。两个月之后不要再见面或联系，这是我对他的唯一要求。"

沉默过后，卢雅叹声："好，妈妈听你的。"

"……"

手机屏幕熄灭后，宋晚栀又在夜色里站了很长时间。

她仰头看着枝叶缝隙间漏出的细碎星子，像夜空被戳破的空洞；云很低很低，仿佛随时都要倾压下来。

她记得宋昱杰很多年前离开的时候也是这样一个夜晚。

那晚镜子里五六岁的小孩哭得嗓子都哑了，最喜欢的那条裙子也被磕破了，血迹像梅花一样开在裙摆，而那个男人提着行李箱的背影在夜色里越走越远。

他没回过一次头。

那就别再回头。

十几年后中途悔过，做一副父女情深的姿态，只会叫人发笑罢了。

宋晚栀这样想着，却笑不出来。

她只觉得今晚格外地累，像是被抽干净了力气。她逼迫着自己一点点收拾情绪，沿着墙根绕出拐角，在昏黑里慢慢走近那片热热闹闹的烟火人间。

不过没走出去多远，宋晚栀就又停下来。

十几米外的墙根前，一点猩红在夜色里明灭。微光勾勒出一只夹着烟的手，骨节分明而细长，每一根手指折起的弧线都透着凌厉的美感。

手如其人。

凭一只手就能认出一个人,这种"特异功能"宋晚栀自己都觉着奇异。

但她不敢出声,就安安静静站着,安安静静看。还好月色很暗,又有路旁的树影和晚夏的夜风藏着她,那人应该没有察觉她的存在。

香烟燃尽。那人将烟蒂扔进垃圾桶中间的香烟区,转身折回。

只是刚近路灯下,他就被人拦住了。

"江肆!"

一个高挑漂亮的女生喊着那人名字,跑进宋晚栀眼帘。

正往前走的宋晚栀已然离得很近,没提防这一幕,慌张之下,她本能地转身躲到旁边的树后。

回过神,她心底生出点恼。

那两人在明,她在暗,他们本来就看不到她。况且她又没做什么,那两人都未必认识她,更不需要躲。像做贼似的。

可躲都躲了。

宋晚栀在心底叹气,迟疑着是等还是走。

七八米外。

"江大主席不急着回去吧?"女生言笑晏晏地背着手翘着肩,"我想和你聊几句欸。"

江肆刚抽过烟,心情还算不错,懒懒靠回墙边:"什么事,说吧。"

"今晚在棚里拼桌的那几个女孩,好像是今年的新生,"女生眨眨眼,"你认识她们?"

江肆低垂着眼皮,随意拨弄手里的银质打火机:"不认识。"

咔,嗒;咔,嗒……

打火机的金属盖子被甩得一开一合,扣着不紧不慢的节奏,在夜色里格外清脆。

而江肆的视线也一直没抬起过。

路灯下女生的脸色有点不太好看,不过仍是笑的:"你竟然不认识?那好冤枉哦,棚子里的学弟学妹们这时候应该都在讨论你是不是跟里面那个女孩在一起了呢。"

"哪个?"江肆没抬头,似随口问。

"啊?"女生一愣,"当然是穿黑色紧身上衣、波浪卷长发的那个。"

江肆不置可否,仍是有一下没一下地甩着打火机。

片刻的沉默里,女生的表情却微微变了:"你……你不是只喜欢这一种类型嘛,难道这次不是因为那个——"

咔。

银质打火机的盖子弹开,这次迟了几秒,才缓声合上。

半垂着眸的江肆眼皮轻挑起来,看了身前女生几秒,哧地笑了:"是那个又怎么样?"他从墙前直起身,嗓音被烟灼得低哑慵懒,"我喜不喜欢,用得着你们操心?"

女生神色一慌,连忙伸手拉住要离开的那人:"江肆,我不是那个意思!"

"松开。"江肆止身,语气仍散漫如常。

须臾寂静。

宋晚栀心想两人是不是走了?她从树后轻探出身,就见不远处的女生不但没松手,反而是眼睛一闭,已经踮脚就要吻上江肆的唇。

墙前,江肆懒洋洋地侧了下脸,避开了。

与此同时,街边一辆车驶过,白炽车灯将几米外树后纤细的影儿转过半圈,投到他身侧,然后被昏暗的夜色一口吞了下去。

江肆拨着打火机的手蓦地一停。

几秒后,他略微挑眉,望向不远处的那棵树后。

"我不懂,"直到身前带着哭腔的女声勾回他的注意力,"既然以前她们可以,为什么我不行?我不就是你喜欢的那种类型吗?"

江肆落回眼,那双点了墨似的眸子依旧漆黑平静,抑着一丝淡淡的不耐:"兔子不吃窝边草。其实我喜欢男的。"

女生愣住,带着泪花的脸仰起来看他。

江肆低头,动作疏懒却冷漠地拽开她的手,而后抬眸,那张清隽面孔上勾起个薄凉的笑:"理由你随便选,我无所谓。"

"……江肆!你太浑蛋了!!"

死寂几秒,女生哭着跑开。

夜色终于安静下来。

宋晚栀按着胸口,脸色发白,屏息倚在树后。

那一秒里车灯掠过,她猝不及防,仿佛在光影交割间对上了他漆黑的眼。

但又好像是错觉。

应该是错觉吧。就算不是,那人应该也习惯被注视了。

宋晚栀这样安慰着自己,但还是小心地躲起来。

直到听见江肆走了,她才松开压在心口吓得发僵的手指,悄然从树后探身。

方才的墙下确实已经没人。

宋晚栀长舒了口气,从树后走出,挪着发涩的脚步,慢慢顺着原路折返。

康婕她们大概等好久了。第一次聚餐就这样离席,实在不应该……

宋晚栀转过拐角,准备踏进烧烤园的院内,却突然停身,险险收住——

只差毫厘,她就会撞进墙后那人怀里了。

"对不——起……"

最先映入眼帘的是一双懒懒叠着的长腿,让宋晚栀还没抬头就滞在原地。

嗒!

近在咫尺,银质打火机的盖子甩上。

宋晚栀被勾回神,眼神惊慌地仰起脸——

拐角后的墙前,那人低着漆黑的眼,懒洋洋地放下打火机,侧身睨了过来。

"听墙脚是很不好的习惯,"江肆笑了,那双勾翘的眼尾微微耷下,深情又放浪,"家长没告诉过你吗,小朋友?"

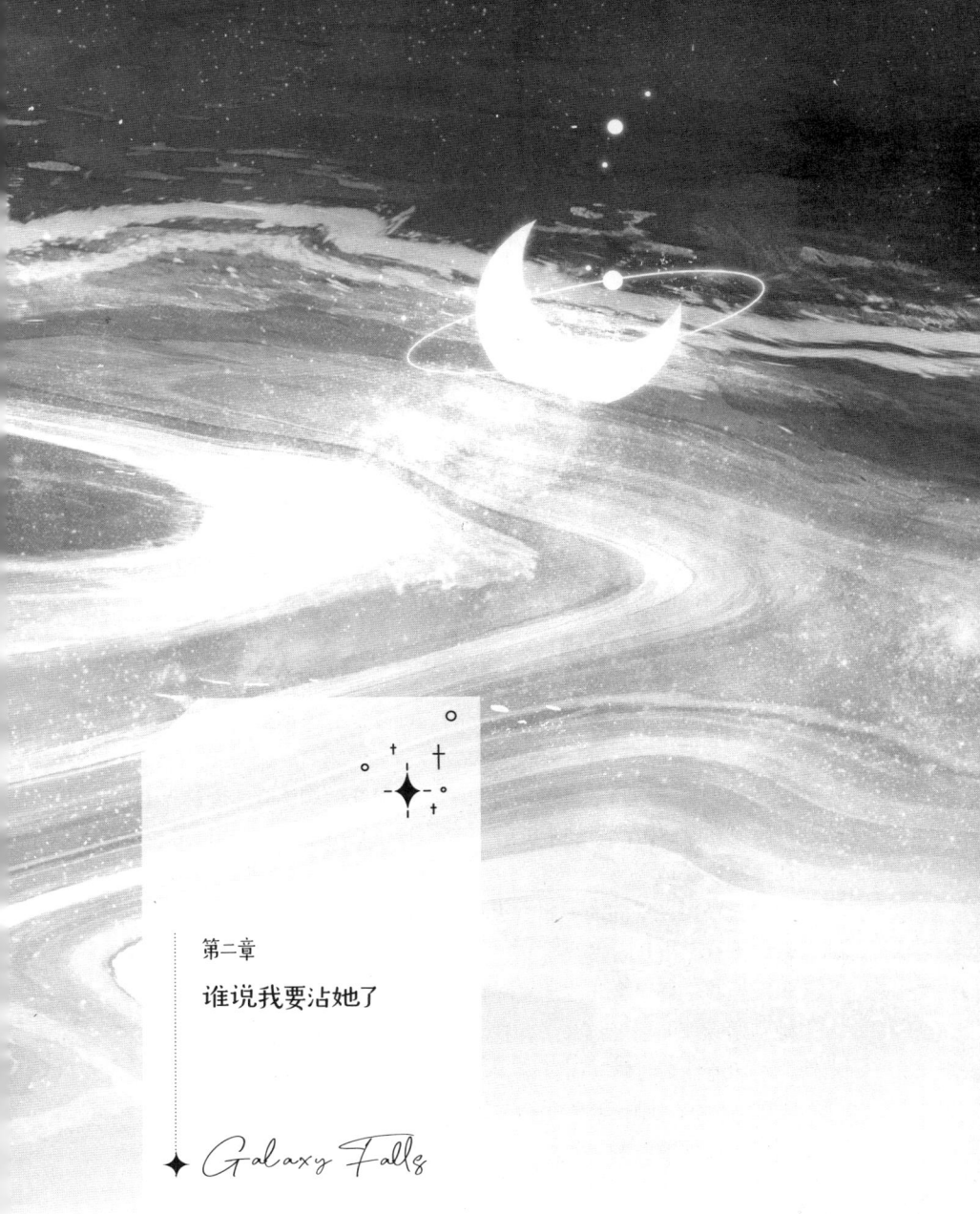

第二章
谁说我要沾她了

Galaxy Falls

宋晚栀足足怔了五秒，也屏息了五秒。

等被胸口的窒息感迫着回神，她才本能地放开呼吸："对不起，我不是故——喀……"

想退开却没来得及。

冷淡的薄荷雪松，混着缭绕的不知是烟草还是香根草的迫人气味，在吸气那一瞬就攫取了她的呼吸主权。

宋晚栀一句话都没说完就难抑地咳起来，声音压得越轻就咳得越狠，胸口越撕扯似的折磨难熬。

江肆就那么倚墙看着。

身前女孩站得离他极近，纤细的手指将她下颌扣得很紧，脆弱的颈线绷得如弦，仿佛下一秒就能折断似的。可咳嗽从来都是越压越止不住，她终于受不住，背过身去。

于是晚夏里，女孩轻薄的白衫更裹不住漂亮的蝴蝶骨，同白得细腻的颈一起，在江肆眼皮子底下随着咳声一下一下轻轻颤动。

江肆眼皮蓦地一跳。

原本松松握在指间的金属打火机一秒就被他扣进掌心。江肆敛淡了那点恣肆笑意，错开眼去。

宋晚栀咳了好一会儿才平复呼吸。

她刚刚听那人已经离开了，扶着墙慢慢转身，却见江肆就停在一两米外，不知道什么时候去而复返。

宋晚栀一惊，刚松开的手指又压回去。

咳得沁出艳色的唇重新藏住，像沾了夜里露水似的浅茶眸子惶然望着他。

江肆眼神动了动，什么都没察觉似的挪开。

停了两秒，他将手里的矿泉水瓶递过去，嗤声一笑："我就抽了一根烟，你咳得像我逼你抽了一盒，碰瓷吗？"

宋晚栀赧然地攥紧指尖，眼睫微颤地垂下："谢谢，不用了。"

江肆慢慢转回眸子，盯她两秒，又一笑："怕我？"

这一次他嗓音莫名地凉。

宋晚栀没来由地心里一抖，无声又不安地仰眸看他。

江肆往前踏了一步。

完全是本能，宋晚栀白着脸儿向后一退。

那人停住，眼眸微敛："我是病毒吗？"

宋晚栀僵着摇头。

但她随时准备转身就跑的模样，一点都没藏住。

江肆低头，哑然笑起来。

心里方才就生出的那点躁意不但没压下，反而被她一两个小动作和细微表情弄得更甚。

江肆抬手按了按颈后。攀附在他冷白皮上的红色荆棘文身的颜色殷得深了些。

他却侧过身，似乎懒得再看她："进去吧。"

烧烤园里正热闹。

宋晚栀望了一眼就低回头："谢谢。"

这一声更轻，像一捏就能揉碎似的，听得江肆眼皮直跳。

偏偏女孩脚微跛，明明慌张得不敢看他，却还是走得滞涩。那种特殊的青涩的苦茶香，随她几根乌色发丝被风拂起，又一次缠进他呼吸。

江肆微微仰起视线，无谓地笑了声。

他斜倚墙前，摸了烟盒晃出一根，随意咬住了，就神色松懒地靠回去，半眯着眼看她一点点挪近，又向另一侧挪远。

轻软的烟头被他叼着，在唇齿间慢慢碾磨、咬过。

末尾，江肆喉结微动。

"既然烟味都闻不得，以后就别学人听墙脚了。"

宋晚栀怔了一下。她听出那话里的嘲弄，脸色微微苍白，但她没辩解也没回头，无声走远。

灯火渐深。

没开封的矿泉水被毫无留恋地扔进街边的垃圾桶里，江肆转身，叼着那根没点的烟迈入夜色。

新生开学不到一周，S大论坛里已经出了两件"大事"。

一是，今年新生里来了个叫靳一的，无论颜值、脾性还是成绩，都是一绝，报到当天以一己之力搅出来的惊动大半个美院的事情更绝——于是成功跻身校内论坛顶流，与江肆并称"S大双草"。

二是，传闻独霸S大校草宝座两年的江肆，又有新女友了。

"我觉得不可能，一定是假的。没听说最近有谁跟他告白成功了啊。"王意萱说这话的时候正坐在自己床边，一边晃着垂到桌前的腿，一边咔嚓咔嚓地咬着零食果干。

几天下来，四人熟悉多了，王意萱的吃货加二货本性也早就不藏了。只要她在寝室，各种零食就没离过手。

寝室斜对角，桌前对镜的康婕停下眉笔，疑问道："告白这种事，还是女生给男生，只有当事人知道，很正常吧？"

"拜托康姐，那是别的男生？那可是江肆！"王意萱拍了拍床边的护栏，"要换了是你告白成功，你难道不会通传天下——让觊觎你男友的无数小妖精全都知道，这个男人，至少现在，已经是你的了！"

康婕举着眉笔思考片刻："言之有理。"遂点头转回。

王意萱眼珠一转，放下零食袋，扒着护栏往康婕的方向趴了趴："康姐，你要不要挑战一下？"

"挑战什么？"

"跟江肆告白啊。"

"？"康婕手一抖差点儿画歪了眉，扭头，"你看我像疯了？"

"就是没疯才说让你尝试嘛。你现在可是我们院系公认的系花，江肆又就喜欢你这种类型的，你上的难度一定比其他人低多了！"

康婕叹气，靠在椅子里转回来："虽然姐姐的人生确实幸福顺遂到毫无难度可言，但我也完全不想闲着没事给自己找这种地狱模式的刺激好吗？"

"难道你对江肆完全没感觉？"

"你这个问题就很诛心。"

"嗯？"

康婕放下眉笔，站起来，晃到王意萱床边："子曰，'食色，性也'。江肆那种长相，是个女生大概就很难免俗——姐姐我当然也一样。"

"那姐姐抓紧机会呀！"

"少给我出馊主意，"康婕停下，把兴奋的王意萱柠着额头摁回去，"就他那'不主动、不在意、不挽留'的三不原则，说是交女朋友，怎么看怎么像找个自动防御型挡箭牌——我是多欠虐才会跳这个火坑？"

王意萱遗憾叹气："我要是有你这副长相、这个身材，我一定跳。说不定我就是最后一个了呢！"

"嗯，他的前女友们也是这么想的。"

"扎心了康姐！"

"就是要扎碎你不理智的幻想。"

"哼。"

王意萱说不过康婕，干脆转向自己床铺对面："晚栀，你来说，如果是你，你上吗？！"

104寝室里安静下来。

打算进洗手间的康婕去而复返，嫌弃道："别打扰我们栀栀学习行不行？邢舒除了打游戏从不着家，你除了美食和美色毫无爱好，栀栀已经是我们104'村'在学业上最后的希望了。"

"哎呀，说说嘛，她都图书馆、自习室泡好几天了，偶尔放松一下脑子是好事。"

从书桌前抬起头的宋晚栀摘下一只耳机，默然几秒，低垂着眼睫轻声道："不会。"

"咦？为什么？"王意萱扭头。

康婕插笑："她要是说'会'，你才该问为什么。"

王意萱思索两秒，郑重点头："也是，咱们晚栀一看就是最纯洁乖巧的那种，比白纸都干净，估计异性的手都没拉过，怎么看也不适合和江肆那号人物碰在一起。"

宋晚栀低着眼，无声。她不知道该怎么说出口。

比如，有些事她不去争，不是因为不在乎，而是太在乎了。

宁可永远得不到，她也舍不得拿自己可以偷偷喜欢他的资格去赌，她输不起。因为这是关于他，她所仅有的唯一了。

——丁零零！

突然响起的闹钟把寝室里的三个人都叫回神。

王意萱伸手关了以后才茫然自问："我为什么会定这个时间的闹钟？"

"今天周五。"宋晚栀扶着桌边，慢慢起身。

"嗯？"

桌上的教材被女孩合上，抱进怀里。

白色长裙擦过椅边，那双浅茶色的眼眸安静仰起："周五晚上7点，是自动化系的新生年级会。周一通知的。"

死寂一秒。

"我去！"

"我也忘了！萱萱你快发消息给邢舒，她肯定不记得！"

窗帘外透出的影子里一片鸡飞狗跳。

半轮清月蜷在云后，没精打采地窥着这片躁动又静谧的校园。

等乌色的云被不知道打哪儿来的晚风揉碎吹散，月亮也掉进三教701的教室窗口。

信院副院长兼自动化系主任余宏伟就站在讲台上，以"自动化是人类社会现代化的基石"为开篇，由点及面，到此刻已经滔滔不绝了将近二十分钟。

"屈才了啊。"王意萱坐在宋晚栀身旁，小声嘟囔，"咱副院长这口才，就该去人文社科类的学院，留在工科院系实在是对人才的莫大浪费。"

康婕冷笑："才二十分钟，信不信人文社科类的能给你讲一晚上的星辰大海？"

王意萱惊吓得咽了口唾沫。

大约是感受到台下新生们的怨念，副院长终于在年级会进行到第三十分钟前结束了演讲。

"知道你们听得不耐烦了，我就说这么多，好吧？"余宏伟笑着道，

"后面还有系里例行的新生素拓活动。当然,不是我来安排,你们可以松口气了。"

教室里一阵笑声。

不过新生们确实松了口气。跟随着余宏伟的视线,他们望向教室虚掩的前门。

然后就是长达十秒的寂静。

余宏伟面上的笑变得无奈,他走下讲台,去前门旁边推开半扇门,上身探出去:"怎么,还要我请你进来?"

"……"

"这会儿接什么电话?少推脱,就你的事多,赶紧挂了。"

"……"

走廊上昏昏暗暗,坐在灯光明亮的教室里,即便前排的新生好奇地翘首往外看,也根本看不清门后站着什么人。

但这不妨碍他们讨论。

"谁啊,这么大架子?副院长的面子都不给,还能是院里的领导或者教授?"王意萱惊奇地问。

康婕没抬眼:"明显是和相熟的年轻后辈说话,学生的概率比较大。"

"不能吧,什么学生能有这派头——"

王意萱突然毫无征兆地断了话头,像是被什么掐着嗓子似的。

在旁边解题的宋晚栀有些意外。

她正要去看王意萱,就听教室的四面八方响起相近的惊呼。

"……江肆?!"

笔尖蓦地滑开,在纸上画下一笔乱迹。

一两秒后,宋晚栀怔然抬眸。

笔直修长的腿正从门外的昏黑里踏入,来人看起来和平常散漫装束时不太一样,衬衫收裹的精瘦腰身和宽肩修颈跟着被扯入视野。那人侧歪着头,单手食指托了个蓝牙耳机,敷衍地塞进耳中。

与此同时,他最后一声倦懒低哑的嗓音被收入余宏伟拿着的无线扩音器:"家里祖宗的电话,不接不行。今晚要是挂了,明天您就痛失爱徒。"

"就你,爱徒?"余宏伟气笑,"逆徒还差不多。"

扩音器被接过去的细长手指随手拨了开关，关了。于是后面的交谈教室里其他学生再听不着。只见到余副院长交代几句后，转身离去。

江肆将手机塞回口袋，扣着蓝牙耳机低声说了句什么，绕过讲台。

扩音器开关再次被打开，那人屈指，漫不经心地在微型麦克风上叩过。

砰，砰。

教室一寂。

麦克风被他轻抬，同时那人停身。他没上讲台，就靠到讲桌旁边，略一撩眼："别吵。不耽误你们的宝贵夜晚，做完'新生任务'就放你们走。"

"学长随便耽误，我们不急。"

"对，不急！我们今晚在这儿睡下了！"

台下兴高采烈地回应。

江肆嗤笑出声："那倒不必。你们不急，我急。"

"哎……"

后面的话那人再没理会，简单几句交代过素拓活动的地点流程，就开始收尾："按信院传统，大一新生每月系里都有素拓安排，活动用具在院仓库。今后以班级为单位轮换负责搬运。"

江肆说完停顿了下："自1班班长。"

教室里寂静几秒，中排有个男生连忙起身："到！"

"带上你们班，去吧。"江肆垂回眼，"其余人在教室里等着。"

一阵骚动后，自1班的学生只得纷纷起身。

最前排一个女生红着脸开口："学长。"

靠在讲桌旁的江肆刚拿出手机，手指一停，懒撩起眼。

"女生们以后难道也都要搬呀？"

江肆没说话，先笑了："哦，忘了提醒，"他微微直身，转向教室，漆黑眸子在光下透出几分嘲弄，"自动化专业有个规矩。进了这里，女生一律当男生用。"

教室里男生们幸灾乐祸地笑起来。

"那男生呢？"不知道谁问。

江肆眼皮都没抬一下："当驴用。"

大半个教室的笑声戛然而止。这下没人敢再废话了，自 1 班学生陆续离开各自座位。

宋晚栀从那人进来开始，呼吸都是抑着的。

此刻她不得不跟着康婕等人起身，将脚步放到最轻。所幸讲桌旁那人说完以后就没抬过头，似乎正借着蓝牙耳机和别人讲电话。

"家里祖宗"——这么亲昵的称呼，会是传闻里他那个新女友吗?

宋晚栀安静地耷拉着眼尾，低着的脸微微发白。

康婕不放心，边出座位边压低声问："栀栀，你脚这样能搬东西吗?还是请假吧?"

"不用，"宋晚栀回神，轻声答了，"没关系的。"

"那你有事可要跟我们说，别逞能啊。"王意萱也插话。

"嗯。"

讲桌旁。

江肆微皱着眉，低声说话："不是我不答应，姓什么叫什么哪个专业，您一概不清楚，我怎么给您照顾?"

"那我不管，"电话里老太太理不直气也壮的，"反正跟你说了，是老卢家的小姑娘，你看着找。"

江肆气出声笑："那今年 S 大新生里所有小姑娘我都当干妹妹照顾，您是这意思吗?"

"你敢!"

江肆缓下情绪，正要再开口。

一袭晚风穿窗而过，空气里拂来一丝似有若无的淡涩茶香，扯动了他脑海里某根神经。

江肆蓦地一停，眼帘轻掀，点漆眸子很轻易就勾住人群里一道纤弱侧影。

女孩正低着头，悄然藏躲在同学身后，小心翼翼往教室外走。纯白的长裙被调皮的晚风掀起，露出她细白苍弱的脚踝，上面横贯着一道不甚明显却又触目惊心的淡色疤痕。

江肆无声睨着，眸子渐渐晦暗。

几秒后，那双开扇形的桃花眼半勾，凌厉下颌跟着抬了抬："那个穿白裙的小朋……同学。"

将要出门的自1班学生们陆续停住。

王意萱左右看看："晚栀，好像是说你？"

"……"

宋晚栀望着只差一步的教室前门，很想装没听到地迈出去。

可惜没机会了。

"你不用搬，"扩音器早就关了，那人嗓音却依旧清越又散漫，越过半间教室直抵她耳旁，"过来给我拿书。"

大半个教室的新生抬头，茫然地打量江肆。

空着的手，空着的讲桌，一身薄衣长裤懒散地靠桌的某人——

皇帝的新书？

从前门到讲桌旁短短几米，仿佛被宋晚栀走出了跨世纪的距离。

江肆并不急。留她休养脚踝的目的已经达到，台下不言自明。他就一边应付电话里的老太太，一边望着女孩靠近。

自1班其他人已经走了。在自动化系其他班级新生的注视下，那个连肩膀都防备地轻轻绷起的女孩即便再想转身跑掉，大概也没那个胆量。

她只能像此刻，仿佛是个被磁铁吸住的小铁针，一边不安，一边磕绊着被无形的磁力朝他拽过去。

还是眼熟。

"……跟你说话你听见没有？"老太太被敷衍得太明显，终于察觉。

江肆收敛了些放肆的眼："听见了，"他半垂下视线，懒洋洋拖慢着声调，"我就等您吩咐，什么时候您问到您那个比亲孙子还亲的远房孙女的信息，我什么时候送货上门当牛做马为义献身，这样够照顾了？"

"你听听你那不正经的用词！"老太太又给气得不轻，"江家到你爸那代还算有一半书香门第的传承，怎么再往下就出了你这么个玩世不恭的祸害？你说百年之后我下去了，拿什么脸面对你爷爷和江家列祖列宗？"

江肆低哂："那我爷爷一个老学究，江家这书香门第百年传承，怎么也没把您带进'无神论'的阵营？"

"江、肆！"老太太一声怒吼，蓝牙耳机都抖了下似的。

"听您中气十足，最近身体应该不错。"余光里一角白裙揉进，江肆眼神微动,"我学校里还有事,今天不能跟您聊了。等月底无人系统研究中心那个项目的开题答辩结束,我再回去陪您谈这件事,行吗?"

"哼!"老太太记仇地先挂断了电话。

江肆抬手在蓝牙耳机上轻叩两下,关掉通话模式。然后他抬起低着的眼,目光对上停在他身前一米位置的女孩。

女孩安静规矩地微微垂首,没抬头也没看他。和之前相同的是那条长长的白裙,无风自垂时几乎要盖过她纤细的脚踝,遮住了那条长疤;不同的是上身换了件半袖的勾线薄衫,接近浅浅的米白色,略微贴身,所以能勾勒出微鼓的小胸脯和细得盈盈可握的腰肢。

领口似乎也比上一次要低些,能盛汪浅水的锁骨露在外面,乌发半松半束,线条美好的雪白颈项也在他眼皮底下暴露得干干净净。

江肆错开了眼:"吃不了你。再过来点。"

"……"

被教室里许多人偷偷打量,宋晚栀不自在极了。

她垂在裙边的手攥起一两节指,僵涩地往他那儿挪了非常微小的一步。

江肆眼尾挑回,盯着女孩藏在裙下的脚踝停了几秒,漫不经心地一嗤:"你脚边有把毫米尺吗?"

"……没有。"女孩轻声道,答他的无理问题也安静又规矩。

"那就是前几天晚上,我吃人被你撞见了?"

"?"宋晚栀一惊,下意识抬眸。

见她真敢信,江肆气得低头笑了:"不然你怎么知道我是谁了,还一脸我随时会吃了你的表情?还是我们之间有什么我不知道的食物链,旁边备注着我吃你不吐骨头?"

"我,"宋晚栀被他调侃得脸颊都微微透红,但仍是不敢对视地绷着,"没有。"

安乔尽人皆知的,江肆记忆力极好,近乎过目不忘。

只是他很少对什么人或事上心,更懒得去记。于是年少时就入了门萨天才俱乐部的少年,到高三毕业还未必认得出班里一半同学,对那些领导、老师就更不知道认错多少回——这早就是安乔关于他的笑谈。

而严格算起来，江肆见过宋晚栀一眼，在人潮涌动的安乔礼堂。

所以她不敢走得近，怕他记起来。

更怕他记不起来。

现在看来……大概还是后者了。

宋晚栀掐疼了指尖，才抑下想冒头的情绪。她知道不能放任它滋长，总不能无缘无故在他和这么多人面前红了眼圈。

"你这是要被我吓哭了？"一道懒散的声音猝不及防地低勾起。

宋晚栀怔了下，下意识抬眸摇头："我没哭。"

"……"

茶色眸子清清澈澈，潮湿干净。

眼尾白皙浅垂，确实没哭。

深望她一眼，江肆按捺着情绪落开视线。

要不是教室里多数新生还在，那他大概已经压不住自己被她勾起来的捉弄心思——他甚至想把这细胳膊细腿的小姑娘拽到眼皮子底下好好看看，她是不是能被他过分些的举动吓得咬着嘴唇哭出声来。

也只是想想。总不好欺负还不知道名字的小朋友。

江肆心底一躁，下意识地垂手去摸烟盒，又在抽出来前恢复理智，慢慢将烟按了回去。

"有糖吗？"江肆问。

宋晚栀怔了怔："糖？"

"嗯。带棍的不带棍的都行。"江肆低哑着嗓音，朝她微微侧脸，于是音量就压在两人之间。光从他身后打下薄薄的影，给他挺立的眉眼染上一层昏暗的暧昧。

确认过了还是有点不解，宋晚栀摇头："没有。"她默了一小会儿，还是大起胆子，轻声地问，"你低血糖吗？"

他明明最不喜欢甜食的。是不是那个无人系统研究中心的实验项目太累了……

"低血糖？"江肆却笑起来，"我要是有，你就能去给我找糖吗？"

"嗯。"宋晚栀没多想，听到立刻就点头了。

江肆眉眼间情绪都滞了一瞬。

"可惜没有，"他脸转回去，神色语气都松散下来，"烟瘾犯了。"

宋晚栀蹙眉："抽烟不好。"

讲桌旁蓦地一寂。

理智回归的第一秒，宋晚栀就知道自己犯错了——在多年喜欢的本能支配下，她下意识地对他关心，连出口的分寸都忘记了。

她忘了，他们应该只是见过几面的陌生人才对。

江肆果然转回来，神色间多了两分似笑非笑："对小朋友来说，抽烟确实不好。"

宋晚栀皱眉，没说话。

"不服气啊小朋友？"他半哑着嗓笑。

宋晚栀眉心快拧成花骨朵了，忍了几忍还是没忍下，她也没看他，低着微颤的眼睫轻着声："抽烟多了以后会得癌的。"

江肆更笑，无意朝她低了低身，压迫感便攀绕上来："刚刚还吓得要跑，现在倒是管起我抽不抽烟了，你是打算给我当女朋友吗？"

宋晚栀惊怔抬眸。

话一出口，连江肆自己都意外。是玩笑，但也是他不可能和女生们开的玩笑，更别说是跟一个刚见不久、连名字都不知道的小姑娘。

"抱歉，以前和朋友玩笑惯了。"江肆轻睐着眼看她，一两秒后他压敛住情绪，靠回去，"待会儿B区操场集合，你先下楼吧。"

"……"

宋晚栀苍白着脸，在被他看穿情绪前，难堪地垂下眼睫，转身往外走。

她知道江肆大概不缺可以这样玩笑的朋友，他就是把她当成其中一个了而已。是她冒犯逾矩在先，她没资格怪别人，更何况她也比任何人都清楚，江肆的前女友们从来对他百依百顺，不会有一个敢管他抽烟这种坏习惯的。他的前女友们都管不得的事情，她一个陌生人凭什么开口。

为什么就没有忍住。明明和自己说好不会靠近的。

宋晚栀越想越难过，头也更低了。脚下步伐不住地加快，她觉得自己像被戳破伪装的小丑，在无声的哄笑里狼狈又踉跄地逃离舞台。

身后似乎缀上一束视线，像让人无所遁形的追光灯，迫着她更快离开。

江肆站在讲桌旁，眸子漆黑。

他半眯着眼，睨着那道几乎是微跛着小跑开的背影，直到她完全消失不见。

提了一句做他女朋友的玩笑，吓得女孩脸都白了，逃走的速度大概是让她过来的几十倍，迫不及待且惊慌失措。

果然白纸一张，还莫名就只畏他如虎。

直觉挺敏锐，就是不懂规则。

譬如面对老虎、狮子这类凶残的食肉动物，最危险的事情莫过于转身落荒而逃——不设防的背脊只会激起它们的扑猎欲望，柔软脆弱的颈就更像是在引诱野兽扑上去咬住，再拖回洞里。

之前勾起烟瘾的那点躁意没能压下，反而被浇了一勺火油似的，愈演愈烈。

江肆手插在兜里，扣着那只银质打火机，拨开，再甩合。反复几次，那点情绪终于在闷声里被碾作齑粉，藏进看不见的昏黑角落。

"五分钟后，"江肆转回，神色松散得看不穿情绪，也懒得抬眼，"三教楼下集合。各班带队，B区操场准备素拓。"

B区操场。

最靠东边的围墙前坏了一盏路灯，天很黑，夜风没什么遮拦，吹得衣角猎猎。

宋晚栀坐在很高的篮球架下面，靠着冷冰冰的栏杆，抱腿望着远处热闹地做着素拓活动的新生们，还有更远处黑漆漆的被篮球架割开的夜空，微微失神。

高中时候江肆很喜欢打篮球，玩得也很厉害，他不在篮球队，却总是篮球场上最受注目的那个。每次他只要上场，总有女生逃了课也要去围观。

而那时候的宋晚栀是老师们眼里最文静听话的好学生代表，永远藏在那副黑框眼镜和厚重的书堆后，看起来甚至有点木讷。她没有他那样得天独厚的头脑和能力，S大对她来说意味着整整三年日复一日地枯燥苦读,不容半点耽搁和差错,所以她循规蹈矩,从不敢逃一节课。

很多次的下午最后一节课她听见窗外操场的哨声,听见那些加油助威声,听见女生们兴奋地尖叫着江肆的名字——响起一浪就是一个漂亮的两分球或三分球。宋晚栀见过比赛里他跃空弹跳时绷得凌厉漂亮的手臂线条,也见过他落地后与队友们击掌时侧颜上扬起的桀骜又散漫的笑,全都像阳光一样,铺天盖地,耀眼得刺目地疼,但还是忍不住盯着,舍不得不去望。

于是那时的下课铃声最叫人期盼,她一个人匆匆忙忙穿过洒着夕阳的走廊,只是总赶不及,就算到了操场幸运地赶上比赛还没结束,场边也早就围得里三圈外三圈,让她踮起脚也看不到他的身影。

后来她就不去了。

她会拿着单词本跑到走廊上,在回眸的间隙里偷望一眼窗外楼下的操场,模糊的少年在场上像风一样,他永远最耀眼最惹人注目,也永远最遥远,最触不可及。

她在梦里无数次伸手,也碰不到他衣角。

……啪。

耳边一道懒洋洋的响指声拽回了宋晚栀的思绪。

抱着白裙下双腿的女孩下意识地直身,从枕着的胳膊上抬起头。

江肆是从前面的中央足球场过来的。他扶着篮球架的栏杆停住,懒落下眸,和眼眸纯净茫然的女孩对视两秒,才漫不经心开口:"你怎么总是在发呆?"

"……"

宋晚栀认认真真看了他好多秒,确定眼前的人不是她坐在篮球架下睡过去的梦。

她环抱着小腿的手指轻轻收紧:"我没有。"很苍白的反驳后,她低下头,"你过来干什么?"

还在脑海里挥之不去的那些画面交织着眼前的人,让她心情杂乱极了,没藏住的语气潮湿得像吸满了水的柔软海绵,轻碰一下都能滴出水来。

"想去参加素拓?"江肆没回答,只将目光往运动场里射灯明亮的热闹人群里一抛,"我看见你在盯着他们发呆。"

宋晚栀轻轻蹙眉。

她不想。她不喜欢任何和陌生人肢体接触的活动，也不喜欢会放大她腿伤的跑跳。

但她不敢再在这里坐下去了。

宋晚栀又望了一眼那些热闹的新生，不安地仰脸："我可以过去吗？"

江肆哼出声轻淡的笑，单手勾着篮球架，回身就拿眼神把她摁回去："不可以。"

明明刚被他问完意愿，宋晚栀有点蒙了。

她仰头看他。

"别想那么多，我就跟你客气一下，"江肆带笑的眼神抛下，落到她露在裙尾的小白鞋上，"真放你过去，出了问题谁负责？"

宋晚栀眉心紧了点，低声道："我不会赖你的。"

"不行。"一句话简短又懒散，毫无余地。

宋晚栀只得放弃。

新生素拓是要保证到场的，宋晚栀可以不做，但不能不在。

于是就变成她靠着篮球架下的横杆坐着，那人站在旁边倚着竖杆半垂着眼看手机。他长腿一直一屈地支着地，最近时候离她不过咫尺。

宋晚栀只好把自己往角落缩得更紧。

风缠着他衣角，把他身上淡淡的香根草缀着橡木苔的气息打散，又丝丝入扣地萦绕上来。

仿佛烟草香，性感又漠然。

宋晚栀抱着腿枕在膝上，脸转向篮球架的角落。

有那么一两秒，她私心地希望时间就这样停下来，天外硕大的流星撕破夜幕撞上地球，赤焰的光会把一切付于无垠的寂灭和黑暗。

那样的话，她是不是就能骗自己，她是最后一个拥有过他的人了？

晚夏的凉风吹过空旷的操场，带来遥远的歌声与欢笑。

宋晚栀在风里很轻地战栗了一下，不知道是冷的，还是被自己的想法吓的。

果然人就是这样的生物，越靠近越贪心。

她也一样。

嗡，嗡嗡。

头顶那人手机振动，几秒后，他接起电话。

不知道对面说了什么。

宋晚栀只听到对面长久急切的话声后，江肆一声毫无善意的笑："外联部其他人死绝了吗？捅这么大娄子，一没后备计划，二不讨论应急方案，就知道哭天喊地找爸爸，负责人是没断奶还是小时候发育时把脑仁落了？"

笑里也难抑躁意的语气惊得宋晚栀惶然仰脸。

她却正对上江肆想起她的存在而侧落过来的眸子，逆着光黑漆漆的，看不清情绪。那人瞥过一眼她用手指拢起的裙尾和缩紧的身体，就勾回视线去。

夜风如潮。

江肆半皱着眉站在篮球架下，单手拿着手机，另一只手拎起黑色外套的领口，随意咬在齿间，然后落手，唰拉一声扯下拉链。

宋晚栀屏息，紧张地盯着江肆。

他是气得要去打人吗？

宋晚栀还没想好要怎么阻拦，那人已经放好手机，脱了外套。

哗——

宋晚栀眼前一暗，就被那件染着淡淡烟草香的外套罩了满头满身。

"穿上吧。"低哑嗓音在衣服外响起，"我待会儿回来。"

"……"

宋晚栀呆了好几秒，反应过来，慢慢扒拉下外套，露出柔软微乱的乌发和惊慌的眼。

而江肆已在几米外，背对着她朝操场后的高墙走去。

大约二十分钟后。

元浩气喘吁吁地跑进操场，直奔这个角落过来。他远远地在篮球架下看见一道穿黑色外套、白色长裙的纤细身影，一边腹诽着这是什么奇异搭配，一边跑近。

"你、你好同学，"元浩喘着粗气慢慢停下，"江肆刚刚在、在这边吗？"

篮球架下，宋晚栀沉默两秒，抬起细白的胳膊："他去那边的墙后了。"

"好的，谢谢啊同——"

刚要跑走的元浩愣了下，不自觉停住，回头。

这个声音，怎么有点耳熟？

对上方才没认真看的女孩藏在昏暗夜色里清丽白皙的面孔，元浩呆住了："怎么又是你？"

"嗯？"宋晚栀没听清，安静望他。

元浩没顾得重复，因为他的视线已经滑下去，落到女孩身上那件看起来尤为眼熟的、印着暗纹标志的黑色外套上——它原本就是宽松的男士板型，罩在女孩身上比她大了一整圈，几乎成了裙子，完全遮过她腰臀，隐约到了腿根。

S大不缺家境优越的人，但随随便便就几万元一件的外套，应该也不多见。

好巧不巧，他身边就有那么一位。

更巧的，他还是被那位叫到这儿来的。

越往下想越惊悚，元浩没敢继续，伸手朝宋晚栀敬了个不成样子的礼："没事了，您歇着。"玩笑过后他就心有余悸地掉头跑进高墙后。

只留宋晚栀一个站在篮球架下，踟蹰不安。

素拓活动已经结束，远处操场上的学生们陆续离开。

宋晚栀之前就想走了，但江肆的外套还披在她身上，怎么也要先还给那人。

又徘徊片刻后，宋晚栀停住。

外套下女孩微微攥拳，轻吸了口气，鼓足勇气朝高墙那边走去。

拐角后。

江肆托着元浩带来的平板电脑，低着头翻看那场出了问题的展台活动的策划PPT。

元浩观察了好一会儿，小心问道："外面站在篮球架下面的那个小学妹，我要是没看错，她身上穿着的是你的外套吧？"

"嗯。"江肆头都没抬，应了。

"不是，你这，"元浩磕巴了下，"你这什么情况啊？"

江肆又往下看了两页，才不紧不慢地撩起眼。

对视两秒，他轻嗤了声低眸回去，勾了个散漫的笑："你想说什么？"

元浩肃然："作为兄弟，当然是要帮你悬崖勒马。"

"说点给人听的。"

"什么叫给人听——"元浩嘴角抽了抽，瞟了眼那个万恶的平板电脑，决定看在这可怕的工作量上不和他计较，"我就是提醒你，就算你这空窗期比较久了，想找新女朋友，也不能随便下手。你瞧那小姑娘眼神就干干净净的，正经白纸一张，估计手都没跟人牵过，上回就被你逗一句话，脸都红透了，这哪经得起你祸害？"

江肆不知道想到什么，眼皮跳了跳。

一两秒后，他将手里的平板电脑扣下，冷漠却又笑着勾起眼："你有时间给我背记叙文，不如替外联部把应急方案写了。"

"喀，不好意思，论文写多了的后遗症。"元浩自动略过那个非人又费人的任务，继续语重心长道，"总之就是，以前那种没问题，但外面这小姑娘你不能沾。"

江肆："谁说我要沾她了？"

"可怜人小姑娘腿脚还不好，万一出点事，跑不了几步就让你逮回去了——这么好欺负，鬼知道你忍不忍得住。"

"我又不喜欢这种一捏就碎的，有什么好忍不住的？"江肆颧骨微动，眼神都危险了。

元浩还是假装没听到："俗话说得好啊，做人可以渣，但绝不能人渣。江副主席你说是吧？"

"你能闭嘴了吗？"

"我这还不是怕你一时鬼迷心窍？"元浩冷哼，"兄弟这么用心良苦，你竟然叫我闭嘴？"

"行，"江肆按着最后一丝耐性，低头发出声疏懒的笑，"谁碰她，谁人渣。"

"啊？"元浩愣了下，"这是不是狠了点？"

墙外风声一静。

江肆察觉了什么，没接话，偏过眸子望向巷口。

错觉似的一点影子隐匿进墙后。

将平板电脑垂回身侧，江肆停了两秒，迈开长腿走过去。

拐角后空无一人。

唯独不远处，被压得垂下来的树杈上正搭着一件无比眼熟的外套。衣服的影儿被夜风吹落一地，孤零零地晃动着。

江肆轻眯了眼，沉默片刻，抬手勾下了树梢上的外套。

枝梢扫回，风里像洒下一股茶花香。

元浩正从他身后走出来，见了外套一愣："咦，人呢？怎么就衣服在这儿？走了？"

江肆没搭理元浩，拿着衣服沉默几秒，还是没抑下那股突然涌上来的烦躁，到喉结处一滚却哑成了声笑："抽烟吗？"

"这儿？"元浩意外道，"你不是一般不在学校里抽烟吗？"

"用你管。"

"哟，你今晚让外联部喂火药了啊？"

"……"

积郁半晚的那点躁意不留神就快成了燎天的架势。

江肆半皱着眉摸出外套里的烟盒，弹出一根来，指间夹起，齿尖微微用力地咬住，他散漫地耷拉着眼皮去摸打火机。

冷冰冰的金属质地，很轻易就摸到了。他却蓦地一停。

元浩察觉，不解地看过来："怎么了？"

江肆没说话。一两秒后，他的手从口袋里伸出来。

银质打火机躺在掌心，而打火机上面，躺着两颗亮晶晶的、裹着彩纸的小糖块。

望着掌心，江肆咬着烟低着眼，慢慢喷出声哑然的笑。

第三章
晚栀,"栀子"的"栀"

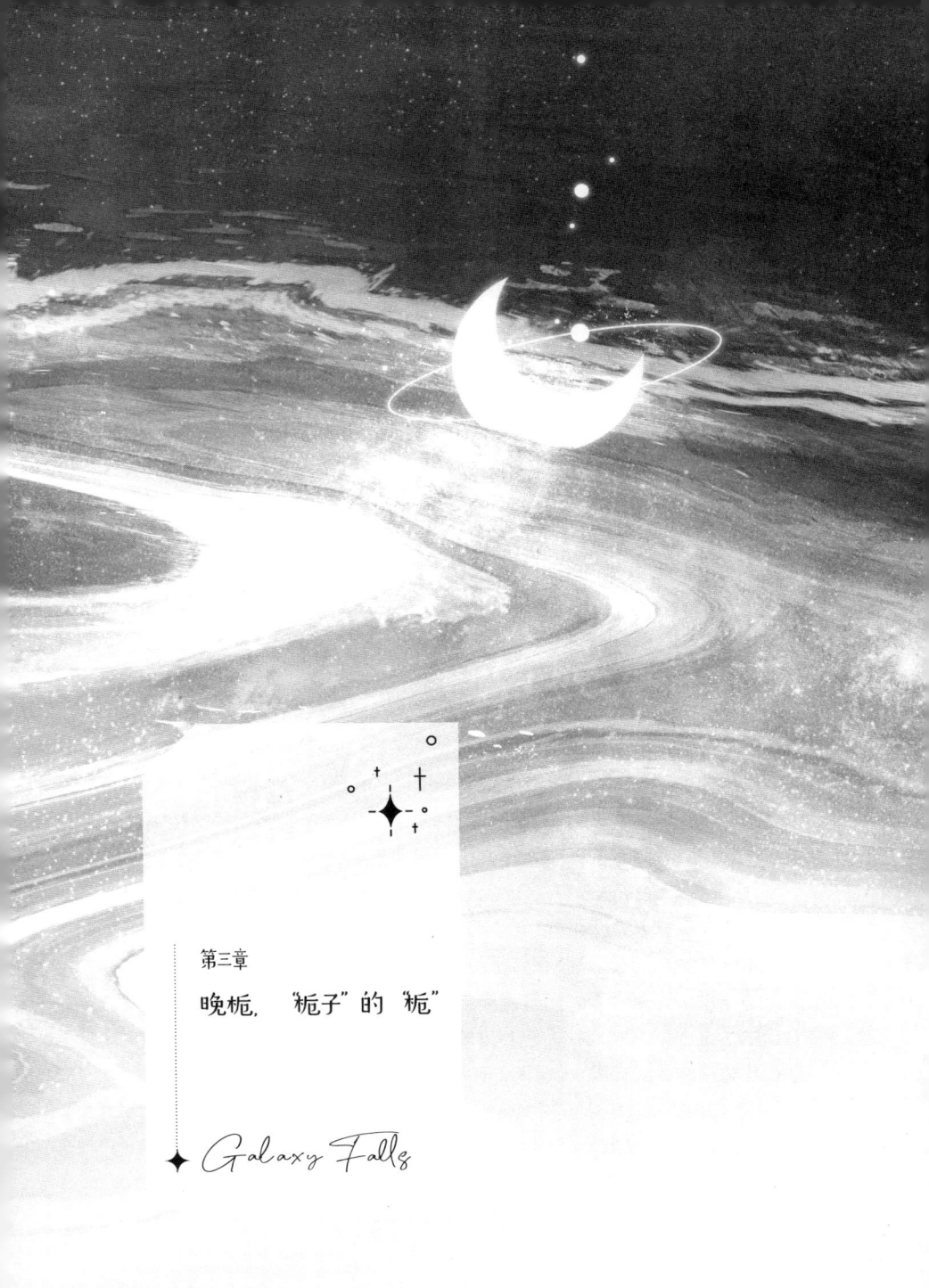

✦ Galaxy Falls

糖是宋晚栀来操场前，路过学校超市时买的。

一小包，里面装了亮晶晶的六颗，她坐在篮球架下犹豫地选了好久。少了怕不够，多了怕让他察觉什么，三颗的数字又不太吉利。江肆不喜欢甜腻的味道，草莓不要，哈密瓜不要，橙子和薄荷更好……

选完以后宋晚栀还托在掌心里看了会儿，像偷吃了一整罐糖，紧张里沁着甜。

然后她就在拐角后听见了那句凉淡的笑——

"我又不喜欢这种一捏就碎的，有什么好忍不住？"

于是甜味顷刻就退得干净，满心酸涩。

虽然早就知道，但亲耳听他说出口还是会很难过。回寝室的路上她努力想忘，却怎么也忘不掉——就像听过太多遍的歌，再艰难地转开注意力，只要稍一松懈就会被拆城破池地侵进，在脑内无休止地循环播放。

宋晚栀低落着视线，沿着主干道的树影慢慢踱步，回到寝室楼里。刚进门，她就差点儿被跑出来的王意萱撞上。

"栀栀你怎么才回来？"王意萱抓住她手腕，"我们以为你提前走了，到宿舍才发现没人，吓得我！"

宋晚栀稍稍回神："我在楼下散步——"

话还没落，王意萱突然凑上脸来。

她上上下下连嗅几次，直到宋晚栀躲不好躲，脸颊都微微红了，王意萱才疑惑地落回脚跟："栀栀，你身上怎么有一点烟草味？"

这一句把里面打电话的康婕和打游戏的邢舒都惊住了，两人同时回头。

康婕捂着手机话筒："你闻错了吧？"

"虽然很淡，但肯定是烟草味没错，不过没有那种劣质的焦油感——我在家里可是有名的狗鼻子！"王意萱骄傲地说完，反应过来，惊愕扭头,"栀栀,你会抽烟吗?"

"不可能。"邢舒冷酷地下了结论,就转回去继续打游戏了。

康婕笑:"我更信她这辈子都不会碰烟酒那种'坏学生'专属品。"

"可我不可能闻错,是烟草味啊。"

宋晚栀被王意萱近在咫尺的求知目光盯得无奈,只好躲开了些。

她自然没办法直说是江肆的外套沾上的,垂着眼安静思考几秒,轻声答道:"我刚才去学校超市,门外有男生吸烟,可能是在那边沾上的。"

王意萱茫然嘀咕:"那边确实挺多人抽烟,可你身上的闻起来不像那种呛人的劣质烟欸……"

宋晚栀说谎后有点不安,走回自己床桌边才想起什么,从口袋里拿出剩下的四颗糖:"我在超市买的,你们吃吗?"

"哇!谢谢栀栀!"吃货被勾走了最后一点注意力。

一人一颗,糖刚好分完。

打游戏抽不出手的邢舒还是被王意萱扑过去喂进嘴里的。王意萱那颗是柠檬的,酸得她在椅子上蹦下跳的,被康婕偷拍了好几张狰狞的表情,两人就此追打起来。宋晚栀站在旁边,靠着床栏无声望着,眼角不知何时就弯了下来。

那点涩意像是随着分走的糖块一起,慢慢消融掉了。

窗外月落日升,寂静的校园在白日里很快就被人声盈满。

这个周六格外热闹。

中心活动区和主干道上,临时搭起的挂着各色横幅的棚子或展台随处可见,斑斓多样。

——这也宣示着一年一度的学生组织纳新宣传活动,从这个周末就正式开始了。

吃完早饭不久,宋晚栀被王意萱拉着跑去了校内活动区。

"康大美女早一周就被各种橄榄枝砸晕了,邢舒肯定去电竞社,就剩我们两个没人要的小可怜,"王意萱一边霸道地挽住宋晚栀的胳膊,一边泫然欲泣地捧着脸,"你可不能抛下我不管啊栀栀。"

"嗯。"宋晚栀对这种无赖的软磨硬泡最不习惯和没办法,只能点点头答应下来。

而她原本也是要参加的。

S大的学年考核里有很大一部分实践活动类的占比，因此在课业成绩以外，参加学生组织以及各种竞赛比赛项目，是她想要拿到足够漂亮的毕业答卷里不可或缺的部分。

"栀栀，你想好报哪个了吗？"

"我想去学生会，"宋晚栀想了想，"学习部或宣传部。"

"校会？那可是一等一地难进，"王意萱愁苦地咧嘴，"我还想和你一起呢，这下多半没戏了。"

宋晚栀迟疑："名额很少吗？"

"校会历年的纳新名额都是学生组织里最多的，但他们竞争大啊。尤其从这两届某位祸害学长成了校会的当家门面以后……"王意萱眨了眨眼，给了宋晚栀一个"你懂"的眼神。

宋晚栀微微一顿，眸子轻垂下来。

即便她能给自己找到一千个进学生会的理由，也无法否认，其中一定有个原因是江肆。

在不会被他看到的角落，她忍不住想离他近些，想见他见过的人，走他走过的路，看他看过的风景。

那是她永远不为人知的，一个人的相守。

"……我去，"挽着宋晚栀的王意萱突然停下了，目瞪口呆地看着斜前方，"学生会为了纳新，竟然连这种没下限的手段都使出来了？"

宋晚栀听得一怔，抬眸望去："什么手段……"

不必再问，一目了然。

纳新日就是校学生会负责组织的，宣传展位优劣不同分配难均，校学生会以身作则，选了最不起眼的广场边上。

偏偏就这么个犄角旮旯，一张长桌上几摞申请表，桌前长队如龙，蜿蜒不绝。

而这场面很大部分得益于一个人——

长桌后几把高背木椅，最中间就坐着一位，长腿懒懒地踩着桌下横杆，半身靠在椅背里，正微侧过脸和旁边的学生会干部交谈。

棚边日光半明半昧，投得他比寸头稍长一些的发色乌黑，头发从额前松散地垂下几根，凌厉眉眼也被淡去几分锋锐。而那人肤色极白，在光下透着近冷玉似的质感，于是卧蚕下一点没睡好的淡淡乌色更明显，素日里极具攻击性的气场退了大半，平添几成慵懒困倦的性感。

宋晚栀看得微微失神。

一旁她们经过的展位里，两个负责纳新的学长学姐也在望着那边感慨。

"连没睡醒的江肆这种级别的杀器都祭出来了——当初他可是凭一张开会困照杀遍P市大学论坛的，校会今年是打算赶尽杀绝啊？"学姐慨叹。

"我刚看见我心爱的小学妹过去了，"学长也叹，"你说我能跟社长申请辞职，去投奔学生会吗？"

"我都扛住了没去领申请表，你少做梦。"

走过学长学姐们的内讧现场，宋晚栀被王意萱拉着去了队伍最后面。

"赶紧，赶紧排上，"王意萱心有余悸地往前看，"瞧这架势，我都怕校会今年的申请表不够用，变成限量发行。"

宋晚栀细眉轻弯，笑意浅淡地点在茶色眸子里："不会的。"

"那可不好说。栀栀你不是P市人，你都不知道江肆在P市的学校里有多出名。"王意萱撇嘴，"女生间一度流传很广的一句座右铭，你知道是什么？"

宋晚栀轻摇头。

王意萱犹豫了下，凑近道："S大和江肆，总得上一个。"

"？"宋晚栀茫然了好几秒，才陡然反应过来。

女孩雪白的脸皮先是像刷上一层浅粉，然后慢慢就红透。压都压不下去的艳色，甚至一点点浸染上嫩白小巧的耳垂。

王意萱发现以后乐不可支："你也太不禁逗了吧栀栀？难道高中的时候，你都没听班里一些傻男生开过玩笑？"

宋晚栀难堪地摇头。

高中时候她的生活轨迹就是学校和家两点一线，除了江肆这个秘密外，她一心学业从不旁顾，自然也就没有什么朋友。别说能开玩笑的男生,女生里她也没有熟悉的,对这种同龄人间惯常的玩笑和亲密,她最近才开始慢慢适应。

过程显然有点艰难。

排队虽长,但毕竟只是领表,流水线似的速度极快。

一眨眼的工夫,宋晚栀和王意萱已经快要排到那张宣传桌前。

离着还剩七八人的时候,王意萱偷瞄向宋晚栀:"栀栀你脸不那么红了呀?"

"嗯。"

"我发现江肆学长腿好长哦。"

宋晚栀下意识地顺着王意萱的目光,望向斜前方的宣传桌下。

那人长腿屈着,散漫地搭踩在横杆上。腿确实长,所以膝比椅面还要高些,长腿和腰腹绷成锐角,折起凌厉笔直的弧度。

宋晚栀望过去的那一刻,就隐约意识到前面有个王意萱挖下的坑。

她仓皇地想收回目光,可惜晚了——

王意萱已经坏心眼地凑来她耳边:"哎呀,腿真长,你说得有多少人想坐在他腿上滑滑梯啊?"

宋晚栀眼睫一抖。像是枝头的樱色被日光抖落,落满雪似的双颊。

虽然有所预料,但王意萱还是没忍住咯咯笑起来:"栀栀你也太好玩了!二十一世纪怎么还会有你这样一被逗就脸红的女孩子啊!"

宋晚栀想反驳,却在此刻排到了队伍的最前面。

"谢谢学长!"

身前的女生弯腰,依依不舍地走开。隔着张木质长桌,那人靠在椅里随意撩起漆黑的眼,恰在这一秒接上她惊慌的视线。

桌前、桌后同时一停。

连那人搭在桌边轻叩的指节都停止在最后一个节拍。

一两秒后,迎着光和被光描摹过单薄轮廓的少女,江肆轻眯起眼。

风和日光晴朗地停在一起一落的视线中央。

大约是一两秒,宋晚栀想,耳边的世界聒噪又安静,一切流动的声音和影像都仿佛是按下快进键的黑白电影,变得模糊,光影幢幢。

唯独那个人在她镜头的正中央,清晰到纤毫毕现,她看得到他黑色的发、攀着冷白颈背探出的红色荆棘、漆黑的眼眸和幽深瞳孔。

这场黑白电影里他是唯一的彩色，灿烂又恣肆的彩色。

然后光从那里撕破黑白的幕布。

宋晚栀回神，轻眨了下被灼得微微酸涩的眼："……谢谢。"

女孩声音很轻，与之反差的是她在低头的那一秒就伸出手，从江肆手里抽走了他刚拿起的申请表，转身就要跑掉。

确实又是"跑掉"没错。

江肆空了的指节轻轻叩下，一点似笑似恼的情绪被日光染上他眼尾。他朝另一边侧过身，声音却勾住了女孩的脚踝："领表后是不是该登记一下？"

"欸？"棚内的宣传部干事一愣，对视一眼后，其中的男干事硬着头皮开口，"部长没说要做登记的事。"

"现在开始做也来得及。"江肆靠在椅子里，像随口道。

"哈哈，"男干事尴笑两声，"没这个必要吧主席，这样折腾有点费时间啊。毕竟只是领表格，他们还不一定交申请。"

"预防冒领。只填基本信息，用不了多久。"

"申请表而已，哪会有人冒领啊，哈哈——"

笃。指节叩桌的声响一沉，敲止了男干事的笑声。

江肆却没看对方，朝着棚外抬起眼。

那束漫不经心的视线在外面排队的人群里停了几秒，他歪过头，抬手一一点过去："这一排，第三、第七、第八、第十五……"

数完一排，江肆的手垂下搁回桌上，问："申请表领两遍以上，你们很缺草稿纸吗？"

寂静后，几个被点中的女生对视了一眼。

有人小声辩解了句："我、我是来替我室友领的。"

"我也一样。"

其余的多数人只是通红着脸，迅速低着头，互相拉扯着同伴离开了。

而最初想"跑掉"却没能成功的宋晚栀，此刻正茫然又听话地停在棚子边角外。她干净的瞳仁里写满了不知所措，最新一张领出来的申请表被捏在手指间，只看边缘泛起的褶皱也看得出她此时的进退两难。

江肆等了片刻，没等到女孩自觉回来。

和宣传部干事简单确认过要填写的信息后，他侧眸望向棚外，语气松散得像漫不经心："刚刚那个，回来登记。"

宋晚栀捏紧手里轻如鸿毛又重于千斤似的申请表。

在光下和那人漆黑的眸子对视两秒，或许还没到，她就败下阵来，有点狼狈地垂了眼睫，垂着长长的白裙脚步缓慢滞涩地挪回桌旁。

白纸被细长有力的手指抵着，推到她眼皮下。

江肆侧了侧身："有笔吗？"

"有，应该有，我找找。"男干事翻找起来。

"三支够了。一队发，三队填，不会耽误进度。"

"好的，主席。"

江肆从椅子里站起身，边走边依序放下另外两张空表，最后停下，眸子落回那一秒，他瞥见桌外女孩垂在裙边攥得紧紧发白的指节。像在忍着什么。

江肆眸色慢慢晦暗。

一两秒后，他颧骨微微动了下，却只从喉结下滚出声半哑的笑："你为什么每次见我，都跟见了鬼一样？"

他嗓音压得极低，且侧插着裤袋的神态散漫又随意。

隔着一张窄桌，也不过只够宋晚栀和她身旁的王意萱听到。

焦躁的夏风里死寂几秒。

宋晚栀眼底轻微的慌张情绪一点点被抑下去。后面不远就是排成"S"形的领表大部队，她只能装作没听到，也没敢抬眸看他，小心地轻轻钩过桌面上被他推到自己面前的那张。

直到一只指骨细长的手划破寂静，递来支黑金色的钢笔："先用这支。填上班级和姓名，中间空一列。"

那人说话时不紧不慢，也没看她，语气松散如常。

他好像全不在意她方才的沉默。

"谢谢。"宋晚栀轻声应下，紧张地接过笔，难得字迹匆匆。

一旁的王意萱则拿着男干事翻出来的笔，表情古怪地扫了这边一眼，才和宋晚栀一起弯腰到桌前做信息登记。

然后两人一起离开了。

远去的背影里，夏风拂得长裙微微飘扬。

露出的半截脚踝被光磨得纤细，透着雪一样的白。

"咦？主席，"棚下，男干事左右看看，"你钢笔是不是被那个学妹拿走了？"

江肆望着棚外，没动："嗯。"

男干事连忙起身要追："我去给你要回来。"

"不用，"江肆停了两秒，落回眼，"送她了。"

"啊？"男干事露出羡慕的表情，"那钢笔应该不便宜吧？"

"就算回礼了。"

"欸？回什么礼？"

江肆显然没有帮对方解惑的耐心，目光懒洋洋地落回手旁，轻慢地瞥过白纸上的第一行。

自1班。

宋，晚，栀。

晚栀，"栀子"的"栀"。

江肆忽想起女孩身上凉淡的苦茶香，浅浅的涩意，还有一点栀子香的尾调。

漆黑的眸背着光，像又暗下一个色度。

须臾后，江肆随手拎起椅背上搭着的外套，转身往棚外走。

"主席？"男干事愣了下，回头，"您要上哪儿去？"

没人回应。

那道清挺背影只略一扬手，银质打火机被钩在空中，甩出咔嗒一声轻响。

宋晚栀匆匆走出去几十米后，惊慌的心跳才平息下来。背后再感受不到那束目光炽烈的视线，她滞涩的脚步也略微放缓。

"栀栀，"王意萱犹豫，"你和江肆学长认识吗？"

宋晚栀迟疑着轻声道："昨天的年级会上，见过。"

"噢对，他那会儿好像注意到你腿上有伤，还特意把你留下了。"王意萱恍然，随即又疑惑起来，"可是听江肆学长刚刚那个语气，怎么好像已经跟你很熟了？"

宋晚栀眼睫轻颤了颤，垂下："他和谁说话都是那样的吧。"

"咦？是吗？"

宋晚栀垂着眼想——是啊。他总是笑着的，站在炽烈灼目的阳光下，对什么都漫不经心而又恣意妄为，生来就天之骄子一样的少年哪里会去斟酌一句捉弄话。

所以他对她并没有什么特殊的，换了其他人也一样。就不要幻想，不要有任何期望。比起黑暗里的无望，虚妄的希望才更折磨。

她该比任何人都清楚这一点。

宋晚栀蓦地一滞。

在那个念头滑过去的同时，像幻觉又无比真实的痛楚从左脚脚踝的疤痕上发散开，疼得她脸色一白，几乎弯下身去。

王意萱并未察觉，还在半自言自语地往前走："不过跟江肆学长打好关系肯定没错。昨晚栀栀你也见到了吧？他竟然是副院长的得意门生，简直不可思议！"

宋晚栀咬着泛白的唇，慢慢跟上去："什么不可思议？"

"还能什么呀，S大就算普通教授都是心高气傲，很少愿意带本科生的，更别说论文加身的余副院长了。好些研究生挤破了脑袋想进他门下都不成，就算进了，又有哪个敢跟江肆似的在他面前那么随便啊？"

"……嗯。"

"听说江肆学长大一破格进入无人系统研究中心后，自动化系每届都有了两个名额，不过达不到考核标准他们就一个不要……所以要是和江肆学长熟了，说不定以后进无人系统研究中心的概率都更大了欸！到时候运气好再跟个课题，哪怕只是打打下手——"

"抱歉，"宋晚栀难得打断，声音低轻，"我身体不太舒服，要先回去了。"

"欸？"王意萱意外地停下，转身，"栀栀你哪里不舒服？我陪你去校医院看看吧？"

"不用，我回去休息一下就好。"

"那好吧,你自己小心啊。"

"嗯。"

回到宿舍后,宋晚栀难得奢侈地睡了一个短暂的午觉,却睡得并不安稳。

她做了一个琐碎的梦,说不清是美梦还是噩梦。

在梦的前半截,她回到了外婆家。拦在她面前的是农村里低矮的石头垒起的墙,墙那头住着另一户人家。那家房子一年到头多数时间都是空置的,只有逢年过节的时候,住墙那头的老太太才有可能回到村里。而更偶然的次数里,老太太最喜欢挂在嘴边的小孙子也会跟着一起回去。

低矮的墙拦着纤瘦的女孩,拦不住墙那头的声音。那个低低的好听的少年嗓音在风里笑、说话,张扬且肆意。于是再后来每次回去,女孩就总是假装无意地站在院子里,晒太阳或者晒乌云,然后竖着耳朵听,听那面墙后会不会再奇迹似的响起某个人的声音。

或者,只是和他有关也可以。

在梦里她也那样安静地等着,等过无数个安静的晌午中的一个。

又像那无数个晌午,等了一场空寂。

然后在梦的后半截,小院的天空慢慢暗下去。

某一秒她脚底一空,失重感将她包裹,她的整个身体向着她看不到的地方跌落下去——头顶的天空被破旧的楼房割成不规则的方块,她的视线里只有那只推出窗外的黝黑的手。

她在梦里向下落去。

惊恐的失重感挤压着她的心脏,她只能在熟悉的绝望里等待最后重重地落地。

呼——

风声忽止。

像万籁俱寂。

这个重复过无数遍的梦境突然变了,她看见自己的胳膊被拉着向上,她抬头望去。

有人死死拉住了她的手臂。

"别放……开。"

那个陌生的声音竭力到颤抖。

宋晚栀在梦里一抖，仰头。

她看见了一张模糊的、稚嫩而狰狞的孩子的脸。

她情不自禁张口。

"江……肆。"

唰——

名字出口的那一瞬，她骤然惊醒。

晚夏的蝉在窗外叫得歇斯底里，寝室里除了她没有一个人在。宋晚栀身上起了薄薄的汗，不知道是梦里吓的还是热的。她苍白着脸，但只是安静地坐了一会儿，然后拿起放在床头架上的手机。

2点17分。

又是周六。离下午3点的那场赴约，还有不到一个小时。

宋晚栀有点倦，但还是撑着身体下床，去洗漱、换衣服，准备出门。

她穿过半个校园的树荫和蝉鸣，终于在2点50分前到达学校外面的那个咖啡厅。开学后的周六下午，咖啡厅里的人多了很多，半数是S大的学生。

宋晚栀的注意力并不在他们身上。

她停在进门的地方，眼神有些抗拒地望着不远处的窗旁——提前订好的桌位里侧，此时已经坐着一个西装革履的男人，裁剪得体的西装衬得他背影笔挺，领带、衬衣、袖扣、裤脚，每一寸每一丝不苟，透出精致昂贵的疏离感。

静谧的下午，缱绻的提琴曲，暖融的阳光，小资情调的咖啡屋。可宋晚栀看着这个无论见多少面也只觉得陌生的男人的背影，叠到眼前的却是很多年前的另一幅画面：吵闹的傍晚，嘈杂的叫骂声，逼仄的昏暗，破旧拥挤的居民楼下立着一口生着水锈的压水井，在一个个被衣物塞满的水盆旁，女人细瘦佝偻的侧影，揉搓那双被冷水泡得红肿的生着冻疮的手。

也对。就算女人长了张妩媚好看的脸，那样的生活又怎么可能留得下满是野心与自私的男人？

宋晚栀没什么情绪地垂下眼睫，拎着背包慢慢过去。

她无声地在他对面坐下。咖啡厅的服务员送上来提前点好的咖啡，宋晚栀很轻地点头道谢，却没有和对面的男人搭哪怕一个字。

宋昱杰习以为常，神色间甚至看不出丝毫被冒犯的不悦情绪。

他只合上平板电脑盖放到一旁，一边搅动咖啡匙，一边不疾不徐地问："你们开始上课了？"

"没有。"

"一周还没有开始，是开学活动很多吗？"

"嗯。"

"比起我们当年，果然还是现在的大学生活更精彩啊。"

感慨不必回答，宋晚栀无声地从背包里拿出书本，一一展开，铺好。

从第一次和宋昱杰在这里见面她就这样做了。反正他只是要求见面和对话，反正她从小跟着卢雅奔波在外，早就养成了在任何吵闹环境下也可以学习的定力，反正他也没资格不满。

最后两个月而已，等领完成年前的抚养金，以后就再也不会见了。

"你是开始预习了吗？"

"复习。"

"《微积分：下册》，应该是大一下学期的内容吧？你提前自学了？"

"嗯。"

女孩在回答的时间里，已经铺好书本，对着翻旧的书内习题在本子上慢慢写起来。光闯过落地窗，落在她纤细的手腕上，沁出透明的玉一样的质地。

而她的眼睫安静垂着，只在字末换行时才会轻轻一颤，像画里的蝴蝶轻抖薄翼，随时要飞离。

宋昱杰无声看着，直等到她将要解完第一题。

纸上的字迹娟秀工整，从笔尖下匀速地不疾不徐地淌出，让人只看着也格外心静。

"我听你妈妈说过，你学习成绩一直很优秀。"宋昱杰抿了一口咖啡，温声道，"但是知道你来了P市、上了S大，我还是很意外。"

笔尖蓦然止住。宋晚栀从坐下以后第一次有了明显的情绪。她微蹙着眉直起视线，浅茶色的眸子里凉意如雨："意外什么？"

"我以为，你不会想来 P 市，更不会想报考我的母校。"

女孩在光下的侧脸仿佛镀上一层浅淡的苍白。

几秒后她垂回眼，淡色的唇很轻地弯了一下，是难得的嘲弄："你想多了。"

"是吗？"

"我选 S 大跟你没有任何关系。"

"如果这样，那 F 大同是最高学府，为什么不选它呢？"

"我说了，"宋晚栀攥紧了笔，"与你无关。"

在宋昱杰单方面不知是妥协还是让步的沉默里，紧绷的气氛重新松弛。

第二道大题需要演算，宋晚栀轻呼出气后，就侧身去拿背包里备好的演算纸，只是纸还没完全摸到，她却先意外地触到了包底一根圆滚滚冷冰冰的金属物体。

宋晚栀怔了下，手指轻轻勾动，把它拿出来。

于是神秘棍状物见了光——

一支非常陌生可又有点眼熟的黑金色钢笔。

等回忆起这支钢笔是在什么时候被她匆忙慌乱地塞回包里，又是归属于谁时，宋晚栀雪白的脸颊以极其明显的速度染上一层赧然自恼的红晕。

她怎么会……忘了还给江肆？

在"江肆是不是也忘了"和"江肆会不会以为她是故意的"两个念头的更迭间，宋晚栀脸上的艳色越来越浓。

她羞耻得想找条缝隙钻进去，最好藏一辈子都别出来了。

也省得面对眼前这"罪证"。

头一回见女孩在自己面前有这么大的情绪波动，宋昱杰想不察觉都难，视线在那支钢笔上扫过："别人送你的？"

"不是……我拿错了。"宋晚栀声音都慌得轻了。

"能有办法还回去吗？"

宋晚栀想了想，点头："可以。"

"那怕什么，还回去，然后赔礼道歉就好了。"

"我……"宋晚栀想反驳宋昱杰，因为这是他说的，再有道理她也不想听。

可也因为是他说的,她又忍下了反驳他的话头——她不想和他多一句交流,一个字都不要。他配不上。

宋晚栀不准备给宋昱杰任何乘虚而入的机会,于是她放下钢笔,扶桌起身:"我去下洗手间。"

不等那人回应,她离开桌旁。

宋昱杰靠在咖啡厅的长沙发椅里,打量着放在他对面的书本和笔,目光最后落在那支钢笔上。

停了几秒,宋昱杰向前轻俯,把笔拿起来,在眼前旋过一圈。

万宝龙的经典款墨水笔,一支就要四位数的价格,能借出这样的钢笔、被误拿走也没追究,显然不是普通家境的学生。

而且他记得,这支是那个系列里的男款。

也就是说,是男生给的?

宋昱杰眼尾微微一紧。慢转着手里的笔,他神色难得绷起来。

钢笔上淌过一抹晃眼的光,折去落地窗外的路旁。

"咦,这不是高明建设的副总吗?"踏上路基石的元浩停住,愣望着咖啡厅的玻璃内,"他怎么跑咱们学校这边来了?"

走过他身旁,低扣着顶黑底银纹棒球帽的男生抬了抬眼,懒侧回身:"谁?"

"高明建设那个上门女婿啊,前些年在P市风头劲升,也算半个传奇人物了,你不知道他?"元浩回过头,想起什么,幸灾乐祸地笑起来,"哦,差点儿忘了你中学那会儿在外七八年。错过城中多少风起云涌啊,大少爷。"

江肆懒着神色笑:"什么大少爷?会所挂牌那种吗?"

"哎,也行啊,"元浩乐了,"你们老江家要是将来破产了,你就去会所挂牌,估计不用一个月,就能把东山再起的本钱挣回来了。"

"?"江肆眼尾轻挑起,刚要解嘲一句,浸了点散漫笑意的眸子却停在了某个方向。

走出去几步的元浩察觉,回身:"看什么呢?"

"……墨水笔,"江肆停着,屈指顶起帽舌,露出黑漆漆的眸子,目不转瞬地望着两三米外的玻璃内,"万宝龙的一支经典款。"

元浩听得茫然:"呃,你很喜欢?"

"我刚'丢'了支。"短暂的沉默里,江肆喉结轻滚,然后不轻不慢地喷了声,"本来以为不喜欢,现在发现……半天没见,还挺想再看一眼。"

"那简单,再买支呗。"

江肆没说话,懒回过眸,垂手摸出口袋里的烟盒。

烟盒扣在银质打火机边沿,停了几秒,他轻弹出根香烟来,耷拉着眼随手拿起就抿进唇间。

元浩看得直皱眉:"你们最近那个无人机项目进展不顺利吗?我怎么觉得你这段时间的烟瘾比去年还重?"

"还好。"江肆拨开金属打火机的手指一停,又缓压回去。最后打火机被他塞回口袋,他懒洋洋地叼着那根没点燃的香烟,沿着长窗往前走去:"……你说,喝茶能戒烟吗?"

元浩被问得一蒙:"喝茶?能、能吧?"

"那晚上去买,"江肆低着眼,慢条斯理地咬过烟头,"花茶吧。"

江肆余光里,一点错觉似的白从他身侧的玻璃内掠过去。

被咬住的烟头蓦地一顿,江肆本想停身确认,口袋里的手机却振动起来。

江肆止了心思,边走边拿出手机。

是条新短信,第一行还自带标题——

"安乔中学 P 市校友聚会邀请"。

薄唇间香烟轻轻一挑。

同一秒,隔着半块玻璃,咖啡厅里与他"擦肩而过"的少女低垂着眼,安静地点开手机里内容相同的邀请短信。

像察觉了什么,女孩读完信息时,下意识地抬眸望向玻璃外——

青石阶前阳光如洒,空无一人。

宋晚栀茫然几秒,视线又落回手机屏幕上。

在"能够到场回复 Y,无法到场回复 N"的末尾句后,她犹豫了会儿,慢慢按下一个"Y",发了出去。

第四章

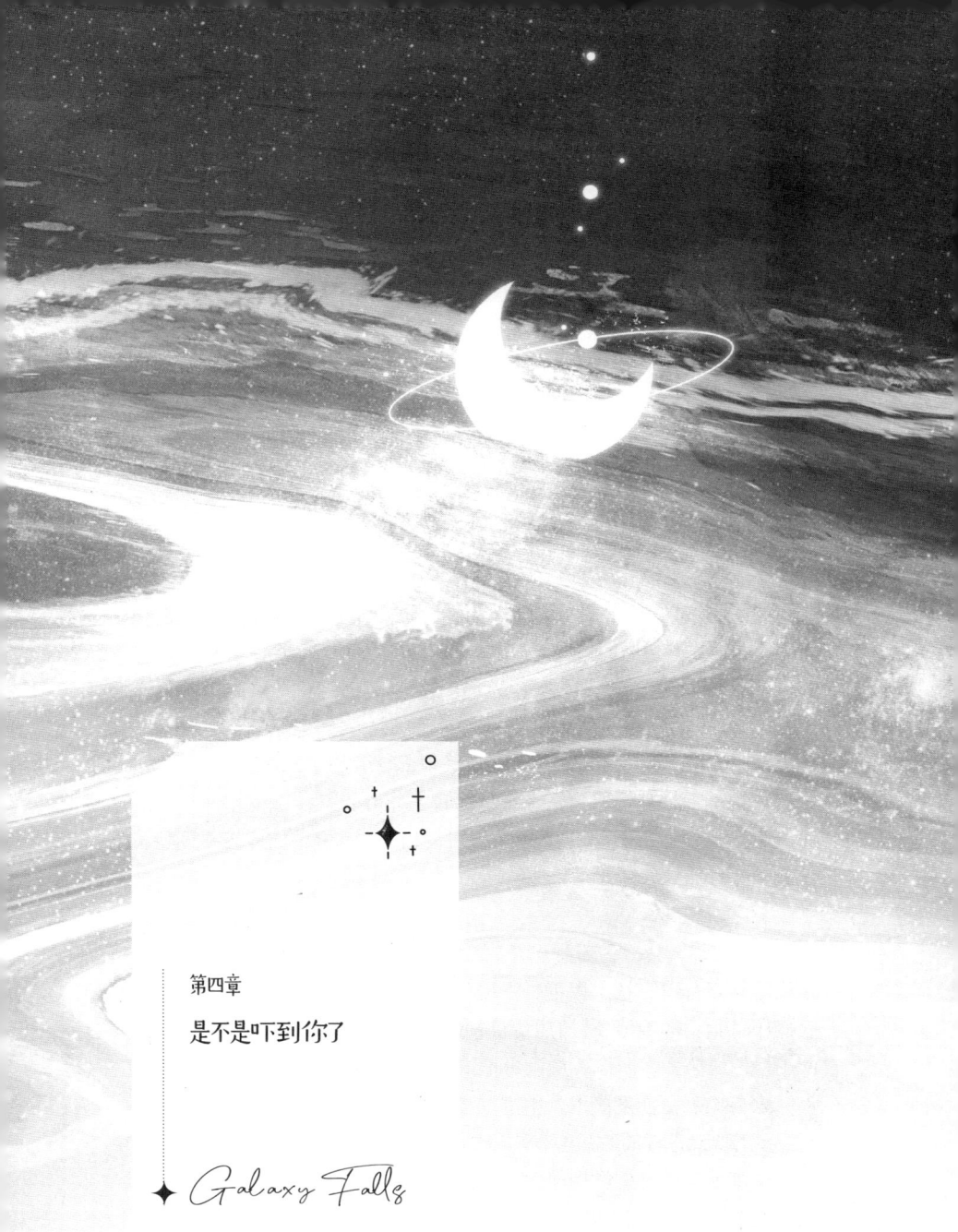

是不是吓到你了

◆ Galaxy Falls

宋晚栀的心被那条校友会的邀请短信带去了天边。回到桌旁后，她越发有点心不在焉，连回答宋昱杰的问题时都要慢上半拍。

或许是宋昱杰察觉了，说好每次两小时的见面，在下午4点刚过时就被他叫停。

末尾，同样的牛皮纸信封被推过桌面。

宋晚栀没什么情绪地接过，只是捏起信封后，她微微蹙眉："多了？"

"新生开学，用到钱的地方很多。"宋昱杰说，"上次问你妈妈能不能去学校看你，我知道你拒绝了。那不能买给你的东西，你就自己备全吧。"

宋晚栀安静听完，却又好像一个字都没听到："多了一倍，下周你不要给了。"

宋昱杰叹气："晚栀，你没有必要和爸爸这样斤斤计较。"

像被那个称呼蜇了一下，女孩的脸色蓦地一白。

桌旁空气寂静数秒，她才终于慢慢松开捏紧的手指，轻声道："我没有和你斤斤计较。"

"那就把钱收下吧。"

"你不要误会。我的意思是，我和你计较的从来不是数量或多少。"宋晚栀收好背包，拉上束带，慢慢起身，那双浅茶色的眼眸背着光，眼底揉碎了柔软的冷淡，"按照协议补给我的抚养金，那是我理所应得的，而不是你的施舍，所以我从没有拒绝。而剩下的……"

宋昱杰靠在沙发椅里，手搭在膝上微仰头看她。

就算听到这样的话，这个男人眼角的笑意和皱纹一样是温和如慈父的。

这却更叫宋晚栀觉得像吞了一大口冰，直落肺腑，透心地凉。

她落开眼："剩下的，多一分我也不会要。"

平静的话声落地，被她一字一字踩过去。

脚踝的痛感从今天中午就加重了很多，宋晚栀走得比平常还要慢一些。

宋昱杰沉默过后，侧过头："脚还疼吗？"

桌旁的宋晚栀一停。

"多的钱你不接受没关系，就按你说的办，但治病的事关系到你一生，你不要意气用事。"宋昱杰的视线落到她藏在长裙下的脚踝，"我找几位骨科的医生朋友看过你之前拍的片子，他们的意见基本统一，你的骨关节恢复得很好，现在还……应该主要是心理创伤方面的问题。"

宋晚栀捏着背包带的手指轻轻扣紧。"所以呢？"她轻声问。

"你什么时候有时间，我想带你去我朋友那边面诊。"宋昱杰顿了顿，补充，"虽然这件事不是我直接造成的，但如果当初我没离开，你妈妈也不会和那种败类在一起。你的伤我也有责任，你不需要有心理负担。"

长而寂静的沉默后。

宋晚栀不知道从什么样的记忆里沉湎回神，她很轻地弯了下唇，笑意却没能浸入那双茶色的眼眸。

"你和那种败类，有多少区别？"

声音温软带笑地说完，女孩冷漠地，跛着足却挺着单薄纤瘦的腰背，头也不回地走了出去。

门上的风铃摇出清脆的声响。

白色的长裙掠过门后，风铃声一远，变作环绕的钢琴音——

再跨进被拉开的金边玻璃门的，已然是两条修长纤细的裹着水洗蓝牛仔九分裤的腿。

今晚是周日的夜。

女孩驻足，身后高大的玻璃门外车水马龙，夜色里灯火流绚。

"欢迎光临。"

拉开门的侍应生站在铺着云纹大理石的大堂内，朝进来的女孩微微躬身。

"您好，"宋晚栀迟疑了下，将手机触屏点开，亮出里面的电子邀请函，"请问……"

"您是要参加今天预订包厢的安乔中学同学聚会吧？"侍应生只快

速扫过一眼,就朝宋晚栀微笑直身,"这边右转是电梯间,您同学订好的VIP包间在19层。"

宋晚栀在心底松了口气,轻轻点头:"谢谢。"

"不客气,您慢走。"

话是习惯性的礼貌用语。

但当侍应生看到女孩明显滞涩有碍的背影后,他还是露出了意外的神色。但很快他就调整表情,将身体转正回来。

空荡的电梯梯厢里外都漆成暗金色的。

电梯门和梯壁在顶灯的照耀下,光可鉴人,宋晚栀能清晰地看到自己映在上面的身影。

她没想到安乔中学的校友聚会会是在这样看起来就消费很高的地方,即便想到了也没什么可以用作准备的衣服——于是镜面里的女孩仍是非常朴素的,一件薄款的白色纱织上衣,半截细瘦的腰身收进水洗蓝九分长裤里,另外半截衣摆则打了个简单的蝴蝶结,勾在腰间微微偏左的位置,勒起线条美好的腰肢。

再往上些,乌黑柔软的长发被轻束起来,垂在身后,露出雪白凹陷的锁骨和天鹅颈。光滑细腻的弧线一直延伸过女孩的下颌及耳郭。只是那双最干净漂亮的颜色分明的眸子,却被一副黑框眼镜遮住了。

宋晚栀的整个高中时代都是这样过来的。

她可以藏在镜片和三好生的循规蹈矩后,远离一切和学习无关的、会让她分心的事情。她算不得真的三好生,因为她算不得真的喜欢学习。她将自己除了那点少女心事以外的全部心思放在学习上只有一个原因:对她来说,学习是她能接触到的,这个世界上最公平的交换。

某个人的名字在心底、在深夜、在舌尖呢喃过一百遍,也换不来什么,他依然与她陌路无关。

可同一个公式或知识点写下一百遍,她就不会再忘了。

只有它们会铺成她往更高处走的石阶。

如果说宋昱杰在她过去的人生里有什么帮助,那最大的就是教给她一个道理:爱从不可信,不能并行者终将被抛弃。

至于江肆……

宋晚栀垂了眸，无意识地望向影子左侧的脚踝。

在她被迫提前懂事、听话、循规蹈矩的安静得苍白又无趣的人生里，江肆大概是她唯一一个能被记作青春的秘密了吧。

那样张扬桀骜又恣意妄为的少年，是她的触不可及，于是无法忘记，于是悄然成了她藏在心底不为人所知的情不自禁。

梯厢缓停。

分不清失重感是来自电梯还是某个人的名，宋晚栀只觉得心口轻轻一坠。

叮咚。

电梯门打开。

门内的女孩眼睫轻轻抬起，刚迈出轿厢一步，就陡然怔在了电梯门间。

电梯正对的墙壁是一整块抛光处理过的山水纹云石，而一道停在电梯间正中的身影，将墙面劈作两截。

但任谁也不会觉得碍眼——他顶着张清峻凌厉的侧颜和人言笑，漆黑长睫随意耷拉着也能显出几分慵感。他今天穿着件纯黑针织薄衫，松松垮垮，砌出一身修长挺拔的骨架。从颈侧探出的一片红荆绽在冷白皮上，就更艳得刺眼又蛊人。

宋晚栀没想过前一秒还在脑海里的人影下一刻竟然就这么出现在面前了。

受惊过度下她呆立原地，分不清真实和虚幻地望着那人。

直到那人微微扬起的眼尾勾着不在意的视线，掠过她，然后停了一两秒，黑漆漆的眸子又落回来。

四目相对。

"宋，"江肆散漫地停顿，似乎回忆过后，却哑声笑了，"宋栀子？"

"……"

被江肆极具侵略性的黑眸擒住，宋晚栀最后一点沉湎消散干净。

她还没来得及对他明显的捉弄做出反应，那人突然长腿一跨，半步就近到眼前。

江肆过来得太突然。

宋晚栀毫无防备地蒙了，下意识地低头把眼睛一闭，只听到耳旁"砰"的一声，清冽的薄荷混着烟草的气息将她扑了满怀。

闭眼的昏暗里宋晚栀反应过来什么，微微侧抬起头瞄向身边——

被江肆侧身拦住而没能关合的电梯门，不满地哼哼着退了回去。

江肆方才差点儿让她撞进怀里，此时也就堪堪停在她身前。他没急着开口，而是扣着电梯门低了低头，视线压迫到她踩在梯门轨道间的脚的脚踝上。

"……腿不想要了可以送我，碰瓷电梯干什么？"江肆退了半步，眸子低俯着，难得透出迫人的冷感。他没表情地握住女孩的手腕，把人拽出电梯，"电梯的感应点原理都搞不明白，你拿什么勇气报的S大自动化系？"

"……"宋晚栀从没见他凶过人，呆了两秒才回神，红着脸低头，"对不起。"

藏在镜片后，那双漂亮细白的眼尾沮丧懊恼地泛着红垂下来——这个毫无脾气的认错出乎了某人意料。

江肆就忘了松开她手腕。

"江肆啊，大三了怎么还这个脾气，小姑娘看你看愣神儿了那不是正常反应吗，你个罪魁祸首有什么好凶的？"之前和江肆说话的人站在旁边，玩笑地打破那点微妙的寂静，"就算你将功补过，也不兴抓着人家小姑娘的手占便宜吧？"

"！"宋晚栀蓦然回神，低头，慌乱地将手腕从江肆手里抽出来。

然后攥着像是被他的触碰烫到了似的手腕，宋晚栀红着脸又退后两步，把两人间距拉得更开。

掌心被女孩细腻光滑的指尖擦过，空了。

江肆慢慢回了神，似乎随意地将手插回口袋："您看她这个被我碰一下恨不得回去洗三百遍的模样，像是看我看愣神的吗？"

"嗯？"中年男人从这语气里听出什么，意外地问，"你们挺熟？"

"同系，今年新进S大的小朋友。"江肆懒洋洋地哼了声笑，"见我一次躲我一次。"

"躲你？那这么难得的小姑娘可不多了。"

江肆没答,眸子放肆地睨过女孩雪白透红的面颊,又恶意地往前了一步,低头问:"你刚刚是想下电梯?"

宋晚栀下意识摇头:"我按错了。"

"嗯?"

"我本来想,"宋晚栀心虚得更轻声,"想去楼上的。"

江肆轻眯起眼。

虽然从方才他就莫名有点不爽,但欺负小朋友也要有个分寸——总不能强行把不相干的人留在安乔的校友聚会。

江肆耷下眼没再说话,只朝她侧前俯了俯身,去给她按电梯的上行键。

这拉近的动作惹得宋晚栀神经绷紧,她下意识仰脸抬眸,只看见极近处那人细长脖颈上的喉结一落又一起。

它……滚了下?

宋晚栀正大脑空白地回忆生物书上的喉结结构,就对上江肆没什么征兆地低垂下来的眼眸。

黑漆漆的,带着某种难言的攻击性,他说:"……看什么?"

宋晚栀低头:"对不起。"

"咻。"那人听不明情绪地一笑,按完电梯就退回去了,"不然从今天起,我见了你自觉退避三舍?"

宋晚栀脸色一白。

她想解释什么,但还没想好怎么说,就听站在一旁的中年男人"咦"了声。

"我才想起来,"那中年人惊讶地抬起手,"你是宋晚栀啊?"

电梯间里静寂数秒。

江肆慢慢侧过身:"林老师,您认识她?"

"哪会不认识,她也是咱们安乔的学生啊。能考上S大的,我可不会忘。"

"……安乔的?"

江肆嗓音起得很低,尾调也拖得轻缓,听不出什么情绪,更好像他并不怎么在意这件事情。

宋晚栀垂着眼，无声地站在一旁。

她没失望，她也没幻想过他会知道安乔中学有一个叫宋晚栀的女孩。不知道才是正常的。站在光里的少年不该看到阴影里的角落。

没什么好失望的。

宋晚栀这样想着，却忍不住把头低得更低了。

到此时她才恍然发觉，她和谁都没有说，怕的也不过就是眼前这一幕罢了。

林老师面露意外："我还以为你们就是因为上同所高中才认识。"

"我不知道，"江肆懒着声，"她没提过。"

"那可真是缘分啊。宋晚栀就比你低两届，你高三那会儿她应该读高一，也是永远年级前三。"林老师感慨道，"不过人家小姑娘跟你不一样，她是一心扑在学习上，又听话又懂事，不犯校规不惹乱子，哪像你。"

"我怎么了？"

"还你怎么？"林老师佯怒，"就你高中那会儿，隔壁大学的女生天天跑来堵校门！你毕业了也不消停，那恋爱史编故事似的，换着花样往安乔传呢。"

江肆停了几秒，突然笑了。"哦，"他散漫抬眼，"原来是因为这个。"

林老师一愣："什么因为这个？"

"没什么，"江肆侧过身，示意电梯间外，"那边快开始了，您是不是该过去准备'演讲'了？"

"你这是打算支开我啊？可不许欺负学妹。"

江肆懒着声："一捏就碎似的，我能怎么欺负？"

"那聊完也赶紧进来，别搞特殊。想起你以前那些光荣事迹我还脑子疼呢。"

"嗯。"

脚步声消失在电梯间外。

江肆眉眼间笑意一淡，侧身，不紧不慢地转回来。

原本还只是站在他身后的女孩，此时几乎已经要退到电梯门上。她正微微白着脸儿，似乎是在紧张或者害怕，仰头盯着电梯旁的数字——离这层还远。

江肆盯着女孩背影，寂了几秒，慢慢嗤笑出声："还去楼上？"

宋晚栀僵了下，答不出话。

"你在安乔听过什么传言，能让你这么怕我？"江肆过去两步，往她身旁墙壁上一靠，眼眸低垂着，"难道是说看见我要赶紧跑，不然就会被我打晕了扛回去吗？"

宋晚栀轻蹙眉："没有。"

"没有什么？"

"没有……这种传言。"

"那你怕我什么？"

"……"

宋晚栀想说她不怕他，可这样说，她就更无法解释她躲他的原因了。

见女孩仍紧绷着沉默，江肆眼神微沉，心底那点躁意却按捺不住地焦灼起来。他习惯性地垂手去摸口袋，随即才想起外套和烟盒都没带上来。

躁极之后，江肆反低了头，哂出声低哑的笑："我怎么一见你就犯烟瘾。"

"什……么？"宋晚栀听得模糊，忍不住回眸。

江肆却不说话了。

电梯叮咚一声，抵达这层。

电梯门打开，宋晚栀迟疑了下，还是朝他轻轻点头："我先走……"

"她不上。"江肆抬手一拦，同时懒撩起眼，朝电梯里的陌生客人漠然说道。

"？"宋晚栀怔怔地仰脸，看了看他，又转头看了看电梯。

电梯里的人闻言已经按下了关门键。

在宋晚栀回神前，电梯合上门，无情地离开了。

她眨了眨眼，仰看江肆的干净眸子里多了一丝不解，但并没有恼怒或者不悦。

江肆眼神晦暗，语调还是不紧不慢的："为了和我撇清关系，你连校友聚会都不想参加了？"

宋晚栀张了张口。

不是。她明明是为了他才来的。可是不能说。

于是她又颓然地垂回眼去。

"行，"江肆冷淡地笑，"进去当你的三好生吧，我不会和你打招呼的。"

宋晚栀眼睫一抖，几秒后声音很轻地开口："你先进，我待会儿再……"

江肆轻嗤。一个字也没再多说，他转身离开。

宋晚栀无声地咬了下唇。

在那个人的背影即将拐出电梯间时，她突然想起什么："江肆——"

女孩本能地往前追了两步，却忘了方才久站，突袭的痛感仿佛撕裂脚踝。她跟跄了下，扶住墙才险险没摔倒。

在回神的那一秒，宋晚栀脸色蓦地苍白下去。

压着自卑又难过的情绪，她慢慢将左脚往后缩起来。

江肆停在电梯间外，插着裤袋半侧回身。

低懒垂着的漆黑眸子下，女孩扶着电梯墙站在原地，下颌尖尖地压着，藏起了眼睛和大半张脸。

从他的角度只能看到她紧紧咬着唇，脸迫得发白，仿佛在战栗。

"对……对不起，"女孩声音轻弱，"我昨天错拿了你的钢笔。什么时间还给你会方便？"

江肆不声不响地站在原地。

直到长廊深处，不知谁喊了他一声。差一点伸出裤袋的手插了回去，江肆转回身，薄凉地嗤笑出声："扔了吧。"

那人再没回头，径直转出电梯间。

最后一点血色从女孩清秀的脸上退去。

直等到那个脚步声彻底听不见，低着头的宋晚栀很慢很慢地挪出了第一步。她苍白着脸，固执地没去看电梯门上她的侧影。她知道那看起来一定很丑。

就算那人走得再慢，她也永远没办法和正常人一样，"正常"地走在他身边。

安乔中学在 P 市的校友算不上很多，但合计起来，在吃饭的私房餐厅里也坐满了九张圆桌。

桌位分布安排成松散的九宫格，江肆自然坐在最中心的那桌。

无论什么时间看过去，总有重叠的人影将他围在中间，有玩笑敬酒的，有亲近恭维的。间隙露出来的画面里，那人与谁都是散漫疏懒，一双桃花眼或垂或抬，总带着漫不经心的笑，眼神起落都蛊人似的。

宋晚栀坐在角落的桌旁，看那人近在咫尺，又远在高不可攀的天边。

她没什么好做的，别说近处一桌，即便是整个房间里，除了江肆她也认不出一个。偶尔有个别男生和她搭话，她也只是敷衍过去。多数时间里她就只蘸着杯里倒出的几滴水，安安静静地在一次性桌布上描摹。

有时候是在记公式，有时候是在画一支钢笔，有时候是在遗憾这样浪费消磨掉时间，远不如在图书馆里看书好。

她怎么就鬼使神差地回了"Y"呢？

宋晚栀轻轻蹙眉，低头把杯里的水面吹皱了。

在她直起身前，坐旁边的两个同届女生已经攀谈到彼此八卦的熟稔程度——

"纪雨菲办这场校友聚餐的目的，明显是醉翁之意不在酒啊。"近的那个晃了晃杯子，不满地嘟囔，"你看这一顿饭下来，她好几次简直都快贴到江肆学长身上了。"

"谁让人家有钱。在这种地方请百来号人吃顿晚餐，那可不是小数目。"

"哎，你说她能得逞吗？"

"我看差不多，江肆大一谈的那个女朋友分了以后，有快两年没交往新的了吧？"

"不是说他大一开始就跟着无人系统研究中心那边做课题项目，不谈恋爱了吗？"

"那也空当太久了。况且纪雨菲漂亮会撩，大胆主动，有钱又有资本，还是江肆喜欢的那种类型，怎么想江肆也不会拒绝。"

"不是吧？纪雨菲除了有钱，哪儿还有什么资本？"

"这多明显！"

离宋晚栀远些的那个女生挺了挺胸，给同八卦的女生抛来个意味深长的眼神："别说男生了，我都羡慕她——我梦寐以求的36D啊，白瞎了我那些年干啃的木瓜！"

"……"

宋晚栀沉默地低头向下看。

又过几秒后，她微微绷着脸，耷拉着眼尾转开了。

半晚喧闹。

江肆靠坐在主桌的高背椅里，不管几轮推杯换盏下来，他这边也是滴酒未沾。

随着时间推移，他眉眼间那点松懒笑意越发淡了。

只余一点黢黑情绪在眼底。

直到主桌的林老师摆了摆手，拒掉最后一杯敬酒："唉，不行了不行了。这人上了年纪，精力是没法跟你们这些年轻人比了。你们好好玩，我这头晕得不行，必须得先回去了。"

"老师您这就走啊？"

"就是啊林老师，这才晚上9点多呢。"

"晚上9点多对你们年轻人才叫'才'，搁家里，这个点你们师母早就催我泡脚睡觉了。"林老师笑着起身，伸手去拿搭在椅背上的外套，显然去意坚决。

学生们也不好拦。坐他身旁的体形圆润的男生是P市校友群的负责人，叫沈鹏宇，这会儿跟着起身："那我给您叫个车，送您下楼。"

"哎，我自己就行。"

"不用叫车，我送林老师。"一个辨识度极高的嗓音懒洋洋地插了进来。

几人回头，正见同在主桌的椅子里，江肆像是没看见被纪雨菲扶着他椅背贴送过来的酒杯，也无视了那双妩媚柔情的眼，没什么情绪地往侧旁一避，径直起身。

主桌一寂，几人表情微妙。

拿起外套的林老师愣了下，回头看了看江肆，又看了看神色尴尬懊恼的纪雨菲："啊，这个，江肆你这就回去吗？不再陪他们坐会儿了？"

"实验室师兄找我有事，回了。"江肆敷衍道，"你们玩。"

"哎，别啊江肆，"沈鹏宇接收到纪雨菲那边凶巴巴的目光，连忙绕桌过来,"这才刚过半呢,你走了,光我们在这儿还有什么意思?"

"没意思就散了。"江肆拍拍他肩,嗓音低低懒懒的,只他们两人听得见,"相亲局用不上这么大排场。你要实在闲得发慌,就去工地搬砖。"

"!"沈鹏宇胖脸上的笑就被江肆这随手两下的拍肩抖掉了。

瞥见林老师离了席,江肆眼眸一敛,转身走人。

纪雨菲急了,也顾不得面子,跟着起身转出来,向沈鹏宇抱怨:"他怎么这样啊!"

"我的姑奶奶欸,敬杯酒也就算了,谁让你这样那样的了?"

"我、我怎么样了?我也没做什么呀。"纪雨菲嘟着唇不满咕哝。

"来之前我都跟你说几遍了?肆哥可以撩可以聊,但他不喜欢没分寸特黏糊的,尤其——"沈鹏宇一顿,靠过身去声音放低,"裴校花怎么被甩的,你忘了?"

"不就趁他没注意真亲了他一下嘛。"纪雨菲心高气傲的,今晚做到这份儿上还被甩了脸子,难免有点情绪,"当男朋友还不给亲热,长那么帅有什么用?"

"那您明知道,别上赶着追呀。"

"我——"

余光见江肆就要出了宴厅,沈鹏宇也顾不得再接纪雨菲的话茬儿。

他说了声,就慌忙扭动着圆润的身躯,追着那身影跑过去:"哎,肆哥。别生气啊肆哥,我真不是故意的!"终于赶在宴厅门外的走廊上追上那道身影,趁林老师在前几米,沈鹏宇赔着笑,"主要是人家小学妹真心喜欢你,又央上门了,我……"

余音被掐灭在那人睨来的一眼里。

沈鹏宇缩了缩脖子,自认倒霉地把两人往电梯间送:"绝对没有下次,我发誓。"

江肆冷淡地笑。

"我真错了,这回是我犯二,给我一个机会将功补过好吧?"沈鹏宇一路追着送到电梯间,殷勤地给他们按电梯,然后退回来做保证,"等下回你有什么吩咐,直接找我,我一定给你办得妥妥帖帖的!"

"不用等下回。"

"只要肆哥肯原谅我这一次无知的——啊？"沈鹏宇以为自己听错了，扭头。

江肆瞥过腕表，没抬眼，像是随口说："东南角那桌有个叫宋晚栀的小朋……小姑娘，她腿上可能有伤，走路不太灵巧，结束时候你照顾下，别出岔子。"

沈鹏宇更迷茫了："宋，什么？"

"宋晚栀。"

死寂片刻。

江肆抬回眼，正对上沈鹏宇恍然大悟又若有所思又不敢置信的复杂变换的表情。

江肆停了几秒，懒散勾唇："把你脑子里的多余想法倒掉。"

"我没有，我的想法一直很纯洁。"沈鹏宇一本正经地说完，就立刻觍着大圆脸凑近，"不过肆哥你这就太拿我当外人了，你早说嘛，早说我肯定把那个叫宋、宋晚……"

"宋晚栀。"

"哦哦，对，宋晚栀。你早说我一定把她安排到主桌上了。"

"滚，"江肆慢条斯理地笑，"让你乌烟瘴气的主桌离她远点。那是能进S大的小朋友，带坏了信不信我弄死你。"

"S大的？"沈鹏宇又蒙了。

安乔中学能进S大的，最近六七届加起来也不过出了三个。

唯一的那个女孩沈鹏宇只见过照片，印象里是个戴黑框眼镜的、非常文静的、一心向学的、清清淡淡的——总之就是一个不该和江肆有任何交集的小姑娘。

且不说安乔尽人皆知江肆在恋爱这件事上从来没主动过一次，单说那种类型，也根本和江肆喜欢的半点边儿不沾。

沈鹏宇越想越觉得迷惑，但他看得出江肆不想多聊。

"您放心吧肆哥，"沈鹏宇拍胸脯，"这么简单的事，我一定给你办得稳稳妥妥，给咱们祖国未来的小花苗一片叶子不差地送回去！"

江肆微微挑眉，最后还是没说什么，和林老师一同进了电梯。

电梯门在他们面前关合。

门缝外，沈鹏宇信心满满的胖脸逐渐消失。

一小时后。

江肆低垂着眸懒靠在S大无人系统研究中心实验楼的电梯里，望着电梯门徐缓打开。他长腿跨出，刚转进走廊，外套口袋里的手机就振动起来。

江肆缓步走向实验室，拿出手机打算调成静音。

然后他瞥见了来电显示——沈鹏宇。

长腿一止。江肆停了两秒，抬起接通的手机："什么事？"

"肆哥，"沈鹏宇结巴了两声，"你让我照顾的那小姑娘，好像让我给落、落在19层了。"

江肆眼皮一跳："什么叫落在19层了？"

"大厦今晚才通知说电梯系统出了点问题，存在安全隐患，今晚关业后要停梯做临时检修。走之前我明明确认过餐厅和包厢里都没人了——"

"说结论。"

沈鹏宇哭丧着声："宋晚栀一个人在19层。电梯停了。"

"……"

望向窗外浓重的夜色，江肆微皱起眉。

宋晚栀也不懂，怎么她只是去洗手间一趟，又接了母亲卢雅一通电话的时间，再回来时包厢里就已经空了——

偌大房间里不见安乔校友，只剩私房餐厅的服务人员在打扫厨余。

见到宋晚栀从门外进来，那几人也很意外："小姑娘，你那些同学早就下去了，你怎么没跟他们一起？"

"我接了通电话……"宋晚栀从怔然里回神，"所有人都离开了吗？"

"对啊，走了估计得有十分钟了。"

"好，谢谢。"

宋晚栀朝最近处和自己搭话的人略一点头，就要转身。

对方却突然想起来："哦，对了小姑娘，大厦里的电梯今晚检修，估计耽搁挺久，你可能得走消防楼梯下去了。"

宋晚栀身影一滞。她微蹙起眉，下意识地低头看了眼脚踝。

从昨天开始她左腿就一直明显不适，19层的高度对她脚踝的旧伤原本就是不小的负担，在这两天的情况下只会更严重。

可她又不能在这里无限期地等下去……

宋晚栀只得再次谢过对方的善意提醒，问清楚消防楼梯的位置，朝那边走去。

消防楼梯里安装的是感应灯，周期很短，一次大概亮四十秒。

对于多数骨关节不适的人来说，下台阶远比上台阶的疼痛负担更重，宋晚栀也不能例外。即便有冷冰冰的金属扶手撑着，在下过两层四段的楼梯之后，她的脸色就已经苍白了许多。

而在这临近夜里11点的时间里，时不时就会忽然暗下的楼道灯，以及安静到接近死寂却又偶尔会突然听见奇怪声音的楼梯环境，就更让她心脏都快缩成一团。

在不知道第多少次停下后，宋晚栀紧张地朝身后回头——

砰！

头顶17层消防楼道的门被什么东西猛地甩上。

宋晚栀还没来得及看清，眼前忽然一暗。

"！"她下意识张开嘴巴，恐惧到极点的情况下却连声音都仿佛被死死摁在了喉咙里。

大脑空白的几秒过去，宋晚栀回神，抬起发僵的手用力拍了拍金属栏杆。

砰，砰砰！

求救似的闷响声唤醒灭下的感应灯。

重新亮起的楼道里，除了女孩单薄战栗的身影，四周空无一物。

应该……只是风吹的吧。

像被电过一遍似的，竖起的汗毛被安抚下去，宋晚栀的腿都软了。她放开被自己屏到快窒息的呼吸，深吸了口气，虚脱似的靠在楼梯扶手前。

拍得发麻的掌心泛起潮湿的汗意。宋晚栀后怕得有点想哭。早知道就在19层的私房餐厅外等了。

大厦里别的楼层早就下班了，路过的消防门外面都黑漆漆的，这短短的十分钟里她几乎把自己人生里涉猎过的所有恐怖电影或者恐怖故事全都想了一遍,越想越惊栗。

宋晚栀唯一能想到的缓解办法就是给卢雅打电话。可晚上 11 点,卢雅应该已经睡了,就算没有,也只会劳她跟着一起担心,说不定还会彻夜难眠。

于是几次攥起的手机又被放回去。

宋晚栀再次深吸了口气,向下面半层昏暗的楼道里看了看。

还剩几级台阶就快要到 16 层了。再坚持一会儿。

女孩攥了攥汗意冰凉的掌心,在痛楚上又加一层虚软感的左脚踝更加无力。她忍着仿佛每一步都在撕扯深处伤口似的疼,艰涩地扶着栏杆向下挪去。

终于踏上 15 层的休息平台,宋晚栀仰头看着那个数字,有种攻克某道数学难题后的如释重负。

只是它还没来得及转为女孩眼尾松软垂下的弧线,光亮就又在眼前陡然熄灭。

再多遍还是下意识地呼吸一紧,宋晚栀刚攥着手指想去拍身旁的栏杆,突然就听见脚下死寂的楼道内,传来越来越近、越来越急迫的脚步声。

有人在往上跑!

宋晚栀瞳孔一缩。

紧绷得近麻木的思绪下,这个黑暗寂静到可怕的楼道里唯一的脚步声让她几乎本能地就想转身往楼上逃。

打算拍亮感应灯的手蓦地攥紧,她没敢发出一点声音,颤着手指去摸手机。

跑是跑不过的。

宋晚栀强迫着自己慢慢在台阶上不发出一点声音地坐下来,在黑暗里摸出手机,颤抖地输上"110",然后死死地把它攥在掌心。

啪——

15 层的感应灯被跑上来的脚步声叫醒。

江肆扶着栏杆转身,几步跨上六七级台阶,身影骤地一停——

坐在比他高两级台阶的平台上，脸色苍白的女孩紧紧缩在金属栏杆旁，睁大的茶色眼眸里透着惊恐和雾气，细碎的发丝黏在她微汗的额头和从苍白里沁出潮红的脸颊。她颤抖的手抬在耳垂下，拇指指尖正死死按着拨号键。

一瞬寂静到窒息的对峙。

女孩紧绷的肩蓦地松垮下来："江……肆。"

这一声惊惧后的释然近乎呜咽，又更复杂。

江肆从没听人这样喊过自己的名字，因速攀而急剧跳动的心脏都似乎跟着缓滞了下。

他漆黑的眸子微微沉着，喉结轻滚，被跑步和呼吸压得低哑的嗓音里抑着一丝罕有的失控："抱歉，我是不是吓到你了？"

"……"

宋晚栀没来得及回答。紧绷之后骤然的松弛，女孩僵着的手指间手机跌下。隔着两级台阶，江肆俯身一钩，险险在落地前截住了她的手机。

没接住的是女孩脸颊抑不住滚落下来的眼泪。

细腻白皙的薄薄的眼皮被情绪逼迫出惊惧的嫣红色，然后慢慢晕染开，她睁大了眼睛望着他无声地掉了好几颗眼泪，才好像终于感觉到自己哭了这个丢人的事实。

茶色的眸低藏下去，她抬起手背慌乱地从脸颊边擦去湿透的泪痕。

"没有，"她的声音像藏在眼睫下的眸子一样，被哭腔浸得湿潮，但还努力绷平，"我就是……不小心摔了一下，才哭的。"

"安乔那些说你'听话又懂事'的老师，也知道你这么会撒谎吗？"

"……？"宋晚栀不安地抬了抬眼，就见那人细长的手指抵着她手机，伸来面前——亮着的屏幕上还显示着"110"的未拨出号码。

宋晚栀僵了下，伸手慢吞吞地接住。数字被一一退格掉，她心虚地把手机抱进怀里。

江肆屈膝踩着台阶边沿的长腿落回，嗓音也恢复常态，听来低哑又散漫："摔了要打110？"

"……"

被当面拆了谎，宋晚栀刚从惊吓里退潮的红晕又慢慢浮上脸颊。

江肆停在她几级台阶下，看不清她低头藏着的情绪，却能看到她松散开的长发间露出透红的耳。那点雪玉沁红似的颜色，在女孩乌黑的发下格外显眼。

"脸皮这么薄，还学人撒谎。"江肆挪开视线，落到她九分裤下半遮着的雪白脚踝上，"脚怎么样了？"

宋晚栀像被他目光烫了下似的，本能地将左脚往右脚后藏了藏。

沉默几秒，她想点头："还……"

"好"字没能出口。

"还要说谎？"话被那人截断。

宋晚栀抿住唇，犹豫之后改口："还要休息一会儿。"

"一会儿是多久。"

"？"宋晚栀被问得莫名其妙，然后才突然反应过来，惊怔地仰脸看他，"你怎么回来……你不是已经走了吗？"

江肆盯她两秒，笑了："那你是吓傻了，还是反射弧原本就这么长？"

宋晚栀被他哽住。

江肆没再逗她。他踩着台阶蹲下身，伸手过去，勾出女孩藏在右小腿后的左脚踝。

这动作吓得宋晚栀一惊，下意识就一边往回收腿一边伸手想拦："别……"

"别动。"江肆懒洋洋地低着眼，掀起九分裤观察她脚踝，确定没什么大碍后，才漫不经心地抬了下眼，"下面六七级台阶，万一把我推下去，谁背你下楼？"

"对不起，我没有想推——"

毫无防备地就被看了那条很丑很长的伤疤，宋晚栀思绪空白地说了半截，才茫然停下。

几秒后她回神，滞涩抬眸："什么？"

"背你下楼。"那人慢条斯理地重复一遍，"难不成你想在这里等一晚？"

"我自己也能……"

话声未落，黑暗先罩了下来。

这一次宋晚栀还没来得及怕，昏黑里，她身前就有人轻打了声响指。感应灯一灭一亮，连一秒的间隙都没有，炽白的光亮就又落回那人清隽的眉眼间。

宋晚栀呆呆地盯着他。

江肆和她对视一两秒，似乎知道她想问什么："四十五秒。"

宋晚栀更怔了："你一直在心里计数？"

"惯性记忆，不用也是浪费。"江肆懒洋洋地答完，本想回到原话题。

"好厉害啊。"她下意识轻声地叹。

江肆一停，撩起眼。

她那双茶色眼眸就近在咫尺，瞳仁的黑是澄澈的黑，巩膜的白也是纯粹的白，瞳仁清晰得能映出他的影儿来。只是湿潮未退，女孩大约又是皮肤很薄的那种体质，所以眼睑和眼尾还沁着淡淡的红，看起来安静又委屈，像刚被欺负完。

江肆眸色晦暗。停了一两秒，他喉结微滚了下，直回身。

"你来之前戴的眼镜呢？"江肆没头没脑地来了一句。

宋晚栀被问得茫然，但还是听话答了："我怕下楼摔倒，会有危险，就提前放回包里了。"

"嗯，"江肆应得敷衍，仿佛只是随口一问，背对着她蹲下身，"上来吧。"

宋晚栀怔了下，试图挣扎："我自己真的可以——"

"林老师让我照顾好你，你想让我食言吗？"那人冷淡轻哂。

"……"

博弈失败，眼前又确实没的选。

宋晚栀纠结数秒后，只得小心翼翼地试探着攀上江肆的后背。

他看起来清瘦，松垮线衣下藏着的肩骨轮廓却宽实而挺拔，隐约起伏的肌肉线条也埋在衣内，就隔着一层单薄的布料，烫得宋晚栀趴上去前就红透了脸颊。

从方才脚步声听，江肆大约是跑上楼来的。在这样的夏晚，十几层的速攀也让他起了薄汗，颈背后刺在冷白皮上的红色荆棘探出宽松的线衣领口，朱红微微汗湿，越发开得妖艳而灼人，仿佛要攀过他肩头，纠缠上她纤细的手腕。

宋晚栀的指尖更不敢碰到他身体任何位置了，只好攥紧了藏在掌心，握成两只白皙秀气的拳头僵硬地架在他肩上。

于是江肆用手腕勾着女孩的腿弯起身，还未迈步就察觉什么，向肩侧低了低眼，随即嗤出声轻薄不禁的笑："你骑摩托呢？"

"！"宋晚栀面颊上的艳粉又抹一层。

没听见回应，江肆也习惯了，就低懒着声指挥："手松开，勾在一起，挂好了——照做，不然掉下去还要拖累我。"

宋晚栀只得憋着通红的脸听话照办。

"重心不要往后倾，趴上来，"江肆垂着眼，耐心等她调整，"身体放松，腿夹紧——"

那人散漫又低哑的嗓音在寂静的楼道里停得突兀。

宋晚栀按照他说的，一个指令一个动作，听到一半等了几秒，不见任何后续，睫毛扑扇了下，茫然地侧过去一点望他："江肆？"

女孩温软的呼吸从他颈旁撩过，冷白上盛放的红色荆棘被灼得更艳一抹。

忽地，灯火寂下。

黑暗里气息交灼，这一回江肆似乎也忘记计数了。

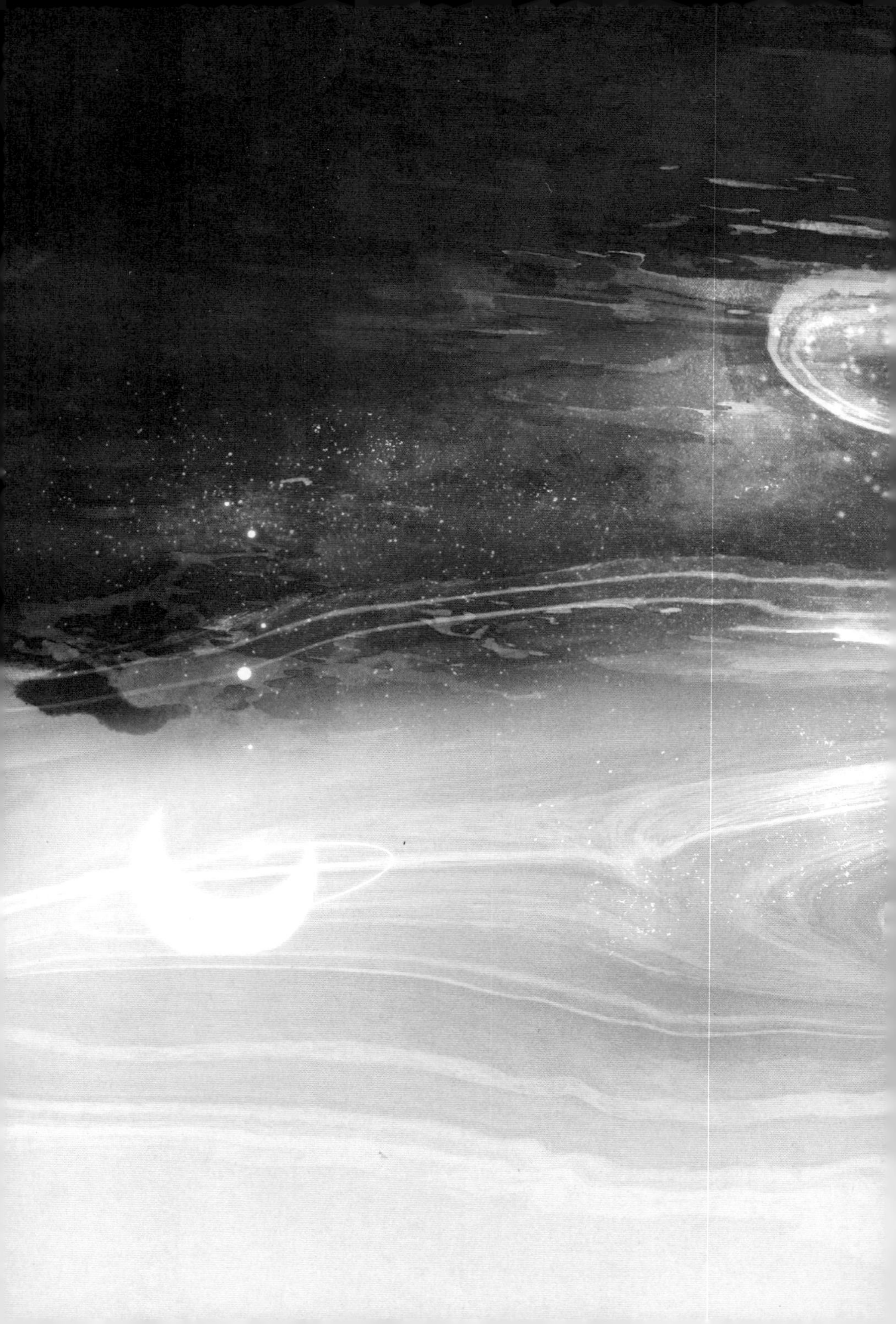

第五章

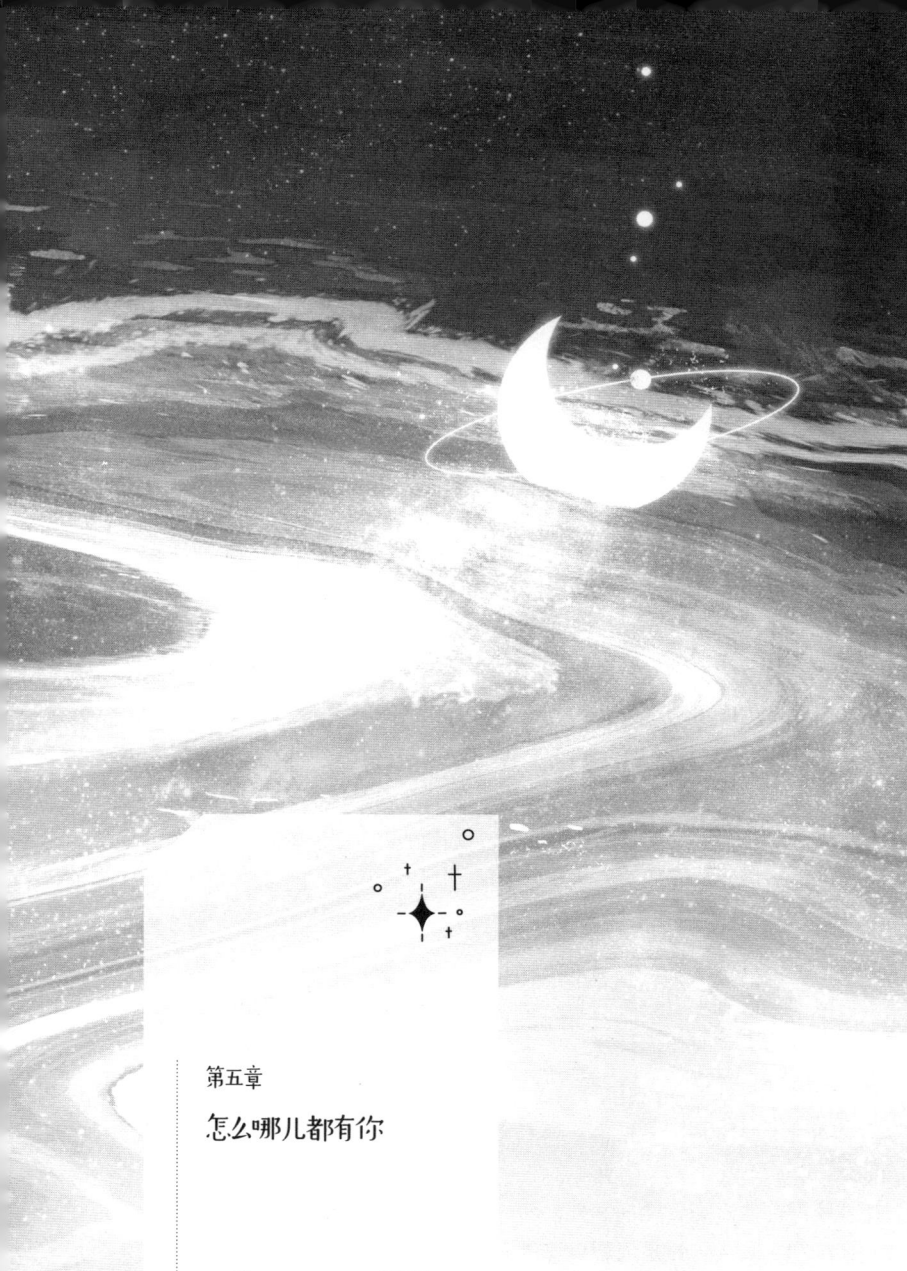

怎么哪儿都有你

◆ Galaxy Falls

"大哥，大哥，这都快半个点了，咱们这电梯什么时候能修好啊？"

大厦1楼的电梯间里，一个灵活的胖子正急得绕着电梯工直转圈。

他一边擦着汗催促一边低头看手机，生怕错过了之前没拦住的已经从消防楼梯上了楼的某人的消息。

电梯工大哥被催得很恼火，抬了一把安全帽，扭头："你说你这个小年轻怎么这么絮叨，你催我有什么用？没好就是没好，这机器壳子都打开了，没调试好当然不能运行，要不然万一出了事故，是你负得起这个责还是我负得起这个责？"

"大哥，我不是催您，主要是我朋友还困在楼上呢。您看这眼看就大半夜了，还不知道得耽搁到几点去，我肯定着急嘛！"

"那我是不是那会儿就跟你说了，让你同学自己下来啊，就19层楼梯，年纪轻轻的，还能给她累坏喽？"

"不是，那个同学她腿不太好，有伤。"

"那就等！"

电梯工大哥手里提着的工具箱被扑通一扔，砸得地瓷闷响。

对方瞪大了眼望向沈鹏宇的表情俨然是"你要再催我就给你敲进地缝里"的忍无可忍的表情。

沈鹏宇只得咽回其他话，盘算着今晚是不是要做好在楼下熬半夜的准备。

还没等他想完，电梯间外，匆匆走近一阵急促的脚步声："先生？"

沈鹏宇回头。见是大厦值班的安保，他指了指自己："叫我？"

"对，和您一起的那位喝醉的朋友刚刚醒了，劳您过去看看。"

"醒了？醉成那鬼样还能醒？"沈鹏宇疑惑地跟出去。

安保苦笑了下。

沈鹏宇跟在大厦安保人员身后，走出电梯间。

还没走完那截走廊，他就听见嘹亮得直冲人天灵盖的歌声从大堂那边掀了过来——

"来呀来个酒啊……不醉不罢休……愁情烦事呀啊……别放心头……放心头！"

魔音灌耳，沈鹏宇猝不及防地受了一惊，差点儿撞到走廊拐角的墙上。

"这歌还有喊麦吗？"沈鹏宇不可置信地扭头问。

安保表情扭曲："先生，这应该不是重点。"

"哦，哦是，对不住，影响你们了哈。"沈鹏宇连忙道着歉，加快脚步往那边赶。

最终，和两个安保合力，沈鹏宇才终于把跳到大堂沙发上引吭高歌手舞足蹈的醉鬼拉下来，死死摁在了沙发上。

幸好此时临近半夜，大厦的大堂内除了值班的安保也没其他人，沈鹏宇一边抽空给两个安保递烟一边赔礼道歉："实在对不住，等电梯好了，我朋友把落在上面的小姑娘带下来，我们立刻就走。对不住啊，打扰你们工作了。"

"没关系，我们这个工作性质嘛，就是什么人都能见着。"安保顿了一下，干笑，"不过你这哥们儿，唱歌倒确实是唱得……嗯，挺有个性。"

安保大哥刚说完，靠在沈胖子身上平息了没几秒的醉鬼仿佛又被按下了点歌开关——

"人生短短几个秋啊……不醉不罢休……东边我的人哪……"

"要了命了。"沈鹏宇头大如斗地想摁住他，"大哥您能不能消停会儿，回去再唱啊？"

醉鬼听了脖子一梗，声音再提高十个分贝，胳膊豪迈地甩向前："东边我的，美人哪！！"

"美人个头！你这鬼哭狼嚎的嗓子，叫不来美人，只能叫来鬼！"

沈鹏宇气急败坏地扑上去，试图靠体重压制对方的歌喉和胡乱挥舞的胳膊。

这边沙发上正激烈搏斗着，冷不防地，沈鹏宇听见头顶后方传来懒洋洋带笑的声音。

"大半夜的，憋不住就去开房，在这里玩少儿不宜这套，有没有考虑过小朋友的身心健康？"

沈鹏宇百忙之中试图抽空扭头："肆哥你怎么先下来啦？"他刚转过一半，就被醉鬼又扒拉回去，"您就别说风凉话了，再说这哪儿有什么小朋——友、友、友？"

最后扭曲的是沈胖子惊恐的尾声。

原因无他——

江肆散步似的从消防楼梯口里走出来，手腕上勾着两条骨肉匀停的腿，脖子还被纤细的胳膊搂着。女孩白生生的脸合着眼搭靠在江肆肩上，而他不紧不慢地路过长沙发。

还真是背了个"小朋友"。

沈鹏宇目瞪口呆地看着，连压在底下的醉鬼挥着胳膊往江肆那边疯杵的"东边我的美人哪"都顾不上拦了。

江肆到沙发前停下，长腿一抬，踹了踹沙发上的两坨："让位置。"

"啊？噢，噢噢。"

沈鹏宇连滚带爬地下了沙发，顺便把那个醉鬼一起薅下来了。

许是被某人此刻擦着淡淡笑意却又格外漆黑的眼眸慑住了，连闹腾半天的醉鬼都很安分，瞪着眼睛好奇地看着眼前两只交叠的"生物"。

江肆转身，长腿屈膝蹲下，把背上的女孩送进柔软的沙发里。

女孩一动没动，随他摆弄进去，就柔软地靠在沙发里。纤长乌黑的睫毛细密，在她浅薄的眼皮上轻轻遮下来，像是睡过去了，安静又脆弱。

沈鹏宇盯着看得眼都没眨。

江肆直身，察觉什么，微微侧身落眸："看什么？"

"怎么感觉小学妹长得跟照片上不大一样，这真人明明……"沈鹏宇下意识地嘀咕出了心里话，跟着求生欲一振，立刻昂首挺胸，"没，就是看看我们安乔出来的S大小花苗，绝无半点觊觎之心！我发誓！"

"用不着。你随便觊觎。"

"啊？"沈鹏宇震惊回头。

江肆轻哼出笑："又看不上你。"

沈鹏宇恼得涨红脸："肆哥，你、你、你不能这么侮辱我啊，虽然我跟你比确实有很远的差距，但也不是那么——"

"一样，她也看不上我。"江肆懒声截断。

"？？"

在沈鹏宇"这不可能，那不存在"的疑惑下，江肆没理会，而是侧回身，对着沙发上窝起来的女孩审视了两秒。

无声的注视里，女孩薄薄的眼皮轻颤了下。

江肆垂了眸，淡淡一哂。他俯身从沈鹏宇那儿钩来外套，摸了根烟出来。

沈鹏宇正在探头观察："肆哥，她这是睡过去了？"

"装的。"江肆随手拿起烟，抵进唇间。

"？"沈鹏宇晃着胖手扭头，"怎么可能，这小学妹一看就是那种不说谎不骗人，又听话又文静的好学生，她怎么可能是装——睡？"

在沈鹏宇呆滞转过来的目光下，宋晚栀低着微红的脸颊从沙发里直起身。

江肆懒支着长腿，半垂着眼睨她，见状也只是轻咬着烟，不太明显地笑了。

眼皮子底下的女孩大约是自知犯了错，手收在膝前，细长的手指尖紧张地垂着，指甲上雪色似的白里泛起点纠结的粉。

这样纠结了好几秒，她低着头轻声说："谢谢……对不起。"

沈鹏宇这一秒才陡然回神，惊得差点儿跳起来："我去，真是装睡！"

"这点算什么，"江肆轻舔过烟头，抵得唇间香烟轻起轻落，要掉不掉的，而他低头哼出声散漫的笑，"装不认识，装没见过，说谎，躲人，听墙脚。现在的小朋友，哪样做不到？"

宋晚栀头低得更低，脸更红了。

她现在合理怀疑江肆就是带她下来算总账的，可他那也是背她下了十几层楼，她想躲他都理亏得没办法跑掉。

江肆似乎看破她想法，慢条斯理地补了句："哦，还有背下十几层，装睡了一路。"

"？"沈鹏宇的表情像被雷劈了，转头都僵着，"真是你背她从楼上下来的？"

"嗯。"江肆随口应了。

沈鹏宇呆滞地说："可你上一个前女友不就是那次玩游戏要你背一下你不干才——"

分手的？

最后三个字死在那人叼着烟懒瞥过来的眸子里。

沈鹏宇咽了口唾沫，话头一转，捧起表情贱兮兮的泫然欲泣的脸："肆哥，要是哪天我也腿伤了，你会背我下十几楼吗？"

江肆哑着嗓，半笑不笑地瞥他一眼："你是不是对自己的体重没点数？"

"……"

沈鹏宇捧心落泪。

在沈胖子的活宝表演和不知名醉鬼的无意识配合下，从大厦里到大厦外的短短几十米路程也异常"精彩"。

江肆开来的车就停在楼前。

那人懒着长腿走得最慢，提前几米摸出车钥匙，遥控开了车锁。

直到最后几步，他才不紧不慢地走过宋晚栀身旁，替艰难地搀着醉鬼的沈胖子拉开后排的车门："他要是吐我车上，你俩今晚就一起睡路边。"

沈鹏宇哭丧着脸："罪不及我啊肆哥。"

江肆眼尾一勾，侧靠在车前似笑非笑地回眸："那你是想跟我算算你今天的罪过？"

沈鹏宇脖子一缩，立刻当自己什么都没听到，扭动着灵活圆润的身躯就要往车里拱。

还没拱进去一半呢，被搡在前的醉鬼突然从车里探出脑袋，迷迷瞪瞪地露出一个只见牙不见眼的傻笑："咦，这不是肆哥吗？"

江肆要点烟的手停住，打火机垂下，懒洋洋地勾回眸子。

醉鬼憨憨地抻着脖子，歪头看到近处刚停下的宋晚栀："咦，肆哥，你又换女朋友了啊？"

"……"

"咦，这个是什么时候跟你表白的，我怎么不认识？"

"……"

"咦,这个好像不是你以前喜欢的那类啊?"

"……"

"咦——"

沈鹏宇扑上去一把捂住他的嘴,把他往车里塞:"别'咦'了,再'咦'你亲爹来了都救不了你!"

砰。车门甩上。

P市的长街街着一路恍惚的灯火,白日再喧嚣,夜里也寂寥。

宋晚栀微垂着颈,停在路旁的一盏灯下。

风很安静。

鼓噪的心跳也安静了,甚至变得有点迟缓、滞涩,然后像被细小的针悄然扎下,并不疼,只是针尖大概浸过柠檬汁,入骨的凉意里细密地泛起酸楚。

就像一场梦突然醒后,不甘心又不得不甘心的怅然。

做梦是不需要代价的。

代价都在梦醒后。

江肆收起打火机,回眸:"不上车?"

宋晚栀眼睫轻颤了下,抬起:"我自己坐公交车可以回学校。"

江肆咬着烟,盯她两秒,一嗤:"被提醒想起了我前女友多,怕我也祸害你吗?"

"不是。"

"那你是怕我,还是讨厌我?"

"……"

都不是啊。

我喜欢你。

宋晚栀在心底轻声说。

我把它们藏了好久好久,藏在我身体里每一个角落。不敢看,不敢听,不敢说,不敢忘。

怕你发现,怕它满溢。怕藏不住,怕空欢喜。

"算了,"有人落了眼,嗤出声夜里的清寒,"随便你。"

"……"

宋晚栀睫毛一抖。

那人直身，拿下了唇间的烟。

他没再看她一眼，绕过车身上了驾驶座。几秒后油门一踩，轿跑轰鸣，驰入晚夏寂静的夜色里。

宋晚栀在原地站着。

她安静又固执地盯着自己的脚踝，感觉它的疼，也感觉比它更疼的另一个地方。

然后女孩转身，朝来时的公交站，轻跛着慢慢走过去。

还好并不远，大概一公里，马路宽阔又寂静，被路灯和摄像头照耀得像白昼，就算路上好像一个人都没有。还好这里是P市，不像她来的那个七八点就没公交车了的小县城，这里晚上12点前还会有最后一趟车，她可以搭上它，半小时后在S大的校门外停下，然后一个人穿过安静无人的校园，走回宿舍楼去。

宋晚栀停了身，微微仰头，看向没半颗星子的夜空，轻吸了一口气。

她眨了眨发涩的眼。

P市好大啊。

她好想家。

就在那一两秒里，手机轻轻振起。

宋晚栀怔了下，低头拿起，在看见屏幕上的"妈妈"两个字时，就像盛满水的气球被一根无形的针戳破，汹涌的情绪汇作眼泪，在她眼底凶巴巴地转了两圈，然后跌到屏幕上。

字被放大到变形，泪滴上晃过斑斓的彩虹似的折光。

宋晚栀一边走一边深呼吸着压下情绪和哽咽，直到调整成她所能掩饰出的最好状态，她才屏着呼吸接起电话："……妈？"

"栀栀，你没事吧？"电话对面响起卢雅焦急的声音。

"我，没事呀，"女孩声音压得很轻，微微有点哑，"怎么了？"

"没事就好，没事就好，"卢雅松了口气，"妈做了个噩梦，梦见你摔下楼梯了，吓得我一下子就醒了。"

"——"

宋晚栀喉咙一哽，像被一块酸涩的棉花堵住了。

通话里静寂几秒。

卢雅问："你现在在宿舍？是不是打扰你睡觉了？"

"……没有，我还没睡呢，就要睡了。"

"嗯？你声音怎么听起来有点哑了？是不是感冒了啊？"

"可能有点。"

"那你明天可得喝感冒药啊！"

"嗯，好。"

一辆改装过排气系统的摩托车拉着警报似的呜啦呜啦的响声，撕破了寂静，从路旁掠去。

卢雅听到了，但也被宋晚栀小心搪塞过去了。

卢雅以前就有半夜醒后很难入睡的毛病，宋晚栀知道，就拿明天早上没课的理由，陪着她聊了一会儿。

不知不觉她就到了公交站点，在冷冰冰的长椅上坐下。

"对了栀栀，你外婆隔壁家的那个江、江肆哥哥吧？你开学后还找过他吗？"

宋晚栀一滞，默然几秒，才轻声说："嗯，找过了。"

"他人怎么样啊？我听你外婆说，应该是个不错的孩子吧？"

"嗯，"宋晚栀低着眼睫，轻声道，"他……挺温柔的，对人很和善，很谦虚，也……乐于助人，很照顾我……"

卢雅一如既往地好骗。

不过心虚下，这通电话还是被宋晚栀主动结束掉了。她怕再说下去，末班公交车会过来，她会露馅。

结束通话以后，宋晚栀低头去看手机里地图 App 上的车次表时间。

离末班车到站还有两分……

呜——

突然，发动机轰鸣声由远及近。

在宋晚栀还没反应过来的那几秒里，有点眼熟的黑色轿跑已经停入她的视线。

然后副驾驶车窗降下，车内光影描摹出一张清隽凌厉的侧颜。

那人倚在车座里，黑色线袖随意又松散地撸起半截，修长冷白的手臂懒散地扶在方向盘上。他半低着开扇形的桃花眼，清朗的眉折起一点冷峻的锋利感。

像只是路过，也像要来打架。

可都不是。

"你记一下我手机号，到寝室以后给我发消息。"江肆眼皮都没抬一下，语气冷淡。

"不用……"

"再说一个'不'字，我就下去扛你上车。"

宋晚栀："……"

于是那句"不用麻烦"被咽了回去。

她低头拿出手机，表示在记。

十一个数字而已。

像怕她混淆，那人难得低缓下语气。

他报手机号码的停顿方式很奇怪，一直是四个，三个，四个。

宋晚栀很久前就知道。

如她所料的，江肆报完第一组，第二组，就到最后一组。

0，8，2，0。

她情不自禁地先他一步，在心底默念出那串数字。

8月20日，他的生日。

"0820。"

那人的嗓音搅碎了那个晚夏浓墨似的夜，慵懒得沙哑。

……

深黑轿跑重入夜色。

后排，沈鹏宇假装看着窗外："哎，肆哥，你那个传遍安乔和S大的恋爱'三不原则'，第一条是不什么来着？"

车里一寂。

江肆口吻散漫："这就算主动了？"

"这、还、不、算、吗？"沈鹏宇忍不住扭回头，"都不说今晚背人下楼和之后的事，您老人家什么时候主动给过女生电话号码？以前您要能拿出这次的一半——不，一半的一半，我都该喝您好几顿喜酒了吧？"

点漆似的眸子微微一动，从后视镜里远去的公交站那道再看不清的侧影上挪开。

江肆轻叩着方向盘，停了几秒，低低一哂：

"我说，不算。"

丁零零……

清脆的下课铃声后，讲台上的教授一句"这节课我们就讲到这里"，毫不留恋地结束了讲课。

教室中排，王意萱把书一推，气若游丝地趴到桌上："我宣布，从今天开始微积分就是我的一生之敌了，它和我之间势必只能活一个。"

"那我就等期末大发善心地帮你收尸。"康婕收拾书本，"微积分熬死历届多少英雄好汉，你算哪块小饼干？"

"你这个女人好狠的心！"王意萱做了三秒泫然欲泣的戏精嘴脸，扭头就扑向宋晚栀，"栀栀！我的微积分可就靠你了！"

"放过栀栀吧，你属秤砣的，她带不动。"

"康婕！"

于是104寝室内战战火从教室一路蔓延到食堂，直到由于口味不同而分开打菜，这才消停。

宋晚栀走路不太灵便，在食堂占位子的事情也不用她操心，每次她都是打完餐以后回过头看一圈，就能找到朝她挥胳膊的康婕或王意萱——邢舒独来独往得很，从来不和她们一起吃饭。

这次也没例外。

最先占好位子的是王意萱，停在一张长桌靠边的四个位子旁。

"午饭前的课太烦了，食堂里人多得下不去脚。"王意萱替宋晚栀接过背包，"对了栀栀，你收到校学生会的面试通知短信了吗？"

宋晚栀摇了摇头："我手机调成静音了。"

"那你看看，我这边收到组织部的了，不知道你们宣传部发没发。"

"嗯。"

宋晚栀放下餐盘就翻出背包里的手机，屏幕亮起后，她却停住了。

手机里是这几天她总忍不住看的短信界面，发呆的时候总是无意识地就点进去了——屏幕上只有一条信息，发给一个没有备注的尾号是0820的手机号码。

我到寝室了。今晚，谢谢。

干干净净的信息界面，只有这一条。将近一周过去，对方依然没有任何回复。

不知道是没看到还是忘记了，也或者，根本没在意。

宋晚栀眸子微黯，低了低眼。

她下意识地把那条短信又默念一遍，其实每次看都会觉得折磨——总会叫她沉浸回发送之前字字斟酌，连标点符号都不知道删改过多少次的小心翼翼的心情，又难堪于后来抱着手机等了半晚，辗转反侧直到夜很深了才困得撑不住而昏睡过去。

那天晚上她好像做了个梦，内容忘记了，只记得很难过，梦里都是昏昏暗暗的。

而那也抵不过第二天早上醒来，她清醒后的第一件事就是下意识地摸到手机，然后确认了两遍"他并没有回复哪怕一个标点符号"这件事情。

她不喜欢这样的自己。

但偏偏喜欢一个人就是无法控制，不由自主。

宋晚栀轻轻扣下手机，不再去想。

"我也收到宣传部的通知了，"她低声说，"周五晚上7点，2号教学楼等第一轮面试。"

"那我们差不多的时间，到时候一起过去！"

"嗯。"

两人聊着，康婕端着餐盘过来了。

宋晚栀明显察觉到，旁边占了长桌大半位子的几个男生里，有人将视线投来。

康婕习以为常，坐下后她撞了撞对面王意萱的餐盘，歪撑着脸笑问:"知道我刚刚看见谁了吗?"

"谁啊?"王意萱咬着饼问。

"江肆。"

"??"王意萱惊得饼都掉回餐盘里了,"江肆竟然来食堂吃饭了?哪儿呢哪儿呢?快指给我看看。"

"你自己回头找找,哪儿人多就在哪儿呗。"

"你说得对!"

宋晚栀也抬头了。

但她并不是找江肆。那人的名字总是充斥在S大校园里随时的话题中,开学一两周来,已经足够叫她从最开始的听到就像惊弓之鸟的状态逐渐进化到现在的习以为常。

宋晚栀的目光轻扫向身侧——

旁边的几个男生似乎是一起来的,此时的目光也一齐聚在她们三个身上。

见坐得最近的那个安安静静的女孩子突然望来,几个男生各有程度不同的愣怔,然后或是对视咳嗽或是憋笑低头把目光收了回去。

宋晚栀轻蹙起眉。

如果他们都是在偷看康婕,并不该是这样的反应。这更像是……

"我去!过来了过来了!往我们这边过来了!"王意萱一声惊喜的低呼拉回了宋晚栀的注意力。

宋晚栀微微一怔。一两秒后,她忽然反应过来什么,慌忙伸手,隔着餐桌按住了王意萱的手:"你小声点。"

王意萱被按得一愣,转回头委屈巴巴:"栀栀,你嫌弃我。"

"不是……"宋晚栀没能解释。

"江肆,这边!"

长桌另一头,有个男生提高嗓门挥了挥胳膊。

这一声顿时吸引来了周围一片注意力。

王意萱呆住。然后她僵硬地扭头,眼见着那道身影走近长桌,停到和她隔着一个位子的空位前。

"喊什么,"那人搁下餐盘,似乎困得厉害,声线也拖得懒懒散散的,"一到我请客,你们就选食堂,还哪儿人多往哪儿钻,你们单纯就是想报复我吧?"

"哎,这叫什么话?我们分明是大公无私,造福学妹们嘛。"

江肆嗤出声冷笑,长腿跨进去,没精打采地靠坐进椅子里。

全程连眼皮都没抬一下。

坐在他对位旁边的宋晚栀无声地攥紧手指,压下视线。

既然这会儿没看到……那只要悄悄吃完饭偷偷离开,他应该就不会察觉了吧?

宋晚栀正想着。

斜对座的筷子抬了一截,江肆突然停下了。

他微微皱眉,似乎有点困惑,抬头问坐在自己对面的男生:"你有没有闻到一股苦茶的香——"

话声消止。江肆停了一两秒,缓侧过眸,对上宋晚栀在惊慌情绪里下意识仰起的脸。

片刻寂静。

在宋晚栀犹豫着不知道该打招呼还是做什么的时候,那人却像没看见她一样,眉峰一缓,神情懒散地勾回了视线。

"啊?什么茶?"宋晚栀旁边的男生才反应过来江肆在问自己,蒙蒙地抬起头,左右抽了抽鼻子,"没闻到啊?"

"……"

余光里,女孩拘谨地往回缩了缩胳膊。

江肆耷拉着眼,顿了下,像是随手拿筷子敲了敲对方餐盘:"没事,我闻错了。吃饭吧。"

"什么香啊肆哥,我怎么没闻见?你是昨晚在实验室通宵熬出幻觉了吧?"男生堆里有人坏心眼地瞟宋晚栀她们,"可别这样,会有学妹心疼的。"

"啧啧啧,就是。"

最边上的王意萱脸红得快埋进餐盘里。

江肆没抬眼,漫不经心地跟了句:"只有学妹心疼,你不心疼?昨晚你抱着我腿喊'哥哥别走'的时候可不是这么说的。"

"噗——"同桌有老实的喷了粥。

"哈哈哈,"桌旁还有幸灾乐祸的,"我就说你们骚不过他,别找这个刺激。"

"不是,江校草最近一两周骚得格外过分了啊,别是有什么新情况了吧?"

"哎,说这个我可就来劲了。"

"造谣违法。"江肆随口插话,淡定得像听别人的八卦。

"什么造谣,事实好不好!我亲眼见证!"

"听起来有真料?啥事实啊快说说。"

"就上周,大半夜,11点了吧,说好了系统测试陪我跑两组数据,他明明人都到实验室门口了,结果突然接了个电话,扭头就走了!见色忘义,令人发指!"

桌上一寂。

"能从实验室叫走江肆,真的假的?"众人纷纷扭头求证。

"……"

江肆没说话,神色慵懒如常地吃饭。

"我去,他默认了!"

"真有情况?还是头一回夜不归宿的大情况?"

半桌目光罩过来。

斜对面,低头默默扒饭的女孩耳垂都快红透了。

江肆停了筷子,几秒后还是开口了,照旧眼皮也没掀一下:"觉都不够睡,能有什么情况?"

"哎哟,大半夜不睡觉能干什么呀?还不是陪新女朋友去酒店度——"

那边颜色玩笑还没开起来。

"小朋友还在,"江肆突地懒声插了句,"注意点影响。"

"?"

一桌人在寂静里,迷茫地从头看到尾,才总算确定了"小朋友"大概指的是哪一拨。

有人憋不住笑:"不是,人家最多是小学妹,怎么就小朋友了?江副主席你这过分了啊。"

"哦。"江肆抬起眼,没什么征兆地转头望向斜对面的女孩,"过分吗?"

焦点来得猝不及防。

宋晚栀被笋丝呛了下,好不容易咽下,顾不得说话就慌张地低下头压着咳起来。

康婕和王意萱也不好意思"装死"了,一边给宋晚栀递水,一边朝江肆尴尬地喊"学长"。

实验室其他人意外道:"还真是认识的学妹啊?"

"嗯,"江肆懒洋洋地应了,从某个不敢看他的小姑娘那儿落回眼,"自1班的大一新生,开学素拓我带的队。"

"噢噢,余副院长拉你做苦力那次。"

"胡说!这等好事怎能叫苦力?我也想去!"

"哎哎哎,你们别乱。学妹们都怎么称呼呀?"

王意萱这会儿还在无地自容的羞耻状态;宋晚栀的咳声也刚止住,咳得面沁潮红。康婕只得主动揽过话头:"我是康婕,这是王意萱,这是宋晚……"

"宋栀子。"某人又懒声插了一杠。

"?"

在其余人错愕的眼神下,江肆不紧不慢地夹了一筷白藕片:"我高中同校的学妹。"

"?!"

康婕和王意萱都顾不得纠正了,震惊地扭头看向宋晚栀。

宋晚栀听得纠结。

江肆这才回眸:"我记不太清了,没叫错吧?"

"……"憋了几秒,宋晚栀没看他,纠正,"宋晚栀。'晚上'的'晚'。"

"哦,"江肆语气散漫,听不出什么诚意,"抱歉。"

"……"

一顿午餐吃得像把自己扔在油锅里煎炸烹炒,宋晚栀三人又扛了半分钟,终于端起餐盘先离开了。

学长们阳光灿烂地和学妹们告别。

江肆坐在其中,一眼未抬。

直等到三人转身离开,他才像随意抬起了视线,盯上其中一道背影。

还是跛着的,程度似乎也没比一周前轻。治不好的吗?

"江肆,"旁边那个叫关嘉的研1男生突然凑过来,低声问,"你是故意的吧?"

"什么?"江肆落回眼。

"叫错名字。"关嘉说,"以你的记忆力,不去记的不用提,记了的怎么可能记错?"

江肆没反驳。

关嘉看他的表情更微妙:"你这是……什么时候学会欺负学妹的?"

"欺负?"江肆笑了,"这算吗?"

"算。"

江肆停了一两秒,点头,语气漫不经心的:"那就算了。"

他低头望了眼筷旁,空气中那种似有若无的茶香已闻不到了,连带一起消散掉的好像还有食欲。

江肆沉默片刻,放下筷子,单手拿起餐盘:"我吃完了,回去补觉。你们吃吧。"

关嘉茫然地盯着那道起身离开的背影。

几秒后,关嘉转向坐在江肆对面的人:"你说他那句的意思是'那就算、了',还是'那就、算了'?"

"啊?"对方很蒙,"有区别吗?"

关嘉严肃:"天壤之别。"

"……?"

宋晚栀由于隐瞒和江肆高中同校的事情,被王意萱怨念地谴责了数日。

谴责到周五还没过去。

晚上是校学生会第一轮面试,组织部和宣传部的等候区安排在同一间大教室,宋晚栀也就和王意萱坐在一起等学生会的学长学姐叫号。

两人排得靠后,最先领走的面试第一批和备试第二批里都没有她们。

王意萱紧张地背了会儿网上搜的面试题,发现临阵磨枪的效率低到令人发指后,干脆放弃了,蔫蔫地靠到宋晚栀肩上:"完了栀栀,我感觉我第一轮就过不了。"

"……不会的。"

宋晚栀薄肩微绷。她还是有点不习惯这种比较亲密的肢体接触,哪怕是同性的王意萱靠过来,颈窝的敏感处被陌生气息"威胁"到的感觉也依然让她本能地想躲开点。

"好羡慕你啊,你好像无论做什么都不紧张、超淡定,难道这就是传说中的学霸气场吗?"

"没有,"宋晚栀轻声说,"我也会紧张。"

尤其是,一看到某个人,她所有的理智和从容都会变成不知所措的慌张。

"哎,你说,"王意萱突然坐直了,眼睛晶亮,"江肆学长会不会看在你是他高中学妹,我们又是他同系亲学妹的面子上,对我们宽容一点?"

宋晚栀蹙起眉:"即便是副主席,也不能干涉各部门的内部纳新。江肆不是公私不分的人。"

"噢……"

"而且,你们不要误会,我和他只能勉强算认识。"宋晚栀沉默了一下,才轻声说,"江肆上高中的时候不认识我,之前我们母校同学组织校友聚会,他才知道的。"

"嗯?"王意萱一愣,随即了然嬉笑,"怎么可能,你又想骗我是不是?"

"是真的,"宋晚栀低了低眼,"来S大前,我和他一句话都没有说过。"

"欸?"

王意萱惊讶的神情让宋晚栀心里的涩意多了一重。

或许她说得并不准确。严格来说,她是与江肆说过一句话的,在高一下学期,安乔的大礼堂里。

安乔历年都有高年级优秀学长的经验分享,而江肆是高三当之无愧的第一代表。

那天他站在大礼堂低点的台上,扶着话筒的模样比前面哪一个都随意,被扩音器放大的声音松懒散漫,眉眼间却尽是少年人的张扬与桀骜。

"理想院校？没有理想的，"他淡定地翻过问题，"S大吧，算及格了。"

对安乔学生来说高不可攀的第一学府，在那人口中好像比去一趟校外小超市还简单。

大礼堂里所有得以参加的学生纷纷笑着鼓掌，宋晚栀却默默记住了。

然后是名额有限的优秀学长们的手写祝福，年级前十的学弟学妹们迫不及待地上前。宋晚栀站在其中，按着快要跳出胸口的心脏。她记得走到他面前的那条路格外短暂又格外漫长。

最后她隔着红布桌停在他面前，桌后椅子里的那人懒扶着额，桃花眼敛着散漫的笑，和旁边男生聊傍晚的篮球赛约，并未分半点注意力给她。

于那时的他来说，她只是安乔无数陌生的学弟学妹中的一个，没什么特殊的。

在他惯性落笔前，她鬼使神差地张了张口："我想去S大。"

"……"

那短暂的几秒里，桌后的人懒洋洋地抬了下眼，漆黑眸子在她身上拂过，然后毫无波澜地落回去。

他咬着笔帽，墨迹张扬随意。

只一句话——

　　　　山高水远，S大再见。

山高水远，S大再见。

就这一句话，宋晚栀记了整整三年。

在高三每一个让她崩溃和哭泣的深夜，都是靠着那张被她用塑料薄膜压膜封起的纸片才撑过去，她咬着牙把一次次被击败得粉碎的自己重新拼起来，朝着那条黑漆漆的孤独又冷清的路走下去。

一路踉跄，一路跌跌撞撞。

唯其所幸，她终于还是走到这里。

"——宋晚栀？"

突然的声音，将宋晚栀从那条崎岖的单人路上拽回了明亮的教室里。

"哇，栀栀，到你了！加油！别紧张！"王意萱弯着腰朝她攥拳。

"嗯，"女孩敛下情绪，轻轻点头，"你也加油。"

宋晚栀和其他待面试的新生一起，跟着宣传部的大二干事走向面试教室。

走廊上安静，一行人里少有说话的，看起来都紧张得不轻。

面试教室和等候教室在同一楼层，没两分钟他们就到了。有位学姐拿着名单站在面试教室的前门外，似乎是来最后一遍核对。

领宋晚栀等人过来的大二干事嘱咐他们："那是我们宣传部副部长，大三的丁羽乔学姐，你们记得礼貌哦。"

宋晚栀站在新生队尾望去，随即就是一怔。

这个叫丁羽乔的学姐她认识——

S大开学第一天，在烧烤园外的高墙下，那个攀着江肆手臂，踮脚就要去吻他的女生。

回过神，宋晚栀头疼地转开视线。

第一轮面试还没开始，她却好像已经开始忧虑进入宣传部以后的日子了。

所以她才不喜欢秘密，不管是别人的还是自己的，都会叫她为难。

丁羽乔那晚没看到宋晚栀，自然也认不出。

一队五人的信息核过，到宋晚栀这儿，丁羽乔却步伐一停，目光奇异地抬头："你也是自动化系1班的？"

宋晚栀意外地点头。这个"也"字和对方目光里细微的敌意，让她有些不明所以。

"你们班有个叫康婕的女生吧？"丁羽乔合上手里名单，"她也报学生会了？"

"……康婕？"

"对，就那个波浪卷长发，"丁羽乔不自觉地撇了下嘴，"还挺漂亮的，新生。"

这一句，终于让宋晚栀想起自己被江肆抓包"听墙脚"的那段记忆——

当时这位学姐似乎就是把康婕视为威胁性"情敌"，才忍不住跑出来提问又告白的。

宋晚栀心情一时同情又无奈："她是我室友，她没有报校会。"

丁羽乔神色明显一松："哦？哦，你们准备准备，上一批快结束了。"

走廊上顿时紧张起来。

丁羽乔走出去几步，突然想起什么："江副主席今晚也在跟宣传部的面试，你们进去以后不要大惊小怪的。"

五人同时一呆，宋晚栀也没能幸免。

"江肆学长怎么会在宣传部面试？"站在宋晚栀前面的那个女生没压住兴奋的语气，问。

丁羽乔面露不悦："主席团下属九个部门，三位主席各自直接负责三个，其中学习部、宣传部、外联部都归江肆管，他为什么不能在？"

这个有点凶冷的语气慑得那个学妹一缩。

丁羽乔并没罢休："既然要进校会，那就把自己当准干事。见了江肆你们要喊'主席'，喊'学长'你觉得合适吗？"

"对……对不起学姐，我错了。"女生白着脸低头。

"还有最后一点，"丁羽乔冷着脸过来，"这儿是学生会，不是恋爱社团。你们要是抱着什么奇奇怪怪的目的进来，我劝你们趁早走人——与其在这儿浪费时间，不如回去找镜子照照自己，是不是真长了那么张脸！"

最后一句话说完，走廊上死寂下来。

几下呼吸后，那个被批评的学妹扬起脖子，红了眼圈："你这人……你说话也太难听了！"

丁羽乔皱眉："一个大一的，跟谁'你你'的呢？"

"大一的怎么了？你上大三就能人身攻击了？"女生彻底炸毛了，提高了带着哭腔的嗓音。

丁羽乔脸色微变，压低声："你别嚷嚷！"

"是你先说话难听的！这面试我不参加了，你必须给我道歉！"女生把手里的申请表往地上一甩。

丁羽乔脸色难看地僵着，似乎没想到对方这么大反应。

而领宋晚栀五人过来的那个大二干事也尴尬地站在旁边，碍于丁羽乔而不敢上前规劝。

气氛僵滞的死寂里,面试教室的门被拉开了。

"吵什么?"抵着教室门口半明半昧的光影,探出黑色寸头和修长半身的那人垂低了眼,桃花眼里抑着冷冰冰的低气压,"教室让给你们?"

"……"

江肆——"祸水"本人。

没了平日里的慵懒散漫来缓和江肆身上的攻击性,那人一眼掠过都带着不可忽视的压迫感,让走廊上的人不由得避开他的眼神。

直到宋晚栀这儿,点漆眸子一顿,里面情绪被摇晃了下。

但也只错觉似的一两秒。

江肆很快就像不认识一样掠过她,走出来,顺手扯上身后的教室门:"你们五个面试延后,跟我过来。大二干事回去带下一队。"

"好的,主席。"大二那个干事连忙跑开。

"我——"丁羽乔表情难看地想说什么。

江肆没看她,冷淡擦肩:"你也过来。"

"……"

月亮走过窗户。

在这层走廊尽头的楼梯间里,方才的争吵过程被摊开在江肆面前。

而那人半靠在窗前,眉目像藏在云后半遮的月,越听下去,情绪越是疏懒难辨。

到末尾,他眼睑懒懒一抬:"说完了?"

"嗯……"

已经被单独拎在前排的两人前后应了。

"行,"江肆直身,勾着颈压了压,"丁副部长,请你给学妹道歉。"

丁羽乔一愣,不可置信地抬头:"凭什么我要道歉!"

"身为校会干部,最基本的以身作则你都没做到。之前我说过很多次,别在校会里搞官僚主义和潜规则那一套,"那人眸子一抬,陌生的,冷淡淡的,"有意见你可以去找团委老师。现在,道歉,或者向主席团辞职,你二选一。"

"……"

丁羽乔难堪地瞪着江肆。

许久后,她终于还是咬着牙给那个学妹道了歉,然后红着眼气冲冲地转身走了。

江肆没在意,他漫不经心地在新生们身上掠过一圈,唯独没看站在最后墙角阴影里的宋晚栀:"想继续面试的往回走,不想的现在可以离开了。"

站在他面前的那个学妹红着脸:"谢谢学长替我说话。"

江肆微微一顿,回身:"替你说话?"

"对啊,就刚刚你丁学姐——"

"你误会了,"江肆懒声打断,"我护的不是你,是校学生会的纪律和公信力。"

学妹仍红着脸:"那学长,校会的纪律里,应该没有不让追主席这条吧?"

"?"

宋晚栀等人都愕然抬头朝那学妹望去。

江肆本人却像习惯了,处变不惊,只轻嗤了声:"公私分明,你爱怎么追怎么追。"

江肆说完就要侧身离开,只是余光不知怎么就被勾到那个苦茶混着栀子香的身影上。

女孩不知何时垂回眼,不再看他了。

狭小昏暗的空间抑制了视觉和听觉,却好像无限放大了嗅觉——

从进到这闭塞的楼梯间起,江肆就总觉着被那种很淡的若有若无又无孔不入的苦茶香侵扰折磨着每一根神经。

口袋里的烟盒被不知道第几次按住,江肆勾回眸子,落到那个兴奋的学妹身上:"哦,忘了说。"

"嗯?学长想说什么?"

"我也很公私分明。私下里,我说话比丁羽乔还难听。"

"——"

学妹笑容一秒僵硬。

江肆不以为意地插着裤袋,朝楼梯间门外抬了抬下颌:"不走就排队回去。"

"……"

经历这一波三折的面试前刺激,几个新生显然不敢再多说什么。一个接一个,他们从江肆面前过去。直到最后一道纤细身影,被侧身的江肆无声截住。

黑暗里的僵持,向前走去的四人毫无察觉。

等那四个背影转过楼梯间外的拐角,江肆懒下眉眼情绪,借着窗里漏过的月色往女孩身前倾了倾,嗓音抑得低哑:

"怎么哪儿都有你。"

宋晚栀没想到江肆会拦自己,更没想过他会拦得这么明目张胆。

等她回过神,前面四人的脚步声已经远得听不见了。

走廊清寂。窗户前被月光投下斜影的地面上,只剩一高一低两道身影对峙。

空气仿佛都因为江肆的俯身而被挤压得稀薄,让宋晚栀情不自禁屏起呼吸:"我只是来参加学生会面试的。"

江肆略微挑眉:"我以为你不想有任何遇到我的可能。"

"我没有……而且……"只是否认就足够叫宋晚栀心虚了,她避开他垂压的视线,脑海里还是因为他的迫近而一片空白,"而且校学生会是风气很好的校内代表性学生组织,也有利于个人的发展和提升……"

"真是安乔金科玉律教出来的模范三好生,"江肆哑然笑着截断,"理由都这么积极励志,你是来面试校会干事还是竞选校会副主席?"

"……"

宋晚栀被他奚落得脸红,偏偏做不出反驳,只能咬着唇低垂下眼不去看他。

江肆看她却放肆。但也只在女孩眼睫垂下那须臾里。

静寂延续过几秒后,他已经恢复了平日散漫颓懒的模样,长腿微微后提,侧身给她让出去路:"再不走,你面试要迟到了。"

"谢谢。"宋晚栀下意识地答,擦着他衣角过去。

那人不紧不慢地跟上来,像玩笑或捉弄:"我堵的你,放你走你还谢我?"

"……"

宋晚栀微微脸热地攥紧手指，脚步努力加快了一点。

以她脚踝的伤，以及那人腿长，想跟上她自然是轻而易举。但不知道是有事耽搁还是怎么了，在她努力加快步子以后，竟好像真的把那人的脚步声甩得稍远了些。

隔着半截走廊，慢得几乎要停下来的江肆紧望着女孩背影，眼尾染着的笑意松散地淡去。

最后他插着口袋站在原地。

"主席？"上楼的学习部部长刚拐过楼梯口就看见他，停下脚还惊着，"您不进去盯着新生面试，站这儿干吗？"

江肆眼皮没抬："思考哥德巴赫猜想证明方法。"

学习部部长："？"

学习部部长程毅生和江肆一样是大三的，同年进校学生会，还是从同个部门出来的，两人私下其实很熟悉。

这会儿见走廊上没其他人，程毅生也没再端校会内公事公办的架子，嫌弃上前："你祸祸自动化系一个就够了，麻烦高抬贵手，放我们数学系一马好吧？"

江肆勾回眼："我什么时候祸祸自动化系了？"

"还什么时候，入校以来好吗？大一就破格进了无人系统项目，研究中心那边的学长们都被你一个本科生卷成什么惨样了？简直民不聊生。"程毅生说着说着就笑出声，幸灾乐祸起来，"我可听说，余副院长天天在课题例会上拿你骂研究生，说什么一个本科生的论文质量都甩你们两三级，你们是搞科研还是当绿叶来了……啧啧，不忍卒听啊。"

江肆："他原话？"

"是啊。"

"啧，"江肆轻嗤了声，"又拿我当枪。难怪我这几天一进实验区就背后发凉。"

"你这叫罪有应得。"程毅生忍笑。

"……"

面试还在继续，江肆也不好在走廊上停留太久。

程毅生本来就是上来给他送学习部新面试干事的更正名单的，两人打几句岔就转向正事了。等解决完，江肆照旧要回宣传部的面试教室。

"江大主席，您这也太偏心了，"程毅生边陪他过去边玩笑着，"宣传部是亲儿子，我们学习部是后妈养的吗？一面的时间都一样，怎么就待在宣传部不去我们部呢？"

江肆长腿一缓，抬腕看了眼时间："再过两轮我就下去。"

"说好了啊？"

"嗯。"

"行，我总算是能给我们部那几个天天在我耳边软磨硬泡的小姑娘交差了……"

"等等。"

程毅生扭头，讪讪地笑："我刚刚什么都没说，我邀请你绝对没别的意思，就是为了让主席您监督我们学习部纳新工作顺利开展！"

"没问你这个。"

程毅生松了口气，还是远远站着没敢靠近："那……还有事？"

江肆靠墙望着宣传部教室合着的门，没动，停了几秒才敛下那双漆黑眸子，懒洋洋抬手，朝程毅生勾了勾："问你个私人问题。"

"私人问题？"程毅生放心地走过去，"你问吧。"

"以你们学习部里模范三好生们的传统眼光。"

"嗯？"程毅生听得迷茫。

江肆靠在窗前，再抬眼时他嗤出声漫不经心的笑："我身上是不是散发着那种，让人觉着'必须离他远点'的人渣味儿？"

四目相对。

江肆神色泰然地等着。

程毅生这才确定江肆没在开玩笑，迷惑地皱起眉："人渣味儿？"

"嗯。"

"谁说的？"

"虽然没说，"江肆笑，"但差不多是那个意思吧。"

"不能啊，学生会简直是你死忠粉聚集地。"程毅生还是不信，打量他几眼后，干脆凑过去闻了下，"还好吧，最多有点烟草味……"

两人身前，面试教室的门突然被拉开。

"江副主席，面试你还看不看——"

走出来的元浩停下，惊愕地抬头，看着眼前这幕。

江肆懒洋洋地插兜站着，程毅生正弯腰"趴"在他身前，皱着眉一脸"幽怨"。

"……？"

于是元浩的表情从惊愕变成了惊悚。

江肆最先察觉对方的误会方向。

他低头嗤了声。

程毅生也反应过来，老脸一阵红一阵白："元浩你那是什么眼神？"

"我什么也没看见。"元浩促狭地笑，"不要不好意思，作为兄弟，我不会轻视你们的，毕竟这个，萝卜白菜，各有所爱对不对？"

"你、滚、啊！"程毅生恼羞成怒，扑上去要揍元浩。

元浩哈哈笑着跳开。

绕开两个退化成类人猿的，某当事人毫不在意，淡定走过。

背景音里，元浩被卡脖子掐得嘶声求救："江肆，你你你'妍头'发疯了要杀人灭口，你管不管！"

"不管，"江肆停在教室门前，很嘲讽地补了一刀，"而且我喜欢骚的，他太僵了，不行。"

程毅生和元浩打得火热，百忙之中抽空回头，咬牙切齿地骂："你还喜欢骚的，全S大谁骚得过你啊！"

江肆恰巧压着这一句开的教室门。

"全S大谁骚得过你啊！"

波澜壮阔的高腔，几乎在教室里荡起回音。

面试教室瞬间寂静。

站着的大一新生已经蒙了，坐着的大二干事们也慌得很。

唯独江肆没什么反应，他缓收住长腿，神色散漫地侧了侧身，朝校会办公室派来的负责监督面试的干事说："学习部部长骂脏话，记上，回去报进年底考核。"

"……"

走在被震撼的众人面前，江肆不以为意地回了位子。

坐下后他长腿一撑，踩到前面凳腿上，然后懒洋洋地抬起眼皮，撩起的视线正对上教室前排还蒙着的新生里……末尾的那个女孩。

"！"宋晚栀像是被他的眼神蜇了一下似的，慌忙将目光收了回去。

江肆低轻地嗤出一声只有他自己听得到的笑，也拿起旁边的面试简历本，架到长腿上，落回视线。

气氛重新缓和。

一轮面试只是做一个初步筛选，不会提什么犀利的问题，也不会刻意拉扯节奏。如果看面试的新生们太紧张，那负责面试的大三干部和干事们往往还会闲谈玩笑几句，既能松弛氛围，又能观察一下新生们在这种情境下的反应和表现。

宣传部有元浩这么一个部长，整体自然正经不到哪儿去。

最里侧的一个学长闲翻着五人的简介表，扫过其中一张的时候突然低"咦"了声："安城来的？"

"怎么了？"坐他旁边的人低声问。

"这是L省的一座沿海小城吧？我记得主席就是从这里考来的。"

"嗯？这批里有江肆……江副主席的老乡啊？"元浩听见了，顿起兴趣，也低头翻自己手里的，"谁啊？"

简介表掀起来，露出最上面的一寸白底照片——垂束着长发的女孩安静望着镜外，白皙素净的脸，乌黑瞳仁澄澈如水。

元浩一愣，暗自咧嘴。

刚刚看见这小姑娘进来他就已经在感慨江肆和她冤家路窄了，怎么还偏偏就是安城的？这是巧合，还是……

"主席，"最先发现的那个人邀功似的转身，朝中排笑，"这边有个小学妹跟你从一个地方来的欸，你们——"

"不认识。"江肆没抬眼，语气散漫地堵了回去。

其余人不意外，刚进来的元浩却表情微妙。但他和程毅生才做完了"坏事"，这会儿在江肆眼皮子底下大气都不敢喘，所以也没说什么，默默转回身。

前排的面试照常进行。

江肆有一句没一句地听着，偶尔还会拿出手机来看一下校会群里其他部门的纳新一面进展情况。

　　但也不知道怎么回事，同一个问题随机顺序的回答，不管那个女孩排在第几，他总是能在她刚开口的几个发音里就被拉回注意力。

　　她声音质感偏轻，似乎是想藏起音色里天生的柔弱感，于是刻意压得有一点平，但大概还是紧张，所以平里添涩，偶尔没压住，就漏出一点细碎的颤音。

　　像她身上的茶花香，清苦又隐隐勾人。

　　江肆按捺着在简介表上轻轻一叩，指腹压稳。似乎只是随意地勾了视线，落到正在发言的宋晚栀身上。

　　"……校学生会是校内代表性的学生组织，作风优良，有利于个人的发展和提升。我会向优秀者学习，也想为校会注入新的……"

　　江肆眉尾一挑。

　　这段，听起来非常耳熟。

　　江肆很轻易就回忆起不久前在走廊楼梯间里，被他堵在身前的女孩绷着粉白的脸颤着声给他背诵竞选宣言似的一幕。

　　还真是拿背诵敷衍他的。

　　江肆哑然失笑，抬手轻咳了声遮过，刚要低回头，就听最前排的宋晚栀低低回了宣传部纠正她发言的大二干事一句——

　　"谢谢学长。"

　　江肆欲低垂的视线收住。一两秒后，他不疾不徐地撩起眸子，同时垂手拿出手机。屏幕被他手指拨弄几下，调到信息界面。

　　他点开的是一条没备注的陌生手机号，界面里的信息也只有一条，对方发的。

　　　　我到寝室了。今晚，谢谢。

　　盯着这条看过的信息，江肆轻缓地敛起眼睑。

　　——没称呼。

　　脑海里过了一遍从第一次见面到今晚，还是没找到一次她称呼他"学长"之类的场景。要么视而不见，要么叫他"江肆"。

江肆侧抬了下头，似乎气笑了，落回眼来，手指在屏幕上迅速跃了几下。

教室炽白的灯光投下清冽的残影。

几秒后。

嗡嗡。

教室前排的面试者里，突然响起一声震感明显的手机振动声。

前排俱是一寂。连江肆也意外，刚要放回的手机在他细长手指间转了半圈，按下。他撩起眼望向前排。

宣传部的另一位男副部长不满地皱起眉："参加面试，手机调成静音模式是应有礼节——这个应该在带你们过来前，已经有学长学姐提醒过了吧？"

新生五人点头或应"是"。

站在末尾，宋晚栀脸色微白，眼神里却有一丝不解。

"那是谁的手机？"

"……对不起，好像……是我的。"

宋晚栀顾不得低头，轻抬起胳膊。细白的手小心举到半空，带着一丝按捺着的不安和窘然。

副部长望过去，更皱眉了。

几批面试下来，宋晚栀算是给他印象不错的备试者之一了，看简介履历也是非常细心听话的那种模范生，没想到会犯这种错误。

"是你的就是你的，什么叫好像？"副部长皱眉问。

"我记得我调在免打扰模式上了。"宋晚栀脸皮薄，这十几秒的时间里，赧然羞愧的情绪已经将她细白的脸皮沁得透红，她轻声辩解。

事实上宋晚栀也确实没想明白，她原本就调过免打扰模式，过来前更是确认过一遍。

免打扰设置的例外白名单里只有卢雅，卢雅知道她今晚有面试，更不会发信息给她。

那怎么会……

"调好了还响？"副部长示意坐在外面的大二干事，"你过去看看，是不是手机问题。"

"好。"

宋晚栀低下眼，从口袋里拿出手机，轻轻抹亮屏幕。在递向就要走到她面前的大二干事前，她下意识地扫了一眼屏幕上显示的消息提示。

就一句谢谢？怎么谢？

宋晚栀："……！"

在这电光石火的短暂一息里，宋晚栀艰难地想起了被她遗忘掉的一段记忆——

高一的时候，她第一次通过外婆村里邻家的弟弟拿到江肆的手机号码后，怀着一种明知道没有任何可能，但还是忍不住想要与自己炫耀似的心情，将对方的手机号添加进她手机免打扰模式的白名单里。

后来即便沮丧过，失落过，伤心过，忍不住将他的手机号移除又删掉过，它最后还是静静躺在那个白名单里。

白名单的意思是，我对你没有秘密。

对她来说还有另一个意思——

你就是我唯一的，无法言说的秘密。

……

身前阴影罩下来。

宣传部的大二干事停下，出声催促："学妹，手机给我确认一下？"

宋晚栀从惊慌里回过神。她几乎是本能地抬眼，望向教室中排那道身影。

江肆正懒洋洋地靠坐在座椅上，桃花眼含着散漫，似笑非笑地望她。

一副见死不救的祸害样。

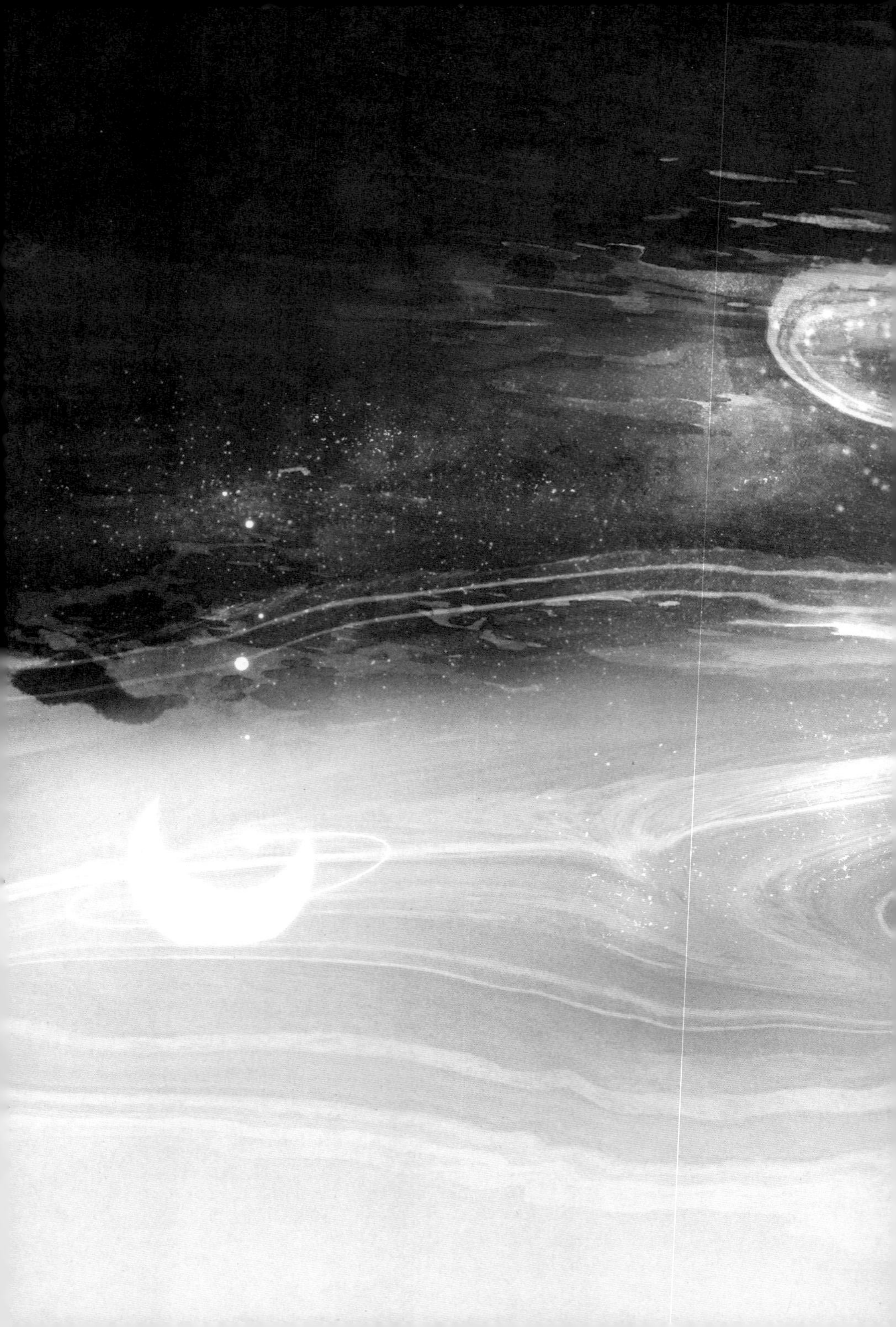

第六章

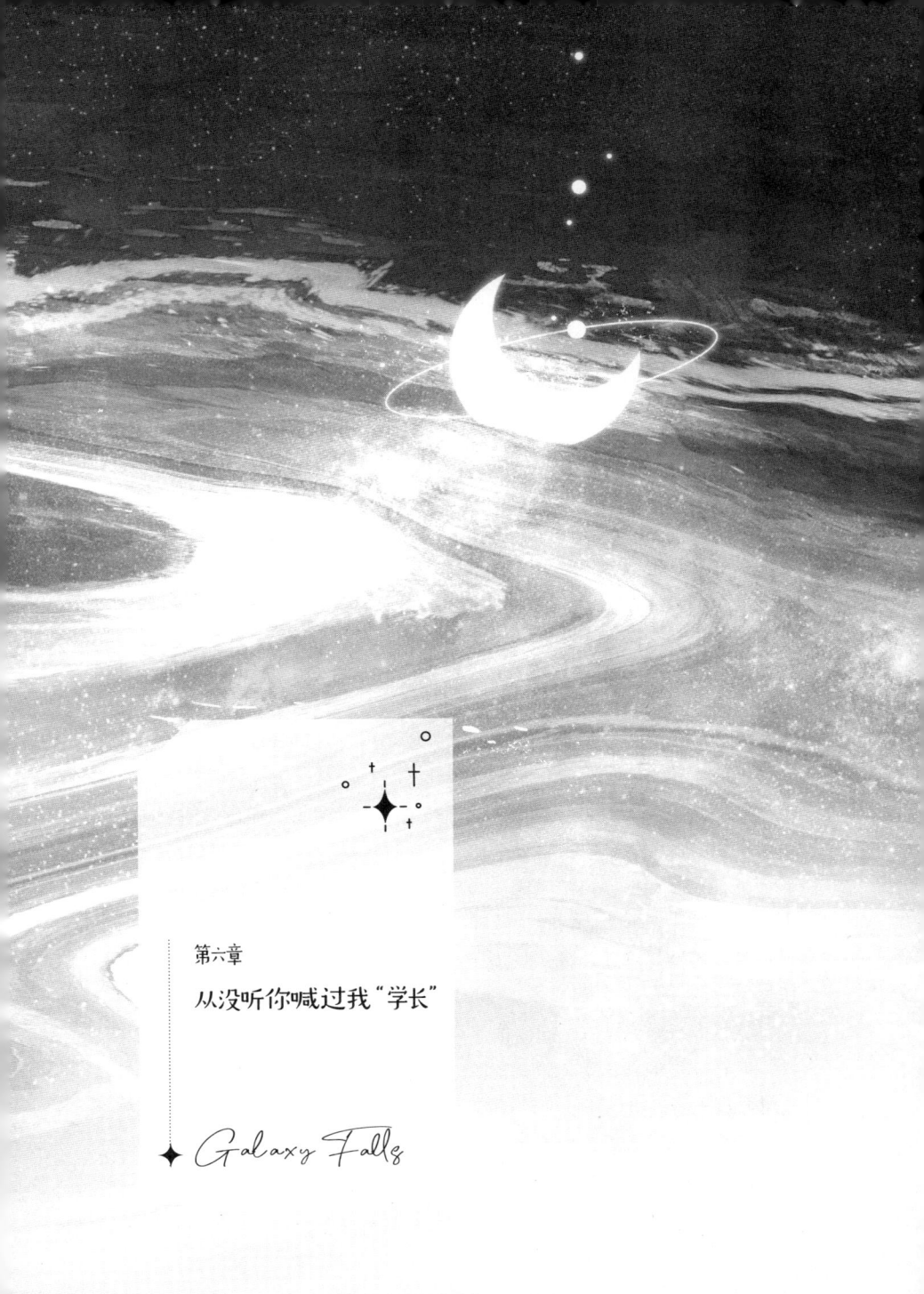

从没听你喊过我"学长"

◆ Galaxy Falls

"学妹？"

在大二干事又一声催促后，宋晚栀猝然醒神，落魄地将视线从江肆那里收回。

她握紧手机，乌黑的睫轻栗着低下去："对不起，不用了。"

"不用了？"大二干事不解地扭头看了看副部长。

副部长神色有些冷，没急着说话，只盯着宋晚栀。

宋晚栀轻轻吸了口气，抑下声线里的微颤："学长，是我记错了，我……忘记开免打扰了。"

"……"

众人神色各异。

女孩最后还是红了脸，白栀似的眼尾沁出嫣红。

教室中排。

江肆淡了笑，眉微皱起。是他预料之中的发展，但他自己的反应不在预料里。

那种已经让他不再陌生的焦躁感，再次顺着搁在最上的那张简介表上女孩的照片，攀上他指腹，漫过四肢百骸，最后汇进心底。

他说不清是痒还是渴，只是让他隐忍之后依然忍不住垂手，低低叩压烟盒。

这批面试结束，五个新生依序离开了教室。

走在末尾的女孩明显跟其他四人落下一段，步子滞涩。最后她在教室外轻转回身，低着细长乌黑的睫，抬手把门无声拉上。

廊外灯光暗，更衬得抬起的那半截手腕透出纤弱的白。

咔嗒。门合上了。

"看起来那么乖的一个小姑娘，怎么还挺会说谎？"最边上的干事叹气。

中间的学姐迟疑开口:"也不一定是说谎吧。她拿手机前看起来除了意外就是镇静,明显是在自己低头看了一眼之后才慌起来的。"

"不好说哦,现在的小孩儿都可会装了。"

"部长,你觉得呢?"有人往后仰身问了句。

元浩憋着坏,故意回头瞄向后排:"我没什么看法,江副主席怎么看?"

江肆像是迟了一两秒才接收到这个问题:"怎么看?"他抬手看了眼腕表,口吻散漫地续上,"看你们部面试进度全校会垫底吗?"

元浩:"……"

不等元浩琢磨着要不要反击,视野里那人微皱起眉。

似乎是觉着闷,江肆将手腕勾回,解了最上面的衬衫扣子,扯松了领子才松了眉,然后垂回手,从椅子里起身。

元浩愣了下:"去哪儿啊?"

"学习部。"江肆顿了下,懒洋洋地撩眼,"你和程毅生在走廊上打那么欢,半个校会都传开了,我总要示范一下什么叫雨露均沾。"

"……"

在部员们憋笑的眼神下,元大部长脸都绿了。

二教楼下。

从面试教室出来后,宋晚栀就按和王意萱提前说好的,在二教的石阶前等她。

手机屏幕的荧光在昏沉的夜色里一成不变地亮着。

宋晚栀指尖无意识地滑过屏幕。

　　　　就一句谢谢?怎么谢?

没被抹掉。不是梦境或幻觉。

江肆确实回复她了,在迟来一周的时间,不知道是才看见还是别的什么原因。这让宋晚栀心里情不自禁生出意外的欣喜,又有一点恼怒。

欣喜是源于喜欢的本能。而恼怒,大约正是在恼这种欣喜本身。

她总不会恼江肆。即便他的信息切实迟来了很多天,那晚是他帮了她，不必回复也是情分。就算，他的回复似乎只是一场没来由的捉弄。

宋晚栀轻叹了口气，将手机关上。

大三的江肆原本是让她有一点点陌生的，可他又分明还是那个骨子里就桀骜张扬、无所顾忌的少年。

站在一面教室的那一刻，对视着那双不以为意、似笑非笑的眼，她是真的有过短暂的冲动——就把手机给他们看好了，就让他们见到江肆的信息好了，看他要如何收自己出口的那句"不认识"的场，如何在学生会的其他干部和干事那儿下台阶。

可也只那一两秒。

在有所思考前，她的本能已经把藏着他信息的手机收回最安全的身边。

宋晚栀舍不得看江肆为难。

即便明知道就算那样做了，他大概也不会在意，甚至可能只是无所谓地一笑而过，就像不管他的前女友们把和他的绯闻在校园内外传得多么沸沸扬扬，又被人编派得多羞于入耳，他也从来没否认过一个字，听到了也不过漫不经心地一哂了之。

那些或真或假无法分辨的八卦和玩笑在他和她之间竖起无数的尖刃。宋晚栀望着他，追在只能看到他背影的那条路上，也就任自己的心在刀刃上面滚过无数遍。

麻木全是骗人的，疼再多遍也还会疼。就算拿功课一时麻醉，等"药劲"过了，自有千百倍奉还。

可还是看不得他为难，一丝可能也不愿。于是推自己入彀倒是利落决然。

宋晚栀又轻轻叹了声："不进校会，那……"

"栀栀？你自己念叨什么呢？"王意萱突然从旁边探出脑袋。

宋晚栀没防备，受惊地回眸，等看清是王意萱，她才轻耷下眼尾，松缓了口气："是你呀……"

"哎呀，不好意思，"王意萱讪讪道，"是不是突然冒出来，吓到你了？"

宋晚栀摇头："没事。"

两人并肩往寝室楼方向走去。

"你今晚的面试怎么样啊?顺利吗?"王意萱问。

想起最后的插曲,宋晚栀心里很无奈:"不太顺利,应该过不了。"

"啊?你都过不去啊?那完了,我肯定也过不了。"

"不一定的。"

"可能的面试题目都是你帮我整理的呢,中了好多,你自己都没信心,那我更不行了。"王意萱皱着脸摆了摆手,"算了,不想这个,过不了就过不了——明天终于又是周末了,康姐和我打算去南城逛一逛。你呢?什么安排?"

宋晚栀抬眸,露出一个歉意温软的眼神:"我可能……"

王意萱:"你不会又要去泡图书馆吧?"

宋晚栀点头。

王意萱表情纠结许久,扭回头恨不得仰天长叹:"比起你们这些外省考来的真学霸,我和康姐绝对是滥竽充数,令S大蒙羞。"

宋晚栀:"你们也是竞争过很多同学才来的。"

"然后就来给你这种真正的学霸垫底了。"王意萱哀怨低头,"不对,你都不应该归于任何群体。就算是真学霸,我也没见过像你这样,开学以来除了上课、吃饭、睡觉,仿佛就从来没离开过自习室和图书馆的啊。栀栀你这简直非人类!"

宋晚栀沉默几秒,轻声答:"只是习惯了。"

"习惯?习惯什么?别跟我说是学习啊。"

"是……追逐。"

"嗯?"

在王意萱不知所以然的迷茫目光下,低着眼安静走了许久的女孩终于好像回过神,她仰回脸来,浅茶色眸子湿漉又干净,笑也一样柔软:"如果你也有一个站得很高的目标,那你会懂的。必须很努力、很努力,才能让你们之间距离拉远的速度,没那么快。"

王意萱思考了下:"但还是在拉远?"

"嗯。"

"怎么可能?就算在我们这种王牌专业里你也应该是很优秀的了,"王意萱想都没想,"除非像江肆学长那种天之骄子,他们得天独厚,不是我们凡人能比的啦。"

"嗯，"宋晚栀音色很柔，"但凡人也想登天。"

"那我就不一样了，"王意萱眨眨眼，"我不想登天，只想上天。"

"……？"宋晚栀短暂地露出一个迟疑而茫然的眼神。

在被王意萱的坏笑笼罩数秒后，她恍惚明白了什么，脸颊倏地一下就泛起嫣红。

滞涩的步子都加快了，女孩纤弱的背影难得从被风轻拂起的发丝里显出几分狼狈。

王意萱开怀笑着的动静追上来："哎，栀栀你又脸红了！你怎么这么容易害羞啊？你是想到谁了呀？是你那个目标吗？快跟我说说是谁呗！"

"……！"

青翠的梧叶被场忽来的雨打薄了几层，层叠着铺上路旁的石砖。

暑热初退，一层秋日的凉意笼进校园。

新的一个周五到来前，校学生会的两封二面通知也拽着这场雨的尾巴，飞进了104寝室。

"过了过了！我一面竟然过了！"王意萱在寝室里兴奋得高举手机折返式跑圈。

正在打游戏的邢舒被吵得不行，摘下耳机面无表情地盯了那个"陀螺"两秒："范进中举。"耳机又被冷酷地扣回去。

康婕在旁边听见了，一边化妆一边颤着手笑："王二萱你别跑了，跑得地都跟着震。我画眉呢。"

王意萱绷脸刹住："我哪有那么重量级！"绷了没一会儿，她没忍住，再次抱着床杆乐成了傻子，"哈哈哈，校会一面淘汰率可是50%，我竟然能过欸！把这截图发我爸妈，我今年年底压岁钱绝对再翻三倍！"

"瞧你那点出息，看看栀栀，比你淡定多了。"

"我们栀栀那是太优秀，无所谓。"王意萱扭头，"是吧，栀——噫，栀栀你这背着书包，又要去自习室吗？"

宋晚栀停在门前，转过身："嗯，一起吗？"

王意萱笑容顿时僵住："还是算了吧……我看通知二面就在今晚，

听说还是什么压力面,你不准备一下?"

"压力面试比较受临场发挥影响,"宋晚栀认真作答,"不用刻意准备,一切如常更好些。"

王意萱沉默更久,痛苦道:"受教了。"

宋晚栀朝她轻轻点头算是暂时告别,就转身要走。

她还没走出去,王意萱跟康婕哭号"二面要全是栀栀这样的,我就直接撞死在校会办公室门口"的声音就传了出来。

宋晚栀唇角不禁翘起来,眉眼温软垂着,拉开门走出去。

二面的时间和地点都与一面相同,不同的是,这一次宋晚栀提前半小时来到二教,上了楼——但并不是去等候教室,而是走向上周宣传部的一面教室。

面试教室是不在短信里通知的,宋晚栀只是在赌它也没变。

提在手里的包被她无意识地捏紧了些,到了那间教室前,她才驻足,顺着门上的透明玻璃朝里面望去。

最先入眼的还是那道修长身影,半坐半靠在第一排的桌前,长腿交叠,单手托着台平板电脑,正侧勾回上身和桌后规矩坐着的元浩交谈。

那姿势略微蜷腹,薄衫勾勒得他腰线紧实绷起,若隐若现。

宋晚栀没防备,眼神像是被烫了下似的,慌乱压回,抬起细白蜷缩的手指就叩响了教室前门。

笃笃笃。

教室里说话声一停。

江肆直身同时懒勾回眼,漆黑眸子从教室门前一掠而过,刚停了几秒,又缓挪回去。

在他有所反应前,元浩已经开口了:"请进。"

教室前门被轻抵着推开,穿着长裙的女孩走进来,乌色发丝拂过她低垂素淡的眉眼,她停在教室门前,没有再冒昧向内。

"咦,你不是那个,"元浩愣了下,说下半句时已经扭头向江肆,"宋晚栀——学妹?"

宋晚栀双手提着背包在前,朝元浩轻轻点头:"学长好。"

"哦,你好,你好。"

靠坐在窗旁的桌上，正要低回视线的江肆停了下，轻挑眉，平板电脑被垂放到腿上，他的视线攀上女孩长长的裙摆，匆匆拂过轻凹的腰肢与微隆的胸脯，最后停在她没看他的眼睛上。

浅茶色，清亮且干净的那种，缀在她白皙又微微透红的脸上，像融开了雪水的栀子花。

夕阳余晖给她纤细易折的脚踝辊过一抹艳色。

那种似曾相识的感觉，再次强烈地击回。

江肆仍是那副半笑不笑的散漫神态，却微微皱起眉。

是在安乔见过吗？

见江肆不说话，进来的女孩也安静规矩地等他发问的模样，元浩只得试探着开口："学妹，你是来找……我的？"

宋晚栀微微一怔，随即有些歉意又不好意思地低头："不是的，学长。"

元浩："……"

他就多余一问。

"噗嗤噗嗤。"

"？"

江肆闻声侧眸，收到了元浩朝他摆头并且充满了"不要祸害无辜小学妹"警示意味的一眼。

"放你的心，"江肆轻哂了声，放下平板电脑，长腿落地，懒洋洋地插着兜起身，"她来的目的绝对不是你想的那样。"

元浩没想到会被点明，老脸一红："我想什么了？"

"比如，告白？"江肆漫不经心地笑。

"呸！"元浩瞪了他一眼，又忙回过头去，看学妹有没有因为被戳破而恼羞成怒。

自然没有的。对这样不正经也不走心的江肆，只是旁观的话，宋晚栀早比谁都习惯了。

收到元浩关怀的目光，宋晚栀轻声解释："学长别误会，我只是来道谢的。"

"啊，道谢？"元浩头点到一半，怀疑地扭过去看某人，"他能做什么值得道谢的人事吗？"

宋晚栀顿住。

江肆正垂低了眼摸出烟盒，不紧不慢地路过元浩面前，晃出一根时他随口接了话："不干人事就不能乐于助人了？"

"噗，乐于助人？就你？"要不是顾忌在大一学妹那儿的部长形象，元浩大概快要笑到桌板下面了，"行，行行，江菩萨，您快奉献自己普度众生去吧，等着你肉身施救的女施主们加起来估计都能绕S大三圈——"

被江肆随手抵过来的烟盒塞住嘴，元浩被震住。

一两秒后元浩气得低头："呸呸！江肆！"

"脏了盒烟，"江肆冷淡嫌弃地瞥过落到桌上的烟盒，手里还拿着的那根咬进唇间，懒洋洋地插回兜继续往外走，"记得赔。"

元浩忍无可忍："去你大爷……"

"隔壁物理学院，去吧。"

"！"

在那人懒得散漫的腔调里想起他那位学术圈里德高望重的大伯，元浩一个哆嗦，连忙双手合十朝着西边F大的方向连作揖三次："对不住对不住，晚辈失礼了，您老莫怪莫怪……"

没理身后那个神神道道的，江肆拉开教室门，长腿迈出前他停了一下，咬着烟朝旁边落眼："还要我请你出去？"

"！"

宋晚栀蓦地回神，从元浩那里收回目光，低着头顺着那人身前和墙壁的缝隙，小心地挪出去了。

江肆扶门的手指缓慢收拢了下。

缠在呼吸里的几丝茶花香，青涩诱人，让他情不自禁地咬紧了嘴里的烟头，低下眼尾，藏着晦暗的眸子走出去。

宋晚栀出来以后犹豫了下，还是停在附近的窗旁。她攥紧了背包带，刚想开口。

"我好像从没听你喊过我'学长'。"

宋晚栀伸进背包的手停在了包里，回不过神地茫然仰脸。

那人好像随口说的，所以直到此刻停在窗前，他才叼着烟慢条斯理地转过来，眉骨上锋利的眉尾轻缓一抬："我记错了？"

宋晚栀在慌乱里错开眼："没……我没喊过吗……"

"你说呢？"

"我……忘了。"

骗人。你根本没忘。

心底有个顶着白光环、穿着小白裙的女孩跳出来，斥责得宋晚栀脸皮更泛起红。

她当然没忘，她从没喊过江肆一声"学长"。

太多太多数不清的人这样喊他，那么多声里，也不差她一个。她私心地不想要，就以为他不会发现。没想到还是被发现了。

艳色的红染过女孩白得像是极少见光的肤色，几乎要漫上她纤细的颈和锁骨了。也可能已经漫上。

长廊昏昧交缠的光影下，江肆站在漏进夜色的窗前，无意识地被什么拽着似的朝女孩俯身，像是要去探看女孩纤弱的颈。

茶花香更浓郁，脚步声忽然从身后长廊里踩过——

江肆身影蓦地一止，眼神清醒过来。

宋晚栀也回神，惊慌抬眼："江肆。"

脱口而出，再想改也晚了。

江肆轻哂："你看，我说了你不适合说谎。"

"……"

被拆穿后的羞窘欺上她，宋晚栀眼眸像润了湿潮的雾。她下意识咬住唇，无声反抗地望着他。

"怎么，"烟头被江肆轻慢舔过，他咬着烟，嗓音低哑地迫近，"我这种前女友太多的人渣，不配给你当学长？"

宋晚栀被惊了一下。不知道是因为江肆的措辞，还是他俯得太低而她忘了退开的距离。

细长的香烟在他薄薄开合的唇间轻挼着，像随时都会跌下，说话时他唇角不在意地勾翘起一点，香烟就跟着一挑，没点着的烟尾仿佛要吻上她的唇。

开扇形桃花眼天生深情，眼帘半低敛，他又刻意没压那点撬起他烟瘾的躁意。

于是一个眼神就叫她红了脸。

宋晚栀慌得退了两步才停。

同时江肆哑声笑得恣肆又合意,倚墙直回身。

紧攥着书包带的女孩僵着停在一米外,低垂着脸,细白的手指将包带捏得很紧,就算下一秒就提起抡上来,江肆也不会觉着意外。

那点艳丽的红最终还是漫上女孩白皙的颈,尖尖的下颌都红了。

温柔的唇被咬得泛白,软红浅陷。

江肆在一笑末尾里瞥见,徐缓停下,然后他就靠在墙旁,半低着头咬着烟,一眼不眨,无声地盯着她看。

刚被得逞的捉弄还回去而疏解了几分的情绪,报应似的卷土重来。

偏偏其实她什么都没做。

只能算他输了。

江肆取下了没点的烟,揉进口袋。

二教不让吸烟,他怕再看着她咬一会儿唇大概就真忍不住要点上了。校会副主席也不能带头违纪。

"行了,不逗你了,"江肆看了眼腕表,"宣传部的很快过来集合,道谢也抓紧时间。"

宋晚栀滞了下,潮湿的眸子微黯。

原来只是,逗她吗?难怪总是叫她"小朋友"。

自作多情的懊恼和难过一并涌上来,女孩脸上的潮红半退,唇更咬得苍白。

但她到最后也没说什么,只是压下轻颤的眼睫,拉开手里的背包,把里面的东西拿出来。

江肆眼皮子底下伸过来一只细白的手,勾在第二节和第三节手指间的,是一只透明得再寻常不过的塑料袋。袋子里装着几包糖纸晶莹的糖块。

江肆停了两秒,有些意外又好笑,轻挑起眉来:"贿赂我?"

"谢谢你那天——?"

宋晚栀刚打好的腹稿就被哽住了。

她似乎是蒙了，尖尖的脸仰起来朝着他，浅茶色的眸子满是不解，咬过许久的下唇终于被松开，艳色的红沁得欲滴，微张的唇内隐着一隙细雪似的贝齿。

江肆眼皮重跳了下。

那点松散笑意退去，他接过女孩手里的袋子，掩饰性地低头拿出其中一包，裹着水晶纸的糖块躺在半透明的纸袋里。

江肆抑着某种情绪，捏了捏纸袋，没抬眼地故作玩笑："总拿水果糖贿赂我，是不是敷衍得太明显了？"

宋晚栀怔然。

"纪雨菲办这场校友聚餐的目的，明显是醉翁之意不在酒啊。"

"谁让人家有钱。在这种地方请百来号人吃顿晚餐，那可不是小数目。"

"况且纪雨菲漂亮会撩，大胆主动，有钱又有资本，还是江肆喜欢的那种类型……"

几帧闪回的画面和话声里，宋晚栀脸颊最后一点血色败落下来。

她难堪地低垂下眼。她忘了他身边从不缺示好者，她们家境优越，艳丽、主动、大方，做着漂亮的头发，穿着昂贵的小礼裙，像永远骄傲的公主一样。

除了"喜欢他"这一点，她们哪里都跟她不一样。

她们的追求和示好也更漂亮。

宋晚栀开始觉着难过极了。

她有点后悔，到底不该贪恋的，就该保持最初那种最遥远的陌生距离。离他越近，那些刀刃越锋利，割得她遍体鳞伤。可因为喜欢，因为抑制不住地喜欢，她总是想靠近。疼了就缩回去一点，稍好些又忍不住再向前。

人总是说不要摔在同一个地方，却又总是犯那些痴傻的错在同一个人身上。

"对不起，"宋晚栀很低地低着头，声音也轻，"我买不起很贵的谢礼。"

"？"江肆捏着纸袋的手一停，回眸。

盯着宋晚栀看了两秒，江肆明白了什么，微皱起眉："不是——"

恰在此时，旁边的教室门被推开，元浩探头出来："哎，我们部的部员都要上来了，跟丁羽乔一起，你们要还没说完不如改天？"

江肆瞥回去，少有地眼神冷淡。

元浩无辜道："你这么凶干吗？我可是为小学妹——喀，为你好。丁羽乔的醋性你知道的。"

江肆气极反笑："我和她有关系？"

"哪个她？"元浩装傻，还往宋晚栀身上偷偷暗示地瞟了一眼。

江肆侧咬了下唇角，笑得烦躁又戾气，扬手假作势要砸他。

"哎哎，不开玩笑了。"元浩躲掉，随即看见江肆手里的东西，"欸？这不是上回操场上你分我的那糖吗？"

宋晚栀在旁边听得一滞，脸色苍白地抬头。

元浩反应两秒，恍然："我就说你什么时候还开始往兜里揣糖了，原来那会儿就是人家小学妹给你的。哇，你这吃贿——"

余音未落，被江肆一抹含笑带冷的眼神堵了回去。

元浩意外地收声，跟着双手一抬，自觉回头："你们速聊，我先回去看申请表。"

"不用了学长。"宋晚栀突然开口。等元浩停下，她觉察失态，眼睫又垂了回去，声音清落得寂静："我已经道过谢了。这些糖……江主席如果不喜欢，那就分给其他人吧。不用说是我给的，就不算贿赂了。"

元浩："哎？"

宋晚栀没等江肆反应，低着头攥着背包，绷着滞涩发疼的脚踝想快步从倚在窗前的男生面前过去。

长裙被走廊的风轻扬起来。苦茶香青涩里，白色裙尾勾缠过江肆懒撑在墙前的长腿的黑色裤脚。

在宋晚栀即将从他身前过去的那一秒，江肆眼尾一跳，继而毫无征兆地向前俯身，攥住了那只纤细易折的手腕。

宋晚栀猝不及防，被那人拽回身去。

乌色发丝拂过女孩清丽白皙的鼻尖，她仓皇抬眸，露出被情绪冲撞得涩白透红的眼尾，还有望向他惊慌而湿潮的眼。

宋晚栀惶然出口："江肆……"

元浩听得一愣。

江肆却得逗地笑了，漆着黑眸，缓朝身前女孩低了低身："不是江主席了？"

那个眼神里的攻击性和压迫感都十足，笑也恶意又恣肆。

宋晚栀气恼，却无法反驳或反抗。

"叫'学长'。"他甚至捉着她纤细的腕子还懒哑下嗓，戏弄欺负似的逼迫。

宋晚栀越挣不开越脸颊沁红，眼眸里潮气更重，像是要湿透了似的惊慌看他："江肆你放开——"

"叫'学长'。"江肆慢条斯理地重复。

"……"

宋晚栀最是软中藏刃的脾气，越是紧绷着尖尖的下颌、眼神也快被欺负哭了的样子，越是不肯屈服地仰头红着眼尾也要盯着他。

江肆不放。

某种情绪藏在笑意下，仿佛要烧穿他眼底的漆黑。

元浩在旁边都看傻了，这会儿才反应过来，连忙上前拉江肆，低声劝："你这突然发什么疯？鬼上身了啊？"

又僵持几秒，江肆这才懒洋洋地压着情绪低了眼，然后看着她纤细的手腕。他一根一根松开手指，上身倚了回去。

眼眸半垂，敛下的睫间，像在漆黑灰烬里灼着一点还没完全扑灭的火星。

"抱歉，昨晚没睡好。"江肆没抬眼，"弄疼你了？"

"……"

宋晚栀没说话。

被轻视、被捉弄的气恼和难过涌上来，她红着眼尾，头也不回地朝楼梯口走去。

等那背影消失在视野里，元浩拧着眉头转回来，打量江肆："你刚刚怎么回事？"

江肆耷拉着眼望着手里的糖果袋，侧颜上笑还未退，神色已经有些懒倦："说了，没睡好。"

元浩:"糊弄谁呢?你上学期在实验室熬一周平均每天就睡仨小时的鬼样子我都见过好吗?那会儿你也没跟刚刚似的!"

"……"

元浩换了口气,刚准备再接再厉,突然那人撩起黑眸,刮了他一记凉意剔骨的眼刀。

他抖了下,抬手护胸:"干吗?你要跟我撒气啊?到底出什么事了?刚刚还好好的……难道是你爸……咯,江伯父又找你了?"

江肆自动跳过最后一句,勾起个冷淡的笑:"你出来以后怎么说的?"

"我?我说什么了?"

"上回在操场,我分你糖了?"

元浩一噎,心虚地挪开眼:"那个……"

"作为宣传部部长,'抢'和'分'的措辞区别都搞不明白,"江肆眼底更黑,"我是不是应该代表主席团,认真教教你了?"

元浩:"……"

经过一番惨烈的"锁喉教育"后,元浩终于投降,声泪俱下地自我反省了一篇即兴演讲:《罪己书之关于我身为宣传部部长却没有以身作则严谨措辞起好带头作用的反思讨论》。

好在二面时间已近,宣传部部员们的到来拯救了他们的部长。

在和部员们打过招呼,又目送他们进到教室之后,元浩回过身,看见依旧停在已经完全黑下的走廊窗前的江肆。

元浩的脑海里突然亮起了一个灯泡。

"哎,江大主席,"元浩狐疑地走过去,停下,"你今天情绪失控,不会是因为那个小学妹吧?"

"宋栀子。"

"啊?"

江肆停了一两秒,懒勾起那双桃花眼,似笑非笑:"她叫宋栀子,不叫'那个小学妹'。"

"首先,她叫什么也不耽误我可以喊她'学妹'。其次,"元浩忍住翻白眼,"就算我没你那变态的记忆力,那我也记得清清楚楚——人家小学妹叫宋晚栀,不叫宋栀子!"

江肆不知道什么时候从裤袋里摸出了那个打火机，并不反驳，只拿在手里，有一下没一下地拨起金属壳帽。

扣着某种缓慢的节奏，清脆声在安静的走廊里作响。

元浩看得牙疼，轻"啐"了声，绕去他前面："江大主席，你还记着你'不主动、不在意、不挽留'的三不守则吗？"

"要是我说，"银质打火机的盖子声里，那人嗓音低低的，透着一股子走神的懒散劲儿，"我发现我就是想主动呢？"

"……"元浩呆滞几秒，僵硬扭头，"你是在开玩笑吧？"

月色晦暗的窗下，拨着的打火机被轻轻一甩。

嗒。

盖帽合上。

那人懒洋洋地起身，揣着兜，走进教室。

"嗯，开玩笑的。"

某人随手扔下个"炸弹"就潇潇洒洒进去了，元浩却被"炸"得一脸黑。他僵在教室门后好一会儿，才表情莫测地推门跟进。

迎面往外走的部员差点儿被他撞上，部员抬头一看就愣了下："部长，你这脸色怎么……"

"我脸色怎么了？"元浩面无表情地扭头。

部员："就好像跟外联部打篮球输了一整场，还被他们抢走了一半纳新名额。"

元浩噎住了。

部员大惊失色："真被外联部那群家伙抢名额了？"

"胡说，"元浩黑脸，"我只是在思考这两件事哪个更让我烦躁。"

"两件事？噢，这么说没被抢名额啊。"部员松了口气，随即好奇，"那什么事还能烦得过这件？"

元浩冷笑："比如，你们江大主席人面兽心到竟然打算潜规——"

唰——

余光察觉"危险"，元浩灵活地往下一蹲。

啪。

一纸袋糖果砸进了一脸蒙的部员怀里。

他茫然地接住,茫然地抬头,茫然地扫过同样安静下来的部员们,最后隔空对上靠窗坐着的某人侧撩过来的黑漆漆的眸。

江肆垂回手,桃花眼懒洋洋地耷下来,似乎有点遗憾:"没砸中。"

元浩回神,气急败坏地跳起来:"众目睽睽,你竟然想杀人灭口!"

"灭口?算不上,"江肆侧撑着颧骨笑了,冷淡又骚气,"最多是帮你调教一下措辞不严谨的嘴。"

元浩:"……"

于是元大部长脸又绿了。

宣传部的部员们早就习惯了这两人在非正式场合里不正经的交谈,更对他们部长回回嘴硬、回回吃瘪的场面见怪不怪。这会儿有一个算一个,眼观鼻鼻观心,只当什么都没听见。

而置身旋涡正中的部员没法推脱,迟疑着拿起怀里那纸袋糖果:"主席,这糖是您的吧?"

江肆眼尾一抬,刚要说什么。

"有人专门过来送的谢礼,"元浩终于逮着了报复机会,"看来是不知道你们江副主席不喜欢吃甜食,可惜了啊。"

"又是哪个学妹送的吧?"

"而且一定是打着给大家的旗号,知道咱们主席不收独礼,回回都这样。"

"哎对,上学期外联部展台活动那次有学妹请客,听说可是五星级酒店餐厅的外送啊,外联部那帮家伙跟我唠瑟一学期了!"

"祈祷主席常驻我部,这学期的福利就从糖开——"

"始"字未出,那一纸袋的糖从学弟怀里"飞"走了。

刚要饿虎扑食的部员们愣住,纷纷扭头,顺着那只骨节分明的手望到旁边斜倚着墙的一张清隽冷峻的面孔上。

"别动,"江肆拿了就走,毫不留情,"没你们的。"

"——?"

部员们可怜巴巴的目光转向元浩。

元浩的表情却好像比刚刚更拧巴了,而且就是冲着江肆手里的糖去的:"一袋糖而已,至于吗,江大主席?"

部员们纷纷助威。

"主席,您可不能偏心外联部啊。"

"就是就是。"

江肆靠回椅子里,侧支着头停了会儿,忽然笑了。

"这学期期末前请你们部吃饭,时间我定,"江肆将那袋糖收起来,"地点随你们选。"

须臾后,惊喜的呼声差点儿冲开了教室的天花板。

二面正式开始前,副部长丁羽乔终于姗姗来迟。

进到教室后,她刻意提高了声音和部员们打招呼,但余光里,临窗坐着的江肆仍旧是眼皮都没多抬一下。

丁羽乔眼神愤愤地咬了下嘴唇,走到元浩身旁,把他喊出了教室。

"干什么啊丁大小姐,"元浩头大地跟出来,"面试就要开始了,有事不能等结束说?"

"这不是还没开始嘛。"丁羽乔不满道。

元浩无奈:"行,有什么事你尽快说吧。"

"我听人说,"丁羽乔表情复杂地看了一眼教室门内,"今天下午,江肆好像和一个女生在走廊上纠纠缠缠的,是真的吗?"

元浩顿时警惕:"谁胡说的?"

"就……有人看到了,但离得远没看清。"丁羽乔沉默了下,"所以你也不知道?"

"听他们胡说!没有的事儿,我能知道什么。"元浩心虚地避开视线。

"是吗……"

见丁羽乔一副不死心的架势,元浩皱着眉思索了很久,靠着窗台边往前凑了凑,问:"你还喜欢江肆啊?"

丁羽乔看他一眼:"喜欢他的人那么多,你为什么单独问我?"

"你不是都告白失败了吗?"

"!"丁羽乔表情一变,睁大了眼睛看他,"你怎么知道……江肆跟你说的?"

"哎别介,肆哥不背这锅啊。他虽然人挺祸害,但拒绝女生告白后转头给人家捅出去这么没品的事儿,他不可能做得出来。"

"那你怎么知道的？"

"我又不瞎，那晚校会聚餐，江肆出去抽根烟的工夫你就跟上了，回来红着眼睛不说，他还压根儿没再露面。"元浩一口气说完，"跟肆哥混久了，什么告白场面没见过，这点经验我小学三年级就有了。"

"……"

丁羽乔哀怨地转向窗外。

元浩又把声音压低了三分："你要真还是想追江肆，听我一句劝。"

"？"丁羽乔意外地回过头。

"江肆以前有过几任前女友，这你知道吧？"元浩假装没看见对方惊讶的眼神。

丁羽乔顾不得别的了，连忙点头："嗯。"

"那你知道，江肆和前女友们都是怎么分的吗？"

丁羽乔迟疑摇头。

元浩左右看看，确定没人后才拿手在嘴边一遮："江肆有条线，谁都不能碰。说是女朋友，但他只允许她们站到那条线外，想再往前绝无可能——但凡对方有半点要越线的意思，结果只有一个，就是当场分手。"

丁羽乔怔了几秒："什么线？"

"呃，这个，"元浩挠了挠头，"你可以理解为，亲密线吧。"

"亲密线？"

"对，就是你想在外面怎么炫耀，喀，不是，怎么表现他是你男朋友，说什么话，开什么玩笑，传什么流言，他一概不在乎，听到了也不会管——甚至，就算你偷偷劈腿了，只要不到他眼皮子底下天天晃悠，他也根本不在意。"元浩一顿，加重语气，"但是，不能有亲密举动。"

丁羽乔的脸色微微发白："哪种算亲密举动？"

"至少据我所知，他前女友里有一个特别漂亮的，校花级别的，当初就是因为趁他没注意亲了他一下，所以他们才分手的。"

"……"

丁羽乔的脸色更白了，表情甚至有点惊恐。

元浩被她瞅得浑身难受，实在忍不住开口问："你这是什么反应？"

"江肆他……他之前拒绝我告白的时候说，'兔子不吃窝边草'和

'他喜欢男的'，让我二选一，"丁羽乔咽了口唾沫，"他不会真的喜欢男生吧？"

　　元浩："……"

　　回过神，元浩没憋住，扶着窗台笑弯了腰："哈哈哈，我就应该让P市圈子里的公子哥儿们都把你这话听一听，看江肆以后还敢不敢在外面这么骚，哈哈哈……"

　　丁羽乔被他笑得莫名其妙，但也慢慢反应过来："他……不是？"

　　"不是，你可放心吧。"元浩笑得肚子都疼了，好不容易止住，艰难直身，"他随口给你找的拒绝理由。"

　　丁羽乔看起来并没被安慰到太多："那……他就是根本没想真心找女朋友吧。"

　　"真心？"元浩收了笑，慢悠悠地叹了口气，"肆爷有个鬼的真心。要不是总被形形色色的小姑娘们纠缠得不耐烦，就他那心理障……喀，我看他连女朋友都不会找。"

　　丁羽乔眨了眨眼："肆爷？"

　　"啊？哎哟，"元浩从前一句话间的皱眉里醒过神，"看我这顺嘴的毛病，我们圈里打小玩笑叫惯了，让江肆听见还得骂我封建陋习呢。"

　　"江肆也是P市人？我记得他是从那个叫安城的小县城考来的呀。"

　　在丁羽乔睁得水灵灵的眼睛前，元浩绷了几秒，笑出声了："您丁大小姐别跟我玩这一套，能说的我告诉你，不能说的我一个字都不会透给你的。"

　　"喊，"丁羽乔撇嘴，"小气。"

　　"嚯，大气点江肆不得给我小命捏掉？"元浩玩笑，"反正你们女生眼尖，肯定也能看出来，江肆家里不差钱，单论他自个儿也是位得天独厚的祖宗——所以啊，跟他要什么真心。只要听话点，不过线，按着他那三'不'守则走，要面子要钱，他都拿得出手。"

　　丁羽乔神色微动，却没接话。

　　见她仍是动心思，元浩笑眯眯地泼了盆冷水："我再说句实话，你听吗？"

　　"什么实话？"丁羽乔回头。

元浩:"你们喜欢江肆,多数不就是看上他长得帅有钱?他要拿真心,你们拿什么?"

丁羽乔面色一白,不自在地绷直腰:"哎呀部长你说什么呢。"

"听不懂?"元浩笑着的嘴角往下拉了拉,像坠沉了似的,声音却轻飘,"那我说直白点,跟肆爷要真心,你们要得起吗?"

"——!"

这毫无遮掩的话如利刃,挑了面子剥了里子,也撕掉了丁羽乔脸上最后一点勉强的笑。

两人对视数秒,丁羽乔握紧了拳头:"既然你这么看不上我,那为什么要跟我说这些?"

元浩转过身,一个照面的工夫,他又回到平常那副憨实模样:"瞧你这话说的,多见外。那江肆虽然是我打小的兄弟,但你也是我共事两年的同学兼同僚,对吧?"

"那我喜欢江肆两年,你怎么现在才跟我说?"

"嗯,你可以理解为,考验?"

丁羽乔又和元浩对视几秒,还是没看出这副亲和笑容底下有几分真几分假。

她没再计较,娇滴滴地展颜一笑:"既然这样,那就谢谢部长啦。"

"副部长客气。"元浩假模假样地玩笑。

"……"

等丁羽乔妩媚的背影被关进门内,靠在窗台前的元浩才松了笑,表情还有点拧巴。

"还能为什么现在才说,"元浩嘀咕着,走神地往旁边撇开眼,"被你这号的招惹他多有经验,总比他犯病主动去招惹那种——"

话声戛然而止。

走廊那头,第一批二面学生被大二干事领向这边。

新生里走在末尾的是个女孩,她走得很慢,步子微涩。

长裙在走廊的灯影下轻轻摇晃过纯粹的白。

这是元浩第一次认认真真看她。

她太安静了,又总循规蹈矩,不肯多一分显眼,连最好看的那双眼睛在绝大多数时候都只是温软安静地垂着。

除了……看江肆。

"部长,这是第一批面试的学弟学妹。"

"嗯。"

"学长好。"

同那些目光一起,队尾的女孩抬眸。

浅茶色的眼眸澄澈又干净,在没那么透亮的光下像蓄起一点湿潮的雾气,望着他稍停,然后情绪轻涌。大概算是看在了他陪江肆多见过她两面的"交情"上,女孩在迟疑之后,朝他轻轻点头。

乌色发丝顺着女孩的动作从颈侧拂下,其中有根颜色极浅的,不听话地勾到她微合的唇上。

女孩颔首过后,似乎有所察觉,轻垂下眼睫,抬手将那几根俏皮的发丝一并拂回耳后。

所有动作里,她都没有再看他一眼。

元浩忽然有种感觉:那条长裙白得引人瞩目,却只能算是被她染得干净的白,算不得纯粹——最纯粹的白在她本身,在她身体的每一个角落。

元浩转过来,低骂了声。

他突然有种很不好的预感——

江肆为祸人间二十多年,怕不是真要遭一次永世不得翻身的报应了。

第七章

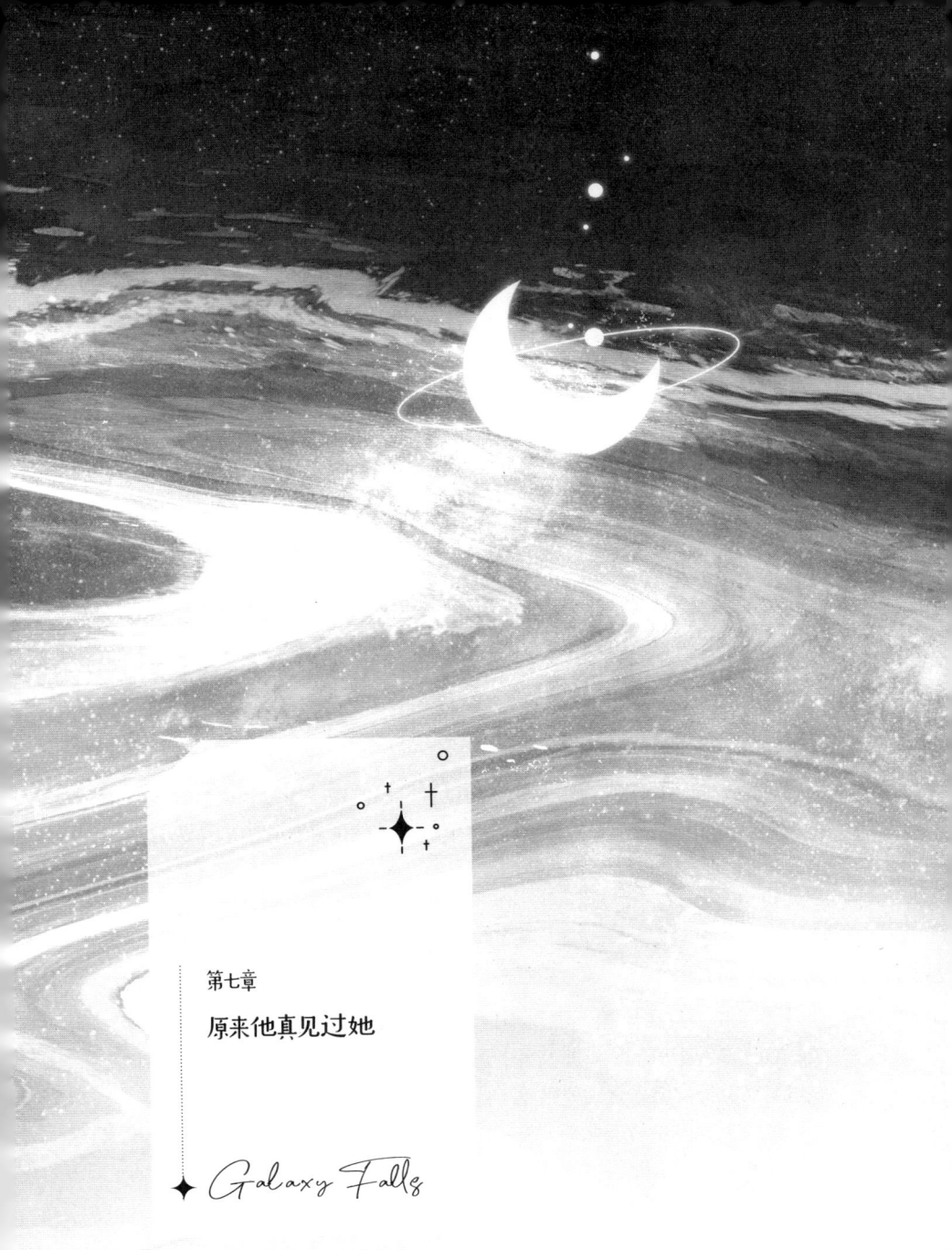

原来他真见过她

✦ Galaxy Falls

压力面试是需要面试者单独入场的。

因此宋晚栀虽然在二面第一批的名单里，却是这批最后一个，需要等到前面的四人都结束才能进入。前四人里两男两女，前三人出来的时候脸色都不太好看，到最后一个女生的时候，干脆是抹着眼泪出来的。

宋晚栀有点惊讶。

来不及多想，教室门就被拉开，大二干事探头出来，请她进去面试。

教室还是那间教室，但这次讲台前的空地上多了一张空椅子。

最前面坐成一排的学长学姐多数还在低声讨论，只有靠边的一人开口："请坐吧。"

"……"

宋晚栀点头，走去椅子前。

这个方向正面向那一整排的"面试官"们。和一面时轻松甚至不缺打趣调侃的氛围完全不同，二面教室里的空气仿佛都是严肃到令人窒息的。"压力面"的定位十分准确。

尽管宋晚栀并不想刻意去注意，但她的目光还是像瞄准镜一样，不由自主地就锁定住了江肆的位置——在整个第一排的最中间，也正是她那张椅子的对面。

江肆原本靠在座里，眼皮半低着看手里的申请表，他似乎是在听左、右干部和干事们的意见交流，只偶尔才会漫不经心地插上一句，眉眼情绪松散得发懒。直到他眼皮子底下，一袭白裙绽进来。

江肆手里的申请表蓦地一停。

几秒后，逐渐躺平的表格顶端，露出停在桌外一两米处的女孩的身影。

江肆慢慢敛了眼睑，漆黑眸子里困倦退了，放下表格侧扣起十指，眼睛一眨不眨地盯着女孩。

看她侧身，轻拢过裙线，安静坐下，然后抬眼。

茶色眸子里映着的光圈好像轻轻晃了下，似乎意外于他的目光，女孩只是稍作停顿，就很安静地挪开了视线。

江肆骨节分明的十指略微伸展，然后缓慢地再次扣紧。指关节泛起隐忍克制的白。

元浩实在看不下去，趁侧身的工夫拿气音警告："你可别给我徇私枉法啊。"

"……"

江肆没说话，那双黑漆漆的眸子依然紧紧盯着女孩单薄的身影。

直到她细眉轻蹙，忍不住防备地往椅子里缩了一点。

江肆这才垂眼笑了："行啊。"

他松开紧扣的十指，仰回座椅里，撩起的黑眸散掉了方才的压迫感，目光慵懒低缓地勾到了女孩的裙摆上："你的地盘，你话事。"

元浩："……"

那你眼神敢不敢收敛一点，不这么骚。

元浩敢怒不敢言地转回去，低咳了声示意部员们面试开始。

压力面试通常就是不断抛出问题，逐渐递进式地逼近面试者的压力承受底线，如果对方应答自如，那就换一个方向继续切入——什么时候将人问到无话可说或者情绪崩盘，什么时候就算结束。

宋晚栀外表看起来安静又规矩，再加上前一位学妹刚刚被问哭，因此宣传部的干部、干事们起初都没有很压迫地提问。

直到他们发现，每个面试者例行的五分钟面试时间已经过半，而坐在正中间空地的椅子上的女孩，从进来到现在无论姿势、神态还是说话语气都没什么变化。他们完全没能接近，更别说抵达她的心理临界点。

三位部长、副部长交换了下眼神。

丁羽乔率先开口："能说一下，开学三周以来，你的校园生活主要由哪些部分构成吗？"

宋晚栀对这个突然转向的问题有点意外，但还是如实回答："除了上课时间，我多数时候在图书馆。"

"那你常去哪个馆？几楼？什么区域？"

"北楼，一层或三层，南向区域。"

丁羽乔见她回答得平静流畅，微微绷身："你是自动化系的啊，"她似乎不经意地扫了一眼旁边的江肆，"我记得自动化大一的课业不重，你在图书馆里都做什么？"

"预习二年级课程。"

"哦？你大一的课程难道都自学完了？"丁羽乔显然不信，笑出几分轻蔑。

宋晚栀视若无睹，声线也依旧平静："专业基础课中的微积分（1）、微积分（2）、线代（1）、线代（2）、大学物理（1）、计算机语言程序设计、电路原理，是我已经自修过的课程。"

整个面试房间里霎时一寂。

随后，一排面试长桌上，绝大多数干部、干事的目光不约而同地聚向正中——

江肆原本懒洋洋地撑着额，没抬头也没动作。

直到这个问题，他才稍稍抬起视线："看我干什么？"

"这么变态的事情我还以为只有你能干得出来。"元浩压低声音，随即严肃道，"提问一下，我们部里没自动化系的。"

"怕她说谎？"江肆挑眉。

元浩刚要辩解。

"也是，"江肆点头，视线终于移过去，"现在的学妹，确实是挺会骗人的。"

"……？"

尾声里，江肆对上宋晚栀的眼睛。

那双从进来以后都很安静恬然的眸子，在与他相对的那一秒里就浅浅起了波澜，又停了一两秒，她有点退缩地把目光垂低了些。

江肆手里钩着笔帽拨开了，声音哑然又随意："定义一下'受控电源'吧。"

这是进来以后，江肆向她提出的第一个问题。

宋晚栀思绪空了几秒才找回，半低着眼轻声道："受控电源也即非独立电源，输出端的电压或电流不由电源本身决定……共分为四种……"

宋晚栀这边说完，其他非该专业部员如听天书，于是目光焦点又回到江肆身上。

"虽然很基础，但她确实掌握体系了。深入的专业部分我也没办法在这里考核。"江肆淡淡落眼，将笔帽扣了回去。

咔嗒一声，其余人回了神。

多数人的赞叹里，丁羽乔的笑却有点挂不住了："看来学妹比较专心学业，只是不知道，这样的情况下校学生会如果有工作安排，那你能否兼顾呢？"

"我会区分轻重缓急，"宋晚栀轻声答，"预习课程只是课余选择，并不急在一时。"

"既然这样，那课余时间完全交给专业课业，对于需要多面发展的大学生来说，你认为是否过于刻板单一了呢？"

宋晚栀思考几秒，摇头："我没有办法学到认知以外的东西。作为大一新生，目前摆在我面前的明晰道路就是专业课程。"

"哦？"丁羽乔露出一丝捉到漏洞的得意，"我是否可以理解为，你对自己的大学生活并没有规划或者目标？"

"……"

宋晚栀神色微滞。

她几乎下意识地就要望向面试席中间那个从她落座被提问以后就没再看过她的人，但还是忍住了。

站在很高的地方让她追逐的目标，她很早以前就有了。

但那个目标，她想藏在心里。或许终此一生也无法宣之于口。

于是宋晚栀低头："暂时没有。"

丁羽乔露出胜利在望的笑："那你不认为，没有目标的行动，本身就是盲目的吗？"

几秒寂静，宋晚栀轻声否认："……抱歉，学姐，我不这样认为。"

丁羽乔一愣。

"对专业缺乏系统认知前就确立目标，在我看来同样是盲目的。"宋晚栀说，"我的一切准备和努力，只是想要确保在将来某一天找到我的目标时,不会因为曾经的懈怠而连追逐它的资格都无法拥有。我的努力不为眼下,为未来给自己一个可以选择的机会。"

"……"

面试教室里一片死寂。

元浩都震撼得微微后仰,神色惊异。

就算S大精英辈出,但在压力面试里能反过来给学长学姐们上一课的大一新生,绝不多见。他身旁这位大概有那个能力,但绝没这个"布道"的好心或耐心。

元浩正想着,坐在他旁边的某人终于还是没压住——

江肆松掉手里把玩的笔,抬手轻蹭了下高挺的鼻梁,同时喉结缓滚出声笑:"挂靠自动化系的无人系统研究中心,听说过吗?"

宋晚栀一怔,回眸望他。

江肆不紧不慢地重复:"听说过?"

宋晚栀回神,点头。

"研究中心那边给每届自动化系学生两个破格选入的名额。系里这周末组织你们新生进行兴趣参观,之后我会以我个人名义举荐你参加考核——当然,能不能通过要看你自己。"江肆靠在椅子里,跟说了自己今晚的晚餐计划一样语气随意。

其他人的表情却都变了。

尤其是丁羽乔,几乎是在回神的第一秒就将十分不善的目光射向宋晚栀。

宋晚栀失神。她不知道江肆作为这个破格的开创者,最有资格举荐却从来没行使过这个权利,但只从别人的反应里她也能猜到这个决定有多特殊。

比起有机会进入无人系统研究中心跟随研究生学长学姐们科研学习,她同样担心江肆会因为在这种公开场合直接说出这句话而遭受非议。

宋晚栀不安地看向江肆,没有在第一时间应下。

元浩也醒神,拧眉扭头,压声道:"你这传出去像什么话?"

"像什么?"江肆不以为意,"她很优秀,我见猎心喜,不行吗?"

"……"

要不是场合不对再加上宋晚栀确实表现得无可非议，那元浩真的很想问问他是见的哪个猎，心的哪个喜。

"部长，时间快到了。"有人提醒。

"好，"元浩无奈应了，"没什么问题了吧，没有就到——"

"我还有个问题。"

"？"

顺着声音转头，元浩望见丁羽乔侧面表情的一瞬，心里就咯噔一下。他开口想阻止，可惜已经晚了。

"宋晚栀学妹在专业上表现得确实足够优秀，但这不代表你能胜任校学生会宣传部干事的职务。"丁羽乔语速极快，甚至有点咄咄逼人，"我要是没看错，你应该有腿伤吧，你能确保之后不会成为需要照顾的特殊个例而影响到部内的工作安排吗？"

话声落地，教室里鸦雀无声。

最居中的江肆眼神一停，缓了几秒，仍散漫如常地朝旁边抬头，但那双桃花眼里噙着的笑意却凉下来了。

宋晚栀默然地攥紧放在膝前的手，脸色微微苍白。她几乎是下意识地，在那人目光落过来前，将左脚脚踝轻轻往后藏了藏——即便知道是徒然。

"我会……尽力完成一切工作任务。"女孩第一次回答得磕绊。

"尽力？"丁羽乔一笑，"如果尽力就能做好，那也不会有那么多失败者了，对吧？"

元浩皱眉，拉了拉丁羽乔："丁部长，我们……"

"秉着对之后部内工作负责的态度，我必须确定一下，"丁羽乔视线滑到宋晚栀脚踝处，"你腿伤是长期性的吗，怎么造成的？"

"……"

这场是压力面试，丁羽乔态度坚决，其他人也不好插话。

况且他们都知道丁羽乔这个态度的成因。她喜欢江肆这件事，在学生会里本来也不是什么秘密，他们自然不会为了一个陌生学妹去蹚这趟浑水。

江肆抑着情绪，眼睑轻敛。

余光里，女孩在膝上握紧的手微微战栗着。

"是长期性的，"宋晚栀最终还是开口了，声音低涩，"成伤原因是从二楼窗户摔下。"

"自己摔的？"

江肆眼皮一跳："丁部长，差不多可以了。"

"抱歉主席，这是我们部内的选拔面试。"丁羽乔扭头，"当然，宋晚栀你有叫停的权利，这是你的面试。"

"……"

江肆指节叩桌，冷落下眼皮。

只是在他动怒前，坐在椅子里的女孩艰涩地开了口。

"是……被我养父喝醉以后，扔下去的。"

"——"

一室寂静。

丁零零。

倒计时闹钟倏然响起。

宋晚栀苍白着脸收着下颌，像被铃声叫回神，松开手指扶着膝，慢慢从椅子里起身："我的面试应该……结束了？"

元浩回神，连忙朝门口已经傻了的大二干事示意："可以了，请下一位同学进来吧。"

"谢谢。"宋晚栀轻轻躬身，转身往外走去。

众人的目光不自觉地黏在她长裙的尾摆，随着那垂落的花瓣似的起伏，瞥向那截纤白有瑕疵的脚踝。

宋晚栀感觉得到，于是攥在身侧的手指扣得更紧，几乎要掐进肉里。

在即将跨出教室时，女孩低垂的眼尾终于沁出难抑的红。

不必再在人前强抑掩饰，湿潮的雾气凝汇眼底。

也是那一秒——

面试席居中的位子，江肆将手里的文件夹摔到桌上，侧过头嗤出声轻懒的笑："丁羽乔。"

宋晚栀身影一滞，停住。

丁羽乔僵着开口："江副主席，我完全是按照压力面的常规流程……"

"既然你这么喜欢徇私废公,"江肆起身,声线松懒地打断,"我人比较渣,前女友也多,不如列个清单给你,你一个一个报复过去——也省了精力过剩,伤及无辜?"

丁羽乔的脸霎时白了。

在众人不敢反应的寂静里,江肆离了席,只在插着兜走过丁羽乔桌前时,眸子黑漆漆地睨下来:"这是最后一次。再有下回,我帮你请辞。"

江肆眼眸晦暗,气场低沉地走出教室。

临到门外,他长腿一停,很顺便地从外套口袋里伸手,把门旁还呆着的女孩一并拽了出去。

宋晚栀一直被他拉到教室门后几米外那截凹折进去的走廊墙角里。

那人停下,不怎么温柔地一扬手腕把她塞进折角后,自己也顺势转过身来,漆黑眸子死死盯住她。

宋晚栀有点回不过神,滞涩地仰起头回望他。

还没回过神的脸上写满了不知所措。

被女孩将哭未哭的眼眸一望,江肆压了大半晚上的烟瘾来得更凶了。

他啧了声,俯下来——

"问你什么你答什么,"那人声音低哑得烦躁,"在我面前怎么没见你这么听话过?"

宋晚栀不确定江肆为什么这么生气,但这不妨碍她明白他之前在教室里是有维护她的意思。

于是宋晚栀下意识摸着被他攥得微麻的手腕,轻轻躬身:"谢谢。"

女孩肩上乌色柔软的长发滑下来,勾缠到颈前,淡淡的茶花香弥漫开。

江肆的情绪好像就被无形压了一截。

他沉默两秒:"谢什么?"

"谢谢你给我去无人系统研究中心参加考核的机会,"宋晚栀直回身,仍是安静地垂着眼睑,"还有,谢谢你刚才拦丁羽乔学姐。"

"你也知道我在拦她?"

"知道。"

"那你为什么还要回答她那些无理的问题?"

宋晚栀迟疑了下,还是诚实答了:"因为我需要进校学生会的德育分，因为我没做错什么，不需要羞耻和避讳。"

"……"

宋晚栀低着头说完，却发现头顶安静下来。

那个人就站在她面前，但是好久好久都没开口。

直等到宋晚栀眉心烦恼地轻蹙起来。她站不久，这会儿已经有点脚踝发酸。于是再不想她也只能悄悄抬头——

然后就对上那人情绪难辨的眼。

江肆没说话，神情也松散下来，但他一直在无声盯着她看。

等到宋晚栀抬头了，他也没半点要避开或者被抓包的意思，仍是懒洋洋地半垂着眼皮，情绪起起伏伏地睨着她不变。

脸皮薄的总是吃亏。宋晚栀本来就脚踝发酸，被他盯得更站不住了，攥紧了背包带就往后退了半步，想让出供自己离开的空隙："如果没有其他事，那我先——"

"栀栀！"

楼道里突然飘来一声呼喊。

宋晚栀眼神一慌，移眸，果然就见兴高采烈扑过来的王意萱呆滞地刹住车，然后一脸疑惑地来回看她和江肆："你和江学长……"

"路过。"宋晚栀慌忙开口。

"……啊？"

"他……路过这里。"宋晚栀没敢去看江肆，声音发轻，"我这就要下楼找你了。"

"噢。"

王意萱半信半疑地盯着两人。她倒不是认为这天差地别的两人会有什么深度交集，只是就她眼前所看见的这个站位和距离……是不是……太近了一点？

宋晚栀现在也这么觉得。

因为江肆压得太近，在墙壁和他胸腹间的她不得不屏着呼吸小心地挪出去，但还是不可避免地，她松软的长发擦过他胸膛前。

江肆插兜停着，故意一动未动。

他就耷拉着眼，看着某个和他撇清关系的女孩小心翼翼地从他身前蹭了出去。

插在口袋里的手拨得银质打火机急躁地开合了两声，他才终于抑下伸手把人捉回来的冲动。

而那个刚被他"搭救"了的小姑娘毫无良心，最后一点青涩茶香掠过他身前，她打算和她的朋友径直离开。

江肆忍不住气笑了声，侧过身："宋栀子。"

"……？"宋晚栀停下，轻轻皱眉。她不知道江肆怎么回事，为什么总是要叫错她名字。

江肆盯着女孩单薄纤细的身影，看她慢慢不甘愿地转回来，于是他垂眸又笑了声："跟学长一点礼貌都不讲吗？"

"？"宋晚栀茫然望他。

江肆神色散漫地靠着墙："道别。"

最后在某人的眼神压迫下，宋晚栀只好低头闷着声不解地说了声"主席再见"。

直到她转身下了楼梯，还是觉得背后那人的眼并未挪开。

周六总是最忙的。

要去图书馆查无人系统的相关入门资料，要去勤工部了解兼职申请的最新进度，要赴宋昱杰的约，要自习……

一天忙下来，宋晚栀连和王意萱她们约饭的时间都没有。

于是直到周日傍晚在食堂里，王意萱才终于有机会逮着宋晚栀问起那晚撞见她和江肆的事情。

"栀栀，你最好还是老实交代，你和江肆学长是不是有什么不可告人的关系！"

"……"

王意萱的声音压得低，但还是被旁边的人听到了。邻桌的两个女生一齐扭头望过来，目光打量着宋晚栀。

在宋晚栀想辩解前，那两个女生已经转回去继续聊天了，显然没信。

宋晚栀心里松了口气，无奈地面向王意萱："你误会了。"

"是吗？"王意萱咬着筷子头，一副狐疑表情看她，低声含混道，"可我就是觉得江肆学长对你跟对别人都不一样。"

宋晚栀垂回眸子，安静吃饭："只是因为腿伤和同校渊源吧。"

王意萱沉默了下，偷偷瞟一眼宋晚栀的脚踝，又赶紧心虚地收回来："我还以为像他这种身边总是莺飞燕舞的，对不合自己兴趣的那类女生都会很冷漠呢。看不出来，原来他还挺有恻隐之心。"

"……"

宋晚栀的筷子停在餐盘里，微微失神。

王意萱的话让她想起那个很多年前的冬天——外婆村旁的水库边，趴在地上死死拽着她手腕，将一张之前绷得冷淡、从不说话也不正眼看人的脸庞都用力到狰狞的少年。

那天他一个人坚持了很久很久，在那个很深的、张大了黑黢黢的嘴巴要吞掉一个六七岁的女孩的水库面前。终于坚持到有路过的大人赶来，帮他拽起她时，那个把一身剪裁精致的衣服蹭得满是泥污的少年翻身仰面躺在脏兮兮的草地上。

他脱了力，脸色比她还苍白，额角黑发湿漉漉地沾着汗。

大人惊得不轻，嘱咐他们等着，跑去村里喊人。而她吓傻了似的爬起来坐在旁边，就看见那个一身狼狈泥泞的少年慢慢抬起麻木的手，遮住了天空中刺眼的光。

然后他咧嘴，像抑不住，在风里开心地笑起来。

六七岁的栀子抱着脏兮兮的棉布裙，傻在旁边看。

那是她见过的最好看的笑，少年的笑。

一眼万万年。

"——啊，栀栀，我没别的意思，你别误会，"王意萱见宋晚栀不说话，突然反应过来什么，涨红了脸尴尬摆手，"我不是说你不好，就是江肆他喜欢的类型很单一嘛，他……"

"我知道。"宋晚栀垂着眼轻淡地笑，"他本来就很善良。"

"嗯？"

宋晚栀回神，翘起的眼角弯了弯："没什么，吃饭吧。"

"噢。"

宋晚栀视线一落，注意到王意萱的餐盘，怔了下："你今天吃这么少吗？"

"嗯！从今天起，我要减肥！"

"？"宋晚栀听得意外。

王意萱常被康婕打趣，说她是104寝室最吃货的一个，床下永远有装得满满当当的零食箱，只要坐在寝室里，零食袋子也多半不见离手。

这样的吃货突然说要减肥，确实令人费解。

"嘿嘿，其实是我有喜欢的人了！"王意萱趴低下来，嘿嘿傻乐。

宋晚栀浅笑起来："你不是每天都有喜欢的人嘛，还每个都不一样。"

"这个不一样！"王意萱立刻反驳，然后反应过来，"哎呀，不是，这个和前面那些都不一样！"

"嗯？"

"以前那些只是基于脸，这个是真的喜欢他整个人嘛。"王意萱红着脸笑。

"嗯。"

"哇，栀栀你好冷漠，你都不关心一下是谁吗？"

宋晚栀茫然抬眼："我以为，喜欢谁是你的秘密。"

"啊？啊，虽然这样说也不是不行，但我这不是憋不住嘛。"王意萱嘻嘻地笑，凑过来，"其实就是组织部的副部长！谭景轩！我发现他好温柔啊，虽然不是那种乍一看特别帅的，但也很耐看！你都不知道，周五压力面给我吓得快哭了的时候，就是他帮我解围的！"

这个确实不一样。宋晚栀无奈地想。

因为王意萱好像从来没这么兴奋过，拉着她滔滔不绝又兴奋地聊过了整顿晚餐，直到离开食堂时，还有点意犹未尽的模样。

"栀栀，你今晚干什么去？"王意萱兴奋地问，"要不要和我一起去校外健身房？"

"今晚有无人系统研究中心组织的参观，我们昨天报名的，你不去了？"

"啊，我怎么把这个忘了！"王意萱想了想，"算了算了，不去了，反正我去了肯定也过不了考核。栀栀你要去吗？"

"嗯。"

"那没人陪你了欸。邢舒这会儿肯定要么在网吧，要么在寝室电脑前，康姐今晚有约会……"

"没关系，"宋晚栀露出个柔软又无奈的笑，"我知道你们本来也不喜欢，我自己去就好。"

被拆穿的王意萱俏皮地吐了下舌头："104出你一个学霸就够了，我们负责加油助威。那你往那边，我往这边，晚上再见？"

"嗯，晚上见。"

王意萱摇了摇手，兴奋地跑走了。

宋晚栀在原地停了几秒。她其实很羡慕王意萱喜欢一个人就可以很大胆地、无所顾忌地跟人说出来。那样的少女闪闪发光，笑起来都是像颗小太阳似的模样。和她不一样。

宋晚栀收敛了思绪，转身朝参观集合的操场方向走去。

……

今晚负责带新生参观研究中心的"领队"，昨天晚上才定下来——

面对互相推诿的研究生们，余副院长出了一道程序题，现场编程实现，最晚达标的那个就是今天负责的"倒霉蛋"。

一位研二师兄不幸中标，秉着严谨态度，最后时刻他还是咬牙切齿地完成代码并敲下了运行键。

收到师兄弟们的同情目光后，他很是愤愤地进行了抗议："如果我们自动化的都编程厉害了，那让计科的学生去喝西北风吗？"

对此，师兄弟们体贴地表示了安慰："少废话，谁让你菜。"

"就那群啥都不懂还谁都不服的大一新生，我明天带完他们不得直接送急诊？"

结果一语成谶。还没来得及带队，下午的时候，这位研二师兄就被自己不知道扔在角落里多久的过期饮料送进了医院急诊：急性肠胃炎。

就"谁来做刘师兄的替死鬼"这个话题，中心的学生群里进行了一番激烈的互相推"锅"的斗争。

眼见重任就要落上肩头，昨天临时编程比赛倒数第二的师兄苦哈哈地在群里发了一条："我觉得顺序推'锅'太没新意了，不符合咱们中心的传统。既然倒数第一牺牲了，不如就让第一上吧？"

"哈哈哈，你少做梦了！"

"昨天光顾着赶进度了，第一是谁来着？"

"江肆呗。"

"嚯，那更没戏了，老方你还是自己认命地上吧。"

"……"

就在群里毫不留情地嘲笑倒数第二的师兄时，最新消息里刷出来一条。

江肆："行啊，我上。"

群里迅速地被铺天盖地的问号刷了屏。

江肆懒得再看，收起手机抬眼一扫室内："晚上篮球赛你们去吧，我有事。"

"啊？为什么不去了？"桌首的元浩先炸毛了，"你不去我们怎么跟外联部打？"

"相信自己。"江肆敷衍地拍拍他的肩，起身。

"不是，你到底要去干吗啊？"

"做苦力。"

"？？"元浩听得莫名其妙的，顾不上其他就赶紧起来追过去，"你不打我也不打了，我一个人可带不动他们，去了只有丢人的份儿。"

"……"

江肆不置可否，出了校会办公室绕进楼梯间，一边下楼，一边捯饬着手机，似乎在跟人交流什么信息。

跟在旁边的元浩狐疑地盯着他，只觉得这人此刻如常的散漫劲儿里又多出了点什么不一样的情绪。

跟出楼后又走了一段，元浩忍不住问："快别卖关子了，你这准备去哪儿？"

"A区操场看台。"

"操场？去那儿干什么？"

"今晚的无人系统研究中心参观集合点，我过去给本科生带队。"

元浩像被什么绊了一下似的，在原地僵着停了好一会儿，才回神地跟上去。

越临近操场，他表情越古怪。

终于在迈进操场门后，元浩迟疑着开口："肆哥，你有没有考虑，最近再谈个女朋友？"

江肆眼都没抬，松懒地笑了声："我为什么要跟自己过不去？"

"以前你自己说的，谈恋爱挡桃花。"

"现在有实验楼，更挡桃花。"

"可我觉着你现在需要挡的不是桃花，"元浩郑重其事道，"是桃花劫。"

江肆停顿了下，一两秒后他撩起眼，似笑非笑的："你说宋栀子？"

元浩太阳穴一跳："宋晚栀。"

"宋栀子。"

"……你还想否认是桃花劫啊？别说取外号了，你对哪一任女朋友这么上赶着过？"

"什么女朋友，我配吗？"江肆轻嗤，继续往前走，"小朋友而已。"

"……你听听你那用词，还小朋友，呸！你是不是没见你周五那天晚上跟她说话时候是什么眼神什么语气？咱俩认识十几年了，我就没见你跟谁那么骚过。"

江肆也不恼，反而笑了，插着兜懒洋洋地往不远处的看台走去："她又不喜欢我，逗一逗怎么了？"

"她不喜欢你管用吗？你那天可是自己说你想主动。"

"是错觉。"江肆不紧不慢地打断，"她对我没那么大影响力。"

"……你确定？"

江肆一停，侧身轻嘲："学自控的，连这点自控力都没有那怎么行？"

说话间，两人走至看台下。

夕阳将落，漫天余晖铺满操场，晚风里长影如画。

江肆插着兜抬头，眸子很轻易就捉到了看台中段那级台阶上女孩的身影。

晚风拂起她的长裙，雪白纤细的脚踝被吻上一层淡金。

"宋栀……"

江肆消了音，笑也停住。

几秒之后，漆黑眸子深处的情绪蓦然翻覆。

眼前似曾相识的一幕终于解开了他记忆最深处的画卷。

在某个运动场。

那天夕阳灿金，余霞成绮，高墙下记不清长相的女朋友突然凑上前，而白色长裙的女孩就坐在他们身后的余晖里，安静地看着书。

光染上她的脚踝。他被晃了眼睛，于是失了神，第一次没能躲过一个吻。

"江肆？江肆？肆爷？"

元浩的手在眼前碍事地晃了晃。

江肆眼神没挪，随手拍开，声音没来由地哑了："别挡……光。"

"不是，你这好端端的突然发什么呆？"元浩顺着他目光一回头，就看见了看台上捧着书的女孩。

女孩也看见他们了。

她迟疑了下，才弯腰拿起腿边的书包，轻扯起裙摆，慢慢挪下台阶。光被绣进她裙尾，跟着白鞋起落，轻轻摇曳。

女孩朝这边走过来，走得很慢。

江肆一眼不眨，盯着那道单薄的身影向他走来。

"原来不是错觉。"

原来他真见过她。

某种深晦的情绪，彻底烫穿了江肆眼底的漆黑。

操场看台下，宋晚栀慢慢走向江肆两人。背包带被她无意识地轻拢着，而那人存在感极强的视线盯得她很不自在。

她不知道江肆为什么要这样看她，只知道和之前都不一样，就好像……

最后两三米。

江肆的眼神忽地一轻，那双黑眸里情绪变得漫不经心。他插着兜侧过身："你说得对。"

对面的元浩不解："啊？我说什么了？"

"我是该找个女朋友了。"

元浩："？"

在话末停住的宋晚栀呼吸一窒。她僵涩地抬眼，看向那人清俊凌厉的侧颜。

元浩听得一头雾水："你又改主意了？刚刚不还说你们自控系怎么可能不自——"

他话声止住。

一两秒后，元浩表情扭曲地扭过头，看向停在江肆身前两米外的女孩。

回神的女孩惶然避开他目光，低头去翻手里的背包。

元浩没顾得上仔细观察宋晚栀的模样，不然他就会发现她此刻脸色比以往都苍白，唇也无意识地咬着，翻找背包的动作轻却慌乱。

"看了一眼就把自己的话吃了？"元浩把字音从牙缝里往外挤，恨铁不成钢地转回来瞪江肆，"你行不行啊江大主席？"

江肆低下头笑。"不行，"他在笑里眼神微晦地抵了抵上颌，"要出大问题了。"

"……"

元浩听得莫名心惊。

偏偏这个时候，一点浅涩的苦茶香缠上晚风，缠进江肆的呼吸里。他克制着没有看，旁落的余光里，女孩白皙纤细的手腕递过来，一支黑金色钢笔躺在她单薄素净的掌心。

"江肆，"女孩的声线有一点轻颤，却决然，"还你的笔。"

"……"

江肆眼睑轻跳了下。

他慢慢侧过头去，视线克制又放肆地勾过她轻绷着抬起来的下颌，近处看更白得细腻，像会缠吻指腹的羊脂玉。

"不是说不要了吗？"江肆嘴角勾着轻薄笑意。

"我室友说，这支笔很贵。"宋晚栀低攥着另一只手，在身侧绷得微微战栗。

"那就扔了，"江肆不在意地朝旁边抬了下下颌，"垃圾桶就在那边，才几步路。"

宋晚栀不肯看他的茶色眼眸终于抬起，像难过了一样。

江肆任她看着。

宋晚栀抵不住他那样的目光——像玩弄又漫不经心，而更深处蛰伏着让人不敢窥探的漆黑。

她低下头，咬着唇瓣上前一步，伸手握住了他的手腕——或许是没料到，也或者没设防，江肆插兜的手就被她从口袋里拉了出来，冷冰冰的钢笔被往他手里一放。

"你自己扔。"女孩低着头说完，转身。

江肆想都没想，反手拽住了女孩纤细的手腕，还变本加厉地把人往身前一扯。

宋晚栀被他拉得趔趄，下意识扶住身旁——那人抽手抬起另一只手臂，覆着恰到好处的肌肉线条的小臂正稳准地撑住她的平衡点——早有预谋。

稳住重心的女孩苍白着脸，慌张又恼然地从他身前极近处抬头："江肆——"

"再大点声叫。"江肆低下眼笑得恣肆又恶意。

宋晚栀恼极了，苍白的眼尾都被情绪冲撞出艳丽的红，像眼角盛开着鸢尾一样："你松开我……"

"我为什么要？"江肆笑。

宋晚栀快要气哭了。她不知道江肆为什么这样欺负她。明明她了解的江肆不是这样的。

他们这边的动静不大不小。

但江肆那张脸惹眼得很，就算有傍晚渐浓的夜色遮挡，也已经有不少人将疑惑好奇的目光投过来了。

元浩站在旁边张口也不是动手也不是，忍了好一会儿终于看不下去了："肆爷，这在操场上呢，你想明天被 P 市高校联盟全论坛挂你当众欺负小学妹的照片是不是？"

"……"

掌心里挣扎的细腻一如所想。

江肆克制着收得更紧的欲望，慢慢松开。

女孩的手腕迫不及待地逃了。人也跑了。

最后她瞪来那一眼眼尾通红，茶色眸子湿漉漉得像要拧出水来一样，白色裙角被惯性扯得扬起，拂过他黑色的裤脚。

江肆亲眼看着她躲去看台下的人群最后。他敛去了故作的笑。

"扮浑蛋有意思吗？"元浩在旁边斜眼问他。

"嗯，"江肆松散地应，低头空握了握手掌，"就是容易上瘾。"

"你吓唬人小姑娘干吗？倒了几辈子霉让你看上，已经够惨了，还得受这惊吓？"

江肆半垂着眼，轻懒地笑着附和："是啊，真惨。但我可是好心。"

"好心个屁。你自己控不住，就想吓得人家主动离你远点？"元浩气不过，"不说别的，我看你只要不靠近，人家小姑娘自动跟你保持距离呢，不用你吓。"

"……"

江肆抬手，摸了摸后颈烧起来似的火红荆棘。

半晌，他揉着颈仰头，合上眼哑然地笑："不行。不够。"

"？"元浩莫名其妙道，"什么不够？"

"跑得还不够远，"江肆从裤袋里摸出烟盒，磕出一根来，咬上，想起什么似的低低地嗤笑了声，"还没出毒圈呢。"

"哎，你这烟还离不了了是吧？"元浩伸手过来要给他拽掉。

江肆往后轻仰一下，避开了，咬着烟眯着眼笑骂："滚。"

"你怎么恁不分好赖呢？"元浩方言都被气出来了，"你这学期烟瘾跟见鬼了似的，再不管管你，你将来得了肺癌，那你家老太太还不得给我下全城通缉令啊？"

"没点。"

"没点你咬上干吗？"

"解馋，不行吗？"

"……"

元浩说不过他。

不过旁观了一会儿，见江肆一边慢条斯理地咬着烟头，一边落眸看向不远处夜色的混沌里，元浩终于察觉出什么不对劲。

"哎，不是，我说，"元浩拧眉，"你这是馋烟啊，还是馋人啊？"

薄唇微张，香烟耷下，要掉不掉地被江肆抿在唇间。

一两秒后他收回眼，哑出一声轻淡的哂笑："我见到她就犯烟瘾。"

元浩表情扭曲地骂了一句："我就说你这学期怎么——"

没给他骂完的机会。

自动化系的参观学生到齐，江肆长腿一抬，过去带队了。

无人系统研究中心的课题项目组很多，自动化系的本科生参观活动又是余宏伟院长那边牵头，参观项目自然就从他手底下带的学生课题项目里选，最后中标的正是江肆他们这学年主攻的一个无人机项目。

飞行器研发耗时耗力，理论需求量大，设计原理、控制原理、导航规划和追踪原理，随便拿出一个来也能把这群刚进大学的新生绕得云山雾罩。是参观劝学又不是劝退，给小孩们忽悠蒙了自然不合适——于是余"老板"一声令下，研究生们只能绞尽脑汁地思考要怎么择出一个切实的飞行器研发环节，还能相对地生动有趣。

最后就拍板在了四旋翼无人机的组装环节上。

"拼积木嘛，"提出意见的师兄笑得一脸不怀好意，"孩子们最喜欢的事情。"

"滚啊，你家拼积木用得上200W的电烙铁吗？"

"而且这'积木'多贵呀，万一让他们整坏个贵重元件，那我一学期补助可就进去了。"

"格局打开，万一新生里藏龙卧虎呢，再拎出来一个肆哥这样的，那我们新时代苦力团队就又添一员猛将啊！"

"哈哈哈，梦里呢，你以为这种智商一百五十多的变态处处都有？"

"……"

讨论方向最终顺利歪到了"天才这种令人发指的存在对于团队来说到底是一种助力还是一种精神迫害"上。

于是时间告罄，最后的参观核心也就定成了飞行器组装。

基础的理论部分，带队人单独完成没什么问题，但组装精密仪器这种容易出差错的活儿，自然就得从项目组里揪出几个苦力来配合。

于是热切的新生们进行了一些基础参观后，进入到预留的组装实验室见到的第一面，就先对上四个格子衫、牛仔裤、鸡窝头的研究生学长——学长们或是打着哈欠魂游天外，或是摆弄元件不闻不问，或是黑眼圈快掉到膝盖上困得直磕头，或是抱着本书一脸忧郁地伤春悲秋。

场面不像是什么高校实验室，更像是难民逃荒收容场。

自动化系女生数量少得可怜，三十号人左右的参观队伍里，加上宋晚栀，一共也只有四个女生。

望着四位研究生师兄们身上那仿佛统一了型号的，只有红、蓝、黑、绿的颜色差别的格子衫，后排两个女生大为震撼。

"难道，这是咱们系研究生院的院服吗？"其中一个不确定地问。

"不可能，这也太丑了。"另一个由衷感慨。

"所以理工直男为什么都这么偏爱格子衫？"

"嗯，倒也有例外……"

两个女生交换目光，心有灵犀地一同偷偷侧身，瞥向队伍最后的方向。

两三米远外，把一身休闲宽松的白衬衫、黑长裤穿得比走秀模特还性感的某人正懒洋洋地靠在门旁，和实验室值班的老师交谈。

不过她们望过去才突然发现，江肆竟然也是在盯着这边的。

准确地说，他的目光落在她们的前方——那个垂着纯白长裙但走路有些滞涩的女孩身上。

视线被截断了。江肆懒洋洋地一勾眼，丝毫没有盯小朋友结果被别人抓包的羞耻，倒是微微歪了下头，给了两个女生一个介于"有事吗"和"找事吗"之间的眼神。

大概是某人过于不避讳，理直气壮到两个女生对自己的判断产生了怀疑。

转回来后，两个女生短暂地交流了下视线，还没来得及开口。

"穿格子衫是因为这里是实验室，"江肆的声音不紧不慢地从她们身后过来，"机械连接时铆接、焊接、胶接之类的过程中，粉末、灰尘、污垢不可避免。如果不是带你们参观，我也不可能穿着白衬衫进组装实验室。"

两个女生惊得不轻，显然没想到江肆听力那么厉害，站在不远处无心入耳都能听见。

沉默过后，其中一个还是大着胆子问："那江学长，你进实验室也穿格子衫吗？"

江肆本来懒得回答这样无趣又私人的问题，只是一抬眼帘的工夫，望见站在前面的宋晚栀正回过身来，安静的眼睛里难得多了一丝按捺着的好奇。

"没有,"江肆落开视线,擦肩走过去,"我会换黑衬衫。"

"……"两个女生露出了"果然如此"的表情。

这番对话也叫今天实验室的值班老师听到了,他和江肆是一起过来的,看见前面那四个研究生的尊容也是好气又好笑:"你们四个刚逃饥荒过来啊?这都什么打扮。"

"请称呼我们为,"带头魂游天外的那个转过来,面无表情地在下巴前比了一个"八"字型手势,"无人系统研究中心F4。"

"够蠢。"路过的江肆笑骂了句,到试验台上检查元件。

"兄弟们,他侮辱我们。""F4"老大面无表情地扭头。

旁边有黑眼圈的幽幽看了一眼,又转回来:"这张脸的存在对于我们已经是一种侮辱了老大。"

"也是。"

值班老师笑得不轻:"院长看来是不准备在这批新生里招人了啊,这么重要的展示实验室形象的场合,就派了你们四个过来。"

"怎么会?""F4"老大一捋头发,"明明是按精神风貌选人——我们已经是余老的研究生实验室里头发最茂密的四个人了。"

"没错。""黑眼圈"附和。

江肆在旁边听得嗤笑:"精神风貌?还是能吓跑学弟学妹的精神病风貌?"

"你怎么能这样说?""F4"老大严肃的说话声戛然停住,他机械扭头,"什么?还有学妹?"

"老大,真的有欸,你看那边的小学妹。"

"我去,亏了,早知道就我去带队了!江肆是不是就是因为这个才这么积极的!"

"嗯……老大,理论上肆哥在学妹们那里的行情和我们不太一样,他用不着这么麻烦。而且这些都不是肆哥喜欢的那种类型。"

"也对。"

"噫,""黑眼圈"正望着,突然惊叹了声,目光锁在那袭白色长裙上,"这不是食堂里遇见的那个肆哥的高中小学——"

江肆眼眸一动,手里刚检查完的四个螺旋桨对应电机已经被他塞向

"黑眼圈"的怀里。

"爱护元件"的实验室宗旨深入骨髓，对方立刻手忙脚乱地接了。

等好不容易稳住，"黑眼圈"一脸幽怨地抬头："肆哥，你这是要谋财害命啊。"

"不，是杀人灭口。"江肆懒声接了。

"啊？"

江肆侧了侧身，见自动化系的学生已经按进来前教好的四散队形到长排的试验台前，研究起操作说明和组装流程，这才不紧不慢地转回来。

那双桃花眼眼尾似勾似翘，眸子却黑漆漆的："在食堂说的是私事，不合适在实验室里乱说。"

"那我要是说了，""黑眼圈"慢吞吞地护住自己的脖子，"会怎么样？"

江肆靠坐在实验台前，眼皮耷下来，尾调却懒懒散散地扬上去："那你 D 盘里那个叫'深夜学习资料'的隐藏文件夹，可能就要先你而去了。"

于是接下来的几分钟里，实验室里来参观的大一新生们就见证了令他们惊讶的一幕——

进来前还世外高人一样的四位研究生学长中黑眼圈最重的那一位，捧着殷切得近乎谄媚的笑容，跟在江肆身后绕了大半个实验室，嘴里还碎碎念着"一部要下好久的""那可是我几年的心血""肆哥你一定不会这么残忍的""叫'哥'太见外了，你要是不嫌弃，那我以后就喊声'爸爸'吧"之类莫名其妙的话。

可供组装的元件有限，所以一共就分了四组，由被派遣来的"无人系统研究中心 F4"每人带一组，负责操作演示。

江肆跟着"黑眼圈"，一路检查完四个临时参观组的准备情况。

最后一组临近门旁，垂着长裙的女孩站在边缘，微微踮脚，安静地张望着实验台的绝缘橡胶层上摆放着的元件们。

江肆停下，没回头地对"黑眼圈"说："这组是你的。"

"黑眼圈"瞄了一眼白长裙，沉默几秒露出一个古怪又恍然大悟的表情："肆哥，您客气了，您请，您请。"

"？"江肆抬回眼，似笑非笑，"谁跟你客气，你的苦力还要我做？"

"欸?我还以为你打算亲自上场一展雄姿。"

"滚。"江肆笑骂。

"黑眼圈"回归工作岗位,江肆也没有在最后一组再作停留的意思。

他转过身,刚要走去对面,手机就在口袋里振动起来。

江肆摸出手机随意扫了眼,身影就微微一顿。

一两秒后,他举起手机朝旁边"监工"的值班老师示意了下:"我先出去接个电话,麻烦您照看一下。"

"没问题,去吧。"

江肆没走远,径直去了几米外的实验室门后。

通话接起。

"怎么这么久才接啊。"对面赫然是家里老太太慢悠悠的嗓音。

"在实验室。"江肆抬起左手看了眼腕表,"您这个时间找我,有事?"

"也没什么,就是老卢家那个考去你们学校的小姑娘的事情。"

"上回不是说好,等月底回家我当面跟您谈嘛。"江肆微皱起眉,却笑了,"这卢家的小姑娘是您流落在外的亲孙女吗?最后一周了您都等不及?"

老太太噎了下:"我打死你个口无遮拦的算了!"

江肆哑然失笑。

老太太借题发挥,气哼哼地又数落了他好几句后,才没好气地转回正题:"这次不是让你帮忙,是卢家你那个阿姨让我转达谢意给你。"

江肆正低着头倚在实验室门外,漫无目的地往玻璃里最靠门的那一组望。听见这句他微微一停:"……谢我什么?"

"她说她家女儿给她打电话讲过了,小姑娘说你照顾她照顾得很好,我听了一遍,什么谦虚、和善、温柔、体贴,全安你身上了——听得我怪担心,你说她是不是叫什么不怀好意的坏东西,打着你的名号给骗了啊?"

江肆停了好几秒。"说我照顾得好?"他气笑地从墙前直起身,"什么小姑娘,这么会做梦?"

"哎,对了,这回我记着问名字了。"

"叫什么?"江肆冷淡着笑,随口问道。

"应该是叫宋……宋晚栀。"

江肆眼尾勾着的那点薄凉又散漫的笑，蓦地怔停在他脸上。

死寂过后。

他的漆黑眸子下意识地抬起来，隔着面前玻璃，直直落进了实验室门内。

被光轻轻描过的女孩侧身站着，撩着长发仰眸朝实验台中央看，一边听又一边唰唰地在笔记本上写着什么。

几缕不听话的乌发垂下，勾过她眼角，侧颜安静又姣好。

像朵安静盛放着的栀子一样。

第八章
你就不会服个软

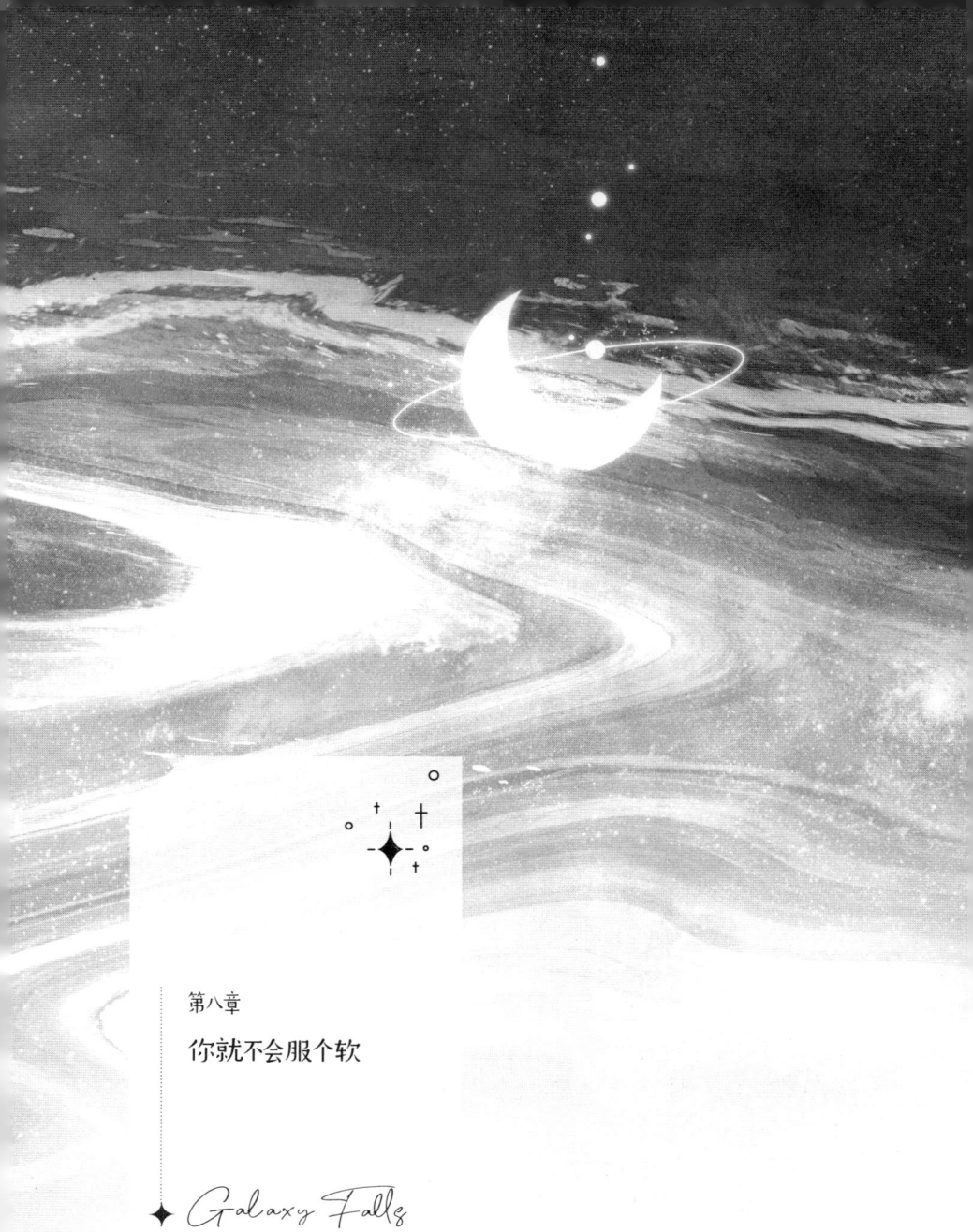

✦ Galaxy Falls

"嗯？怎么说着说着突然没动静了？"老太太疑惑地咕哝了句，"阿肆？"

江肆黑眸微晃了下，散漫语气恢复如常："我都二十多岁了，您还叫小名，合适吗？"

"有什么不合适的？不让他们喊也就算了，奶奶也不能喊啊？"老太太不满地提高声调，随即岔开话题，"卢家的这个小姑娘你拿着名字在学校里好好打听打听，不许不放在心上，知道吗？"

"不用打听，"江肆摸过袋里冷冰冰的那支钢笔，嘴角牵了下，"我认识。"

"嗯？"老太太一愣，"那她说你照顾过她也是真的？"

"我们系的，"江肆一顿，低了低声，"她腿上有点旧伤，我是帮过她。"

"噢，对，她有腿伤，我早几年还回老家的时候听人说起过。"老太太沉吟片刻，叹气，"那孩子也是个苦命的，她亲爸很早就扔下他们母女俩跑了，一分钱都没留下，她妈后来再嫁，结果遇上个酒鬼赌徒，喝了酒输了钱就对她们又打又骂，老卢家里又没个能给她们娘儿俩出头的男丁，那两年总能看见她妈妈带伤回来……"

江肆听得眉皱起来，笑也散了。

刚取了一半的烟被他折在掌心，他望了眼门内，再侧过身时嗓音更低了几分："她的腿伤就是她那个养父弄的？"

"咦，你怎么知道？"

"听说。"江肆含混带过。

"是，她妈身体不好，没什么手艺，就能帮别人洗洗衣服。她们跟着她那个养父住。好像是有一晚啊，那畜生输了钱回家发酒疯，就把这小姑娘从二楼扔下去了。"老太太拿方言骂了几句，"小姑娘那会儿好像才七八岁呢，长得又漂亮又白净，那时候还会跳舞呢，可惜啊……"

江肆无声地低着眼听。

实验室外走廊的灯灭了，只剩玻璃门内透出来一截光斑落在他肩头。那双低敛着的桃花眼埋在半明半昧的荫翳下，看不清神情。

老太太也是念叨完很久才反应过来，电话对面好久没说话了，也没打断她——

江肆极少有这么好的耐性。

而等她这边说完一大段，江肆在沉默后只问了一句："判了吗？"

"嗯？什么判了？"

"她养父。"

"噢，那事闹得大，上过当地新闻，受害人又是个孩子，她养父按最重的，判了十年呢。"

江肆这边又不说话了。

老太太听得古怪，忍不住问："你今晚怎么这么反常啊？"

"有吗？"

"以前要跟你说这些家长里短的，你早拔腿走人了，我还不知道你那德行吗？"老太太说，"今天这么有耐性听我说啦？"

江肆扯了下唇角，笑意却没入眼："不是您要求的吗？"

"我要求什么了？"

"照顾……妹妹啊。"江肆抬手，懒洋洋地揉着颈活动了下，"您放心，宋栀子我一定帮您照顾好了，不会让她被坏东西骗去的。"

"我要能放心就好了，就你——"老太太磕绊了下，疑惑道，"她是叫宋栀子？我记错了，不是叫宋晚栀吗？"

"是，您记错了，"江肆在昏昧的光前低了低眼，咬着唇角哑声笑了，"她就叫宋栀子。"

"唉……难道真是上年纪了，连名字都记不住了……算了，等你有时间啊，记得带你栀子妹妹回来一趟。她一个小姑娘没亲没故地在P市，怎么也得请她吃顿家常饭……"

"嗯。"

通话结束后，江肆也不着急进去，而是推开门靠在墙棱上，一边单手把玩着那根被他捏得不成样子的香烟，一边神色松懒地睨着门内。

自动化系新生四组扎堆，谁也不知道他在看谁。

直到江肆低头拿着手机查了什么，又钩了钩手，把最靠门这组负责的"黑眼圈"叫过去。

"肆哥？"对方不解地过来。

"让你们组那两个女生出来一趟。"

"啊？叫一个还不够啊？"

江肆收回视线，对上"黑眼圈"又震惊又复杂又敬佩的表情。

"滚，"江肆冷淡一哂，"你再看。"

"黑眼圈"扭过头去几秒，恍然："噢噢，太久没接触过黑长直的妹子了，都忘了。"

江肆轻嗤，从墙前支起身，转去门外。

没一会儿，两个女生出来了。

宋晚栀落了两步，走在最后面。

到门外停下时她也低着头，隔着江肆好几步远，大约还在记仇傍晚在操场看台下的事。

江肆也不在意，她不上前，他就从容又自然地过去了两步，停下："你们来之前有看过实验室守则吗？"

"学长，"前面那个神色期盼的女生一愣，"什么守则啊？"

"特殊实验室有特殊要求，比如有电焊枪操作的，"江肆懒一抬眼，眸子盯到宋晚栀垂在身前的那缕乌色长发上，"焊锡枪都是几百度的高温，长发必须束发，以免发生危险。"

宋晚栀微怔，有点慌乱地抬眼。

她来之前确实查过不少和无人机项目相关的理论资料，但实验室操作须知这类实践性的东西，她没预料也没查过。

站在前面的女生在愣过后灿烂地笑："我带发绳了，这就扎起来，谢谢学长提醒！"

"那你可以进去了。"

"好的。学长再见。"

女生身影进到门内。

实验室外安静的走廊上就剩下两道身影。

江肆像是不认识她一样:"你呢?"

宋晚栀难堪地攥紧手指:"我没带。"

"没带就不能进。"

"那我可以只在旁边看吗?"

"不行。"

江肆口吻散漫,却又毫无余地。

宋晚栀低头站了几秒,轻声答:"对不起,那我先回去了。"

江肆眼眸一停。

几秒后他侧回眼,被他拦在身前的女孩已经转身准备绕过他走了。

看着女孩被他欺负得只安静耷拉着眼尾的模样,江肆舌尖抵了抵上颌,气得轻笑了声:"你都不会抗议一下吗?"

宋晚栀停住,抬头。

对上江肆那双明暗不定的眼眸,她尝试理解了下:"实验室的规定,我能理解。是我自己来之前没有做好准备。"

江肆插着兜上前一步:"这里是无人系统研究中心。"

"我……"傍晚的阴影还在,宋晚栀明显露出防备,忍住了后退,"我知道。"

"我待在研究中心的时间占我在校时间的三分之一以上。"

宋晚栀听得更茫然了。

江肆颧骨轻动了下,只气得笑声更哑:"你就不会服个软,让我给你拿束发的东西吗?"

宋晚栀一怔。

须臾之后,女孩的脸色突然有点苍白。

她惶然地避开他的眼眸又攥紧了指尖,向后一退:"我不要你前女友的东西。"

"?"江肆难得僵了。

寂静僵持数秒。

江肆回神,侧开脸又气又恨地笑了声,眸里情绪罕有地躁动。

"谁要给你我前女友的东西了?"江肆忍了但没忍住,将那双黑漆漆的眸子转回来勾住她,"而且你凭什么认为,我身边会留有别人的私人物品?"

"……"宋晚栀脸色苍白,眼神更不安了。

她醒悟过来是自己脑补和反应过激,只希望江肆没察觉什么,但江肆好像又误会了什么,以至于此时看她的眼神这么攻击性、侵略性和压迫感十足,又更危险。

"前女友多的人,在你这里十恶不赦是吗?"江肆看出她害怕,牙咬得紧得颧骨都微动了下,他才按捺着直回身,哑着嗓音笑,"行。"

"对不起,"宋晚栀回神,连忙摇头,"我不是那个意思。"

江肆轻嘲,冷淡道:"嫌我脏就你自己来。"

"我没……"

江肆插兜的手拿出来,之前那根细长的钢笔被他拿在手指间。

宋晚栀目光一呆,没顾得说完剩下的话:"这个,用来扎头发吗?"

"不会?"江肆抬回眼。

宋晚栀微微红了脸:"我没用过。"

江肆嗤声:"只有这个能用,或者你现在走人。里面正式演示组装应该快开始了吧?"

宋晚栀忧虑地望向实验室内,然后转回来。她眼眸干净、澄澈,最难掩饰情绪。于是此时那点着急和难以启齿就都写在眼底,湿漉漉的,在光线昏暗半昧里最是勾人。

恶劣的要求在唇齿间滚了一圈,被江肆咬碎了吞回去。

他瞥开眼:"过来,转身。"

宋晚栀迟疑了下。

但也只有一两秒,在被那人察觉前,她难得匆忙地走完那步间距,屏着呼吸在他身前转过去——她迟疑是觉着不安,但她更怕江肆又误会她的疏离。

细长的骨节分明的手指从她脸颊旁轻轻掠过,钩起她垂到眼前的几绺长发。宋晚栀从没在这么近的距离下看过江肆的手,像走刀凌厉的艺术品,让她嗅见他指间夹着薄荷味的淡淡的烟草香。

宋晚栀无意识地低头,紧张得眼睫都轻轻战栗。

"怕什么？"那人嗓音懒散地蜷在她身后的昏暗里，细长手指缓慢微涩地拢起她长发，"吃不了你。"

宋晚栀违心地小声道："我没怕。"

"……"

乌发慢慢束起，纤细白腻的颈就露了出来。

她上衣松软，画着圆弧垂在她单薄的肩上，衣领之外，那抹绵延的白艳得过雪色。

江肆想起以前听哪个狐朋狗友说过一句"美人最是天鹅颈"。其他人听了笑话，江肆那时候也不以为然。

……错了啊。

还真是。

江肆眸色晦暗，像浓墨之上又添重彩。

他将最后一点发尾用插过的钢笔别住，喉结轻滚着压了声咳，匆忙落开眼。

"……好了。"

宋晚栀一怔，既没想到这么快，又奇怪身后那人嗓子好像突然哑了。

她伸手摸了摸，盘起的长发束得松紧适宜。

宋晚栀觉着惊讶又神奇，忍不住轻声开口："应该很麻烦吧？你扎得好快。"

"玩电路的，电阻之类的元件比指甲月牙都小得多，手指必须灵活。有的焊点非常精密，拿焊锡枪要求稳定，不然一个元件短路，整个PID控制系统都会出大差错。"江肆漫不经心地给她讲完，"你多练几次，也会比我熟练的。"

"嗯，谢谢。"

宋晚栀刚垂回手，指尖就轻僵了下。他的熟练……

"虽然我是挺人渣，但也不喜欢被你污蔑。"江肆好像猜到她在想什么了，经过时突然抬手，报复式地轻敲了下探出乌发的笔尖，声线低沉，"这种束发方式是我刚上网查的，你再敢问一句是不是我前女友教我的，信不信我——"

话没说完，江肆自己停住了。

最后他只低喷了声，侧身插着口袋给她推开实验室的门。

"进去吧。"

"……谢谢。"

宋晚栀进到门内时还有一丝困惑。

信不信他，什么？

这次新生参观到晚上 9 点半才结束。

中途楼上实验室的一块无人机电路板出了故障，致使无人机启动失败，江肆被喊上去做故障排除，等他那边解决下来后，临时安排的组装实验室里已经不剩几个大一新生了。

"结束了？"江肆进来，问门旁的"黑眼圈"。

"嗯，筛出这几个报名考核，其余都走了。""黑眼圈"叫刘广学，抱着胳膊站在墙边一脸深沉相，"你是没看着，离开的时候那一个个脸上都是梦碎的哀愁啊。"

江肆挑眉："嗯？"

"新生们毕竟刚从纯理论的高中上来，心里装着的都是诗和远方，金工实习的课都还没开吧？"

江肆瞥过某个之前忘了束发的女孩："应该没有。"

"所以他们肯定是没想到，听起来这么厉害又高大上的无人机，中间还得熏他们一身松香味儿地抬着电焊枪搁那儿搞电路板焊锡呢。"刘广学朝窗边抬下巴，"关嘉那组有个新生嘀咕'这是什么工厂活儿'，把关嘉气得不轻。"

江肆轻嗤："眼高手低。"

刘广学点头表示赞同，只是点到一半他又想起什么："不过肆哥，你保荐进考核的那个高中小学妹可以啊。"

"怎么？"

"她会看电路板欸，电路元件也分得清。我们组唯一一个会读色环电阻数值的就是她，她绝对有电路基础，跟多数只知道语数英的小白新生完全不是一个水平。"

江肆唇角不明显地翘了下，又压住了："她自学过《电路原理》，大概也查了相关实验资料，正常。"

"正常什么正常？"刘广学翻了个白眼，"只有你这种能一周速吃《电路原理》的非人类才会觉得正常吧？不过高考完的暑假不出去疯玩还拿来学专业课，从某种意义上来说，这小学妹也不算人啊。"

"嗯？"

刘广学一肃："对不起，口误，是不算一般人。"

江肆这才懒洋洋地收回视线。

实验室里边，在板着脸坐着的关嘉面前排着的队里，报名无人系统研究中心考核的新生们正在登记信息，看起来已经要结束了。

江肆侧了侧身："考核大纲定了吗？"

"定了，参考书目还是一样，不过出题考点换成了——"

"不用告诉我。"

"啊？"刘广学愣了下，转回来。

江肆神色松懒，没再说话。

刘广学却在思考之后恍然，随即不怀好意地笑起来："怕自己扛不住美人关？不应该啊肆哥，您老人家什么场面没见过。"

江肆哼出声笑，利落回了句"滚"。

两人玩笑期间，关嘉那边的考核报名也处理完了。

剩下的新生们正在陆续往实验室外走。

江肆在门旁站着，长腿前那方地盘显然是要出门的必经之路。

新生们一个个从他面前过，不管是迫于气场还是他个人学习能力，经过的全都自觉地低头问了"学长好"。

落在最后的，毫不意外还是某个腿不太好的小朋友。

宋晚栀听见他们问江肆"学长好"了。

离着还有几米她就不自觉地蹙起眉心，忧愁得脚步更慢了一点，心里巴望着江肆能在她过去前先走——显然只是妄想。

江肆就靠在门旁，还微歪过头，侧低了视线似笑非笑地看那个很不情愿地走过来的小姑娘。

距离还是短，再慢也没几秒就到眼皮子底下了。

宋晚栀停了停，似乎是在做心理准备，表情有点紧绷。

酝酿了好几秒，她终于微微张口："学……"

"咻。"

一声低哂打断了她。

宋晚栀抬头，正对上江肆染着笑的漆黑眸子："让你叫我一声'学长'，怎么就这么难？"

那人嗓音压得半低，趁着身后昏暗，格外撩人。

宋晚栀刚鼓起的那口气就没了。

她仰头望着他，白皙的脸慢慢透起无措的红。

江肆轻眯了下眼。他算是发现了，小朋友脸皮薄，且吃软不吃硬。

原本还想说什么，但江肆眼皮一抬，就见斜对角里"F4"那几号鬼鬼祟祟地凑在一起，正往这边张望。

被江肆瞥了似笑似刀的一眼，那边几个立刻咳嗽掩饰着转开了。

"走吧。"江肆直身，眸子也落回来，"虎穴狼窝，不宜久留。"

"？"宋晚栀听得茫然，但还是跟出去了。

月亮从三楼的窗户掉到一楼的树梢上。

宋晚栀紧张地走在江肆旁边。

那人一米八八的身高，身材比例极好，尤其是腿长得很，所以宋晚栀也想不通他怎么能一直跟她保持差不多的步调，还懒散而不刻意。

无人系统研究中心楼下这段岔路树多人少，路灯被夏天的叶子遮得厉害，光线昏暗。

只有这个时候，谁也看不清走在他身边的是她。

宋晚栀低着头。她就希望眼前这条路很长很长，最好可以没有尽头，永远走下去那样。

可惜希望总是奢望。

在走出岔路并入主路的最后一团树影前，宋晚栀停下了。

江肆在一两步后同样停住，插着兜侧回身："怎么了？"

"不同路。"女孩答。

"是不同路，"江肆眼尾轻扬起，笑里也就多了分凌厉，"还是不想让人看见和我同路？"

宋晚栀不安地抿了下淡色的唇："……不同路。"

江肆睨着她，嗤声轻嘲："撒谎精。"

"……"宋晚栀面皮薄极了，尤其是这种被"指责"的情况下，细白的脸颊几乎是很快就透上嫣红。

江肆就没挪开眼，盯了两秒，插着兜哑然地笑："我堂姐家的3岁小孩都比你会骗人，丢不丢人啊小朋友？"

宋晚栀脸更烫了："不是……"

"而且脸皮这么薄，怎么还总爱跟我撒谎？"

宋晚栀干脆紧抿住唇瓣不说话了。

江肆却不饶，还倒回来退了两步，直逼到她身前，仗着身高优势居高临下地欺负："我就这么叫你讨厌？"

那人身上淡淡的烟草味混着薄荷冰片的气息，没什么征兆就扑了下来，惊得她一阵猝然地心慌。

宋晚栀是下意识仰起脸的，眼瞳里满盛着他负光的影，潮湿惊惶。

江肆原本也只是想捉弄她，却反被她的眼神拿住了。

黑黢黢的眸子在只有蝉鸣的夏夜里略微下压，近实质化似的抚过她眼角、鼻尖，有短暂的一两秒，他几乎想……

树叶漏下的夜色里，有人无意识俯低的下颌忽地绷停在半空，凌厉的颈线上，喉结无声滚动。

折下的腰身缓缓直回去，漆黑眸子里碾开一点细碎的光。

"算了，你做得对，"江肆转身，懒着声走出去，"继续保持。"

"……"宋晚栀还微红着脸，无措地怔在夜色下。

像无数次在记忆里或者梦里，她看着他的背影一点点远去，直至消失。

很久后，宋晚栀轻轻拉起背包，转身朝图书馆走去。

S大图书馆的多数分馆和楼层都是晚上10点前闭馆，但为了给极少部分有特殊需要的学生提供一个夜晚学习的场所，北馆1层通常是二十四小时开放的——因此被学生们称为图书馆里的"刷夜区"。

宋晚栀先拿着背包去1层占了位子。

好在只是新学年的第一个月，图书馆的"刷夜区"里学生不多，空余位子也有一半以上，想找位子并不困难。

放好背包后，宋晚栀返回到电梯间。

北馆的3层到5层的阅览区列满了工科分类的参考书籍，自动化系的也在其中，开学之前宋晚栀就常在闲暇时间来这里看书。

今晚在无人系统研究中心考核报名时，考核大纲已经给到他们，宋晚栀决定来图书馆借阅几本相关书籍。

宋晚栀刚从梯厢进到3层的电梯间，随身的手机就轻轻振动了下。

她低头查看，发现是市气象局发布的台风登陆通知和暴雨预警。宋晚栀攥着手机微微迟疑，往电梯间尽头的落地窗户走了几步，轻探身看了看。

墨绿的杨树叶子在风里飘摇，半遮半蔽的夜空看不出什么异常。

P市毕竟是内陆地区，她在沿海的安城都没见过什么厉害的台风，这边应该也还好吧？

回忆一遍包里确实有备雨伞，宋晚栀就放回心了。她退回来一点，视线落到窗玻璃映着的影子上。里面的女孩微侧过身，露出头顶后面被一根钢笔盘起的长发。

宋晚栀情不自禁地抬手往后，顺着柔软的发际摸上去。

到最顶端，像是被那根钢笔沾着的凉意冰了一下，她指尖一缩，攥进掌心里。

模糊窗影里的女孩红了脸，她慌乱地收起调成静音的手机，转身进到电梯间外的阅览区里。

按着每一排书架最边上贴着的索引牌，宋晚栀朝目标区域走去。

十五分钟后。

叮咚。

电梯门打开，空荡荡的轿厢里，唯一靠墙站着的人低垂着眼走出来。

"我到3层了，"江肆抬手瞥了眼腕表，"还有六分钟闭馆，你就祈祷我能在那之前找到你要的那组数据吧。"

"别人记不住那个实验在哪本哪页，但肆哥肯定能啊。"蓝牙耳机里信誓旦旦，"就您那过目不忘的能力，是吧？"

江肆轻嗤，低着声往里走："我们两个课题组可是竞争关系，我这样帮你们组，算资敌吧？"

"哪能啊！"对面急忙道，"大家都是同伴，是战友，有困难肯定是互帮互助嘛。而且肆哥你想，这如果不到结题答辩就牺牲得只剩你们组一根独苗，那这高处不胜寒，无敌又是多么寂寞是吧？更何况，肆哥您这般高尚的品格，在这种关头必然是高风亮节——"

"少给我戴高帽。"江肆散漫地笑，"要数据简单，你们组的专业场地试飞课时让两个给我们，我就给你数据。"

"两个？！江肆你狮子大开口啊？"

"不愿意没关系，我现在回去补觉。"江肆懒散地打了个呵欠，"你们组自力更生，全组发动起来，三天时间怎么也够翻完这区域所有的书了。"

"……"对面磨着牙挤出声音，"两个就两个！数据我们今晚就要！"

江肆不意外地笑了："等着。"

通话结束。

江肆快步走到文献区，在经过一天阅览的散乱书架上快速扫过，直到第二面书架前他才停下，拿出第三排中段的某本编号书籍，迅速翻过几页后，神色一松，似笑非笑地拿出手机，对着那页中央的两个数据表格拍了张照片。

手机收起。书也被合上，被骨节分明的手指抵着书脊放回书架里。

江肆抬眸就要转身离开，只是在长腿迈出第一步前，他微微一停，眸子勾回，扶着书架无声地折低腰身，让视线对上低一层的书架内——隔着被竖立堆排的书切割成多边形的书架空隙，里层过道里，一个女孩捧着一本《无人机应用基础》，微蹙着眉读得目不转睛。

江肆停住。

那张清隽的面孔背着光，阴影拓过他高挺的鼻梁，黑漆漆的眸子晦着浓墨似的——情绪介于兴奋和无奈之间。

僵持数秒，他垂了眼，没出声地直回身，朝书架外走去。

宋晚栀是在闭馆的提醒铃声里从书中回神的。

她放回那本一时兴起拿来的书，俯身揉了揉微微酸涩的脚踝。只是刚从蹲姿慢慢起身，拉升的视野里就骤然看到这排书架尽头，不知何时出现的靠墙站着的某人。

"！"宋晚栀差点儿惊出声来。

江肆正落眼，眸子轻懒地睨在她脚踝上，却一言未发。

"你怎么在这儿？"宋晚栀有点回不过神，"你什么时候来的？"

江肆没回答，似笑非笑地反问："还需要我背你下楼吗？"

"……！"女孩方才被他吓得微白的脸颊，以可见的速度慢慢抹上嫣红。

江肆眼神暗了暗，声线却依旧散漫："走吧，要闭馆了。"

"……嗯。"

女孩抱着怀里已经办理好借阅的书籍，慢吞吞转身，朝书架外走去。

江肆插着兜，不疾不徐地跟上。

电梯间里。

闭馆前的电梯总是人比较多的，往往在楼顶就载满了，下来以后没有可以上人的空余。像3层这种楼层不高的，多数学生会选择直接走消防楼梯。

宋晚栀情况特殊，自然还是要等梯厢空出。

电梯间里有两个陌生男生，大约是同伴，站得很近。

江肆是跟在宋晚栀身后进来的，停下时两人间距了一两米远，宋晚栀抱着书本低着头，一直没有再开口。

她是想叫江肆先走的，但又怕像是她在别人面前故意跟他显得亲近，于是就没能开口。

叮咚。

又一个梯厢停下，电梯门打开。

梯内满载的学生和门外四人面面相觑。

"咦？"有人在梯厢里惊讶道，"江肆学长！"

"……"

江肆本就是S大的名人，紧随其后，又多了几声问好。

没几个认得出的。

江肆从女孩脚踝位置撩起视线，难得温和而懒散地朝几人点头，算作回应。

而这一秒的视线余光里，他发现站得离梯厢更近的小朋友，非常缓慢，偷偷又明显地朝远离他的方向蹭出去了一步。

江肆眼皮跳了下，按捺着地转开眼，拨动口袋里的银质打火机。

也正是这一侧眸的时机，旁边站着的两个男生映进他眼里。那两人正凑在一起，表情微妙地盯着某个方向——

江肆顺着他们目光一掠，最后落点在闭合的电梯前，抱着书微微低头的女孩颈上。

乌黑的长发被一根笔盘起，几根青丝松散半落。

白得细腻的后颈在光下半露，纤弱盈盈，比雪色更艳。

江肆眉皱起来，却低头笑了："哦，差点儿忘了。"

"？"

宋晚栀微微一怔，抬眼。

就见电梯门映着的影儿里，那人懒洋洋地上前，很随意地抬手伸到她头顶后。

唰——

钢笔抽出。

青丝如瀑，从女孩身后落下，藏住了那截雪白的颈。

"笔，"江肆手指律动，钩着笔转过半圈，像随口道，"该还我了。"

"……？"

江肆垂了手，没什么情绪地回眸。

后面两个男生被那双黑漆漆的眸子睨得一愣，慌忙掉头去走消防楼梯了。

"发生什么事了？"身前有女孩轻声问。

"什么？"江肆像是无事发生般转回来。

"你突然拿掉笔，"宋晚栀迟疑了下，不确定地轻声说，"应该有原因吧？"

江肆半垂着眼望她，沉默几秒后，语气松散地勾回视线："小朋友别问那么多。"

宋晚栀微微蹙眉，想说什么。但电梯恰巧在此时停下了，这次上来的是个空梯厢，显然3楼以上的楼层已经没人了。

江肆跟在宋晚栀身后走进梯厢。

电梯门合拢，电梯安静地下沉，宋晚栀还是鼓足勇气开了口："我要18岁了。"

"嗯。"那人懒应了声，停了停，眼眸一低，焦点落到站在他身前的小姑娘头顶，"所以呢？"

宋晚栀望着电梯门皱眉："不是小朋友。"

江肆没答，低哑嗓音里懒懒哼出声笑。

电梯抵达1楼。

宋晚栀抱着书走出梯厢，停下，犹豫之后还是主动开口："我要去1楼自习区了，学……长再见。"

走出来的江肆长腿一停，低头看表："晚上10点多了还上自习，这么想考年级第一？"

"不是，"宋晚栀把手里的书露出来，"是准备下个月上旬的无人系统研究中心考核，参考书目比较多，我担心准备不完。"

"要上大一的课，要预习大二课程，要准备校会面试，还要参加研究中心考核，"江肆仍散漫笑着，眉却微皱，"不吃力吗？"

宋晚栀低着头，下意识的声音轻得难察："你也是这样的。"

偏偏江肆听见了，更皱眉："你跟我比什么？"

宋晚栀僵了下。

电梯间里安静许久，她低声开口："我知道我不像你智商在一百五以上，但我可以很努力。"

就算追不上，也可以靠你更近一些，或者不被甩得那么远。

江肆停了两秒，一叹："你怎么总喜欢误解我的话？"

"？"宋晚栀茫然看他。

"算了。"江肆朝她走过来，路过时很随手就把她怀里的书抽走了，夹在身侧臂弯里，懒着眉眼往1楼自习区里走，"过来。学长帮你补课。"

宋晚栀呆在原地。

那人走出去她才回神，慌张转身："不用了，我自己——"

她差点儿撞到某人宽阔的背上。

宋晚栀猝不及防，抓着他外套的边缘才刹住，惊慌抬眼。

江肆哑然地笑："慌什么？慢点走。"

宋晚栀连忙松开他外套："谢谢，但是真的不用了，这样别人会误会你徇私舞弊的。"

"徇私?"江肆笑得更松散了,"你算是我的哪个私?"

宋晚栀哽住。

江肆没再难为她:"考纲不知道,参考书目固定这些,我徇不了私。其他人来问我一样会教,你不是特例。"

前提是他们遇得见我。江肆在心底补了一句。

听到最后一句,宋晚栀有点失落,但也松了口气,微绷起脸,认真看他:"谢谢。"

和女孩对视两秒,江肆眼神微晃,却侧过身不正经地笑:"你们好学生道谢都这么郑重其事吗?"

宋晚栀下意识回答:"也不是……"

"走了。"江肆抑着情绪落开眼,往前走去。

"哦。"

台风预警的那场暴雨是晚上11点左右下下来的。

起初自习区里还没人当回事,以为是寻常的一场夏天的暴雨,只是在晚夏姗姗来迟地发了威风。直到那些砸在落地窗的雨点子敲出噼里啪啦的震响,楼外风号树哭,电闪雷鸣,漆黑夜色里仿佛拉开一场恢宏的交响乐的序幕,他们才意识到这场雨的来势有点过于凶猛了。

宋晚栀常住沿海城市,记忆里都少有这样声势浩大的雨幕开场,一时微微失神,直起身朝落地窗外望去。

夜色比老墨都浓,什么也看不清。

潮湿的雨的气息被风裹着,不知道从哪扇关不严的窗户里偷溜进来,也给深夜降温的图书馆里更添一丝寒意。

宋晚栀下意识拢了拢胳膊,回头,把声音压得很轻:"你带伞了吗?"

江肆正在纸上列写手边那本书的知识框架,闻言抬眸,手里那支细长的白杆签字笔转了一圈:"笔和纸都是用你的,你说呢?"

宋晚栀拎起靠在椅背前的书包,把里面的折叠伞拿出来,递给江肆:"你用我的吧。"

江肆没接:"那你用什么?"

"我……"宋晚栀迟疑地回头看了一眼窗外,"我可以等雨停了再回去。"

"它要是不停呢？"

宋晚栀蹙紧了眉："应该不会吧。"

江肆轻淡一嗤，伸手拿了那把被雨水洗得半白半粉的折叠伞，另一只手钩过宋晚栀的背包，直接把它放了回去。

宋晚栀不解，忙想阻止："江肆？"

"这种台风天，撑伞除了被吹跑没别的作用。尤其是你这种……"江肆把伞放回包里，懒着笑睨宋晚栀，像是随手在她包上拍了拍，"风一吹大概就能给你挂树上的。"

宋晚栀微微绷住表情，沉默了会儿才不甘心地低声反驳："我没有你说的那么弱不禁风。"

"是吗？"江肆侧撑着额，一眨不眨地望她，"比如呢？"

"我小学一、二年级还代表班级参加过很多运动会项目，后来才——"

宋晚栀忽然沉默了。她下意识垂了眼睫，把自己长裙下的脚踝很轻微地往里藏了藏。

江肆黑漆漆的眸子里笑意一沉，但面上仍是那副散漫如常的口吻："哦，看不出来，还挺厉害？"

宋晚栀不说话，低头回去继续做习题了。

刷夜区的钟表表盘上，时针很快就转过了深夜 12 点。

窗外大雨瓢泼，阴风怒号，完全没有半点要停歇的意思。馆内的温度倒是越来越低，细碎烦闷的交谈声在刷夜区各个角落都能听得到——多数人都跟宋晚栀和江肆一样，没什么准备，突然就被这场台风暴雨困在这儿。

咕噜。

一声闷闷的轻响。

江肆唰唰扫过纸面的笔尖停住。

一两秒后，他似笑非笑地侧过脸，看向隔着个空位坐在他旁边的女孩。

宋晚栀低着头学得很认真，笔耕不辍，仿佛物我两忘，不为所动。

如果不是几缕长发旁细白的脸皮越来越透起嫣红，那江肆大概都要被她专心向学的模样骗过去了。

"别装了，"江肆笑得嗓音微哑，"我听见了。"

宋晚栀侧躲着他的眼神，羞耻又绝望地闭了闭眼。

"来刷夜怎么不准备吃的？"

"没有想待很久。"宋晚栀辩解完，拉开椅子起身。

江肆靠进椅背里，撩起眼问："干什么去？"

"去找几本书。"宋晚栀有点不好意思，"我饿的时候做题效率很低，但做课外阅读会忽略到忘记。"

"？"

没给江肆再说什么的机会，红透了脸颊的宋晚栀已经尽可能快地朝阅览区走去。

好不容易躲进书架间，躲掉身后似有若无地衔着的视线，宋晚栀捂着通红发热的脸，靠在书架墙前慢慢蹲了下去，最后将头埋进胳膊间。

"好丢人啊……"

女孩压得细轻的懊恼声随着困窘的声音悄然漏出来。

自习区。

江肆收回含笑的眼，拿起笔给纸上的知识点框架关系图收尾，最后几笔寥然而过，笔尖在半空一停。

停了几秒，他低笑了声，笔又落去这张纸的右下角。

唰唰两下，一个字迹张扬的落款跃然纸上：江肆。

"啧，"江肆收笔，半是嫌弃半是嘲弄地低了眼，"幼不幼稚？"

这样说着，他还是拎起纸张，重点欣赏了一下落款部分。

小朋友见了，估计又要恼得憋红了脸。

她自己招人欺负，还总往他枪口上撞，也不能怪他。

不等江肆想象里的画面退去，长书桌旁一道身影停下。

紧跟着，压低惊喜的女声响起："江肆学长，真的是你啊？"

江肆放下纸，清隽面孔上的笑意一轻，细看还是那副懒散神态，没什么正经地坐在那儿，但距离好像突然就远了许多。

"我跟我朋友也被困在这儿了，刚刚过来看到像学长你的背影，我还以为认错了。"女生兴奋地说完，把手里的牛奶盒往江肆面前的桌上一推,"这个,这个给学长。不打扰您学习,我先回去了。"

那句"不用"在唇间将出未出,江肆余光掠过不远处的书架后,最后出口时还是改了:"谢谢。"

女生惊喜地红着脸快步走开了。

宋晚栀捧着书回来时,江肆正靠坐在椅子前,长腿散漫支地,搭在桌沿前的右手有一下没一下地转着笔。

他手指很长,骨节分明而不过分,光下的肤色冷白近似某种软玉,于是转笔这种事在他做来都像是某种表演艺术。

宋晚栀低头看了看自己的手——细细白白,很小一只,尤其跟他比起来,大概会被衬托得像没发育好……也难怪他总喊她"小朋友"。

宋晚栀耷拉着眼,有点沮丧地慢慢走回来,安静地坐下,把书翻开。

刚翻了两页,啪,一盒牛奶盖到书页中间。

宋晚栀吓一跳,惊慌抬眼。

"你的夜宵。有红笔吗?"

"……"这人两句间完全不给她缓冲,她惊魂甫定地翻出支红笔,推给江肆,"这盒牛奶是哪里来的?"

江肆没抬眼,懒懒接了笔,在提纲上勾画重点:"不知道。"

宋晚栀:"?"

宋晚栀还想追问,但江肆那边勾完重点,就把他整理的知识点框架提纲推过来了:"你就按这个预习。三星到一星是重要性分级,横线是基础部分,掌握程度自己衡量。"

宋晚栀接过那张纸,眸子轻轻一颤。

纸上的遒劲笔迹里张扬稍敛,比起高中时似乎多了几分沉稳,而且字字清晰毫无潦草,显然写得很认真。

宋晚栀心里的潮热快要涌进眼眶,她有点慌乱地眨了眨眼,压下涩意:"谢谢。"

江肆淡哂:"你看完右下角再谢也不迟。"

"?"宋晚栀手指挪开,看见露出的一行字迹。

江肆——版权所有。

如有遗漏，概不负责。

宋晚栀一怔，然后眼尾轻弯下来，抬头看他："那也谢谢。"

女孩迎光望来，唇边的头发丝都像是透明的。白皙眼尾无故染着鸢尾似的红，眼眸澄澈而潮湿，干净得像是一尘不染。

青涩的苦茶香勾着栀子香再次萦上来。

江肆停了数秒，一动未动。

在宋晚栀都要被他盯得不自在前，江肆终于落眼，笑叹了声靠回去："你这算恩将仇报了，宋栀子。"

"……？"宋晚栀听得莫名其妙。

那人也没给她再问的机会，从外套口袋里摸了烟盒和银质打火机，放到桌上，然后就脱下外套递过来。

宋晚栀受惊，眼尾都张开花瓣似的弧度："我不冷。"

"你刚刚回来还冻得像只树叶子底下淋完雨秃了毛的小鹌鹑。"江肆缓着声调。

宋晚栀："……"

见她还有负隅顽抗的意思，江肆一笑，扯开外套往她纤长白裙上一披，随即就松了手。

宋晚栀慌忙抓住，这才免去它掉到地上。

而始作俑者淡定起身，捞走了桌上的打火机和烟盒："我去楼外看看雨。"

不知道是外套上残留的温度还是气息，那份亲密蛊惑了她，她抬头，鬼使神差地轻声问出口："不抽烟可以吗？"

江肆一停，落眼。

对视的一两秒里，他视线轻刮过她嫣红的唇，慢条斯理地哼出声笑："那我拿你……拿什么压瘾？"

宋晚栀自觉又过线了，没再开口，默认地低回视线。

这场暴雨延续了将近三个小时，终于还是在不久后慢慢停了。

被久困的学生们开始收拾东西准备回寝室，江肆还没回来，宋晚栀也就没动，握着那个牛奶盒安静地按他的笔记看书。

今晚大概是她来大学以后过得最最最开心的一天了。

宋晚栀是这样认为的。

直到身旁有阴影罩下来，淡淡的影儿投在她面前翻开的书页间。

宋晚栀侧回身，看见一个停在桌旁的陌生女生。

那个女生红着眼圈，正死死盯着她手里握着的那盒牛奶："这是……江肆学长给你的吗？"

宋晚栀一怔，低头看去。

女生没等答案，憋了口气忍住眼泪，头也不回地跑了。

宋晚栀僵涩地停在椅子前。

很久后她才回过神，把牛奶盒慢慢转过一圈，又轻轻倒过来。最后她还是在牛奶盒底看见用圆珠笔画了很多遍的字迹。

to JS

宋晚栀扣着牛奶盒的手指轻抖了下。

JS。她当然知道这两个字母代表什么。

从前多少次走神时，她在草稿纸上无意识写了无数遍，等回神她又惊乱慌张地藏起，生怕被看到这个藏在心底的秘密。

明明就算别人看到了也未必猜得到。

可暗恋就是未战先败，输得丢盔弃甲；就是做贼心虚，即便她什么也没偷，她只是偷偷喜欢上一个人而已。

宋晚栀沉默地站起，一件一件收进书包，然后拿上江肆的外套和那盒牛奶，朝楼外走去。

雨已经停了。

只剩青梧叶下淅淅沥沥。

没到楼外，宋晚栀在进楼的廊柱下，差点儿撞进江肆怀里。

淡淡的烟草味混着雨或薄荷的凉意，没有灼烧过的迫人气息——江肆没抽烟。

宋晚栀却没任何心情在意。

"怎么出来了？"江肆意外低眼，又笑，"我还以为谁家小朋友走路这么嚣张,连前面都不看。"

宋晚栀沉默两秒,轻抬起手里的东西:"这盒牛奶,是别人给你的吧?"

"……"

宋晚栀其实很会骗人,她曾经骗过很多人。

唯独在江肆面前,她学不会掩饰,谎言总是拙劣,还总是顽固尝试。

这次没有。女孩声音里的凉意被雨湿透了,像冰片似的,尖锐地刺过空气。

而江肆总是在第一秒里就能敏锐地感知她的真实情绪。

他眼唇勾着的笑抹去,黑眸低垂:"是,又怎么了?"

他语气松散而无谓。

如果两军对垒,那这人得是多没有战意或士气,就像随随便便一柄钝得将朽的木剑毫无章法地刺来。

然后扑哧一声。宋晚栀鼓起的最后一点力气也漏掉了。

她忽然想起了她送他的糖,不知道是不是也是同样的下场。

也或许更惨些,糖躺在某个角落的垃圾桶里,安静地在这个盛夏的结尾里悄悄融化掉了。

"谢谢,"女孩苍白地笑了下,"还给你。"

外套和牛奶盒一起被推进江肆怀里。

这是女孩第一次朝他这么明显地笑。

冷冰冰的,毫无温度。

长睫合下,江肆眉眼半压,没表情地把要走过他身旁的女孩一把拽了回来。

他把她直接拉到廊柱后的角落,抵上墙壁。

死寂数秒。

江肆慢慢弯腰,眸子漆黑冷淡,薄唇却牵起个放肆的笑:"小朋友,你看学长像狗吗?被你遛来遛去地玩?"

宋晚栀安静望他的眼眸轻轻颤了下。

她讨厌自己不争气,所以在这种时候,在她自己心底最后一点坚持都被他扎透了,满心凉透的雨的时候,她竟然还会因为他形容他自己的用词而觉得难受。

原来暗恋不只未战先败，也是未败先降。

输到黄河边上见棺落泪，还是学不会死心。

"江肆，"宋晚栀念他名字的声音很轻，"她一定很努力很勇敢，克服了很多胆怯和畏惧，在心底排练了一千遍一万遍……才终于走到你面前的。"

江肆眼底墨色的火苗一跳，声音哑下来："所以呢？"

"你可以拒绝，但你不该这样。"

江肆舌尖克制地抵过上颌，哑出声冷淡的笑："我为什么不该？她们可以随意告白，没人问过我想不想听、是否被打扰，而我还要深思熟虑顾及每一个来打扰我的人怎么想？"

宋晚栀眼眸黯下："对不起，我知道了。"

"你知道什么？"江肆抑着恼火，气极反笑，"你凭什么道歉？"

"因为我也喜欢一个人，"宋晚栀低着声，也低头看着鞋边被湿透的空气压得难以喘息的蚂蚁僵涩地爬过，"所以对不起，我不知道我的喜欢原来对他是一种打扰。"

江肆扣在女孩头顶石砖面上的手指攥紧，血管从冷白的指背上慢慢绽起。

"行，牛奶你喝了，"江肆深吸气退开一步，把外套和牛奶盒塞回她怀里，眼眸含着沉冷的笑，"我现在就去给她当男朋友，这样你满意了？"

"……江肆！"

宋晚栀脸色刷白，仰脸。

她几乎被他气哭了，涩白的眼尾沁着红，眼泪打转地瞪着他。

江肆恣意妄为了二十年，第一次叫一个小姑娘要哭不哭的模样拿捏得麻了爪。

雨雾里僵了数秒。

江肆心底那点火气被宋晚栀眼底打转的眼泪浇得一点不剩。

"我错了。"江肆抬手想碰她一下又忍住了，皱着眉，颓败地低下声，"别哭啊宋栀子，我还没怎么你呢。"

第九章

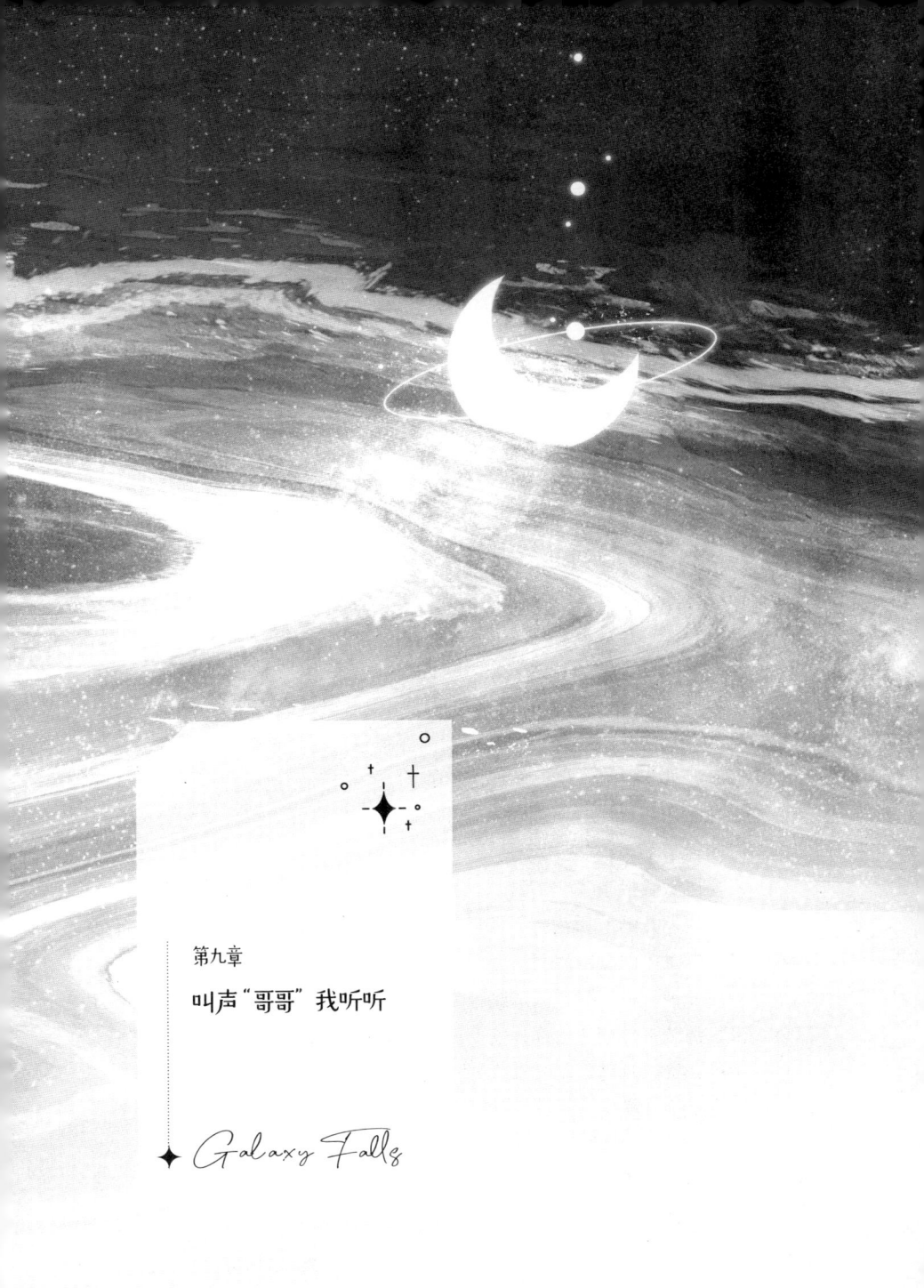

叫声"哥哥"我听听

✦ Galaxy Falls

雨淅淅沥沥的树下，宋晚栀披着江肆的外套，低头走着。

矗立的路灯伸着长长的脖子，把校园主干路旁积着的小水潭照得亮晶晶的，像大块深色的琥珀一样折着光和倒影。

江肆和宋晚栀的身影在上面斜斜掠过。

一滴溅起的水珠揉开波纹，荡散了两人并肩的影儿。

"男寝和女寝离得很远，"宋晚栀低着头说，"你不用送我的。"

江肆插着裤袋走在她身侧，配合着她，步伐更懒洋洋又散漫："凌晨2点多了，没人看得到。"

宋晚栀反应了会儿，微微蹙眉回头看他："我不是怕别人看到。"

"哦？"江肆没什么诚意地抬起眼，侧望过来。

这人那双桃花眼生得最犯规，眼窝深眸色也深，于是望人时就算漫不经心地半垂着眼睑，也总像深情似的。

宋晚栀和他对视一两秒，就躲开了。

江肆轻哼了声："还说不是。"

宋晚栀微微抿咬了一下唇。

她在他那儿的"撒谎精"印象大概是洗不掉了，真正的原因又不能说出口，再挣扎也没用。

十几分钟后，江肆把人送到了女寝楼旁。

宋晚栀脱下外套递给他，安安静静道了谢告了别。

不过在她转身前，却被那人叫住了。

"宋栀子。"

"……"

宋晚栀纠正不过来他，只好听任地转身。

江肆站在楼旁的阴影里，半低着眼，语气散漫如常，神色却看不分明:"你之前在图书馆说的……"

"嗯?"

"你说你也喜欢一个人,"江肆顿了下,语气松散得漫不经心,"谁啊?"

"!"地上女孩娇小的影儿一下子就滞住了。

"你不认识,"她几乎是下意识就说出口,声音却轻出心虚,"和你也没……没关系。"

江肆望着旁处的眼神一定,停了两秒,慢慢拉回来,盯住路灯下单薄纤细的女孩。

眸子里比夜色还黢黑。

不知道是不是被他眼神吓着了,女孩走路走得泛粉的脸颊一点点苍白下去。

但她很坚持又很固执地绷着,和他对视。

江肆不知道这在心理学上恰恰是极度心虚的表现——说谎的人会通过一眼不眨的对视来观察对方是否被自己蒙蔽过去。

事实上他也无暇顾及,只觉着压不住的躁意从心底攀上来,诱使他想做些什么。

僵持数秒。

宋晚栀紧张地看着江肆低敛下眼睑,从口袋里摸出烟盒,启开盒盖时他嗓音低低地笑了声,慢条斯理重复一遍:"和我没关系?"

宋晚栀低声:"这毕竟是我的私事。"

"你跟家里好像不是这么说的。"

"?"宋晚栀一怔,抬眼。

只见江肆已经咬上烟,桃花眼潋滟着散漫的笑,朝她迫近:"不是说我很照顾你,很善良很体贴,温柔大方,乐于助人……"

江肆声调刻意拖得缓慢,每多说一个词,宋晚栀脸颊上的嫣红就多抹一笔。

直到最后他停在她身前,低头睨着,女孩面上的红已经快要漫染到细白的颈和耳垂上去。

江肆眸色也抹深一层,笑却依旧不正经着:"难为你这么讨厌、疏远我,还要想出这些词来夸我。"

宋晚栀脑海空白，只觉得舌尖都发僵："你……什么时候知道的？"

那人略微俯身，薄唇微张："你猜。"随着他轻轻的话音，烟尾微微起落，配合他长睫间低睨着她的眼，更像极了某种挑逗或蛊惑。

"……"

宋晚栀承不住，低头轻别开脸。

女孩尖尖的下颌露出，细白的颈还是被艳丽的红浸染上了。

江肆眼神晦暗，用力咬了下烟头，直回身。

"小朋友都像你这么不禁逗吗？"他哑声笑着退开，"我可什么都没做，别回家告我状。"

宋晚栀不看他："……我不会。"

"还有，我奶奶要请你吃饭，大概下个月的某个周末吧。"

"？"宋晚栀惊回眸。

却见那人已经转身走了，只剩低哑懒散的嗓音乘着夜色掠回："你自己惹的祸，自己收拾。等我消息。"

"……"

宋晚栀咬了咬唇，眼神一时复杂。

直站到那道身影拐去楼后，消失不见了，她才低垂下眼，转身走向寝室楼门。

10月月中到月底，大概是宋晚栀开学以来最忙的一段时间了，但也算硕果颇丰。

首先是四轮面试后，她有惊无险地拿到了校学生会宣传部准干事的名额，一个月的考察期后即可转正；其次是她通过了无人系统研究中心10月里的考核，和自动化系另一名大一男生一起被破格录入；最后是她经历了校勤工部两轮面试和一轮试教，终于获得了一份薪酬不菲的中学生家教周末兼职工作。

三项达成，这学期的德育成绩和生活费就都有了基本保障，宋晚栀看P市入秋的萧索都觉着明媚许多。

"怎么又搞兼职，会不会耽误学业？"卢雅听了她的好消息，自然免不了一通念叨，"妈妈听说S大竞争很厉害的，你两头兼顾，别再把身体搞垮了。要是没钱就跟妈妈讲,我一个人,又是在家里吃住,不花什么钱……"

宋晚栀走在清晨的树叶子底下,抬头就能窥见斑驳光阴漏下枝梢,她也弯着眉眼唇角:"不会的,妈,您别担心了。"

"你说得轻巧,我怎么不担心啊?你看看前几天,晚上几点给你发消息你还在学习呢。"

"大一课业我暑假预习很多了,那时候只是在准备无人系统研究中心的考核,"宋晚栀吹走飘到眼前的茸毛,温软地笑了,"现在已经通过了,之后会轻松很多的。"

"那今天周六,还起这么早,上午有事吗?"

"今天……"

宋晚栀眼底的笑轻轻一恍惚。

落眼的时候她扫过前方长长的主干道,错觉地像瞥见了某个熟悉的身影似的——这种错觉她经历过太多遍,早也习惯了。

"栀栀?"电话里响起卢雅疑惑的唤声。

宋晚栀垂下眸子,望着地上褪了青绿的落叶:"是外婆家旁边那家的奶奶,她让我今天上午过去,然后中午在那边吃饭。"

"噢,江家奶奶啊,那个老太太人很好的,上次我打电话谢谢她孙子照顾你,她又善谈又慈祥,和我聊了很久呢。不过她家住哪里啊?你自己过去吗?"

宋晚栀停顿了下,轻声道:"江肆和我一起。"

"什么江肆,你得叫他'哥哥',他是8月份生日,比你大两三岁呢。"卢雅连忙纠正,随即喜悦道,"有他送你我就放心了。妈妈找人打听过,你那个江叔叔生意做得可大了,不过你在你江肆哥哥面前也不用太拘谨,咱也不攀他什么,就是有个照应……"

卢雅唠叨起来总是漫长,宋晚栀却听得笑了。

她知道卢雅是个不喜欢寂寞冷清的,她高三那时候,卢雅就总耐不住要在晚自习后去接她。很安静的夜里母女俩人走着回家,宋晚栀只说一两句白日里学校的事,开个话头,卢雅就能聊上一路都不带累的。邻居总是笑着说,只看性子,还不知道你们母女俩谁长谁幼呢。

而今家里就留卢雅一个人，难免通一通电话她就止不住话匣。

因此宋晚栀从不打断卢雅的絮叨，就安静又认真地听着，慢慢走在林荫道上。

她并没注意，之前被她当作错觉的两道身影正由远及近，朝她这边走来。

"肆爷您这衬衫扣子能不能往上系一系，大清早的发什么骚？"元浩阴阳怪气地歪着头，看旁边低头那个人，"路过的好几个小姑娘可都给你锁骨看干净了啊。瞧你给人蛊的，到现在还在后边儿直回头。"

"要不你拿木乃伊白布给我缠起来？"江肆懒得理他，耷拉着眼打了个呵欠。

"欸，是个好主意。"元浩玩笑着接了。

江肆没说话，嘲讽地一扯唇角。

元浩见江肆这副困得话都懒得说的模样，不由嘶气："不是我说啊肆爷，你——"

"你干脆叫我'爷爷'吧。"

"行行行，肆哥，江大主席，江肆学长，行了吧？"元浩嫌弃，"你快去医院查查吧，大清早刚起来打了场篮球，下来还困成这样，你是不是肾不好？"

"你肾好，"江肆耷拉着眼揉着颈，"你熬到3点试试。"

"3点？那你还今早6点就起来了？"元浩惊恐地看他，"您这智商为祖国科研事业献身理所应当，但英年早逝可就是科研事业的损失了。"

"少咒我。"

"不是，那你起这么早干吗？"

"今天要回去看家里那位祖宗。"

"嗯？不都月底回吗？"

"这次特殊。"

"怎么个特殊法？"

"猜。"

"……"

元浩熟知这人德行，耳听着这位语调越来越懒，语句越来越短，就知道在这儿是套不出什么实话了，干脆放弃。

在又一次被成群的漂亮小学妹盯着过去，但还完全无视了元浩这个大活人的存在之后，元浩气愤地扭头问："江大主席，你上个月说要找女朋友那事儿，还作不作数啊？"

江肆眼皮撩了撩，难得有点表情："问这个干什么？"

"就是看不惯你这么祸害S大，不对，祸害P市的小学妹们——上周F大校辩论队那个学妹都跨校告白了！"元浩义愤填膺，"你一日不谈恋爱，我们广大有女朋友和没女朋友的男同胞们就一日不放心。"

江肆淡淡一嗤："你确定我谈了恋爱，你们就能放心了？"

"当然——"

元浩的话声戛然而止。

几秒后他的理智就痛苦又绝望地告诉他：并不能。

元浩正准备加重语气再次表达一下对这人的控诉与谴责，就见江肆忽然停住了。

没任何征兆地，连视线都一动不动地定格在某个方向。

元浩扭头看过去，然后见到树影下一个熟悉的少女走来。

天凉了，女孩最常见的纯白长裙换成一条灰色阔腿长裤，身上则是件宽松的浅粉麻花纹毛衣，衬一段白色细边小圆领，尾摆稍长，微微盖过腰臀。相应地，袖子也长一些，于是拿着手机的纤细手指只能从袖口探出，素白手掌被藏在袖中。

乌色长发轻撩着绕过她手指，还有一缕轻垂下来，微微打卷地勾在她雪白的下颌前。

最重要的是他们第一次见那个总是安静无声的女孩像此刻这样——明眸皓齿，巧笑嫣然。

元浩心里咯噔一下，连忙就想扭头拦江肆。

可惜已经晚了。

对着完全没有察觉他们的宋晚栀盯了几秒，江肆眼底那点困意早就散得干净。他插兜侧身，径直从原本的路线走到低着眼眸入神笑着的女孩前面。

然后他面朝她，停住。

宋晚栀半垂着视线，走得很慢，但仍是看着路的。

所以视野里的长腿被她发觉，她习惯性地就往旁边挪步，准备绕开。

原本也该顺利路过——

直到她即将走过那双停着的长腿前，那人毫无征兆地横跨半步，直接拦在她身前。

由于腿伤，宋晚栀平衡力不及常人，她的惯性根本来不及收住，就砰的一下撞进那人怀里。

"！"宋晚栀蒙了，揉着额角后退又抬头，"对不起……"

话声消止。面前站着的清瘦挺拔的某人再熟悉不过，但又好像有点不同。

他似乎是刚运动完，额角微汗，外套就松松垮垮地挂在胳膊弯的位置，要掉不掉的，他低着眼的模样更是撩人极了。

宋晚栀被他看得失神，而那种熟悉的烟草香混着薄荷的气息，到此刻才突然俘获她的嗅觉感官。

"栀栀？你怎么了？"电话里卢雅惊问。

"我这边有点事，"宋晚栀慌乱回神，躲开江肆漆黑的眼，"我们晚上再聊，好吗？"

"哦哦，好。"

通话结束，宋晚栀不安地攥着手机，垂下胳膊来："你怎么在这儿？"

"这是S大，我是学生，我在这儿需要理由吗？"江肆没波澜地说完，黑眸一低，落到女孩垂着胳膊就连手指也完全藏住了的浅粉线衣袖口，"谁的电话？"

"是我——"

宋晚栀抬眼间下意识要答，只是视线勾起的中途，对上江肆身后表情古怪的元浩。

她这才反应过来，两人的问答已经越过了普通学长、学妹间的线。

这一两秒间，江肆似乎明白了什么。

薄唇微微一勾，他轻俯身落下个嘲弄的笑："哦，你喜欢的那个人？"

"……！"宋晚栀蓦地醒神，眸子的焦点惊慌地回到近处。

"欸，这不是我们部新干事吗？"元浩注意到路过的学生已经有开始议论着回头的了,连忙打着哈哈上前。

宋晚栀朝他点头问好:"元部长。"

"唉。"

江肆轻眯起眼,漆黑眸子一眨不眨地俯视着她。

那眼神存在感太强,元浩都绷不住笑,干咳着插话:"这……这才多长时间不见,宋学妹跟我们江副主席好像熟悉很多了啊?"

宋晚栀迟疑了下:"江肆……学长,在无人系统研究中心的课题理论上对我们很照顾……"

"忘了说——"江肆突然出声,懒洋洋地打断了她。

宋晚栀意外地停下。

江肆突然抬手,手腕搭到她肩上,然后勾着她的薄肩,直接把人侧转进他自己怀里。

宋晚栀被转得一蒙,正对上更蒙的元浩。

而江肆一笑,嗓音低哑又骚气:"元部长,给你重新介绍一下——宋栀子,我异父异母的亲妹妹。"

江肆本来也没想搭理元浩,说完就低下眸望向身前还蒙着的女孩。

"别喊'学长'了,"江肆懒散地笑了,"一步到位,叫'哥哥'吧。"

江肆占完口头上的哥哥便宜就不负责了,散漫又不正经地插着口袋站在一旁,吓得不轻的宋晚栀磕磕绊绊给元浩解释他们两个的关系——

小朋友表达能力极好,几句下来就把两人关系撇得干干净净,比S大一天一换的假山池水都清白。

江肆听得想笑,又莫名有点躁。

元浩很快就想起来了:"原来她就是开学那会儿你家老太太让你照顾的那个远房妹妹?"

江肆仍盯着宋晚栀,敷衍地"嗯"了声。

元浩表情复杂:"这什么孽缘?哥哥妹妹的,还真是现实版《红楼梦》啊。"

"?"宋晚栀听得茫然。

元浩扭回头撞上女孩干净的眼眸,下意识解释:"就第一回我俩在校外那个便利店见到你后,江肆说看你眼熟,我说他当自己是贾宝玉呢。"

宋晚栀被这个玩笑弄得哭笑不得，只是突然她又停住了。

怀着说不清是紧张还是企盼更多一点的情绪，她攥紧指节看向江肆："你……见过我吗？"

江肆眼神微动。

夕阳下那抹镀了浅金的纯白，晚风，乌发，长裙，脚踝——历历在目。

一两秒后，江肆侧身避过女孩的眸子，像随意道："没有，记错了。"

"……哦。"宋晚栀低低落下柔软的睫。

大约因为很早前就无望了，所以这次她并没有特别难过。最多有一点。

江肆抬了下腕表："8点20分。"视线勾回宋晚栀身上，"你还有别的安排吗？"

"嗯？"

"没有我们就提前出发。"

"现在吗？"宋晚栀有点意外，"可我们约好的是9点在校门外……"

江肆轻眯了下眼，带着某种暗示意味地瞥过她攥在袖子里的手机："你如果还和别人有约，也可以等到原定时间。我今天一天都是你的，先去车上等你就是了。"

宋晚栀有点慌地避过他最后仿佛带着钩子的眼神，稍滞涩地绕过他身旁："我没其他事了，那走吧。"

江肆没着急跟上，停在原地望着女孩背影。

元浩等了会儿，确定宋晚栀应该听不到了，才凑到江肆身旁："你这是不是骚得有点太过了？"

江肆轻嗤了声，回眸："我又怎么了？"

"还装？什么'我今天一天都是你的'，我去，这种话你也说得出口，你还算个人？"

"照顾妹妹，实话实说。"江肆应得懒洋洋的。

元浩面露嫌弃。

江肆走出去两步，又停下回身："走了？"

"你照顾妹妹，我去干什么？您家老太太又没邀请我。"元浩这样说着，还是屁颠屁颠跟上来了。

江肆唇角一扯，毫不留情地嘲讽："谁叫你去了？让你送到校门外。不然就宋栀子和我两个人，被传谣了怎么办？"

"……"自作多情的元浩磨着牙忍下了，冷笑道，"P市圈子里谁不知道咱们肆哥坦荡又放浪。恣意妄为了多少年，什么时候怕过被传谣啊。"

"我不怕，可她多干净。"

"？"

元浩愣了好几秒，皱着眉追上去："你这哪是照顾妹妹的态度？上个月月底怎么说的，你又不担心把自己折进去了？"

"折吧。"江肆懒插着口袋，随口道。

"不是，你俩这半个月到底发生什么我不知道的事情了？你那天在操场上还不是这么说的呢，让鬼上身了啊？"

江肆跟着回忆了两秒，情不自禁就皱了眉。

他从口袋里摸到烟盒，随手磕了根香烟出来，忍着躁意咬上了："她家里的事。你不懂，我不能说。"

"那你的结论我总能知道吧？"

"结论……"薄唇间那根香烟跟着江肆的眸子轻抬起，他的目光懒懒衔上女孩纤细单薄的背影，他停了会儿，淡淡一笑，"栀子花掉在泥沼里，特别难才长出来的，还生得干净又漂亮，不能让人再欺负了。"

元浩听得似懂非懂，琢磨了会儿才拧巴着问："那你自己呢？折进去怎么办？"

"我不怕折进去，"江肆轻慢地咬过烟头，"我就怕没忍住亲手把花折了。"

元浩表情都扭曲了下："那……你努力忍忍？"

"哦。"江肆一笑，低头把烟点上了。

薄薄的烟雾升起来，模糊了他漆黑的眸。

"……忍着呢。"

江肆奶奶名任芬，不同于生在大城市里书香门第的江肆爷爷，她是安城那座小县城里土生土长的农村女人。

"老太太的脾气和年轻时候一样，泼辣剽悍，惹急了她能拎起拐杖撑我三条街,除了教训我的时候,也不讲什么条条框框,"江肆坐在轿车后排,懒洋洋地靠着座椅看身旁的小姑娘,"所以你不用这么紧张。"

宋晚栀轻着声:"我没有紧张。"

明明吓得栀子叶儿都在抖了。

江肆笑着转回去,也没拆穿她。

宋晚栀望着窗外忍了会儿,还是没忍住转回来,朝江肆那里微微倾身,小声问:"那你爷爷和奶奶是怎么认识的呢?"

"嗯?"江肆落眼望她。

宋晚栀忙直回身,不好意思地微红了脸:"我就问问。不能说也没关系。"

"没什么,我爷爷青年时期上山下乡,被发配到安城那边,两人就认识了。"江肆顿了下,"后来我爷爷调回,老太太不愿意来 P 市,只有两个儿子跟过来了。"

"任奶奶为什么不愿意过来?"宋晚栀的眸子被故事勾回车内。

"门户之见,江家门庭显赫的老学究们看不上泼辣剽悍出身农村的老太太。"江肆说,"不过后来还是来了。我爷爷生了场病,走得很急,老太太赶过来也只见着了最后一面。她的两个儿子怕她留在 P 市伤心,还劝她回去,可她不肯。"

宋晚栀听得茫然:"爱人在的时候不肯来,爱人走的时候却想留下了吗?"

"嗯。江家祖辈的老学究们定下个规矩,死前要给自己写好墓志铭,作为一生结语。"江肆嘲弄一嗤,很快又抚平,"我爷爷那场病急,弥留之际就来得及留下一句话,却不是墓志铭。"

"那是什么?"

"给老太太的,说后面几十年守寡太委屈她了,要她改嫁,就按江家女儿外嫁的规格,谁也不准欺负她。"

宋晚栀一怔。过去好几秒她才眨了眨微微酸涩的眼。

江肆望着窗外,淡淡地笑:"老太太一辈子什么时候听过他的话,全是他听她的。办完丧她就留下了。她说我爷爷小心眼,为了她,墓志铭都没留,她要是不替他守墓,他以后肯定要在梦里吓唬她,就跟当初下乡时一样。"

"其实任奶奶就是舍不得吧。"宋晚栀低着头轻声说,"他们一定很相爱的。"

"可惜这世上多数男人不像我爷爷,天生薄情寡义。他亲儿子也一样。"

宋晚栀难过的情绪都滞了下。

她回过头,正瞧见江肆侧颜上勾着一点冰冷而嘲讽的笑。

"哦。"江肆似乎察觉她的目光,仰在座椅里转回头,眼眸半敛,懒散又不正经地睨着她,"江肆哥哥也一样。"

宋晚栀蒙了好几秒,才确定那真是江肆对她的自称。

雪白的脸颊一下子就沁透出艳丽的红,她慌乱又气恼地扭过头,低声反驳:"你不是我哥哥。"

"老太太转达的,卢阿姨说你这样称呼我。"江肆靠着扶手箱欺身过去,笑得更放肆了,"正好,叫一声'江肆哥哥'我听听。"

宋晚栀缩向车门:"……不要。"

"过来。叫一声就行。"

"江肆!"

"啧,'哥哥'呢?"

江肆就是这么一路欺负着栀子回去的。

最可恨的还不是这个,而是等到了老太太在安静风景区旁的住处以后,江肆在那位果然很让人亲近的任奶奶面前,却又装出了一副疏离但进退得宜的"哥哥"样子,完全没了背地里折腾她的放浪劲儿,宋晚栀想靠老太太约束他都不行。

午饭前,老太太去接一通电话的工夫,客厅里就剩下江肆和宋晚栀两人。

宋晚栀今天被江肆欺负怕了,下意识抬头看过去。

结果刚一瞄,就被那人倏然撩起来的漆黑眸子噙住了,他还骚气地朝她笑:"栀子看哥哥干什么?"

"!"宋晚栀没咬住的唇轻轻一抖,快被他气哭了。她转开视线。

还好老太太出来得及时。

不过宋晚栀从小看惯了脸色的敏感让她察觉到,那个从她进门以来就一直笑呵呵的老太太好像心情不佳——虽然还是笑着的,但皱纹里似乎都多藏了几分心事。

果然就见老太太再次坐下后,反常地沉默了好几秒。

然后她才抬头,语重心长地说:"阿肆啊。"

"?"宋晚栀怔住,惊讶地转过去。

江肆难得神色都不自在了,低咳了声:"奶奶。"

老太太这才回神:"哎哟,我给忘了。晚栀你别见怪啊,这个'阿肆'是你江肆哥哥的小名,他不爱听别人叫,说像小姑娘。你听着像喊小姑娘吗?"

江肆脸黑了:"奶……奶。"

"哎呀,晚栀是自己家妹妹,又不会给你传出去。"老太太嫌弃地说。

几句话里,宋晚栀终于回过神。

女孩总是漂亮安静的眼睛都被笑意压弯成了月牙:"奶奶,我觉得不像,挺好听的。"

"是吧,奶奶也这么觉着。"

"……"

女孩侧颜笑靥如花的模样晃得江肆眼皮轻跳了下。

他难得没说什么,越过这个令他不爽的话题:"您刚刚要跟我说什么?"

"噢,就那个,"老太太支吾了下,"你爸说,他待会儿过来一趟。"

江肆那双眸子霎时就冷透了,手腕一压,从沙发里直接起身:"谁报的信?"路过端茶的保姆被他吓得一僵,慌忙低头走了。

宋晚栀微微怔然,左右看看。

老太太皱眉:"你晚栀妹妹还在呢。"

江肆想说什么,忍下了。

带着戾气的眉眼克制地抑着情绪,停了几秒,他哑声问:"他来干什么?"

老太太:"说是有个饭局,和你孟叔叔一家一起吃顿午饭。"

"不吃。"江肆冷声道。

老太太叹了声气:"你妈也一起去饭局了,你要让她也下不来台吗?"

"……"

宋晚栀清楚地看到，江肆垂在身侧的手指都抽动了下。他似乎在压抑着什么情绪，而她从没见过这样的江肆。

到此时宋晚栀才后知后觉地想起他在车上给她讲的那个故事，其实他遗漏掉了关于他自己的那部分——

既然老太太都早已定居 P 市，只偶尔才回老家看看，那江肆生于这里长于这里，又为什么会是回到安城读的中学？

宋晚栀来不及多做思考，玄关处已经传来密码锁门解锁的声音。沙发前，江肆冷淡着眉眼回身。

沉稳的脚步声后，宋晚栀看见一个长相与江肆五六分相似的中年男人从玄关走廊里出来，一身休闲风格的长衣长裤——与江肆不同，在来人身上看不出半点桀骜或锋芒，连他那副出众的外貌似乎都被他本身儒雅随和的气质藏过去了。

"妈。"男人将外套递给来接的保姆，最先平和从容地跟任芬问了好。

随后他的目光才转向起身的宋晚栀："这位是？"

任芬接过话头："是我提过那个家里来的孩子，和阿肆——和江肆一样在 S 大读书。"

"哦？原来你就是晚栀啊？"男人面上露出儒雅的笑，"你好，我是江肆的父亲，江崇。"

宋晚栀有些惊讶于对方身为长辈却毫无架子的质朴温和，朝他微微躬身："江叔叔好。"

"来，坐下吧，不用客气。"江崇语调徐缓，"我记得江肆比你年长两岁，你们又都是独生子女，那就和血缘兄妹也差不多。以后在学校里，可以互相照顾些，如果有什么难处——"

"哧。"一声低淡却不掩嘲弄的笑，有些突兀地打断了江崇的话声。

江肆懒散折腰，靠坐到红木沙发的扶手上，抬起眼，情绪空乏地望向江崇："江董那套虚情假意还是留给别人吧，小朋友心思干净，听不懂你弯来绕去的那一堆机锋。"

"……"宋晚栀不便插话，但眼神担忧又紧张。

江崇当着外人被江肆这样落面子，却好像习以为常了，跳过江肆的攻击，语气依旧和稳："今天中午的饭局是我和你孟叔叔定好了的，你妈妈已经过去那边了，你和奶奶收拾一下，我们待会儿出发。"

"孟叔叔？哦，就那个女儿今年刚满20岁、家里还有好几个子公司的孟叔叔？"

江崇像是没听到："你孟叔叔家的女儿最近刚回国，今天也会一起过去。"

江肆低头笑了："那这饭局是吃饭，还是'拉皮条'？"

"江肆。"江崇进门以后第一次加重了语气，眼神也变得锐利。

宋晚栀只是远远旁观，都有种心头一缩的紧迫感。她不安地望向江肆的背影。

江肆却不以为意，笑得更松散了："我说错了？"

江崇微微压声，语气放稳："你奶奶和晚栀妹妹都在，作为晚辈和哥哥，你应该注意措辞，而不是让她们和你一起下不来台。"

江肆眼皮一跳，背对着宋晚栀的上身肌肉微微绷紧。

几秒后他哑然地笑："行。不过既然宋栀子也在，您是准备让她今天中午一个人留在这荒郊野岭里？"

江崇略过江肆夸大的用词，面带歉意地转向宋晚栀："晚栀，今天叔叔十分抱歉，确实有事。"

宋晚栀回神："没关系的，叔叔。"

"我会让司机带你去附近的酒店用餐，然后送你回学校，这样可以吗？"江崇问。

宋晚栀正斟酌着怎么婉拒用餐，一道长影却站起，拦到了她面前。

"送回去干什么，不是您说的和血缘兄妹没区别？"江肆插着兜，桃花眼敛着肆意又放浪的笑，"既然是我亲妹妹，饭局就一起去好了。"

陌生两家的饭局，尤其听江肆说得像是某种相亲局，宋晚栀心里是非常排斥的。

可江肆随性得很。

从宅子里一出来，宋晚栀坐进轿车后排，原本应该去和任奶奶、江崇坐同一辆车的江肆却转身就上了她旁边的位子。

江崇在另一辆车旁微微皱眉看着，江肆却泰然自若地往座里一靠："知道往哪儿走吗？"

司机为难地说："江先生让我送这位同学回 S 大。"

"哦，那你把我一起载回去吧。"

司机："……"

宋晚栀纠结地蹙起眉，忍了几秒，还是没忍住朝江肆那边轻轻俯身："江肆，你别管我了。"

"谁管你了？"江肆垂手撑到扶手箱上，猝不及防就靠到她眼皮子前，声音压得低低的，"我帮你那么多次，你就这么不知报答？"

宋晚栀迟疑："怎么报答？"

"陪我去这场鸿门宴啊。"

宋晚栀不确定地问："我去有什么用吗？"

"我要怎么用你……"江肆声调拖得懒散，"那是我的事情，不用你操心。"

宋晚栀沉默了下，还是慢慢点下头去。

其实江肆不知道，只要他说请她帮忙，即便没有"挟恩图报"，她也一定会帮他的。

但后悔往往来得更早。

在轿车进入挂着"旋转餐厅地下停车场"这个专属标识的停车场时，宋晚栀还没有意识到什么。直到地下电梯把他们送上一个对她来说高得令她皱眉的楼层，然后电梯门打开——

柔软地毯的尽头，最先入眼的就是一整片向外倾斜的高空玻璃。玻璃外，小半座城区直入眼底，如林的钢铁高楼被俯瞰成洼地，远处地面上的车辆人影更是渺小得如同蝼蚁。

领他们上来的经理走在前出了梯厢，彬彬有礼地介绍："这片环形长廊是我们的观景长廊，就餐区在我们身后，那边同样是一百八十度的全开放景观区，我们可以一边就餐，一边将整座城市的风景纳入视野……"

江肆是除宋晚栀以外最后一个走出电梯的。他刻意放慢，却没等到宋晚栀像平常那样走过他身旁。江肆插着兜停下长腿，回过身，就看见女孩脸颊煞白地停在电梯门口。

江肆微皱起眉走过去，先伸手要把她拉出电梯。只是还没等碰到，却见女孩突然回神，瞳孔一缩就条件反射似的甩开了他的手，还连退两步。

江肆眉心一拧，单手按住电梯旁的开门键："你怎么了？"

"……"

宋晚栀这才慢慢定下惊散的焦点。

她深吸了口气，攥紧指尖，低头快步走出电梯："抱……抱歉。"

江肆垂下手，没作声地微眯起眼睨着她。又停了一两秒，他若有所思地转了下上身，回眸瞥了眼电梯外向户外高空倾斜的大片玻璃。

宋晚栀调整过呼吸，撑着仍有些苍白的脸颊抬头："我们过去吧，叔叔他们快要走远——"

"等等。"江肆低声叫停她的步子。

宋晚栀停下。

江肆朝玻璃那边抬了抬下颔："你恐高？"

宋晚栀一默。

江肆低眼睨着她，眸色微深："不只恐高的程度。是因为以前摔伤那次？"

被江肆猜得彻底，宋晚栀没了否认的余地，只小声辩驳："没有很严重。"

"逞什么强。"江肆拉起她手腕，"我送你回学校。"

宋晚栀蒙了一下，回眸去看江肆，见他真按下电梯就要带她下楼的架势，慌忙回扯住江肆的手腕："不行。"

江肆一顿，低头瞥过被女孩无意识握紧的手，然后才懒散地撩起视线："哪儿不行？"

"我们已经和江叔叔说好了。而且你现在走，叔叔阿姨会很为难。"

"他们只是为难，最多押我去上门道歉，而你是心理创伤。轻重缓急你都不分了？"

"真的没有那么严重，"宋晚栀着急得无意识地把江肆的手腕握得更紧，"我只要不看边上，就可以过去的。"

江肆打量她片刻："你确定？"

"嗯！"

见宋晚栀坚持,江肆这才松口。

从电梯走过三米长的直道玄关,两边就是整体环形的空中观景长廊。所幸这边只有一侧探出去的玻璃开放视野,另一侧还是靠墙的。不过即便如此,江肆也看得清楚,小朋友垂在身侧的手指抖得厉害不说,紧贴墙的程度就差直接把她自己糊到墙面上去做朵栀子壁花了。

江肆看着心疼又好笑。他没再慢悠悠地跟在她身后,而是上前两步,走到她旁边,然后俯身拉起女孩的手搭到他自己手臂上:"你一直这么能逞能吗?"

宋晚栀刚抬头想出口的话就被他堵了回去,僵了两秒,她认命地隔着薄薄的衬衣攥紧了他的胳膊:"这么高,正常人上来也会害怕。"

"正常人害怕,可不会像你,"江肆想拿另一只手去焐她冷冰冰的指尖,却被理智叫住了,"手都吓得像冰块一样,还说没关系。"

"……"

宋晚栀说不过他,也不敢分散注意力,还在小心盯着前面带弧度的、总是让她只看得到透明高空的长廊。

江肆也发现了,低低靠过来:"你越注意它,就会越紧张、越害怕。"

"我没办法不注意。"宋晚栀小声说,"这里连转移注意力的东西都没有。"

江肆轻嗤:"我在你眼里已经是透明的程度了?"

宋晚栀茫然回眸,只不过刚转一半,就瞥见被江肆身影拦在外近在咫尺的清朗高空。宋晚栀唰的一下又把脸儿扭回去了。

江肆笑叹,直回身去:"行吧,慢慢治。"

话刚落,一个围着披肩的女人身影出现在他们前方的圆弧拐角后。

江肆一停,宋晚栀跟着顿住,紧张又不解地抬眸。

"妈,"江肆问,"你怎么过来了?"

"听你爸说你领来一位小同学,你们一直没到,我来看看情况。"王婉清的视线浅浅落到宋晚栀搭着江肆的手上。

"小朋友恐高,走得慢。"江肆扣住宋晚栀想抽回去的手,笑道,"您先过去吧,我们待会儿到。"

王婉清神情似乎有些无奈:"或许你应该先跟我介绍一下你的小

朋友？"

江肆听得低头一笑。在宋晚栀想解释又憋红的脸颊前，他忍着逗她的心思，撩起视线："不是我的小朋友。您没听我奶奶介绍吗？"

"我以为你会有什么补充。"王婉清若有深意地瞥过江肆，然后转向宋晚栀，"我是江肆的母亲，听说你也是S大的学生？"

"阿姨好，我是S大今年的大一新生。"宋晚栀朝王婉清微微鞠躬。

"果然是很有礼貌的小朋友，可惜识人不淑，还选错了学校。"王婉清淡淡一笑。

"啊？"宋晚栀听蒙了。

江肆轻喷了声，低声跟宋晚栀解释："她是F大数学系的教授，在她看来，所有好苗子都应该去他们F大。"

宋晚栀恍然。

江肆直回身："您就别在这儿问了，小朋友是真恐高。"

"好吧，那我先回桌了？"

"嗯。"

等王婉清的身影走进视野盲区里，宋晚栀这才落回眸，轻声问江肆："阿姨是F大教授，你却考了S大？"

"嗯，填志愿前抓了阄，S大三局两胜。"江肆随口逗她。

宋晚栀抿了一下唇。

江肆察觉什么，眸子一低，似笑非笑问："你不信？"

"你是骗人的。"

江肆挑眉："你怎么知道？"

"就是……知道。"

因为也就是在她知道的那天，她第一次鼓起勇气和他说了第一句话，然后收到了他漫不经心写下的那句祝愿——

山高水远，S大再见。

那她就跋山涉水来再见他这一面。

长廊尽头的视野豁然开朗。以吧台为切割线，半圆形餐厅尽入眼帘。

走过去前，宋晚栀主动松开了江肆的手腕。江肆垂眸望她。

虽然这人没开口，但宋晚栀不知道怎么就好像读懂他那个明明带笑却好像略微不爽的表情。她犹豫了下，侧过唇轻声解释："你是来相亲的，叔叔会生气。"

"哥哥妹妹搭搭手腕，他生什么气？"

"……"

宋晚栀知道江肆一贯放浪形骸，但还是习惯不了他朝着她说的那些骚话。于是她稍稍加快步伐，更想离他远点了。

偏偏江肆察觉，还不紧不慢地跟上来："你今天过来可是有角色任务的。"

宋晚栀自然知道他的心思，有点为难地蹙眉。

江肆缓声补充："你不用说也不用做，受着就行。"

"好。"宋晚栀松了口气，连忙应下了。

江肆一顿，轻笑落眼："就你这个责任心，是不是不太适合放进学生会啊？"

宋晚栀被他逗得脸热，只好装没听见了。

江肆父母大概早在他们过来前就已经向孟家的一家三口介绍过宋晚栀过来的缘由，所以宋晚栀缓步走过去，也没见桌旁那三个陌生人有意外神色。

倒是其中那个染着栗色长发的女生，趁着抬杯喝水时瞄过来，目光似乎刻意地在宋晚栀微跛的脚踝上停留。那一眼或故意或无意地撞到宋晚栀视线里，讥诮并未掩饰。

宋晚栀眸子微黯，有些想侧身，却被江肆忽然轻扯了扯左边的手腕："躲什么？"

"……嗯？"宋晚栀没反应过来。

"随他们看，"江肆低淡着声，"不是你自己说过嘛，你又没做错。为什么要躲？"

宋晚栀欲言又止。

江肆却在她腰后轻轻一托，同时侧过身微微俯近："我妹妹比她漂亮多了，不需要躲。"

"——！"

要不是答应江肆会配合，这一两秒间那点暧昧灼人的呼吸扑上耳垂和颈，她大概已经要忍不住把江肆推出去了。

还停在宋晚栀视线里的女生脸色一下子变了。她攥紧杯子放了回去，扭回脸。

到了长桌旁，江肆先宋晚栀一步，拉开了离落地窗最远的空椅。不等椅子旁边的女生露出笑，他侧眸看向宋晚栀："你坐这儿。"

长桌另一头，江崇停下交谈："江肆，那是你的位子，让你妹妹坐在你左手边吧。"

"不了，"和对王婉清不同，江肆一句没提宋晚栀恐高，而是在压着宋晚栀坐下后，径直坐去宋晚栀左手边，"我喜欢这个视角看风景。"

"……"

再左边一位，王婉清无奈地瞥他一眼。

江肆靠着环椅背，回了个散漫又无所谓的笑。

之后半场，无论江崇或者孟家夫妻怎么试图给江肆和那个女生之间抛入话题，江肆也一次都没配合过——多数敷衍，少数无视。倒是到宋晚栀这边——

江肆对自己的"妹妹"表现出了无微不至的"兄长关怀"。

中间孟家那位女士大概是实在没忍住，掩着笑"夸"了一句："江肆和妹妹的感情真不错，应该是很会照顾人的那种男生吧？"

"不是，我特别渣，"江肆随口说着，把面前那一小盅没动过的汤拿到宋晚栀面前，然后才懒洋洋撩起眼，"照顾栀子是单纯因为妹控。"

"……喀，喀喀喀……"

宋晚栀被汤呛着了。她低捂着下颌，竭力压轻地连咳几声，才好不容易平息，趁无人看到的角度她恼羞成怒地剜了江肆一眼。

江肆于是没抑住真实情绪，桃花眼低低一敛，无声笑了起来。

没来由地，这一笑比之前故作的捉弄更迫得宋晚栀脸红。她有点坐不住，轻抵开椅子起身："抱歉，我去下洗手间。"

啪。江肆想都没想，眼还没抬就先抬手把宋晚栀垂在身侧的手腕攥住了。

桌上一寂，几束目光齐齐过来。

感觉到宋晚栀惊慌转下的眼神，江肆停了停，慢条斯理地松开手，起身："我送她过去。"

长桌尽头，江崇终于有点忍无可忍了："江肆，你注意分寸。"

"哦，什么分寸？"江肆插着兜冷淡回身，"我妹妹年纪还小，我不放心她一个人在这种陌生场合有什么问题？万一被人拐跑了，你赔我一个？"

江崇筷子一搁，面色微沉。

不过在他开口前，孟家那个中年男子立刻和善地笑着劝下僵局："哎，老江，自家人吃顿饭，要那些见外的分寸干什么。江肆，你快领你妹妹过去吧。"

江肆眼神一缓，微微点头："谢谢叔叔。"

他这一低声间的态度散漫如旧，却又奇异地显出几分得体，让对方也愣了下。

不过对方没来得及多体会，江肆已经侧过身，陪宋晚栀往洗手间的方向过去了。

洗手间在整个旋转餐厅的另一边。

等停下，宋晚栀迟疑着开口："江肆，我知道我不应该插手你们的家事，但是……"

江肆靠在洗手间外的隔墙前，半晌没等到宋晚栀的后半句。他撩回眼，轻声嗤笑："但是什么？"

宋晚栀难得露出有点苦恼的神色："我不知道怎么说，但我总觉着你这样做的时候，你自己心里也是不舒服的。"

江肆眼神微晃，笑却依旧漫不经心："不舒服什么？承认自己是个妹控吗？"

宋晚栀一噎，微恼抬眼："你知道我说的不是这个。"

"我不知道。"江肆不紧不慢地说完，朝她走了过去，"我如果觉着不舒服，那也是因为来到这里，而不是因为我自己的言行。"

宋晚栀抿咬着唇，沉默。

江肆停到她面前，扶着她身旁的洗手台低了低身："不过，你要是想我后半场不这么做，也可以。"

"嗯？"宋晚栀有点惊喜。

江肆捉弄地笑起来："'江肆哥哥'，叫一声，我就放过你也放过他们。"

"——！"

宋晚栀发誓，今天是她认识江肆以来，她所见到的这个人最"恶劣"的一面。他简直把欺负和捉弄她当成了某种必修乐趣。

宋晚栀十分懊恼于自己在他面前好像总是压不过地弱势，气闷地低着头咬着唇想对策。

大约是求胜心切，她脑海里还真的灵光一现。

"叫就叫。"女孩抬眼，认真又安静地说。

江肆意外了几秒，不禁笑起来："行，叫吧。我听着。"

宋晚栀扛住了这人就站在面前的压力。

她停了几秒，乌黑眼瞳凝着那人，然后唇瓣一勾："阿肆。"

江肆眼神并着笑意一滞。

在他眼皮子底下，垂着乌色长发的女孩仰着脸，第一次在面前这么近的距离下，明媚又漂亮地笑起来。

"是有点像女孩子，"她轻着她好听温软的声音，弯着眼睛仰头望他，"阿……肆。"

"——"

江肆心底的堤坝在那一瞬几乎崩塌，被洪水似的情绪冲撞得摇摇欲坠。

僵持数秒，江肆慢慢低头，笑了。

"宋晚栀，"他第一次全名全姓地喊她，几乎贴上她耳垂，"你要是不想被我弄哭，就别乱喊。"

第十章
我"妹控"不行吗

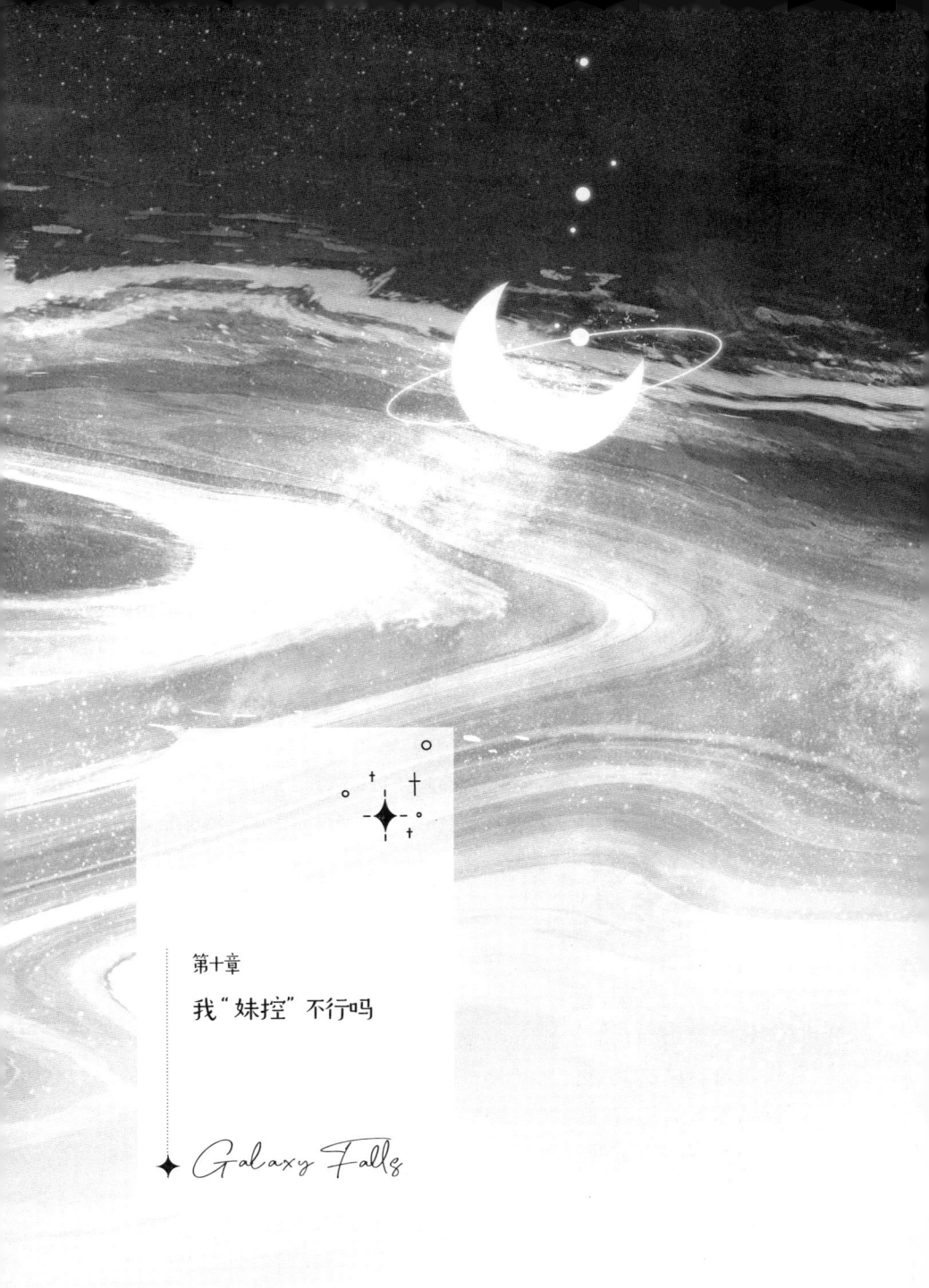

◆ Galaxy Falls

"——"

宋晚栀被江肆迫得惊怔在墙根前,一个字都没能说出来。

近在咫尺的就是他白衬衫的衣领,几乎要吻到她唇上,沁着淡淡的辨不出的清香气,蚀得她理智全无,脑海空白。她倒还记得屏着呼吸,连手指尖都僵在冷冰冰的墙面前,不敢稍动。

江肆微微仰直,长睫微合,根根分明的睫毛藏不住漆黑如墨的眸子,就那样半睨着她笑:"哦,竟然听懂了。"

"王意萱……讲过。"女孩茫然滞着眼眸,只凭本能答了。

江肆在笑里皱眉:"你室友?她们都教你什么乱七八糟的。"

"……"

一来二去的对话间,宋晚栀终于找回神来。

"江肆,"她绷平微颤的语气,仰眸认真地看他,"你可能……以前和你的女朋友或者女性朋友们,玩笑惯了……但我不喜欢这种玩笑。"

江肆扶着洗手台面慢慢仰直身,笑意淡去:"我不会和女生开这种玩笑。"

宋晚栀蹙眉:"你刚跟我说了。"

"你不一样。"江肆想都没想,在面前女孩怔然的神色前,回神,低头懒散一笑,"你不是我妹妹吗?"

"……"宋晚栀难过又气极,微咬着唇仰头看他。

江肆被她看得一窒,扣在洗手台台面上的手指动了动。忍过数秒,他才克制下伸手揉开她唇齿的疯念头,侧身转开眼去。

"行,我错了,我就是故意吓你的,"江肆低叹,"你别一副又要被我欺负哭的样子。"

"我没有。"见江肆退开,宋晚栀终于可以挺直腰背,"我接受你的道歉,但请你以后不要再开这样的玩笑了。"

宋晚栀调整完情绪,平平静静地说完,但转身就步子匆忙地躲进了卫生间。

卫生间门合上,江肆一动没动地停在原地,低头轻嗤了声。他要是说自己没开玩笑,那她才真要吓哭了吧。女孩方才冷淡又懊恼地仰脸望他,偏还眼尾沁红的模样又浮现眼前。

江肆压着躁意斜撑着长腿倚到墙面上,低垂着眼摸出烟盒。轻弹出的香烟刚被他叼进唇间,洗手间外的环形长廊里就走近一串脚步声。

镜子里那张总是玩世不恭的面孔此刻少有地冷淡近乎漠然。江肆抑着情绪,循声撩了眼。孟家的那个小女儿出现在洗手间外。

"没打扰你们吧?"对方踩着绑带高跟鞋,这样说着却脚步未停地走进来,径直到了江肆对面那个洗手台前,低头引开了水开关,"我过来转达长辈们的意思——你和妹妹要是实在有事,可以先回去了。"

江肆没什么情绪,半垂着眼,手指拨得垂在身旁的打火机咔嗒轻响:"知道了,谢谢。"

对方做样子地洗完手,抽出擦手巾,对着镜子朝江肆一笑:"你不用跟我摆出这样一副生人勿近的架势。我们这圈子里嘛,只想玩玩的话,要什么样的长相得不到——哦,你这种确实难得,但差不太多的总还是有的。我犯不着吃一顿饭就缠上你啊。"

说完后,她就隔着镜子仔细观察江肆的反应,却见靠在墙前的那人眼都没抬,手指间有一下没一下地拨动打火机的声音节奏都没变过。

只等片刻,他似乎察觉她说完了,这才散漫地应了声。

孟家小女儿气笑地扔开手纸,转过身来:"你还真是好脾气啊,我这样说你都不生气?"

江肆略微不耐烦地拿下烟,似笑非笑地抬了眼:"我知道你对我没意思,只是不爽今天饭局被我冒犯。刚好我也对你没意思,而没意思的人说什么我也不会在意——所以随便你骂,消了气就走人。"

嗒。泛着冰冷光泽的银质打火机盖子甩上,江肆眸子里毫无笑意:"毕竟我还有烟瘾要解决。"

孟家小女儿更气了,笑都差点儿没绷住:"要不是对你以前弹得一手钢琴有印象,我今天根本不会过来。"

江肆一顿:"我不会弹钢琴。"

"你倒也不用这么怕我纠缠你。"对方咬牙,"我6岁时去你家做客,见过你弹——"

"你认错人了。"

江肆的语气忽然冷了,连那点伪饰的笑意都溃散不见。

孟家小女儿愣在原地。她看江肆的表情不像作假,但她又确切记得那时候自己遇到的就是江家和她同辈的六七岁的男孩。

静默僵持间,女卫生间的门拉开,浅粉麻花纹长毛衣露出一线。

孟家小女儿余光瞥见,转身的动作停顿了下,重展笑容:"对了,看在同样被迫相亲的分儿上提醒你一句,门不当户不对的妹妹什么的,玩玩没关系,娶回家就不要想了。圈子里提起来都要当笑话的,更别说还是个小瘸子呢。"

卫生间拉开过半的门一滞。

靠在墙前,江肆半屈着拿烟的手指蓦地停住。

一两秒后,他冷冰冰地抬了眼帘,捏断香烟往旁边一掷:"我给你最后一个体面道歉的机会。"

说话间他直身上前,不笑的眉眼间戾意难掩,语气神色都凌厉得迫人。

孟家小女儿表情僵掉,本能地往后退了两步。

她没想到只是提一句"小瘸子",就会让刚刚无动于衷的江肆这么大反应,想收回都有点无从开口。

与此同时。

"江肆!"卫生间打开的门间,站着的宋晚栀回过神慌忙开口。她着急地想跑过去拦他,可脚踝越急越使不上力,几步之外就差点儿摔倒。

所幸江肆及时回身,在她摔倒前接住了她。

而宋晚栀的第一反应不是平稳重心,而是伸手拽住了江肆的胳膊,压轻声忙问:"你要干吗?跟女生打一架吗?"

江肆眼底漆黑,情绪这才重浸上温度。

停了几秒,他微皱着眉冷淡地哼了声笑:"不行吗?我和狗都能打一架。"

"……"宋晚栀着实被这人噎了一下。

那边孟家小女儿终于回过神,有点后怕地瞪了江肆背影一眼,扭头就想赶紧走。

只是她这边刚进长廊,身后就听见那人冷淡嘲弄地开了口。

"你6岁见的不是我,是我弟弟,"江肆一顿,眼神阴沉地回头,像笑起来一样,"他死了。"

"——!"

走廊外身影骤僵。

刚站稳身的宋晚栀同样惊愕地睁大了眼,仰头去看江肆。

那张清隽面孔上除了凉薄笑意却别无情绪,他就像随口说了一句玩笑那样轻易且毫不在乎。说完以后江肆就转回来,扶稳宋晚栀的手:"走吧。我送你回校。"

"……"

宋晚栀茫然却不敢吱声地走出去。

进到电梯里,梯厢都沉寂。

宋晚栀小心地偷偷去看江肆的侧颜,只是还没来得及看出什么就被抓包了。

"我以为三好生应该除了学习什么都不关心,"江肆侧回眸,"你怎么就好奇心这么旺盛?"

宋晚栀理亏得转回去,沉默两秒,小声道:"对不起。"

"你有什么对不起的,"江肆轻嗤,"又不是你杀的。"

宋晚栀微微蹙眉:"你说给了我和那个女生听,这样可以吗?"

"孟家夫妻本来就知道,这个圈里也没什么秘密。"江肆答得漫不经心。

"可是我……"

"哦,你不知道。"

"?"

江肆像是被提醒了,走过来两步,把下意识后退的宋晚栀逼到了梯厢角落。

他停下了，唇角轻抬了抬，转回去："行了，逗你的。说都说了，我还能把你灭口吗？"

宋晚栀这才反应过来他又在捉弄自己，恼得脸颊微热。但毕竟刚听完江肆的家庭秘密，她还有点不安，也不好意思和江肆计较什么。

宋晚栀纠结了好一会儿，电梯快要到地下停车场了，她才轻声劝慰："你别难过。"

"我不难过，"江肆插着兜，懒声答，"他又不是我亲弟弟。"

"？"宋晚栀再次受惊，扭头。

江肆停了几秒，低着脖颈，抽出手抬到颈后。

红色荆棘被他手指压过，他低嗤了声："德高望重的江先生在外面留下了私生子，他倒是想掩下这个秘密，可惜没比我小几个月，藏不住。"

宋晚栀已经惊呆到没有表情了。

梯厢停稳。电梯门打开。

江肆刚要走出去，就察觉身旁没动静，勾回眸望了一眼："吓傻了？"

宋晚栀后知后觉地挪着软又发僵的脚步往外走，江肆倒是习惯性地抬了胳膊让她扶着。

她走出几步去，实在忍不住，轻声问："你说给我听会不会……不好啊？"

"有什么不好？"江肆不在意地低着声笑，"哥哥给你讲家史，感动吗？"

"……"

宋晚栀发现自己似乎有点习惯他这种程度的捉弄了，竟然都没什么气恼或者难过的感觉。

不过或许也因为，虽然江肆说得信口拈来、不以为意，但宋晚栀还是敏感地觉着，他对那个死去的同父异母的私生子弟弟的感情并没有他表现得这么淡漠轻薄……

半小时后。

低调的黑色轿车停在S大西门外两三百米的位置。

后排。

江肆侧过身，靠着扶手箱问："你确定在这里就下车？"

宋晚栀点头："嗯。"

"西门距离你们寝室楼还有至少六百米。这辆车在 S 大做过车牌登记，可以进到校内。"

"不用的，我在这里下就好。"

"为了跟我避嫌，宁可多走几百上千米？"江肆压低嗓音。

宋晚栀迟疑了下，避而未答："S 大校内我每天都要走的，上课还能等人接送吗？"

"拿话压我？行啊。"江肆笑起来，"有什么不行的，明天起我去你们寝室楼，每天背你上下课都行。"

"？"

在司机震惊的目光下，宋晚栀红透了脸扭头看江肆："你……我们说好不开玩笑了的。"

"怎么会是玩笑？"江肆拉起扶手箱，从容淡定地把宋晚栀吓到车门角落，低下的黑眸里笑意轻荡，"哥哥妹妹间，背着上下课算什么大事吗？"

"……！"

宋晚栀几乎是从江肆的车里"逃"下来的。

即便车门甩在身后了，她仿佛也还能听见那人靠坐在座椅里逗弄完她后恣肆又愉悦的笑声。这幻觉里低哑蛊人的嗓音就更赧得她脸颊透红，恨不得插上翅膀离开了。

女孩低头走得匆忙，于是也就没注意到——轿车停靠点后十几米外的公交站牌下，一个侧身躲着的女生紧紧盯着她的背影，露出不可置信的表情。

"羽乔，那真是你们江副主席家里的车啊？"站在女生身旁的人惊讶地问，"从车上下来的那个女孩难道是他新女朋友？"

"不可能！"

丁羽乔猛地扭头，对上室友被她吓到的表情，才反应过来自己有点反应过激了。她连忙低头捋了捋耳鬓的碎发，压着难看的脸色讪讪地笑："怎么可能呢，那就只是我们部来的一个新生……再说江肆，他也不喜欢那种类型，他不可能喜欢她的……"

"可是……也从来没听说哪个女孩坐过江肆的车欸。"

"肯定是有什么特殊原因，"丁羽乔笑得勉强，"你先回去吧，我……我去前面买点东西。"

"噢，好。"

等目送室友的背影走远，丁羽乔脸上强作的笑立刻就不见了。她扭头，看向方才那个女孩离开的方向。

大约因为行动不便，女孩还没有走远。丁羽乔站在原地僵着表情，犹豫了好一会儿，终于还是一咬牙跟了上去。

……

宋晚栀推开咖啡厅的玻璃门，听见门上风铃响动时，时间已经是下午3点7分了。

她匆匆走向那个熟悉的靠窗位置。那人已经在了。

大约是分辨出了她的脚步声，拿着咖啡杯望向窗外的宋昱杰从失神里回过头，朝宋晚栀微微一笑："来了？"

这是约定以后宋晚栀第一次迟到。

她脸皮薄，即便迟到的对象是宋昱杰，她也会觉得心虚，于是停在沙发椅前时她顿了下，还是一边低头坐下一边小声说："抱歉，我来晚了。"

"没关系，"宋昱杰回身示意服务生端上宋晚栀习惯的花茶，然后才温和转回，"是学校里有什么棘手的事情吗？"

"没有，一点私事。"

"你妈妈说，你找了一份周末的家教兼职？"

宋晚栀听得蹙眉："我们约定的期限只到下周，之后我的周末如何支配，和你没关系。"

宋昱杰轻叹："你宁可自己跑出去做兼职，也不愿意接受我的补偿？"

"我不需要你的补偿，你欠下的也补偿不了。"

"至少，我能让你和你母亲现在的生活过得更宽裕些？"

"……"

宋晚栀低垂着眼，闻言嘴角浅勾起一点轻嘲的笑。

宋昱杰问："你笑什么？"

"笑你可笑啊，"宋晚栀轻声说着，抬眼，"你那一套或许对我妈妈有用，但对我没用。我们最难挨的时候已经过去了，既然那个时候你没有出现，那你凭什么觉着我还会让你插手我以后的人生？"

"你不要误解我，晚栀。我只想帮忙，不会干涉。"

"没有必要。"宋晚栀平静地说，"下周六就是我18周岁生日，过了那天，我们再无瓜葛。"

宋昱杰放在膝上的手握起来。

安静很久后，他猝然一笑，摇头："血脉的力量很强大，我有时候看你，总感觉看到年轻时候的我自己——不管你承不承认，你性格中的某部分也很像我，晚栀。"

宋晚栀眼睫一颤，几乎本能地就想脱口否认，但还是忍下了。

因为这原本就是她早已自我认知而深恶痛绝的一点。她最不能接受的，就是自己有时候和这个她最痛恨的人如此相似。这让她想到就觉得卑劣和不齿。

宋昱杰习惯了她的沉默，独自往下说："因此我了解你。我知道你很优秀，你比大多数人更聪明，同时你又比剩下少数人中的大多数更努力、上进。可是晚栀，这个社会就是这样的，多数人肤浅而无知，他们有限的眼界注定他们只能看到表面的东西，甚至会为此忽视了你的天赋和努力；而更可悲的是，太多这样的人就站在你向上晋升的台阶上，你想上到那个足以让你展现自己天赋和努力的平台前，就必须先获得这些人的认可。"

宋晚栀安静地低着眼，指尖轻轻摩挲过茶杯边缘。

半晌过去，她只说了一句没有起伏的话："你是说我的脚伤。"

宋昱杰显出一丝宽慰："大学就是半个社会，我想你在S大开学这一个多月里，已经一定程度上体会过我说的这些话。但晚栀，你也要知道，真正的社会远比大学里还残酷得多。你面对的不公也会多得多。"

"……"

宋晚栀沉默着。她当然知道宋昱杰说的是对的，毕竟半个小时前的旋转餐厅里，她还扶着门把手清晰地听见来自陌生人并不遮掩也不觉着过分的恶意。

"门不当户不对的妹妹什么的，玩玩没关系，娶回家就不要想了。"

"圈子里提起来都要当笑话的，更别说还是个小瘸子呢。"

宋晚栀低着头，慢慢攥紧了手指。

"而且晚栀，你有没有想过，你妈妈每次看到你的腿、看到别人看你的眼神，她是什么感觉呢？"宋昱杰语重心长。

宋晚栀蓦地抬头，眼尾微红："你是最没资格提她的人。"

"我知道，这辈子我对她都会心怀愧疚——但她对你又何尝不是呢？"

宋晚栀眼眸一滞，怔在那里。

宋昱杰："她恨我，恨那个赌鬼，但她同样恨把这一切苦难带给你的她自己！她每一次看见你的腿伤，每一次看见那些人看你的目光，都是对她的凌迟啊晚栀。"

宋晚栀猝然回神，颤着眼睫低下头去。一瞬被眼泪模糊掉的视线里，她的手指攥起灰色长裤，用力绞紧。

宋昱杰："我从不奢望你的原谅，我也知道我欠你的无法弥补。我只是希望你至少给你妈妈和你自己一个机会，让你们从过去那个阴影里走出来的机会，好吗？"

低低的哀伤女声缓慢唱完了一首法语曲子。

宋晚栀也松开了攥得麻木的指尖，抬头看向宋昱杰："好。我会配合……你说的心理治疗。"

如释重负的喜悦绽在宋昱杰面上："好，我让助理联系那边，我们今天下午就尽快过去。"

宋昱杰拿过公文包，又想起什么，将里面的牛皮纸信封拿出来，沿着桌面推给宋晚栀："这是这周的。"

宋晚栀沉默了下，抬手接过，放进背包里。

而就在她放好背包准备转回的那一瞬，她忽然有一种被窥视的感觉。宋晚栀蹙眉抬头望向落地玻璃外——

周六下午的街边人来人往，像水藏于海，无迹可寻。

应该只是错觉吧。宋晚栀疑惑地想着，直回身去。

宋昱杰已打完电话，拿着公文包起身："助理安排好了，你坐我的车，我们现在过去吧。"

"……嗯。"

风铃声轻响，沉寂，又响起。

推门进来的丁羽乔来回滑着手机里偷拍的那几张递、接信封和一同上车的双人照，笑得表情复杂近乎扭曲："你还真是了不起，送给我好大一份惊喜啊，宋晚栀。"

"请问，您需要点什么？"服务生的话声打断了她的自言自语。

丁羽乔抬头，笑容变得妩媚又得意："给我一杯卡布奇诺。顺便，我能跟你打听一个人吗，小哥哥？"

周三下午是宋晚栀去无人系统研究中心正式报到的第一天。

新进无人系统研究中心的学生以研一生为主，都是需要研二师兄来一对一带的。于是报到地点就安排在研究生们在无人系统研究中心的集体办公室里。

宋晚栀去的这间是副院长余宏伟教授名下的研究生们共有的，安排成了格子间的形式，目光可见的地方堆满了电脑、书本、报刊，以及一些宋晚栀现在还分辨不出来的似乎是实验元件之类的东西。

"学妹不要嫌弃哈，我们每周四办公室卫生检查，所以每周三都是最乱的。明天！明天你再来看，保证焕然一新！"

领宋晚栀进来的研究生师兄正是上次带宋晚栀组的"F4""黑眼圈"刘广学。今天他看起来休息得不错，黑眼圈轻多了，就是摸着后脑勺笑的模样依然有点憨。

他们是下午1点30分到的，这会儿还有部分研究生有课或是回寝室午休没回来，所以房间里格子间的办公椅还空着一半。仅剩的两个没趴桌午休的研究生正望着这边。

刘广学为难地左右看看，眼睛突然一亮："噢，有了！学妹你先坐这儿吧！"

"嗯？"

宋晚栀还没反应过来，刘广学就挤进一条空道，直到尽头靠窗的那个格子间才停下。他转回来，朝宋晚栀指着那桌傻笑。

宋晚栀迟疑了下，慢慢走进去。

屋里那两个男生恰好就在刘广学停下的那间的前一排，此时似乎都傻了。

其中一个突然起身，隔着格子间板推了刘广学一把："你最近过得太顺想找刺激是不是？江肆的位子你也敢让人坐？"

刘广学嫌弃地拍开："不用你管。"

"我这可是在救你命！"

"等着吧，"刘广学压低声，嘿嘿笑，"待会儿就是见证奇迹的时刻。"

"啥？"

他们没来得及多聊，宋晚栀已经走到桌旁。

她虽然没听清他们说什么，但看后排那两人时不时瞄来的视线，也知道应该是与她有关。

"学妹，你就坐这儿等吧。等余老到了，我去给你问问指派哪个师兄师姐之后带你。"刘广学朝她笑得很是和蔼。

"我坐这里是不是不合适？"宋晚栀轻声而直白地问，"我可以去外面等。"

刘广学立刻摆手："哎哎，不用不用，你放心吧！这桌的师兄特别特别地和善！"

后面不知道哪个哼哼："是，特别'核善'。"

"……"宋晚栀仍有迟疑，但刘广学表现得令她盛情难却，而且她自忖没和对方结怨，也没什么利益纠葛，所以对方应该不会无缘无故地害她。

想过一圈后，宋晚栀道谢，坐了下来。

椅面似乎压着前排的两声轻嘶，慢慢降下一小截。宋晚栀没多想，取下背包，从里面翻出一本《自动控制原理》出来。

值得一提的是，面前这张格子间书桌绝对是整个办公室里最干净的了，东西放得不多，笔记本电脑旁的书本也归置得整整齐齐。宋晚栀把手里专业书的书脊靠到桌上，刚开始读，目光就瞄到胳膊肘旁的一件东西——

一个不大的纸盒。是香烟。

宋晚栀呆了两秒。香烟在她这里会不由自主地联系到某个人，让她心跳立刻就漏掉了一拍，顺便刚刚读的那句定义也被忘得干干净净了。

不对。这里是研究生办公室，不可能有他的位子。不要胡思乱想了。

宋晚栀迫着自己把注意力转回专业书上。她也确实转回来了。

但宋晚栀显然忘了，这会儿正是午后，虽然早晚微凉，但中午的日头好得不得了。尤其这个位子靠窗，拉了一半的窗帘刚好足够太阳照在身上，她垂肩的长发和薄毛衣都被烘得暖洋洋的，让她不知不觉就一点点打起瞌睡来……

半小时后。

江肆刚推门进来，就收到半间办公室研究生们的注目礼。

江肆长腿一缓："看我干什么？"

多数人迅速事不关己地把视线转回去。

离得最近的一个挠了挠头，露出个无辜的笑，还压低了声："坏事都是刘广学干的，跟我们没关系。我们来的时候那家伙已经没影了，百分之百是畏罪潜逃。"

"畏什么罪？"

"喀，你过去看看就知道了。"

"？"

江肆转进自己格子间所在的那排，走了几步，刚一抬眼，就看见粉白的长窗帘被风鼓起又落下，拂过他的椅子。

然后慢慢露出一个趴在桌上睡着了的小姑娘来。

江肆一怔，外套脱了一半就僵滞空中。

小朋友趴得完全没露脸，身上的衣服他也没见她穿过，但是不知道怎么一眼就能叫他认出来。

后排排头那个研究生见江肆停住不动了，以为他要发火，忙把电脑椅往前挪了一点，仰头劝江肆："肆哥别动气，小学妹是无辜的，叫起来就行，肯定是刘广学带人来报到然后故意安排在你——"

"嘘。"江肆回神，轻声一抵食指。

提醒的那人愣了下，却见江肆垂回手，似乎忘了管还懒散地半挂在臂弯位置的外套，径直走过去。

在桌旁停下，江肆低垂着眼，无声盯着宋晚栀看了好几秒。

不知道是因为感觉到他视线了还是别的什么，朝下趴在胳膊上的女孩慢慢动了动脑袋,侧转过来,还是微蹙着眉合着眼,细白小巧的鼻尖却在睡梦里不自觉地往前轻嗅了嗅。

像闻到了什么让她熟悉的味道。

江肆一顿。

须臾后他哑然失笑,看着又趴在那儿慢慢松开眉心睡过去的女孩,克制着伸手的冲动。他褪下脱了一半的外套,拎起来轻轻盖住女孩——把从垂着乌黑长发的头顶到微微曲着漂亮弧线的蝴蝶骨,严严实实地藏了起来。

等做完这一切后,他勾着淡淡的笑意抬眸,正对上后排目瞪口呆的几双眼睛。

江肆停了两秒,假装如常地靠坐到桌前,懒叠起长腿:"别误会。"

"?"

"我妹妹。"

宋晚栀这场午觉睡得有点沉。于是睁开眼的时候意识还没完全回到身体,她只觉得眼前昏昏暗暗的,身边也萦着一种淡淡的令人安心的清香,有些熟悉。

宋晚栀慢慢坐起来,有什么东西从她头顶滑下长发,堆落到身后去。

被遮拦的午后阳光洒下来,晃得她眼前散开光晕。模糊的光圈变大变淡,直至消失,她眼前的那道身影也随之清晰。

占据了她大半视野的那人就靠坐在她之前趴睡的桌上,长腿懒懒地支着地,此时正侧身向外桌,扶着格子间隔板,单手拿着笔在旁边那个研究生师兄的电脑上指着什么。两人声音压得低低的,只断断续续能听见几句,似乎是在讨论一组实验数据误差的问题。

宋晚栀挪下视线,看见他卷到手肘的薄衬衫,随即想到什么。

她手摸向身后,攥起刚刚从肩头跌落的布料,拉到眼皮底下悄然一看——确实是件更薄的红黑外套。

毋庸置疑,江肆的。

宋晚栀低着的脸红起来。她开始绞尽脑汁地思考要怎么解释自己过来报到,睡了他的桌子、占了他的椅子,还一睡睡了……

宋晚栀摸起手机偷偷看了一眼。

……睡了将近一个小时。

小姑娘头低得更低，脸也更红了，恨不得钻到桌椅下面，找条地缝把自己团巴团巴塞进去。

"噢，"一声低懒又戏弄的声音转回来，"这么早就醒了？"

宋晚栀抱着手机和外套绝望地猫了几秒，又认命地松开，退开椅子站起身："对不起，我……不知道怎么睡过去了。"

"嗯，不怪你，"江肆低着眼在本子上计算数据，"阳光太好，椅子太软。说不定我还在桌上撒了迷香。"

宋晚栀理亏地沉默。

"里间是教授办公室，余教授在，自己进去吧。"

"……谢谢。"

等那道纤细身影匆匆离了过道，敲门进了里间，外面的研究生办公室也略微骚乱起来。不知道哪个角落响起几声闷笑。

"太凶了吧江肆，哪有你这样做哥哥的？"

"没见过吗？"江肆从桌前起身，懒洋洋地把自己扔进座椅里，"那就当免费给你开开眼了。"

"睡着了给人盖外套挡太阳，睡醒了还装严格训人家，啧啧，我辈兄长楷模啊。"

江肆一笑，却没辩驳。

邻桌，关嘉瞟了眼身后紧闭的里间房门，把电脑转椅朝江肆这边拉了拉："你不进去看看？"

"我看什么？"江肆没动。

"当然是你上个月还是高中小学妹，这个月就有血缘关系了的神秘妹妹了。"

江肆停了笔，似笑非笑地抬眸："有话直说，少阴阳怪气。"

"我哪有，你可别冤枉我啊，我实话实说而已。"关嘉无辜道，"既然是你妹妹，那指导师妹的任务没道理给我们吧？"

"更不能是我。"

关嘉意外："为什么？"

江肆停了会儿，往椅背里一靠，瞥过那扇合着的房门，低回眼来就笑了声："说不得骂不得，怎么带？"

"不至于吧？我看这小学妹脸皮薄归薄，但也不是那种不能听训的性子——"关嘉突然停下，好几秒后才扭过头，"是说不得骂不得，还是某人舍不得？"

江肆没抬头，懒耷着眼笑了声："有区别吗？"

关嘉："……"

他不理解某人怎么能骚得这么理直气壮。

正在关嘉眯着眼表情微妙地观察时，江肆演算完，在本子上的表格数据里圈了一列，随即收笔，撕下那页纸往旁边一递："这组的问题，应该是记录出错或者输入里有严重干扰，删了吧。"

关嘉沉默接过。

江肆抬眼才注意到："你那是什么表情？"

关嘉："就是在想你都舍不得了，怎么还有脸说是妹妹？"

"妹妹就不能舍不得了，谁规定的？"江肆把笔扔到桌上，懒洋洋地问，"我'妹控'不行吗？"

"……"关嘉噎得差点儿翻个白眼，"那你说，让谁带？刘广学？"

"不行。"

"为什么？小学妹一开始参观演示时不就是他那组的？"

江肆拿起桌上那本被宋晚栀忘下的书，翻开，同时勾起个冷淡且敷衍的笑："电脑硬盘里能装一个T（太字节）的颜色视频的狗东西，不适宜单独出现在宋栀子周身三米内。"

关嘉噎了下："选指导师兄，又不是给你选妹夫。"

翻页一止，江肆道："他敢。"

关嘉："就算是你亲妹妹，人家也有自由恋爱的权利好不好？我们系本来就狼多肉少，小学妹又好看，就算腿上有点……咯，总之，要不是他们没摸清你和小学妹的关系，绝对今天中午就有人凑上来了。等之后相处久了，那就更——"

啪。

专业书合上。

江肆终于听不下去，皱着眉半笑不笑地抬了眼："多做实验少做梦。"

"我做什么梦了？"

"想当我妹夫，你们配吗？"江肆懒勾着唇，眉眼情绪透着秋日的薄凉，一时看不出是玩笑还是认真。

关嘉嫌弃："就你配？"

江肆闻言一顿，随即嗤了声："我也不配。"

关嘉："……你莫非是打着把你妹妹守到孤寡然后自己偷偷私吞的歹毒主意？"

江肆却没了继续聊的意思，从椅子里起身："不过你提醒我了。"

"什么？"

"我家这朵栀子生得太招人惦记，"江肆插着兜，半耷着眼懒洋洋地往外走，"还是我自己揣着比较安心。"

"？"

关嘉没来得及质疑，再一回头，那人已经敲门进了里间的导师办公室。

"江肆，你来得正好。"余教授就坐在办公桌后，指着桌边上安静站着的小姑娘，"你等会儿领宋晚栀出去认认，让秦呈默带她一学期吧。"

江肆在门前一停，又缓步进来："不用麻烦别人，我带吧。"

"嗯？"余宏伟意外，随即笑了，"什么叫麻烦别人？"

宋晚栀也无措地回头看江肆。

直到那人不紧不慢走到她身旁，停下了："栀子是我妹妹。"

余宏伟："栀子？"

"嗯。我在家都这么喊她。"江肆随口说完，笑了。

"……？"

宋晚栀被江肆那再淡定自若不过的语气弄得发蒙，只差怀疑是自己记忆偏差，一时间更回不过神来。

余宏伟自然没那么好糊弄，但他左右看了看两人，也就点了点头："你愿意带，对她个人来说最好不过。那就交给你了。"

"嗯。"

余宏伟又交代几句，就让他们出去了。

江肆还是习惯性地跟在她后面。他这边最后一步出门前，身后副院长喊了他一声。江肆回身。

"给你带没关系，可不许乱来。"隔着厚实的眼镜，余副院长醇和的眼神像能刺破人心。

江肆停了两秒，哑然一笑："您想多了。"

"是吗？"

"自己家妹妹，我哪舍得。"江肆不正经地玩笑了句，退身关门出去了。

宋晚栀比他走远了两米，正怔着回头，就听见他出来后说的后半句。

见那人过来，她茫然问："什么舍得？"

江肆一俯身，拎走了她看起来就沉甸甸的背包，然后懒散着语调走过她："哥哥的事，你少管。"

宋晚栀："……"

周五，晚上8点。

宋晚栀推开104寝室的房门。

"咦，栀栀今天怎么这么早就回来了？"门口的卫生间门里，猝不及防地探出一张黑乎乎亮着白窟窿的脸。

宋晚栀吓得一停，定睛看清是敷面膜的王意萱，这才松了口气："拿了一些资料回来看，在外面怕弄丢了。"

"资料？"王意萱摁着面膜，好奇地跟过去，"什么资料啊？"

"挑战杯的相关资料。"

"嗯？那是什么玩意儿，听起来像足球比赛？"

王意萱还在疑惑地拍着面膜，她里床桌下的邢舒已经冷哼了声："一无所知的时候不要发言，传出去会拉低104寝室整体的智商口碑。"

"呜呜栀栀，邢舒她又骂我！"王意萱立刻蹭到宋晚栀旁边。

宋晚栀无奈笑了笑。

不知道是不是寝室里有"王二萱"这个活宝的带动，开学将近两个月，邢舒也没一开始那么高冷又少言了，偶尔游戏闲暇时兴起，她还会和王意萱斗几句嘴。

玩游戏的人大概天生自带嘴炮功能，邢舒话不多，但每一句都能堵得王意萱跟不上来，向外求援——比如此刻。

宋晚栀轻叹了声，垂眼看着自己被王意萱抱住的胳膊。

被求援的次数太多，就算一起走路，王意萱和康婕有时候都会突然缠上来或者搭肩，以至于她都快习惯这种原本最抵触的肢体接触了。

"挑战杯是学术竞赛，和足球没什么关系。"宋晚栀一边从背包里往外拿书本资料，一边给王意萱解释，过程中她挑了一个文件夹递给对方，"它算是国内大学生创新竞赛里含金量最高的一项，你可以看看这里面的过往获奖项目资料。"

王意萱自觉擦了还沾着面膜精华液的手，然后才翘着兰花指接过文件夹。

不过也就看了半分钟，她就头疼地把它双手奉还了："唉，不行不行，我绝对跟自动化系犯冲，一看那些标题我就开始头晕。天哪，我接下来的四年要怎么过啊……"

王意萱哀号着跑回卫生间卸面膜了，寝室里就剩下邢舒和宋晚栀。

宋晚栀简单归置好资料，打开台灯，就拉开椅子准备坐下。

邢舒突然开口问："挑战杯对大一新生来说，难度太高。"

宋晚栀有点意外，回头看了一眼才确定是邢舒主动跟自己搭话。宋晚栀眉眼轻弯："嗯，我知道。只是无人系统研究中心的……学长，希望我了解一些这方面的资料。"

"学长？"邢舒难得有点表情，皱眉回头扫了一眼宋晚栀桌上，"这些资料都是某一个学长给你的？"

宋晚栀被她打量的眼神弄得微蒙："是，有什么问题吗？"

"一个两个都这么没戒心没自觉。"

"嗯？"宋晚栀听见邢舒冷皱着眉嘟囔了句什么，却没听清。

她还想再问，就见邢舒直接拿起手机往外走了，拎着外套路过她椅背时才冷漠地说："无事献殷勤，非奸即盗。"

宋晚栀翻文件夹里资料页的手停在半空。

她怔了几秒，弯下眼睫笑："没有，你别误会。因为这个学长是我在无人系统研究中心的指导师兄，所以他应该只是出于基本的指导道义……"

"道义？"邢舒都走进楼道了，突然又停下转回来，酷着脸大步走到宋晚栀桌旁，伸手拍了拍那堆起来的资料，"女生里是有不少人随时随地善心泛滥。男性里，这种的存在比珍稀动物还少。"

宋晚栀被她的来势震住，吓得在椅子里茫然地眨了眨眼："啊？"

"这指导师兄对你怎么样？是不是很好？"

"应该……是？"

"你周三才过去报到，周五就进展到挑战杯资料了，"邢舒轻蔑地笑，"那这研究生师兄应该是表现得非常殷勤，特别为你的学业着想？"

"……"

宋晚栀被邢舒那冷酷还居高临下的气场震着，思绪都有点慢。

江肆那态度，散漫得实在和殷勤扯不上关系，不过他确实为她条分缕析了学业进度、可参与课题，以及需要她按优先级学习的课程科目……这点倒算不得假。

不等宋晚栀组织好回答，邢舒已经上下扫完了她："更何况你都长这样了，怎么还能觉着接近你的男生没有非分之想？"

"？"宋晚栀刚有点想法的回答又被敲碎了，"我长什么……"

对她的反应，邢舒眉头都快拧成疙瘩："最怕你们这种重点高中上来的好学生了。你们中学时候被学业压迫得一天睡不上五六个小时，没工夫有花花心思，不代表大学了也是这样。学习好坏和人品没关系，哪儿都最不缺想把你这种清纯漂亮的小姑娘骗到手的垃圾，麻烦你对男性生物的想法有点戒心好不好？"

"……"

宋晚栀长这么大，大概是第一次挨这么长的训。

呆了几秒，她没忍住轻声笑出来了。

"你笑什么？"邢舒冷眼看她，"不信我说的？"

"没有，我信的。"

"那你还笑？"

"笑不是因为这个……"宋晚栀微微脸热，随即认真说，"谢谢你跟我说的这些，邢舒。不过不用担心，我对男生，嗯，对男性生物戒心一直很高。"

"是吗？"邢舒一脸不信。

宋晚栀犹豫了下，又开口："至于这个送我资料的……师兄，"她下意识地摸过手边的资料,"这个人我已经认识很久,也很了解他,所以很难对他有戒心。"

邢舒神色稍松:"认识很久了?你家里哥哥?"

宋晚栀一惊,抬眸:"你怎么……"

"研究生师兄本身就比我们大好几岁,你又认识得久,只能是亲戚家里的哥哥。"邢舒恹恹地说完,"那确实有出于道义照顾你的可能了。"

宋晚栀刚要点头。

邢舒:"但只要没血缘关系就不能排除,说不定他故意借兄妹名义堂而皇之地给你挖坑下套。"

宋晚栀再次哽住:"……应该不是。那个人还是很受女孩子喜欢的,他没必要这样做。"

"为什么没必要?"

"啊?"

邢舒突然压着宋晚栀的椅子扶手,正面俯身下来,面无表情地盯着她看。

宋晚栀僵在椅背前,微微偏开视线和下颌——虽然被迫习惯了一点肢体接触,但亲密程度到这样的,她还是接受无能。

邢舒就在这个距离下冷酷地开口了:"麻烦你自我认识清醒一点,连那个二货都看出来了——你这种纯欲挂的,几乎是在多数直男的兴奋点或者偏好上跳舞。如果没有脚伤,那我保证你的追求者一点都不会比康婕少。"

"……"宋晚栀仿佛听到自己的三观被邢舒一个比一个离谱的措辞敲出裂纹的声音。

偏偏全寝室最看热闹不怕事大的王意萱就是在这个时候从卫生间里出来的,刚听了个尾巴她就兴奋地冲上来:"什么什么,你们在说什么?"

邢舒:"在说她的指导师兄大概率对她意图不轨。"

王意萱更兴奋了:"嗯?多大概率?哪种不轨?"

"综合考虑男性生物群体特性,"邢舒冷酷起身,瞄着宋晚栀,"无血缘关系无利害关系还绕在你身边献殷勤的男性,99% 以上的概率意图不轨。"

王意萱："哇哦。"

宋晚栀终于还是红透了脸，忍无可忍地开口了："江肆。"

王意萱呆住，停下八卦就回头："啥？"

邢舒也一愣。

宋晚栀轻吸了口气，无奈地转回椅子，低下眼藏起情绪："无人系统研究中心里负责带我的人，是江肆。"

沉默数秒。

王意萱摇头慨叹："伟大的1%，出现了。"

在这场过分热情的讨论发展到让宋晚栀觉着不可控的陌生领域前，一通来电拯救了她。

"是我妈妈的电话，"宋晚栀慌乱地从椅子里起身，从邢舒和王意萱的围堵中间小心穿过，"我出去接一下。"

直到寝室门被她虚合上，挪到走廊里的宋晚栀仍觉着有两束诡异打量的目光黏在她身后似的。心虚之下，她不得不走去走廊的尽头，停在月光清亮的窗户前。宋晚栀靠上冷冰冰又硬邦邦的墙面，这才稍有支撑感地松懈下来。

手机还在她掌心振动，宋晚栀没有时间整理被邢舒的话搅得纷乱的思绪，只能先接起电话。

"栀栀，还有三个小时你就该过生日了吧？"电话一接起，对面就是卢雅含笑的声音，"提前祝我们栀栀的18周岁成人礼终于来啦。"

宋晚栀眨了眨眼，下意识拿下手机去看时间："啊，要周六了吗？"

"嗯？怎么回事？你不会是把自己的生日都忘了吧？这可是你的18周岁生日，跟以前的可不一样！"

"没有忘，"宋晚栀低下眼睫，"不只生日，明天也是最后一笔抚养金了，我记着的，只是刚刚忘记了已经到周五晚上了。"

"哎，你这个孩子，你才刚18岁呢，怎么就把自己过得像个大人一样，连生日都不放在心上？我像你这么大的时候，都是生日前还有好几天就想着了。"

宋晚栀抿唇浅笑了下，没说话。

卢雅又问："正好明天周六，你也不用上课，打算怎么过生日？和室友们一起吃饭吗?"

"没有,我没告诉她们。"

"嗯?为什么?"卢雅一愣,叹着气念叨起宋晚栀,"你说你中学时候没朋友是功课太忙,家里事情也多,怎么上大学好不容易遇上几个很不错的室友,还是这么独来独往的?这样过生日都没人陪在身边,那我怎么放心……"

卢雅例行的絮叨在生日前夕也没有迟到。

宋晚栀听着就弯下眼角,单手叠在背后,靠着墙壁望着长廊尽头窗户外的月亮,听着电话里远在几百公里外的声音。这种时候总是她忙忙碌碌的一天里最安心的时间。

虽然卢雅的说法总是在重复,甚至有些老旧和过时。

虽然卢雅常常天真得让宋晚栀都觉得不可思议。宋晚栀时常不能理解,为什么经历过那么多恶劣的事,过了这么多年,卢雅还是能保持一颗天真到好骗的心?

比如,她每次劝宋晚栀多交朋友,大概是没有想过,在校园这种渐渐出现了家庭经济背景差异的地方,维持友谊就意味着金钱上的支出:聚餐、逛街、看电影、生日礼物……每一项都是宋晚栀的生活里难以负担的额外开销。偶尔还好,长期却无法承受。

不是宋晚栀选择了独来独往,是她的生活没有给她第二个选项——就像她在校会面试里说过的那样,她的努力不为眼下,只是为给未来的自己创造出可以选择的机会。那些选项或许别人生来就有,她没有,所以她要比别人都更努力才行。

这些话宋晚栀从未和卢雅讲过,讲了卢雅大概也记不到心里。

而且宋晚栀觉得自己已经长大了,这个家里的事情该由自己操心,让卢雅就做天真的妈妈,自己照顾她到七老八十,看她做个快乐无忧的老小孩也没什么不好。

卢雅好骗又好哄——顺着她说两句她就会很开心了。

这样想着,宋晚栀弯着眼接过电话里的话茬儿:"好,我记得了,您放心吧。那明天我忙完事情就和室友们一起出门玩,这样好吗?"

"真的吗?那太好了,一定多晒晒太阳,不要总是自己憋着学习啊。"

"嗯，我知道。"

又和卢雅聊了一些今天发生的事情，宋晚栀才结束电话，回到寝室。

这会儿邢舒已经出门了，寝室里除了王意萱还在，康婕不知道什么时候也回来了。

一见她进来，王意萱立刻跳下电脑椅飞扑过来："栀栀！你们明晚是不是有校会的新干事欢迎会啊？"

宋晚栀还没来得及说话，康婕一边卸妆一边问："校会聚会，你这个第三轮就被刷下来的关心那么多干什么？"

"康姐！"王意萱炸毛，"你又戳我伤疤！"

宋晚栀有点怔神："你不说我都要忘记了。"

"哇，你绝了，你真是饱人不知饿人饥！换了其他人，有这种百分之一万能见到江肆的机会，估计都得在手机上定闹钟了。"王意萱气愤地瞬间忘记了刚刚被康婕戳伤疤的事，转头扑过去，"康姐！你看栀栀，她天天和江天草见面，都不跟我们分享福利！"

"嗯？天天见？"康婕妆都不卸了，扭头似笑非笑地打量过来。

王意萱卖宋晚栀自然分分钟的事情。

宋晚栀也没指望能在四人寝室里瞒住最后一个不知道的，令她意外不解的是另一件事。

"为什么是……江天草？"宋晚栀茫然地问。

那边两人停下，齐齐看向她。

王意萱："栀栀，你是多么两耳不闻八卦事，一心只泡实验室啊？"

康婕很善良地直接解释了："就是你知道的江肆，还有今年新生里的靳一，上个月月底校内论坛里刚评出来的S大双'草'，结果传到了P市其他高校后，被直接顶到了'天草'位置。"

"是啊，"王意萱哀痛，"我们的情敌成功从全校女生变成了全市女生。"

"你就不要欲盖弥彰了，"康婕托着脸拆穿她，"江肆早在P市大学和高中各大论坛闻名了，所以要说情敌也是你的前情敌，你哪来的新增情敌？"

"那我喜欢靳、靳一不行吗？"

"哦？且不说那位拒人千里的态度能把美院院花学姐气得一路哭着

跑回寝室楼,单说你自己,"康婕朝王意萱单眼一眨,"你的现倾慕对象难道不应该是组织部那个谭——嗯嗯嗯!"

康婕话没说完,就被恼羞成怒的王意萱扑上去"灭了口"。

等康婕被"弱点攻击"——挠痒挠得软在椅子里笑得上气不接下气后,王意萱的脸也红扑扑的,才终于叉腰停手。

暂时失去战斗力的康婕一边平顺着气,一边忍笑祸水东引:"不过二萱说得对,栀栀你太不讲义气了,江肆成了你指导师兄的事情竟然都没告诉我们。"

"对啊对啊,"王意萱瞬间就咬着钩被钩走了,过去拍住那摞挑战杯相关的文件,"而且江肆还给栀栀准备了一大堆资料。要不是他,我和邢舒都觉着这师兄肯定是对我们栀栀意图不轨了!"

"嗯?"康婕挑了挑眉,"这些都是江肆准备的?"

王意萱故意挤眉弄眼地趴过去:"怎么样,康姐,我们栀栀魅力大吧?"

康婕望向宋晚栀的眼神更奇特了,发现某种新大陆似的惊奇。

过去好几秒,她才意味深长地笑起来:"确实,很厉害。"

宋晚栀站在桌前,被那两人打趣得无奈:"康姐,你也听她造谣。"

"嗯?我怎么就是造谣了!我不服!"

"江肆奶奶家和我外婆家是邻居,我家长辈托他家长辈照顾我。"宋晚栀整理着铺开的资料,"按照村里老人论的辈分,我俩勉强算作出五服的表系兄妹,所以他被家里长辈要求着,才对我更关心些。"

王意萱不假思索:"懂了,先攀上关系,然后就可以结婚!"

宋晚栀手一抖,差点儿把文件夹扔到地上。

身后康婕大概是感受到她的情绪,幸灾乐祸地笑出了声。

宋晚栀在心底叹气,面上神色不动:"你刚刚问我校会聚会,怎么了?"

"噢,对,差点儿把正事忘了!"王意萱毫不长记性,再次咬钩跟着跑了,"就是你们那个校会聚餐的具体地址通知了吗?"

"应该没有。"

"那你明天到了以后给我发个定位呗?"

宋晚栀意外:"你也要去吗?"

"哎呀不是，我又没进去校会。"王意萱有点不好意思，"就……我听组织部那个谭学长说，他们每次去都会喝点酒，容易喝多，我怕他晚上回来不舒服或者不方便，想着到时候叫车过去接他……"

宋晚栀听得神色微异。她忽想起邢舒今晚奇怪的情绪爆发前说的话。

"一个两个都这么没戒心没自觉。"

康婕这种从不缺追求者和交往者的女王，自然不可能是她话里"没戒心"的指责对象，那另一个是谁，现在一目了然了。

宋晚栀有心想问，但在见到后面笑眯眯托腮看着的康婕，她又放弃了。

别说恋爱经验，前面十八年累计，她能记住的异性同学名字也不超过十个，认真看过或记得住长相的就更没几个了。康婕都不提，而由她在这方面置喙的话，说是指导，更近误导。

于是宋晚栀只点了点头："好，我会发给你的。"

"谢谢栀栀！！"王意萱灿烂地扑了上来。

"……"

被抱得想深呼吸的宋晚栀微微偏头，然后后知后觉地察觉：比起刚开学的时候，王意萱在这一个多月的减肥时间里似乎真的瘦了很多。

组织部的，谭景轩副部长吗？

宋晚栀微蹙起眉，第一次回手拢了拢王意萱的腰："节食也要注意健康。"

"哈哈，知道啦——哇，栀栀你抱我了是不是！快让我亲一口！来，么！"

"！"隔空看见那"烈焰红唇"探过来，宋晚栀魂儿都差点儿吓掉了。

她立刻白着脸想把人推走，努力后仰顺便求救："康……康姐，帮我一下。"

康婕一边笑不成声一边过来："二萱同志，放开我们纯白无瑕的栀栀。玷污我可以，你可不能玷污她——难保她未来老公是不是个东亚醋王，以后算起账来要收拾你的。"

"哈哈哈，别挠我痒康姐！你公报私仇！"

笑闹声里，月亮从树梢跟着乐弯了腰，跌下枝头去。

周六的太阳一个蹦高，跳到了正当空。

宋晚栀刚从宋昱杰安排的那家心理诊所出来，就发现调成静音的手机里，校会宣传部群里刷新了几十条消息，其中还有一条标红的提到她。

宋晚栀匆匆扫过。

原来是今晚原订的聚餐餐厅出了状况，校会这么多人的集体聚餐临时找地方非常困难，能找到的基本超出预算。最后还是宣传部部长元浩出马，在P市北区最大的KTV里订下了一处既能吃饭又能唱歌，还能容纳大几十号人的豪华包间。

但这里距离学校和原订餐厅都很远，各部门只好提前安排集合。

宋晚栀收到的提醒，正是在核对还有谁没收到新的出发通知。而因为她没有及时做出回复，下面已经又累加了几条。

@宋晚栀，4点30分前能到西门集合吗？收到请回复。
这么久没回，看来有事。
算了，正常时间前能来就行。

宋晚栀确认了一遍新地点的定位，微蹙起眉，一边回复信息一边抬头看向车里的宋昱杰："能把我放在前面的地铁站旁边吗？我不回学校了。"

宋昱杰："有什么急事？"

"校学生会的迎新聚餐，临时换了地点，我回学校会赶不及。"

"你应该不会同意我送你过去。"

宋晚栀没说话，手里的"收到，我单独过去"发送，她安静地回视着宋昱杰，眼神已然是答案了。

宋昱杰叹了口气："老林，前面地铁站停一下吧。"

"好的，宋总。"

宋晚栀刚松下口气，调回响铃模式的手机就轻轻振动起来。

来电显示上的人名让宋晚栀一怔。但在宋昱杰的目光落过来前，她想都没想就立刻接起来，放到远离宋昱杰那侧的耳边："……喂。"

通话里那人低笑了声："跟哥哥打电话，还称呼得这么没礼貌？"

宋晚栀记仇地轻轻咬了下牙，脸颊微热地转朝窗户："你……说话。"
"我不是在说话吗？"
"正事。"
"你在外面？"江肆察觉到什么，"旁边有人？"
"嗯。"宋晚栀简短地应了句。
"哦，你那个暗恋对象？"
"……不是！"
"那这次放过你了。"江肆懒了语气，"今晚元浩订的那家离得远，我叫家里车来接，捎上你一起。"
"我不在学校。"
"刚刚不是知道了。你在哪儿？我过去。"
那人语气从容又自然。
宋晚栀视线里，已经看得到下一个红绿灯后的地铁站。同时她也察觉得到，邻座的宋昱杰余光正罩在她身上。
"不用麻烦你了，"宋晚栀轻声拒绝，"我自己过去就好。"
按江肆原意，自然是要再骚几句逗逗小朋友的，但他不知道她现在和什么人在什么场合，为免她尴尬，只好打消念头。
又简言几句，通话结束，车也停在了地铁站口。
宋晚栀下车前告辞。
宋昱杰叮嘱："医生让你做的那几个练习，你别忘记了。"
"嗯。"宋晚栀转身想走。
"栀栀，"车窗里的男人却突然喊住她，"生日快乐。明年的今天，爸爸能给你送生日礼物吗？"
宋晚栀在傍晚的风里微微停滞。
一两秒后，她就像没听到这句话，挽过长发慢慢走了出去。

这是宋晚栀的人生里，第一次踏进KTV这种娱乐场所。她就连找包厢都格外生涩。
进去以后的环境更是让她不适应得很，和部长们打过招呼，她第一时间悄悄溜去角落。之后大半个晚上，宋晚栀都是安安静静地猫在整个豪华包厢的最边角，一边小口地喝饮料，一边翻看着手机里导入的江肆之前打包发给她的论文资料。

从小的生活环境使然，嘈杂的声音对她来说还可以接受，不会很大程度干扰到她输入。但包厢里那时明时暗的灯光就让她很难受了。

为了眼睛考虑，宋晚栀只能时不时停下来休息一会儿。

包厢里欢笑交织，灯火明暗，这种时候偷偷看一个人是最不会有人察觉的。而且那人永远坐在最中间，离她很远，她也不必担心被他看见。

观察了大半晚，宋晚栀发现每次抬头看过去，坐在他旁边位置的女生似乎都不一样。像是某种公平起见的轮换制度。

好在大家谨守"规则"，没一个人越线，宋晚栀没有看到来之前想象的最可怕的那些画面。

她轻轻抿了口饮料——

于是这些饮料也都是各自的味道，不是混合着的醋和苦瓜汁，哽在喉咙无法下咽。虽然还是有一点酸，但最多是柠檬口味。

可惜宋晚栀的平静心情没能延续到结束。

在她轻点手机屏幕，下拉到新的一页后，随着手机一下轻振，一条短信框从通知栏探出了脑袋。

江肆：给哥哥挡酒是不是妹妹应尽的义务？

"……！"宋晚栀眼神都像被那个名字烫了一下。

她几乎本能地就要抬头看过去了，所幸在视线拉升的前一秒，理智回归，及时按下了那种冲动。

安静数秒。

宋晚栀放下饮料杯子，轻按键盘。

半个包厢外。

嗡嗡。手机在江肆指掌间低响。

江肆抬到一半的菱形玻璃杯停住，薄唇松开杯沿，单手拿起手机低着眼查看。

  栀子：不是义务。也不是妹妹。

  江肆哑然笑了，桃花眼都半敛下来。真倔啊小朋友。
  "过分了江大主席！喝酒呢，怎么就你偷懒！"旁边一颗带着酒气的脑袋探过来，"哪个小美人的消息啊，让我们肆哥这么挪不开眼。"
  江肆将手机扣合，懒撩起眼，笑骂："滚。"
  "还不给看？新女朋友？"
  "不是，"江肆抬了酒杯，喉结轻滚着压下一口辣酒，"妹妹。"
  "我去，亲妹妹？"
  "嗯。"
  异父异母的亲妹妹。江肆在心底补充。
  "多大了啊？成年了吗？"又多两张听见的大脸弯腰往这边凑。
  江肆停了两秒："成没成年跟你们有关系？"
  几人还没开口回复。
  江肆放下杯子，松了颗衬衫扣子，然后懒洋洋地笑了起来："敢惦记到我家里了？"
  几人齐刷刷摇头，矢口否认。
  江肆这才作罢，也收敛了之前蠢蠢欲动的躁意想法。
  果然还是得让小朋友离这边远点，远离这群喝了酒就没剩点理智把门的傻子。
  时针在钟表上转过不知道几圈。
  热闹得差不多了，也折腾饿了，包厢里的氛围灯就被关上了。正常的一室明亮让宋晚栀异常珍惜，心里想着明天周日，必须去图书馆多待两个小时。比起这里，那儿简直是学习天堂。
  宋晚栀这个想法还未落地，身旁的沙发突然沉了一沉。一阵略微刺鼻的香水味扑进她呼吸里。
  "喀……"
  宋晚栀竭力压住了后面的咳声，茫然抬头。
  然后她对上了副部长丁羽乔的笑脸。这个笑，大约是算不得和善的。
  "丁部长。"宋晚栀还是平静开口。

丁羽乔直直盯着她，好几秒后才张了嘴，声音压得低："我以为江肆会叫你去他旁边坐，结果没有啊。看来他对你也不算重视嘛。"

　　宋晚栀没答，但微微蹙了眉。

　　"那我跟你打个赌，好不好？"丁羽乔妩媚笑着，弯腰靠过来，几乎要贴上宋晚栀的耳边。

　　女人贴上来的一字肩连衣裙上方，诱人的弧度若隐若现。

　　宋晚栀眼睫一垂，半合了眼："学姐你喝多了。"

　　"打的赌就是，"丁羽乔置若罔闻，呵气如兰地笑起来，"你信不信，今晚只要我过去，就能带走江肆？"

　　宋晚栀眼睫一颤，下意识抬了眼。

　　丁羽乔却朝她一笑，径直起身，踩着高跟鞋朝这包厢的正中间走去。

　　原本就是闹腾过后吃东西的时间，大半个包厢里只有各个角落里来往的几句玩笑和说话声，而这突兀起身且目标明显、来势汹汹的架势，第一时间就勾走了所有人的注意力。

　　包厢正中。

　　元浩僵了下，隔着两个人，朝中间咬着没点的香烟低着眼的江肆"哒"了两声，然后朝丁羽乔示意。

　　江肆得了提醒，眼皮懒散抬起来，然后缓慢皱了眉。

　　江肆本想开口，但又想起什么，朝包厢最角落那个方向瞥了一眼。停了几秒，他拿下烟就起身："我先回去了。"

　　"江肆。"丁羽乔出声过来。

　　江肆皱眉。几乎是同一秒，丁羽乔上前就亲密地攀住他手臂。

　　江肆一瞬就冷了眼："你是不是有——"

　　"你看这是谁。"丁羽乔踮起脚，举起手机拿在他身前轻晃了晃。

　　江肆眉眼狠戾，视线一压："我管你是……"

　　尾声自动消止。

　　手机一晃，退走，露出丁羽乔妩媚的笑，以及亲密地攀附上来的声音："我们是在这里说呢，还是出去聊呢？"

　　"！"江肆没了表情。

　　僵停数秒，他颧骨微抖了下，隐忍转身。

"出来。"

两道身影前后离开了包厢。

几秒死寂后,各个角落里纷乱地掀起惊叹声和议论。

谁也没看到包厢最边角的地方,有个女孩怔然坐着,眼神空落落地苍白了脸。

番外

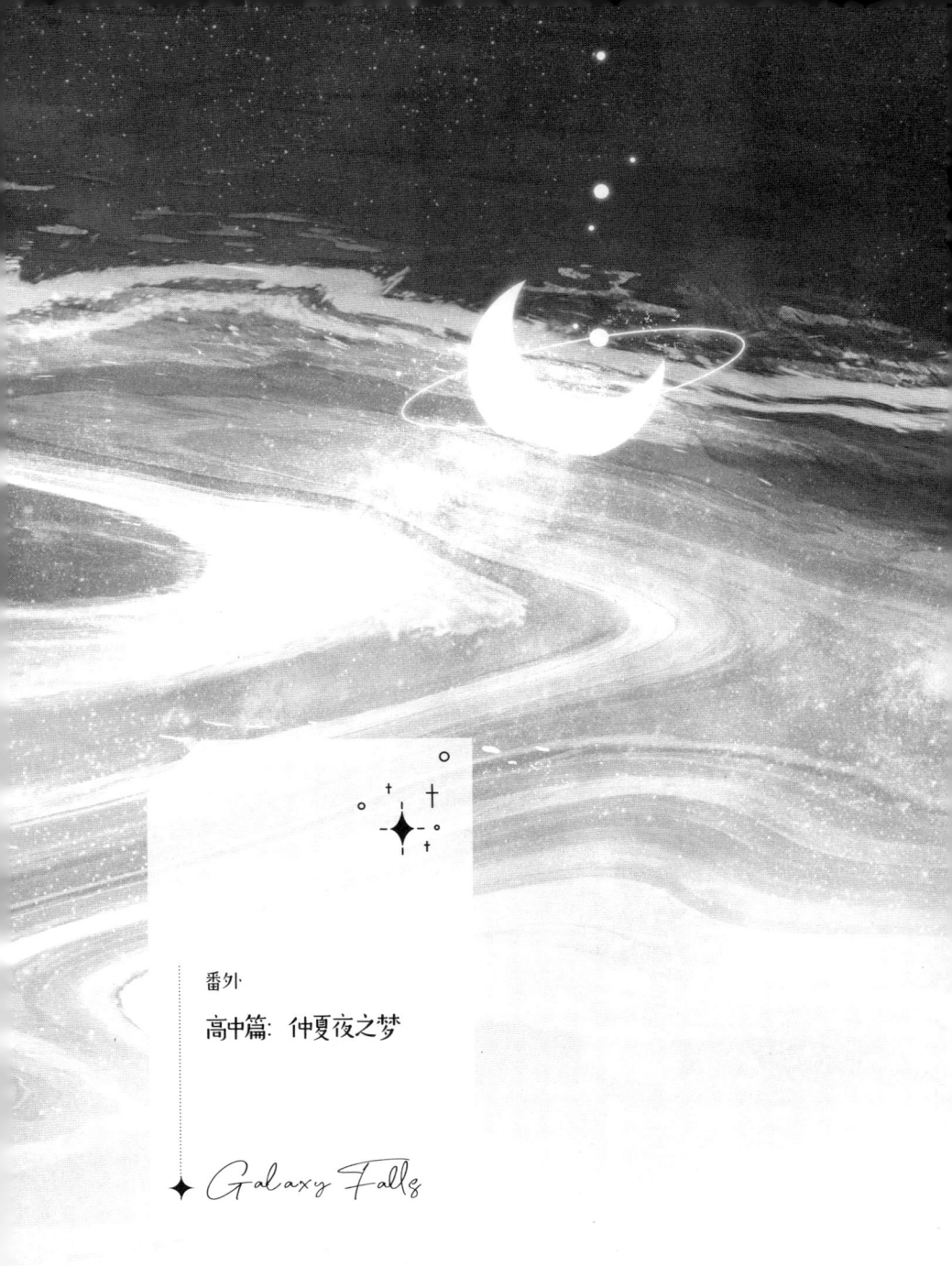

高中篇：仲夏夜之梦

✦ *Galaxy Falls*

1

仲夏夜之梦

——莎士比亚

Shall I compare thee to a summer's day?
我怎么能够把你来比作夏天?

Thou art more lovely and more temperate.
你不独比它可爱也比它温婉。

Rough winds do shake the daring buds of May,
狂风把五月宠爱的嫩蕊作践。

and summer's lease hath all too short a date.
夏天出赁的期限又未免太短。①

……

"宋晚栀……"
"宋晚栀……"
"宋晚栀!"

---

① 中文翻译选自梁宗岱版。后同。

啪。

书本被轻颤的手腕碰下桌，摔到地面上。

窗旁的女孩怔怔地从叠着的胳膊上直起身，迎面是教室长窗。将近傍晚，天空绚烂，树梢勾着的阳光璀璨，在她的虹膜上掠起陆离的长影。

宋晚栀下意识地揉了揉眼睛。

"你是不是昨晚学习太晚了，半下午就睡着了？"叫醒她的同学就站在她桌前的空地上，把手里的卷子放到她面前那摞书上，"入学两次测试你都是咱们班前三名，也不用那么用功吧？"

男生枕着她的书，往下俯身。

宋晚栀微微皱眉。她抬手摸起旁边的黑框眼镜，展开，戴上，然后才抱着那摞卷子起身。

"哎，你怎么不理人啊，学习委员？"男生伸手就要拉她。

女孩忽然侧身，堪堪避过。镜框下茶色眼眸勾起惊恼的冷色，直直看向那个扰了她清梦的男生。

"哎哎，你这样看我干吗，我又没别的意思。"男生讪讪地收回手，挠头，"我就是想问问你，待会儿自习时间可以去图书室，你去吗？去的话带我一个呗。"

刚睡醒的女孩音色温软，平素的疏离尚未将她声线裹藏，像夏日的风吹过花叶的间隙："不去。"

女孩没有再多说一个字，抱着卷子，转身走出教室。

那略微跛足的滞涩身影让男生的表情微妙变了下。

"你干吗啊兄弟？"另一个人路过，撞他肩膀，"招惹学委干什么，她可是老师们手心里的宝贝，等她回头告你一状，小心老刘弄死你。"

"你觉不觉得，宋晚栀眼睛长得很漂亮？"

"眼睛？她不是近视眼吗？那么丑的大黑框，我奶奶都不戴。"过来的人迷惑了没几秒，奸笑，"不是吧，你看上一个小瘸子？哎，大家伙儿！张子明他看上了咱们班的小瘸——"

"你！闭嘴！！"

追逐嬉笑的动静从教室前门一路掠到后门。

宋晚栀抱着要交的班级卷子，安静地垂着眼，从那些嘈杂的人声和热闹旁路过。长裙在校服的后摆下被路过走廊的夏风托起,半点声色未染。

　　将卷子送到班主任办公室后,例行听了老师们的那套关慰,宋晚栀只安静地点头或者应"是",没有其他回应。所以很快,老刘在嘱咐了她一句"期中努力争取年级前三"后,就放她离开了。

　　宋晚栀回到教室里,拿起英语单词书和她的速记本,朝外走去。

　　这个周末是小休,周六周日自习,下午最后一节大课的时间可以自由支配,但在教室或者图书室里需要保持安静。

　　宋晚栀的英语底子不好,英语也是所有科目里唯一相对拖累她成绩的,来了安乔以后她就开始恶补。英语单词是基础,她习惯轻声背诵,不便在教室或者图书室内。这种时候,她通常是去安乔中学池塘旁的花坛边,那里是学校少数可以出声背诵又相对安静的角落。

　　别人去图书室都要报备,但自习时间宋晚栀去哪里老刘从不管她,这就是同学们最嫉妒的好学生特权。

　　沿着楼梯下来,宋晚栀刚转进1楼大堂。

　　"哎呀,抱歉!"两个女生匆匆从旁边走廊里跑过她身旁,其中一个差点儿撞到她。

　　宋晚栀略微停下,点头。

　　两个女生没顾得多说,一个拉上另一个:"校草真在花坛那边?"

　　"对啊,好几个女生在花坛后边猫着,偷拍的照片都发群里了,好像是被裴校花喊出去了吧。噫,藏那种角落还不知道要干什么呢。走走,快点,再不过去估计就看不到了。"

　　"……"

　　长裙滞涩地停下,藏在黑框眼镜后的茶色眼眸轻慌掠起。

　　她当然知道她们说的校草是谁。

　　江……肆。

　　宋晚栀低下头,手里抱着的最上面的单词速记本被风吹开了几页。

　　在她无意识走神或发呆的时候,那些本页的边缘或角落就会被笔尖描摹,然后藏起小小的、凌乱如少女心事一般的字母。

　　JS,JS,JS。

　　满满都是同一个人的名字。

宋晚栀的瞳孔轻缩。即便除了她自己没人看到,但在这一秒她望着那些字母,还是有种被剥光了心事公之于众的羞耻与难过。

她觉得自己这样的心思卑劣,可又不忍把它撕碎。它只能被深埋。

宋晚栀慢慢合上单词本,轻吸了口气,平复胸口的艰涩和刺痛。

女孩转身,朝与她原本要去的花坛截然相反的方向走去。

安乔中学的操场依据主席台划分为两片。

一片在看台之上,被高墙拱起,是一大片篮球场,傍晚下课或者体育课的时候,男生们常在这边打篮球。而另一片在看台下、高墙前,是塑胶跑道和被环绕的足球场。

周六的自习课时间,这边操场上多是没什么人的。

宋晚栀走进操场正门,一个人穿过空旷的露天篮球场,然后下到更空荡的看台上。她选了一个临近边缘的角落,这样即便傍晚有人,她也不容易被打扰。

"separate,s,e,p,a,r,a,t,e;形容词,单独的,分开的;及物动词,分开……

"separate,s,e,p,e,不对,s,e,p,a……r……r,e?……啊,r,a……"

女孩低落微恼的声音藏进晚风。

它被吹拂上高台,掠过盛夏里宽大的杨树叶子,落进树荫里,最后飘停在身影清挺的少年白衬衫弯折的领子上。

半合着的桃花眼下,它轻拎起那人薄薄的唇角。

"这热死人的天,竟然有人跑到操场上背单词,"沈鹏宇惊得想探头,"校长就该给这学生颁个'感动安乔'奖。"

"嘘。"树下,江肆懒撩起眼,"别吵。"

"好好。"沈胖做双手投降状,退回去,没再瞧那个在看台后面的人。

他退回江肆面前,自觉地把声音放轻:"裴校花一会儿可就找过来了,那急得,拦都拦不下。怎么着,你俩真闹掰了啊?"

江肆听着那若有若无的单词声,敷衍地"嗯"了声。

"为什么啊?裴校花长得漂亮,交朋友不端着,也够热情——"沈鹏宇的说话声戛然而止。他瞪着江肆,恍然大悟,忍着笑问:"难道就是太黏人了？"

"……"低着头的江肆散漫地瞥他一眼。

沈鹏宇瞬间看着某人肉眼可见地不爽。

"噗。"沈鹏宇堵住笑，憋得艰难，"喀，行，那待会儿我让他们把裴校花放进来，后面追着的给你拦住，你们俩聊清楚。"

江肆没抬眼，懒懒应了声。

沈鹏宇刚准备走，又挠了挠头指向盲区里的看台下："那个'感动安乔'好学生，要让他们给你清走吗？"

停顿一两秒后，江肆扬起凌厉的下颌线，桃花眼眼尾漫不经心地展开。那人黑眸斜睨着藏在荫翳里的看台，轻哼了声笑："别欺负小朋友。"

"我哪有欺负——"沈鹏宇噎住，不服气，"怎么就小朋友了？这么用功，肯定是高三的！"

江肆似笑非笑地转回来："这么用功了，高一的单词还背不熟，会是高三的？"

沈鹏宇："……"

涉及思维逻辑方面的问题，他就不该和江肆争。

晚风徐飞，夕阳摇摇欲坠。

宋晚栀终于把这周的单词任务背完，还差巩固一遍。只是夕阳的光已经落过看台，垂拢在她身边，本子上被光晃得模糊，她要拿手指遮着才行。

而就在此时，她忽听见安静的操场上突然响起的女声。

"江肆！"

"——"那个名字惊得宋晚栀一抖，差点儿把单词本掉到看台下去。她本能地向侧后回头。

就在看台后，不远处的高墙下，那道修长清挺的身影倚着斑驳的红墙，侧迎着站在他面前那个背对宋晚栀的女生，像是在出神一样。然后夕阳里，那人似乎很松散淡漠地笑了。

像是朝身前的女孩钩了钩手，他眼尾挑着散漫又蛊人的笑。

宋晚栀呼吸一屏，然后视线里，背对她的女生上前，朝那人扑上去。

"——"宋晚栀猛地回过身，不敢去看最后一幕。

她扭回来,竭力低下头。眼皮底下的单词书瞬间模糊成了一片空白,白不过女孩苍白攥紧的指尖。

僵涩数秒,宋晚栀狼狈地俯身从背包里拿出耳机,颤着指尖塞进耳朵里。

冷漠而毫无情绪的英语听力女声隔断了外界的一切声音,她紧紧合上战栗的眼睫,任夕阳将她面前的世界灼得残红一片。

不知道过去多久。听力音频自动停下,除耳机细微嗡鸣的电流声外,只剩下傍晚穿过操场的风,还有身后高台上隐约的篮球落地与脚步奔跑声。

人间安静又吵闹。

宋晚栀摘下耳机,慢慢俯身收拾书包。

她想自己今天的单词巩固还没有完成,等到晚自习下课,回家以后,要多拿出半个小时的时间再复习背诵几遍才行。

宋晚栀一边想着,一边背起书包,从看台上起身。

她回过头的时候,视线不听话地还是向那个高墙下的角落望去。并不意外,那里已经空空荡荡,像是什么都没发生过一样。

可那灼痛了她眼睛的一幕,又好像幻觉似的随时都能回溯到她面前。

宋晚栀不敢再去看,也不敢再去想,苍白着脸慌乱地挪开目光就攥紧背包带走到看台楼梯旁。顺着低矮的石阶,女孩轻拎起白色的长裙尾摆,挪动涩疼的脚踝,一级一级台阶慢慢向上。

在最后一级台阶前,她松开长裙,踏上篮球场的平台。

白色裙摆像花瓣垂落。

砰。

一颗篮球砸上篮筐,然后弹开,起落起落地朝她扑过来。

宋晚栀听见声音才抬眼,停下,不敢贸然向前,免得躲闪不及被砸到。

那颗球最后滚到她面前,停在一两米外。

更远几步,还没下课的空旷篮球场上,聚集的少年们在风里笑:"肆哥!你今天这是什么跳崖水平,连这球都投不进?"

"失手了。"

"啊哈哈，谁掉谁捡，规矩不许破。沈胖你别动，难得看江肆捡一回球！"

"——"

刚要绕过那颗篮球的宋晚栀脚步蓦地一停，下意识抬头，然后就迎着夕阳撞进一双漆黑得深不见底的眸子里。

站在篮球场边的少年垂着汗湿的黑发，白衬衫被扯开几颗扣子，白皙的锁骨和修长的脖颈隐在衫下，薄袖也挽起到手肘，露出透着凌厉美感的线条。

他同那些男生一起站着，笑也散漫，眼角眉梢恣张扬。

宋晚栀又想起不久前的那一幕。

她眼皮像被夕阳灼得一疼，慌乱垂下，低头就要避过他的视线和篮球。

"咻。"

一声轻锐懒散的口哨声。

宋晚栀僵了下，那边的男生们也意外，纷纷奇怪地扭头看向江肆。

江肆却独望着场外："那个，穿白裙的小朋友，"他漆黑的眼眸沾着未退的笑，掠过半场落日金辉，懒懒睨住她的身影，"篮球帮我捡过来，行吗？"

众人看着，摸不着头脑地交流目光。

站在江肆旁边的沈鹏宇尤其意外，不解地过来，低声道："肆哥，你不爽裴校花纠缠，也别拿人家小姑娘撒火啊。还是我帮你捡吧。"

"……站着。"

江肆懒洋洋地截断话声，尾音却沉。

只停留了一两秒，他就将视线又旋回那个穿着长长的白裙子的女孩身旁。

这种乖小朋友，会被他吓跑吗？

江肆正想着，就见女孩慢慢蹲下，抱起那颗篮球，然后她安静地低垂着眼，长裙在晚风里滞涩地拂动，像被弄坏的漂亮木偶。

江肆眼皮蓦地一跳，唇角浅勾着的笑也停了停。

"我去，瘸子——"不知道谁低呼了声。

江肆眼神一冷，回眸瞪过去。

那个脱口而出的男生尴尬地咧了咧嘴，扭开脸。其他人明显也想说只是没来得及出口的话，全都在那一眼冷淡的扫视下咽了回去。

江肆回身，长腿抬起，却又落回。

女孩走得慢，但也已经停在他身前一两米的地方。

宋晚栀有点迟滞和犹豫，篮球抱在手里，它对她的手来说太大了，上面还镀着夕阳或是什么留下的烫手的温度。

为难了两秒，宋晚栀还是伸出胳膊，把它递向江肆的方向。

她低着头，没去看他眼睛。

然后宋晚栀就听见头顶懒散微哑带笑的声音："站那么远，你是准备扔到我脸上吗？"

宋晚栀垂着的眼睫一抖。

又停了一两秒，她才重新迈开发涩的脚步，挪向他眼皮子底下。她第一次知道，那人的眼神在这样的距离下可以带着灼人的存在感，像是要烧穿她的身体一样。

大约是男生们看破她的不安和战栗，有善意的声音冒出来："好学生，别害怕啊，我们肆哥不欺负你这样的。"

"……"

宋晚栀加速的心跳蓦地一滞，然后慢慢迟缓了一下。

是啊。他不喜欢跟她这种"好学生"来往，她怎么忘了。

指尖在篮球上慢慢抵紧，女孩藏在黑框眼镜下的白皙面颊抹上绯红，她微咬着下唇抬眸，最后一步走到他面前，直望向身前那人的眼睛。

女孩茶色的眸被情绪撞得湿潮。

"篮球，给你。"

它被抵进江肆怀里，宋晚栀就要松手。

只是下一秒，像失误或者无意，江肆的手掌隔着她的指尖按住了怀里的篮球。

"！"女孩惶然一惊，吓得仓皇抽手，退了半步。

"哦，抱歉。"那人应得漫不经心。

"……没关系。"宋晚栀侧过身就想走。

只是刚来得及迈出一步,旁边那道长影像是想起了什么似的,回身一拦。

"问你件事,小朋友。"

"?"

江肆低头懒懒散散地笑了下,勾眼,眸子漆黑:"separate,怎么拼?"

"——"

宋晚栀怔望向他。

2

"separate,s,e,p,a,r,a,t,e。"

这个单词是宋晚栀今天背诵时错误次数最多,也重复了最多遍的一个,因此江肆一问,宋晚栀几乎是没过大脑就轻声而飞快地拼出来了。

等仰见那双漆黑眸子里缭绕的笑,她才忽回过神。

江肆之前听到她背单词了。

江肆在捉弄她。

"——!"

宋晚栀原本在灼热的夕阳下也只是微微泛粉的面颊一下子就红起来。她慌乱地低头,假借扶眼镜的动作藏住了眼底快要流露的真实情绪。

"背得还挺熟。"江肆单手挎着篮球,另一只手朝女孩眼皮底下抬了抬,似笑非笑地一勾下颌,"那是单词本吗?给我看看。"

宋晚栀抱着怀里本子的胳膊微微收紧,僵了两秒,还是慢慢递向他。

江肆意外得眼尾都抬了抬,然后蓦地笑了:"这么听话?哪个老师教出来的?"江肆头也没回地把手里篮球朝身后的沈鹏宇他们随手一抛,拿过女孩的单词本,一只手托着,另一只手翻开。

只翻过了本皮,江肆视线向下一掠,停到右下角娟秀的小字上。

高一6班,宋晚栀。

背后夕阳徐落,将少年微哑的嗓音炙得躁动而灼人,声尾还曳着一两分散漫的笑意。

"好,"江肆将单词本递还给女孩,像玩笑似的漫不经心道,"我记住了。"

"……"

宋晚栀抱紧单词本。犹豫了大概两秒的时间,她朝江肆他们很仓促地微微躬了下身,就惶然地转身走掉了。

望着女孩背影远去,身后一直憋笑的男生们终于忍不住了。

"还考人家英语单词,过分了吧!"

"肆哥,你欺负个一看就特别书呆子的好学生干吗?"

"这个小学妹真的有点可爱欸,哈哈哈,我这长这么大头一回看见给老师、学长乖乖躬身道别的。"

"还真是……哎,肆哥,你还看什么呢?"

江肆慢条斯理地抽回视线。他低头望了眼空落落的手掌,停了两秒就插回口袋里,侧回身,像随口问:"你们有没有闻到一种……香气?"

沈鹏宇站得最近:"啊?什么香?"

"略涩的茶,还有花,"江肆回忆着女孩在他身前半米处低下头,乌黑的长发发尾拂过纤弱的颈,撒落雪白,他眼神轻轻一动,"……栀子花。"

"?"沈鹏宇听蒙了,"肆哥,你魔怔了吧?这哪来的栀子花?"

江肆回神。

漆黑眼底情绪一空,他情绪松散地笑了,过身瞬间就从沈鹏宇那儿勾走了篮球:"是有点。但不耽误虐你。"

"我去,你刚刚投篮投得那么烂,还敢说这大话!看谁虐谁!"

"……"

宋晚栀原本以为,那天只会是她平静生活里一个难得的波澜,而这对江肆那种恣肆张扬的人生更是眨眼就忘的插曲。用不了多久时间就会抹平一切,再见面时,他可能根本记不得她的存在。

然后宋晚栀就发现,她只猜对了一半——

确实是没用多久,他们就再见面了。还不止一面。

为了贯彻德、智、体、美全面发展的要求,安乔中学一直有课间操时跑操的习惯。因为校内人数众多,一个足球场的四百米跑道也不够绕跑,所以高一到高三,总有一个年级是要被单独拎出来绕校园进行"马拉松"式跑操的。

今年是高三这届。

宋晚栀因为腿脚不便，班主任特批不用跑操，但也要跟班里一起下楼。大部队在教学楼下集合的时候，她就单独站在旁边的树荫下，手里总是拿着单词书或者背诵本。

起初不少人觉得她的背诵是在故作姿态，但开学一个多月，宋晚栀过于好学以至于不参与任何课余活动、一心扑在学习上的状况就为邻近数个班级的学生所知，那之后基本再没有任何人对她的学习态度抱有质疑了。

现在她再抱着背诵本子，背对集合班级，面朝那棵每道皱纹都已经和她十分熟悉的老树，已经很少有人再额外注意到她。

于是宋晚栀也学得更加投入——

即便身后高三年级的跑操队伍浩浩荡荡地跑过去，她也头都不会转一下。

直到今天。

高一1班到高一8班照例在这片教学楼下集合，集合阶段的吵闹再正常不过，宋晚栀不会让那些声音在脑海里停留。

即便女生们在聊着哪个是江肆在的高三1班，他们什么时候跑过去了，江肆今天在不在队伍里……

除了最初几次她忍不住走神竖起耳朵，然后又努力克制着不去回头找那个人的身影外，后来她基本是可以完全略过的。

自然其中也有一个原因，江肆很少和班里人一起跑操——那人恣意妄为惯了，校规校纪里无伤大雅的那部分，就没有几条是他没违反过的。偏偏他成绩优异到离谱，学校会对他的违纪行为进行各种警告通报、要求他反省讲话，却从来不将他算作严重违纪的那类学生。

优秀教师、高三1班班主任林盛海老同志，开学没俩月就被他气得去教务处告了好几状。

跑操这种事，自然也别指望他听话。

于是非常照例，在高三1班的队伍跑过去的时候，正在集合的高一队伍里又有声音起伏地响起，像海浪似的低低涌动。

而异于平常的是，今天的"海浪"刹了个车。

宋晚栀对这一切毫无察觉。

习惯性的屏蔽状态下，她正对着面前的树干背诵一篇英语课文。

一阵风裹着盛夏的阳光和躁动带笑的呼吸，就在那一秒里，突兀地拂过她耳后——

"宋栀子。"

"——！"

宋晚栀差点儿被吓到树上去。

脑海里空白了好几秒，宋晚栀扶着面前的树干惊恐而大脑空白地回过头，看见半湿着黑发的修长挺拔的少年站在她身后，长长的影子被他背后的烈阳投在她的身上。

背着光的那双桃花眼眼角半勾半翘，长睫撩拨着笑意。

而越过他凌厉的肩线，不远处跑过的高三生队伍像一排排震惊的鸭群，还齐刷刷朝同一个方向拧着脖子。

再往后，集合的高一队伍大概就是原地石化的呆鹅。

宋晚栀确信自己不会比任何一只"鸭子"或者"呆鹅"好到哪里去。毕竟她才是受最大惊吓的直接受害人。

"又在背单词了？"江肆见女孩被他吓得一副恨不得立刻就跑但又腿软得跑不掉的模样，桃花眼被笑意染上，情绪也越发松散又勾人，"今天错的哪个？"

"……"

宋晚栀哽了两秒，低回头，抱着英语书就匆匆往前面那棵树的影子下走。她想江肆连她的名字都记错了，应该只是一时起意，只要躲开就可以了。

她不能——

"跑什么？"

那个被太阳晒得懒散又低哑的声音却跟了上来。

"你要跟高三的一起跑马拉松吗？"

宋晚栀僵停。

她不解地扭过头去："你……真的认识我吗？"

江肆眼神微晃，却笑："宋栀子，怎么不认识？"

"……"宋晚栀绷了两秒，"宋晚栀。"

"哦，"江肆应得随意，接得更慢条斯理，"宋，栀，子。"

宋晚栀："……"

"江肆！"

一声雷霆怒吼插进两人中间。

宋晚栀吓得眼睫一颤，朝前面抬头。

就看见高三1班的班主任林盛海怒气冲冲地站在几十米外，朝这边狠狠地一招胳膊："干什么呢！跑操！就你离队！"

"报告老师，"少年懒洋洋地笑着，清朗嗓音穿过盛夏的长风，惹一路花草招摇，"我在抽查高一学妹单词背诵情况。"

"——！"

宋晚栀简直蒙了，扭头不敢相信地看向江肆。

而比她稍迟几步，教学楼下两队学生，无论跑的停的，集体发出反抗的哄笑。

笑声如浪如潮。

宋晚栀就是海面中央被吹得漂荡的最无辜的小舟。

"江肆！你给我去操场！二十圈！"

"……"

林盛海歇斯底里地怒吼着。

更加轰动的笑声里，唯独江肆像没事人似的侧回身，漆黑的眼似笑非笑地耷下来："小朋友，你看你害惨我了。"

宋晚栀也正被那"二十圈"惹得心慌，脸儿都白了："那我去找老师——"

尾音消止在她转回来，望见江肆快要溢出眼尾的笑意前。

宋晚栀哽住。

江肆，又是在捉弄她了。

"你怎么就这么……"江肆笑得厉害，抬了抬手，似乎想伸手摸她，但终究是忍住了，"算了，这二十圈就算你欠我的。"

宋晚栀此时终于回过神，不知道是气得还是恼得红了脸："明明是你自己过来的。"

江肆一边懒洋洋地活动手臂，一边漆着眸子睨着她笑："你要是不在，我现在已经溜了，哪有二十圈。"

宋晚栀默然两秒："你现在也可以，溜。"

"那林老头迁怒你怎么办？"

宋晚栀下意识地低头，看了看自己的脚踝："……不会。"

江肆眼神一深。

几秒后他轻笑了声："我要是他，就罚你把'separate'抄两千遍。"

"？"

宋晚栀还想说什么，江肆已经在林盛海又一声怒吼后，笑着转过去。

他一边懒懒散散地后退着跑步，一边笑得恣意地朝林盛海挥了挥手，然后才转身跑向操场。

那天最后的结果是江肆真顶着酷暑在操场上跑了二十圈，还是最外圈。学校里都在传林盛海也不知道拿捏了江肆什么把柄，还真叫江肆听话了一回。

宋晚栀一边安慰自己和他没关系，另一边又总忍不住心虚。

那些想来打听她和江肆关系的同学都被她的疏离寡言拦了回去，久而久之，不见江肆专程来找过她什么的，也就没了耐心。

不过他们自然是不知道的，从那以后，宋晚栀走在校园各个角落里，随时可能会被"某人"突然撞上。

耳后突如其来的"宋栀子"把她惊吓了不知道多少回。而始作俑者，每次见她受惊的神色或是仓皇躲掉的模样，总是停在原地笑得愉悦极了。

宋晚栀越来越觉得她像是被江肆逗趣消遣的玩具。

这种怨念终于在某个小休周六的下午爆发了——

那天宋晚栀在池塘旁的花坛边上，轻声背诵课文的时候，因为周围安静悄然，她也背得投入，于是完全没有察觉——直到仿佛亲密到贴上耳后的一声"宋栀子"吓得她手一抖。

扑通。

语文课本后仰，翻进了池塘里。

宋晚栀滞住了。

这次女孩连头都没回。

江肆也没想到。他俯身扶着池塘边，迟疑地皱起眉，往里面一两米深的水面望了眼："我——"

话声停在他回眸那一秒。

趴在花坛边上的女孩没动，只是仰起脸儿来了，细白的眼尾被情绪沁上嫣红，像开得艳丽的鸢尾。

她一个人背书时没戴眼镜，于是眸里的湿潮最近也最直接地撞进江肆的眼底。

那个眼神一下子捏住了江肆的呼吸。

江肆第一次感觉到"无措"这种情绪，停了几秒，无奈地哑了声，笑道："我下去给你捞的话，你能不哭吗？"

"我没哭。"宋晚栀绷得声僵而涩。

江肆又叹气："我错了。"

宋晚栀只看着他，竭力抑着情绪："你到底为什么，要这样欺负我？"

"……"

江肆无声站着，那个眼神居高临下，有几次短暂的呼吸里，宋晚栀仿佛从里面看到不可见底的黢黑。

但也只是错觉似的，他眼里转瞬就被松散的笑意漫过。

"报复。"江肆屈下长腿，懒洋洋地坐到她趴着的花坛边上。

"？"宋晚栀蒙了几秒，"为什么？"

"那天我和你打招呼，你不理我。"

宋晚栀反应过来，恼得低声："是你一直在吓我，而且我不叫栀子，我——"

"不是前面。是第一次，在操场看台上那天，我没叫你。是你先看的我。"江肆懒懒散散地打断，同时拎起外套，拉下拉链。

宋晚栀屏息，声涩："我没……没有。"

"是你先看的我，"江肆重复了一遍，低俯了身，"结果你就直接转回去，害我走神，被人缠上差点儿没能脱身。"

"……"

宋晚栀僵住，抬眼。

江肆直回身去,脱下的外套扔给宋晚栀:"所以你的书我要是捞上来,今天就算扯平了——但你得赔偿我那天的精神损失。"

"?"

宋晚栀还没来得及说话,就见面前修长身影一晃。

扑通。

江肆消失在她面前的弧形花坛边。

冰凉的水花溅上她手背。

3

比宋晚栀从池塘里捞出来的湿淋淋的语文书还惨的,是湿淋淋的江肆。

宋晚栀从来没见过江肆这样狼狈的模样。她想应该没人见过。

入秋的风凉,少年乌黑的湿发前所未有地柔软垂贴下来,耷拉在他白得惊人的额角上,被水浸透而贴在身上的衬衫将衣下的肤色透出,他的手臂紧紧攀着池塘的边缘,却没有上来。

那双总是漆黑的,染着桀骜或松散笑意的眼眸,此刻像失了焦点。他空茫望着前面不知道什么地方。

那一秒宋晚栀看见江肆的眼神,心里忽然生出一种荒唐的惊恐感。

她觉得江肆不想上来了。他想松开手,任自己倒进那片近两米深的池塘里,然后合眼沉底。可那是江肆,那怎么可能?

宋晚栀不知道,她只是从心里觉着惊恐。

她几乎是想都没想就扑上前,米白色的长裤不管不顾地跪到花坛边缘肮脏湿泞的泥土上,死死握住了江肆的手——也就在她握上去的前一秒,江肆的手指离开了攀着的石台边缘,然后被女孩苍白冰凉的手指死命地攥住了。

江肆一怔,从水里抬眸。

女孩隔着池塘边缘坚硬的石台狠狠握着他,眼神里带着巨大的恐惧和惊慌,她好像能看透他一样,于是那些湿潮的雾气卷土重来,又比他下去之前更盛。

停了两秒,江肆哑然笑了:"小朋友,你拉住我干什么?占学长便宜?"

"你……闭嘴。"宋晚栀第一次用那么强硬的语气和江肆说话,如果没有声线里的战栗,那就更完美了,"上来。"

江肆拿漆黑的眼透过沾着水滴的湿漉漉的长睫望她,像有种古怪又悲恸的情绪在里面发酵,嗓音低哑地问她:"我要是上不去了,怎么办?"

宋晚栀将快要失去知觉的手攥得更紧:"我会一直拉住你的。"

"被我拽下去也没关系?"

"我会,一直拉住你的。"女孩用惊栗的声线轻轻地重复。

就像你曾经这样拉住我一样。

江肆望着她,猝然笑了。

他在石台边缘慢慢靠近,将一只手臂横压上去,似乎作势要出来了。但在最后一秒发力前,他又突然停下,仰头去看眼巴巴地望着他的女孩。

"栀子,我告诉你一个秘密好不好?"江肆漆黑着眼,低声说道。

"……"

宋晚栀被他的称呼弄得一怔。

江肆之前喊她虽然奇怪,但至少是带着姓氏的,还是第一次这样没头没尾,古怪……又亲昵。

于是宋晚栀就像被他那个称呼蛊住了似的,情不自禁地点了点头,然后顺着他眼神的牵引,慢慢将最后一点上身和石台的间隙压至无距。

女孩趴低,和水里浑身湿透的少年在石台上慢慢贴近。

少年低合下微微战栗的睫。

在她将耳朵不设防地靠近他下颌时,江肆轻促嘲弄地笑了声:"我'杀'过人。你握的是'杀人犯'的手。"

"——"

女孩面上的血色一瞬间就褪成雪白。她瞳孔被情绪扩张到极限,连唇色都淡去了。她不可置信地转过脸,僵看着他。

小朋友的反应全在江肆意料之中。唯有一点出乎他意料。

江肆低头,看着自己依然被紧攥的手。他仍是笑着,却皱起眉了:"为什么不松开?"

女孩怔望着他，失声。

江肆抬眸："吓傻了？"

"你，"宋晚栀终于在那双熟悉的眸子前回过神，气恼地咬住唇，"你再不上来，我就要喊人了。"

江肆眼神更古怪："你不怕吗？为什么不松手？"

"我怕，但我知道你不是，你不可能是。"宋晚栀咬得唇瓣都泛白，"你上不上来？"

"……"

江肆停了好几秒，才好像慢慢回了神。

他望着女孩的眸子一点点被笑意浸染，还有什么更浓烈的情绪丝丝缕缕地盘绕上来。

然后江肆低回头去，笑隐在胸腔里藏得更低更深，也更愉悦放肆。

宋晚栀几乎要被他弄疯了，攥着他的手因为太过用力太过僵直，现在都快失去知觉了，她不确定自己还能坚持多久。

想到这里，女孩苍白着脸转向后面，生平第一次用战栗的声音将音量提到最高："有人吗？救——"

"命"字没来得及出口，宋晚栀就被湿透的少年从石台边缘直接拉到身后的花坛里面。他捂住她下颌，压得她一个多余的字都再说不出来。

江肆难得有点恼笑又意外："你还真敢喊啊小朋友，不怕下周一和我一起去发表检讨？"

"呜呜，呜。"宋晚栀被他捂得说不出话。

女孩束着的长发不知道什么时候松散了。

凌乱的发丝缠绕过他的指节，又萦过她雪白泛红的脸颊和湿潮的眸。

江肆眼皮一跳，手立刻松开了。

某一秒他难得眼神狼狈，像过了电似的，动作迅疾又凌乱地起身，然后僵停在一旁的泥土地上。单条长腿屈起，像是要掩饰什么似的，他抵靠在石台边缘，停着。

然后江肆拿最最古怪的眼神盯住了宋晚栀。

宋晚栀气恼得不行。她明明是来背课文的，现在语文书湿淋淋地挂着叶子和泥土，半死不活地躺在一边，她自己也弄得一身泥污。课文连三分之一都没背完。她安排得好好的学习进度，每次一见到江肆就要被搅得乱七八糟。

宋晚栀有心想严肃地告诉江肆，以后不要再这样开玩笑和做事情都恣意妄为不计后果了，但偏偏江肆那个前所未有的眼神又看得她莫名不安，不敢妄动。

于是江肆就看见，女孩从花坛里坐起来，一边整理衣服，一边时不时抬眸偷偷看他一眼，像是泄愤，然后被他视线捉住又会立刻躲回去。

江肆靠在冷冰冰的池塘边石上，忍不住哑声笑起来。

等宋晚栀终于拍掉自己一身的叶子和泥土，也蹙着眉把惨兮兮的语文书甩了甩水拎在手边，她才在一动没动，只是一直拿黑漆漆的眼盯着她看的江肆腿边停住："你……要我帮你喊人吗？"

"怎么喊？"江肆微微后仰起脸，半睐着眼，似笑非笑地睨她，"'来人啊''救命啊'，这种吗？"

"……"宋晚栀被他骚兮兮的语气气得红透了脸。

她恼得很想不管这个人，他冻死在这儿也跟她没关系，反正秋天也冻不死人。但是只要一看见他身后的池塘，宋晚栀就会想起那个过分的、不合时宜的玩笑。明明一定是假的，一定是他故意拿来捉弄、吓唬、打趣她的，但她就是忘不掉少年那一刻的眼神。

就仿佛……仿佛她如果松开他的手，他就会彻底、彻底掉进一片黑漆漆的深不见底的水里。

宋晚栀不敢想下去。

"你带……带手机了吗？"迟疑很久后，女孩轻声问道。

江肆靠在石台前，故作惊讶："小朋友上学竟然还带手机吗？老师看到会没收的。"

宋晚栀被他打趣得窘得不行，气得又咬住唇了。憋了好几秒，她才忍着咬牙道："我是要给你朋友打电话，让他们来接你。"

"……知道了。"江肆松散了笑和语气，不再逗她。他朝之前扔给她又被她扑过来拉他时扔在一旁的外套示意了下，"都在那里面。"

"哦。"

宋晚栀快步过去，拿着江肆的外套回来，然后递给他。

少年身上的白衬衫这会儿已经被水沤得彻底，贴在身上，一眼看过去，或是白色的褶子，或是透出的肤色。宋晚栀几乎不敢让自己的视线稍微沾到他一点，递外套时都努力转开脸，只把胳膊用力地往前伸出很远。

江肆看得想笑，就拿着手机，撑着膝笑了。

于是沈鹏宇一接起电话就沉默了好几秒。

等江肆慢条斯理地哑着笑和他交代完拿衣服的任务和地点，临挂电话之际，沈鹏宇终于还是没忍住，嘴贱问了一句："肆哥，您这是瞒着我们干什么见不得人的坏事呢？"

"——"

江肆难得有被噎住的时候。

回过神，他气笑得咬了下唇角："你说什么？"

"不能怪我乱猜，让我拿一整套衣服也就算了，"沈鹏宇无辜道，"你是没听见你刚刚说话那语气还有笑，骚得没边了。"

"……滚。"

电话挂断。

宋晚栀亲眼看着江肆有点戾气地把手机扔到旁边了。

停了几秒，那人拽过外套，摸出根薄片棒棒糖，朝宋晚栀晃了晃："吃糖吗，小朋友？"

宋晚栀摇头，迟疑了下："你不是不喜欢甜的吗？"

"最近在戒……"江肆顿住，停了一两秒，抬眼，不太正经地杵着下颔笑问，"你还挺了解我？"

"……"宋晚栀的注意力立刻就跑掉了。

江肆将糖纸剥了，将糖衔进唇间，顺手拿过旁边的手机，随便翻了翻，就点开了个游戏图标。游戏背景音的重金属乐刚响，他一抬眼就看见宋晚栀站在一两米外，蹙着白白的眉心，不太赞同地望着他。

江肆薄唇一扯，咬着棒棒糖懒洋洋地靠到石台上："有意见吗，小朋友？"

"……老师不让在学校玩游戏的。"宋晚栀默然几秒，还是小声说了。

"你这是在……"江肆一停，略微挑眉，"管教我？"

宋晚栀抿唇不语了。

见小朋友好不容易探出来的"触角"又有要往回缩的迹象，江肆低叹了声，将刚打开的游戏界面关上了，然后当着她的面点了"卸载"："行，听好学生的，不玩了。"

宋晚栀眼神躲闪。只是在余光扫到江肆的手机后，她又迟疑了下，有点不安地问："你朋友答应给你送衣服了吗？"

"嗯。"江肆瞥见女孩仍皱着眉不太信的神情，不禁哑然，"在你眼里，我人缘这么差吗？"

"不是，就是看你刚刚接完电话，有点生气。"

江肆侧开脸，轻嗤了声："那是因为沈胖欠揍，竟然说我干坏事——"

说完江肆才觉着有些不妥，想玩笑带过，却回头就撞见女孩听得茫然的神情。

"干坏事？"宋晚栀茫然地确认了一遍，"什么坏事？"

"……"

江肆停了两秒，黑眸一晃，侧开脸哑声笑了："没什么。"

"？"

宋晚栀直觉有什么不对，可惜没等她认真思考这个问题，江肆就转回来了。他搭在膝上的那只手抬起，朝她勾了勾。

宋晚栀沉默两秒，挪过去。

等女孩来到面前，江肆将手边拿出了杂物的外套一甩，勾着小姑娘转过半圈，把外套系在了她腰上。

长袖一扎，黑夹克裹出纤细腰身，垂下来的衣摆被细长手指随手整理了几下，就盖过了长裤上之前扑在花坛里弄得脏兮兮的一块黑一块土的白色布料。

宋晚栀低头看着，有点蒙。

"行了，"江肆垂回手臂，懒撩起眼，"回去吧，我自己等人就行。"

宋晚栀望着他一身湿透的白衣长裤，怔滞："可是你……"

"沈鹏宇很快就到，不用担心我。"

"……哦。"

宋晚栀应着声，却还是不放心，下意识地看了一眼江肆身后的池塘。

这个悄然的眼神被江肆捉到了，他撑起膝，搭着半卷起湿袖的手臂露出个散漫的笑："怕你一走，我又跳池塘？"

"！"宋晚栀被他吓了一跳，立刻否认，"没有。"

"撒谎。"江肆嗤了声，"放心吧，之前是跟你开玩笑的。"

宋晚栀有点不确信："真的？"

"嗯。"

女孩茶色的眼眸和少年漆黑的眸子对视数秒。

在江肆几乎就要撑不住，想低咳转开眼神时，女孩的眼角忽然一弯。没有黑框眼镜的遮藏，这一笑明婉嫣然，比潋滟的晴湖春水更动人。

"我就知道，一定是玩笑。"

"……"

江肆望得一怔。

宋晚栀被江肆那更奇怪了的眼神弄得莫名脸红，慌乱地敛去笑，拎紧背包和手里湿淋淋的还滴着水的语文书，朝他摆了摆手，然后转身走了。

江肆的眼神在女孩离开的方向停了许久。

既然现在就信了，那为什么刚刚他说自己是杀人犯的时候，她却不信呢？

明明吓得要死，为什么不信？

明明看出他不是开玩笑，为什么要握他那么紧？

江肆低下下颌，湿漉漉的黑发贴着他鬓角，一滴久蓄的水珠像眼泪似的滑下来，滴到被他藏起的那只手腕上。手腕上压着通红的、纤细的指痕。

江肆又想起女孩望着水里的他的那个眼神。他都不知道，纤细得仿佛弱不禁风的少女身体里怎么会有那样的，仿佛死也不会松开的力量。

他更不知道，最后拉住他的到底是那只手，还是她死死咬着唇、坚定望着他的那个眼神。

他从未得到过的，绝不动摇的信任。

"宋，晚，栀。"

凉薄的秋风里，少年在令人战栗的寒冷里后仰起头。

望着碧白的长空，他却笑了。

"栀子。"

宋晚栀忐忑不安地度过了整个周六晚上和周日的白天。

在江肆总会照例出现在楼下篮球场的周日下午,"某人"并没有出现,去看热闹的班里女生们失望而归,纷纷猜测议论着发生了什么。

这样的背景音下,默写公式的宋晚栀都没了心思。连错几次后,她干脆皱着眉放下笔,然后迟疑地从旁边挂着的书包里取出一个不大的纸袋——里面装着宋晚栀今早走之前,鬼使神差地翻出来的感冒药。

昨天的秋风很凉,江肆又从头到脚湿透了,再好的身体素质恐怕在那样的环境下吹半小时凉风,也足够感冒了——今天没出来打篮球很可能就是因为这个。

宋晚栀坐在位子上纠结数秒,终于还是仰头。

教室前方挂着的钟表上,距离今天下午四十五分钟的大课间还有将近半小时,足够她去高三A栋一趟再回来。

打定主意的宋晚栀就没再纠结,攥紧了纸袋,起身离开座位。

……

高三A栋对于现在还只是高一生的宋晚栀来说,绝对算得上是栋完全陌生的楼了。

在楼内艰难绕行之后,她终于找到了高三1班的位置。和她想象中的完全安静不同,1班作为校内众所周知的预科尖子班,课间的走廊上一点没少见唠嗑放松,甚至是玩笑打闹的学生。

宋晚栀迟疑地停在1班的教室后门,往教室里探出视线。

旁边两个一眼很难分得出是在厮打还是在热烈拥抱的男生被她拽走了注意力,其中一个锁着另一个的喉还不忘搭话:"同学,找我们肆哥啊?"

宋晚栀一怔,回眸,不安地点了点头。

两个男生笑起来,连旁边走廊上聊天的学生也纷纷转过来视线。

宋晚栀攥紧了纸袋。

搭话的那个男生乐了:"是高一的小学妹,所以不了解吧?我们肆哥最烦外班的人来纠缠了,别说这会儿他不在教室,就算在,那也是叫不出来的。"

"没错。"被锁喉的那个揉着脖子,"而且小学妹,我劝你尽早放弃吧,我们肆哥不喜欢和好学生玩。他身边的朋友,裴校花你知道吗?就得是那种特玩得开的类型,那才是他能容忍的——"

啪。

说话的男生被人拍了下后脑勺。

"我去,谁打我——"

男生扭头,没说完的话在对上那双情绪倦懒的漆黑眸子时戛然而止。

江肆刚回来,正插着兜停下,桃花眼懒洋洋地耷拉着:"又跟谁编派我?"

"哎,我冤啊肆哥,是有小学妹找你,我这不是替你赶人嘛。"

"找我?不在。"

江肆眼皮没抬,就要从后门进去。

然后他就停下了。

准确地说,他是被一阵青涩又冷淡的茶花香勾停的。

"……"

江肆眼皮一跳。

一两秒后,他朝身侧抬眸。

攥着纸袋的女孩正迟疑地望着他,似乎不知道要怎么开口。

熠熠的微光曳进漆黑的眼底。

江肆忽地笑了:"这是哪来的哑巴小朋友,不会喊'学长'吗?"

"——"

走廊里其他人一寂。

有一个算一个,纷纷停了交谈或动作,震惊地扭回来。

宋晚栀憋了好几秒,才在那人欺负又促狭的眼神下,艰难憋出了声细如蚊蚋的"学长好"。

然后她就把手里的纸袋往他身前一递。

江肆接了,也不打开看,就勾着桃花眼笑得蛊人地盯着小姑娘:"这是什么?"

"感冒药,"宋晚栀停顿了下,小声补充,"是西药,风寒感冒和风热感冒都可以吃。"

江肆挑眉："这么贴心？"

宋晚栀再次被憋住。

走廊不知道怎么就安静下来。被那么多陌生人眼神诡异、表情更诡异地看着，宋晚栀实在坚持不了太久，习惯性地朝江肆浅鞠了下身，就准备转身走。

可惜没成功。

宋晚栀还没能完全直起身，就被江肆非常顺势且自然地摸了摸头："等我一会儿。"

"？"

宋晚栀蒙着抬起头。

而江肆已经抬起长腿进教室了，剩下的只有满走廊的诡异、八卦、好奇得快要把她扒光了的目光。

尤其是最前面那两个男生，搭话的已经要眼冒金光了："小学妹，你和我们肆哥什么关——"

"别骚扰她。"

懒懒散散却极具威胁感的嗓音从教室里面荡了回来。

众人顿时哑了火。于是静默的眼神更是一个比一个幽怨。

好在没用半分钟，江肆就出来了，这次手里少了纸袋，多了本语文书。

宋晚栀蒙然望着那本递到她眼前的《高中语文（必修2）》——也就是她昨天掉进池塘里，现在正躺在高一6班教室窗台边蔫巴巴地吹风的那本教科书的同类。

江肆："不要？不要我可就扔了。"

宋晚栀本能地接过。

从外观看完全是一本新书，仿佛刚刚才拆封。如果不是宋晚栀翻开第一页，看见正中间龙飞凤舞的签名——

江肆

除此之外，扉页上别无痕迹，连班级都没有。这就是一副明晃晃的"只要你能见得到这个名字，就一定知道是谁、去哪儿找"的嚣张态度。

宋晚栀对着那个手写签名沉默了。

它诱惑太大，以至于原本想好的一切拒绝台词，她全都舍不得说出口了。

于是，安静数秒后。

宋晚栀把它抱进怀里："谢谢，那我走了。"

"？"

江肆原本以为好学生小朋友怎么也得跟自己推辞几句，没想到二话都不给他留下，就准备直接走人了。

动作快于脑子，他抬手把宋晚栀怀里的书又抽了回去。

宋晚栀一顿，回身："？"

安静的走廊里，众人诡异的目光下。

江肆停了几秒。

"书太沉了，别压着你。"江肆拿着那本薄薄的语文书，从容淡定，"我帮你搬回去。"

4

宋晚栀原本是想拒绝的。

可江肆说话声毫无遮掩，惹得他身后高三1班门外走廊上的学生们全都往这边看。尤其是听见最后一句，站在江肆身后那个之前被锁喉的男生眼睛都瞪得像铜铃了。

如果她在此时公然拒绝，那已经可以想见明天，不，今天傍晚，学校里关于"江肆被女生拒绝"的流言大概就会传得甚嚣尘上。

到那时候，一定不缺火上浇油、幸灾乐祸的人。

宋晚栀想想都觉得头疼，于是将出口的婉拒咽回去，望了江肆一眼，算作默认地轻轻点头，然后才转身往楼梯口走去。

江肆再次意外。他若有所思地侧了侧身，视线接上身后那些或明或暗望过来的目光。

一两秒后,江肆恍然了什么。他低回头,轻嗤了声笑,抬起长腿就朝安安静静走远的宋晚栀的背影跟了上去。

"你对谁都这么心软吗,小朋友?"

"……"

宋晚栀听见那个低低懒懒的嗓音带着点笑意从身后跟了上来,但并未越过。他就慢悠悠地插着口袋,委屈着那双长腿,走在她身旁二三十厘米的距离上。

当然不是的。

宋晚栀垂眼望着那道被过窗的阳光斜斜投在她脚尖前的,随着步伐轻轻晃着的长影,在心里无声回答了他。

等拐进楼梯口,下了几级台阶,到了中转的休息平台。

上下两折楼梯的近处都没什么学生停留,宋晚栀这才停下来,转回身,迟疑地看了眼江肆插着口袋顺手夹着的语文书:"谢谢你送它到这里。剩下的路我自己拿回去就好。"

江肆闻言,侧靠着墙壁低头睨着她笑:"你不会真觉着,我是专门来送这本书的吧?"

宋晚栀噎了两秒,心虚地低开视线:"我不知道你在说什么。"

"我那天看了高一的年级大榜,你排第六。"江肆语气散漫得像随口一提,等宋晚栀不解地看回来,他才跳回重点,"年级第六的小朋友,就别跟我装傻了。"

宋晚栀:"……"

宋晚栀很想跟他说清楚,学习成绩和感性感知是没有正比关系的,但又觉着这样就会暴露自己其实听懂了,只是在装傻的事情。

就在宋晚栀纠结的时候,一道声音从头顶劈下——

"江肆!你是不是又在扰乱校园风气!"

从上一折楼梯传下的声音吓得宋晚栀一惊,仰眸望去。

就见高三1班的班主任林盛海撸着袖子从上一折楼梯她视线盲区里怒气冲冲地下来了。待停到两人站着的休息平台上,林盛海刚要发火,就看见了江肆身后的小姑娘。

即便是周末小休,不需要穿校服的日子,女孩还是在宽松的长衣长裤外面乖乖巧巧地套了一件校服外套,长方形的小校牌也别得正正的,更不用说干净利落的马尾,规规矩矩的黑框眼镜。

除了遮在镜框下仰起的巴掌脸仔细看格外白净,面前的女孩从头到脚都写着"平平无奇的好学生"。

"老师好。"

女孩安静地朝他鞠了个躬。

噢。还是个见了老师问好、鞠躬一样不落的好学生。

在江肆身边看见这样的学生,林盛海一时感动得不轻,还觉得有点不真实。没出口的指责想出口更变得艰难。

宋晚栀因为不了解林盛海而不明白为什么这个看起来怒发冲冠的老师在下来以后就突然哑了火,可江肆就再清楚不过了。

林盛海执教多年,带优秀毕业生无数,最打心眼里喜欢的学生始终只有一类:朴素、听话、遵规守纪的好学生。

以前,江肆喜欢把这类人概括为"书呆子们"。现在换了,是"书呆子们"和"小朋友"。

江肆被自己一掠而过的念头弄得哑然失笑。

他低头轻咳了声,压住笑意:"您冤枉我没关系,冤枉学妹就不合适了。我们什么时候扰乱校园风气了?"

林盛海从宋晚栀身上挪开眼,气势不自觉放轻了几分,只皱着眉间:"那这快上课的时间,你们两个不回教室,在这儿站着干什么?"

江肆眼神一动,脑海里像书页一样翻开那天一瞥而过的年级大榜,说话声已经再淡定不过地从薄唇间轻碰出来:"高一6班的刘琦宏老师让我过去帮他代一节数学自习课辅导,帮学弟学妹们答疑解惑。"

宋晚栀听得一蒙:"……?"

林盛海也愣了下,狐疑道:"你自己都在教室待不住,还会答应这种要求?"

林盛海只带高三毕业班的尖子班已经好几年了,对高一的教学制度和情况完全不了解,所以他不怀疑江肆说的事情,只是不信江肆会理这件事。

"开学不久,老师您还不了解我,"江肆抬手,随意地替林盛海掸掉了领口的粉笔灰，那双桃花眼笑得半勾半翘，"我一直是一个非常乐意帮助学弟学妹们学习进步的好学长。"

林盛海："……"

林盛海觉得高三开学两个月来，1班就没断过的个人检讨通知已经让他对江肆再了解不过了。

但准确来说，开学两个月他见这个年级第一"好"学生加起来也没几面，说不够了解倒也不为过。

"要是没其他事，我就过去高一那边了。"江肆侧过身，淡定地拎着还呆蒙状态的"小朋友"走人。

宋晚栀下了几级台阶，才想起来一边被拎着一边艰难转身说了句"老师再见"，然后才继续被拎下了楼梯。

林盛海最后一句质疑也就这么被堵了回来。

原地站了几秒，他讪讪地哼了声："这个刘老师，也是够放心的。"说完，他就背着手上楼了。

楼下。

宋晚栀微绷着脸："你怎么知道我们班主任的名字，还有最后一大节课是数学自习？"

"那天去看你的年级大榜，扫到过。"江肆随口道。

宋晚栀沉默下来。

江肆懒洋洋地笑了声："有话就说，别憋着，小心压得长不高。"

宋晚栀于是迟疑着开口："你背书的时候也可以这样过目不忘吗？"

"？"

江肆怎么也没想到小姑娘憋着没出来的是这么一句话，尤其那个带着点羡慕的眼神，更是让他好笑的同时还有种无力感。

"你们好学生的关注点都这么奇怪吗？"江肆低着眼睨她，"你现在更应该担心，在林老头那儿你已经成了我的潜在共犯了。"

"什么共犯？"宋晚栀一怔。

"数学自习课辅导。"

宋晚栀哽了下，小声说："我又没有配合你说谎。"

"可你也没拆穿我，"江肆哑然一笑，"包庇就是犯罪。"

宋晚栀："我是……没来得及拆穿。"

"晚了。"江肆懒洋洋地抬手，轻搭了下女孩的肩，顺势摸头，低身压声地"威胁"，"万一曝光了，我会把你作为共犯一起交代出来的。"

宋晚栀："……"

江肆在林盛海那边已经"留了档"，宋晚栀这会儿想让他回去也没办法了，只能任江肆跟着。

她走路是要比普通人慢一点的，尤其江肆那样身高腿长，他跟着她更该比多数人委屈。可他一路跟在她身后，没一次超过她半点。宋晚栀一低头就能看见他长长的影子在她身旁被太阳晃得摇啊摇，时而远，时而近，可总是在那里，每一次她都能看到。

宋晚栀没来由地觉着心安极了，第一次希望一条路长一点，再长一点。

走很久很久她都不会觉得远。

不知道是不是心态使然，到高一教学楼外时，果真已经是下午的大课间就要结束的时候了。

楼下基本没剩学生，仅有的几个正在飞快地往教学楼里面跑，其中有人注意到江肆，还一边跑一边戳着同伴让回头看。

江肆习以为常，眼神也没旁落一下，就去盯身旁的小姑娘："你们班在几楼？"

宋晚栀迟疑了下："1楼，最里面。"

"啊。"江肆意味不明。

宋晚栀："？"

"如果是2楼以上，"江肆不知道是遗憾还是笑着的，"那学长可以再发挥一下帮助学妹的精神，背你上楼的。"

宋晚栀："！"

换旁人来说，宋晚栀大概都会觉得对方是在刻意冒犯了。

但江肆说来似乎不一样，他没让她觉得半点冒犯，只有像与之前一模一样，也或者变本加厉了的"欺负"。

宋晚栀忍着恼意偷偷瞥了他一眼，稍微加快步伐，走进教学楼里。

高一6班在一楼长廊尽头的位置，宋晚栀和江肆几乎恰巧踩着最后一节大自习课的铃声开端，踏到了教室后门外。

宋晚栀从江肆那里接过他的语文书，捏着书脊迟疑是不是应该给学长礼节性地道个别再走。不知道是她把想法表露得太明显，还是江肆对她的情绪最敏感，不等宋晚栀压下薄肩，江肆已经先一步撑着她身后墙面低了低腰。

"你要是再敢跟我鞠躬，"江肆微眯起眼，颧骨轻动，"我就把你扛进教室。"

"——！"

白栀子被一阵风吹红了瓣，扭头就抱着语文书跑进教室了。

那背影，像是生怕晚一步，就要被某人说话算话付诸实践。

江肆盯着门内，神色遗憾又懒散地慢慢直回身。

宋晚栀趴在课桌上，过去可能几十秒也可能几分钟，才觉着自己的心跳跟着呼吸一起慢慢平复下来。

她同桌也是个话很少的女生，只疑惑地看她，后桌两个男生中却有一个忍不住小声嘀咕了句："学委竟然也有上课差点儿迟到的时候，我还以为世界末日了。"

"……"

宋晚栀只当没听到。

她将扣在桌面上的语文书慢慢翻过来，迟疑了一两秒，还是没受住诱惑，手指悄然掀开书皮。

在那个"肆"字露出一半时，同桌女生小声提醒："这节是数学自习课。"

"——"

唰。书页又被心虚地扣了回去。

宋晚栀微微红了脸，小声道谢，然后就把语文书小心扶起，准备放回书立中间。

也是在她直身抬眼这一秒，教室前门被人懒懒叩了两声。

笃，笃。

压着全班蒙然抬起的视线，穿着夹克耷拉着碎发的少年迈开长腿，从前门走了进来。

在所有人震惊而茫然的目光里，只有宋晚栀一人是近乎惊恐的眼神。

他怎么真……

"数学自习课答疑，自助型，有任何不会的问题都可以问我。"江肆从容淡定地停在讲桌旁，从黑发下懒撩起眼，"自我介绍一下，高三1班，江肆，你们的两小时时效性答疑老师。"

"！"

教室差点儿炸窝之前，讲台上的江"老师"轻抵了下唇示意噤声。

放下手后他像是随便选了一张桌，视线落到第一排中间位子的女孩身上，长腿松散地停在她桌旁，屈起的指节轻叩了叩："小朋友，数学书借我用一下。"

"……"

女孩细白的手指轻颤着把书递给他。

江肆接过时，桃花眼眼尾微微一低，并不明显地笑了。他不是很确定，小朋友的手抖到底是被他吓的，还是被他气的。

其后整整大半节数学自习课，宋晚栀都仿佛是在怀抱着一个不定时炸弹过的。

起初还只是个别大胆的学生抱着课本、卷子或者错题集上去找江肆答疑，后面大家胆子都大起来了，干脆起哄让江肆讲起了他们刚考完不久但还没讲完的后半张月考卷子。

江肆的讲解思路深入浅出，也没什么架子，学生们的好学热情都被新鲜劲儿调动得高涨，即便是"你们的数学基础比我上幼儿园时搭的积木还松散"这种玩笑也能不在意地照单全收。等江"老师"过完半张卷子，若有所思地往第一排某张桌上瞥了眼后，他索性合上手里课本，拉下整面新黑板。

"高一数学必修的框架我搭一遍，你们能理解多少就理解多少，有不懂的随时问。实在不懂，"江肆朝台下勾了个淡定的笑，"就不要勉强我们双方了。"

"——"

在班里部分学生已经起了"要不我们干脆换个数学老师吧"这样"大逆不道"的心思的时候，终于，宋晚栀一直忧心着的那点"火苗"，还是朝他们班的"导火索"走来了。

走廊外。

例行进行自习课巡查的教导主任循声而来，远远确定了一下教室门牌，没有打草惊蛇，而是直接拧着眉转身朝楼上的班主任办公室走去。

不一会儿，刘琦宏擦着汗跟在教导主任身后下来了："不能啊詹主任，我们班教数学的王老师今天不在学校，中午我还跟他打过招呼来着。"

"那还能是我见了鬼？还是别班的数学老师放着自己班学生不管，替你们班提升成绩？"教导主任语重心长地叹着气，"老刘啊老刘，知道你看重学生成绩，但是学校里说过多少次，自习课就是自习，是留给学生们的时间，不能随便占用。要都学你们班，你也上课，我也上课，那不是要乱了套了？"

"是，詹主任您说的我都明白，我们开班会的时候，我也是这样跟任课老师们传达的，可能是今天出了什么特殊情况，王老师这才——"

说话声戛然而止。

刘琦宏愣在教室前门，呆了好几秒才颤着抬手，隔着门玻璃指向里面，扭头看教导主任："这……这真不是我们王老师啊。"

詹主任不耐烦地上前："那还能是什——江肆？！"

这一嗓子堪称震怒。

于是门里门外都听见了，教室里面难得听课都能听嗨了的学生们在受惊扭头后，看着站在被大力推开的教室门后的两位老师，纷纷回神，吓得像鹌鹑似的窝了回去。

宋晚栀没有。她紧张地攥紧了手，不安的视线在教室门口和讲台之间来回。

江肆松散抬眸，手指间的粉笔轻转了半圈："啊，詹主任，"他漫不经心地勾了个笑，夹着细长粉笔的手朝黑板随意抬了抬，"我能讲完这点吗？"

"！"教导主任脸都铁青了，几乎是咬着牙还得克制着音量，"你还不赶紧给我出来！"

教导主任气得转身就走了。

江肆倒是不急，他松掉粉笔，随意地拍了拍手上的粉笔灰，然后才拿起被他放在旁边的数学书。走下讲台，江肆将书还回宋晚栀的桌前。

女孩紧张得眼睫都微微带颤，没顾得接书，从教室门外收回视线，一边起身一边仰起来看他："我去和刘老师说——"

"嘘。"

江肆笑了下，拿书抵她下去。

"你是被我挟持的，不算共犯。别傻了，乖乖自习。"

"……"

全班不敢抬头，可都竖着耳朵，邻近的更是侧着脸也要偷偷拿余光瞄他们。

这样的情况下宋晚栀没有多和江肆争执，只是忍着，安静地接过书去。

最后的结果并不陌生。

二十四个小时都不到——第二天一早，星期一，早自习后每周例行的国旗下讲话。

除了朗诵的范文和校领导讲话外，最后一个环节就是安乔学生再熟悉不过的奖励、批评环节。

更熟悉的是某个总是有幸能同时参与两个环节的——

"我去，肆哥怎么又上去了？"

"这次是为什么？没听说他上周干什么事情了啊？"

"就是，我们昨天连篮球都没约。"

"我以后犯错就让肆哥帮我规划检讨，他对这一套可太熟了。"

"得了吧，他愿意就现编三句，不愿意就一个'同上'。指望他写检讨稿子？还不如指望他遵规守纪呢。"

"……"

事实证明，某人确实是"脱稿"。

不知道是晨光太美好，还是站在右边某个班级队内排头的那个小朋友不安的眼神太扰人心神，江肆原本只打算"同上"的检讨在接上女孩的眼神后，突然就改了主意。

于是半敞着校服的少年懒懒散散地停在了主席台中央，还伸手扶起了调得太低的话筒。

被一早上的训话和等待搅得困倦但好听的声音就扬进风里。

"高三1班，江肆，违纪事件是昨天下午假冒数学老师给高一6班上了半节数学辅导课。"

"——"

主席台下一静,然后一片低声哗然。

师生里有笑的,有震惊的,更多的还是茫然失语的。

而台上,江肆全未在意,只在一声低嗤后,扶着话筒朝台下某个方向懒懒抬眼。

"我检讨,我不该因为过于忧心学弟学妹和小朋友的数学成绩,而在双方愿意的前提下贸然参与高一学生的教辅工作。我错了,希望能得到高一6班全体师生的谅解,以及感谢学弟学妹和小朋友帮我找到了最新的职业规划方向……"

听着某人全然没一句正经的"检讨",努力憋了数次的台下终于还是慢慢泛开笑声。

而被江肆一直似有若无地望着的某个方向——

站在最前排的女孩终于也未藏住,眼睫低下,唇角却不禁勾起个轻软的笑。

5

学校里到底还是有流言传开了。

流言的具体指向并不分明,只模糊说是江肆好像招惹了什么好学生,带人家逃课,惹恼了年级老师。"好学生"就在他"检讨"里提到的高一6班,还说这个跟前面都不一样,是江肆主动的。

流言传得沸沸扬扬时,江肆正从林盛海的班主任办公室门内出来,打着哈欠耷拉着眼,看起来神色不太耐烦。

蹲等门外的沈鹏宇听见动静,连忙起身跟上拐走的背影。

"肆哥,你知道学校里现在都在传你带坏高一小学妹的事情吗?"

"……"

沈鹏宇说完就被江肆拿那双桃花眼冷冰冰、懒恹恹地扫了一眼。

他脖子一缩,心虚:"怎么了?我说错什么了吗?"

"你以为,林老头为什么喊我去他办公室?"江肆懒声转回去,轻嗤,"喝茶吗?"

沈鹏宇恍然:"他就为这事叫的你啊?"

"嗯。"

"那他说什么了吗?"

"没什么,"江肆揉着低得酸涩的后颈,有一句没一句地回忆,"就是让我离高一年级的教学楼远点,不要过去给高三1班丢脸,更不要妄图把魔爪伸向……"

江肆停住,不知缘由地低哂了声。

沈鹏宇:"?"

江肆笑了几秒,这才懒洋洋地继续说:"不要把魔爪伸向高一的小朋友,尤其是品学兼优、听话懂事的最受老师们喜爱的好学生。"

"不是,林老头怎么回事,"沈鹏宇听得义愤填膺,"他作为班主任,怎么能和学校里其他学生一样听信这种捕风捉影、空穴来风的事情呢?你连裴校花都不爱搭理,怎么可能主动去认识一个高一的小学妹?"

身旁静默几秒。

江肆突然停下,语气冷淡又平静:"你是眼神不好,还是语文不好?"

"啊?"沈鹏宇下意识扭头,"我双眼都5.0呢,语文这次月考也一百二十分啊。"

"一百二?你'连……都'的用法不像对得上你一百二十分语文成绩的。"江肆像是随意抬了胳膊,半是威胁半是玩笑地扣着沈鹏宇的肩膀,往前走,"宋栀子哪里比不上别人?"

沈鹏宇持续性发蒙:"宋栀子是谁?"

"高一那个品学兼优、听话懂事、最受老师们喜欢的好学生。"江肆懒慢道。

沈鹏宇:"……"

在江肆垂下来的黑黢黢的、带着莫名凉意的眼神里,沈鹏宇终于认识到了那个无比可怕的事实。

"肆哥,"他颤声问,"你……你认真的?"

江肆没说话,抬眼睨他。

沈鹏宇咽了口唾沫:"可是我听说那个小学妹,腿不太……不太好。"这句在江肆眼底凉下去的笑意里自觉消声,沈鹏宇只得改口,苦恼地挠了挠头,嘀咕,"不管怎么说,那小学妹也只有高一啊。"

"嗯,"有人听不出情绪地应了声,"所以我不是在忍着,什么都没做吗?"

"?"

沈鹏宇茫然地抬头,看着那道修长的背影向前走去。

他几乎怀疑是错觉——不然怎么会从江肆这种能把"肆意妄为"诠释得淋漓尽致的人口中听到"忍着"这种词,又怎么会觉得对方说这句话时的语气还有点落寞。

沈鹏宇实在是过于震撼,所以在原地呆了许久才陡然回神,并想起了被他忘记的正事。

尤其他本来以为就是顺口一提,而现在……

沈鹏宇脸一扭,慌忙向前追上去:"肆哥!那有件事你可能必须得知道一下!是和……和小学妹有关的!"

"?"

长腿一停。

长廊窗旁的江肆停了两秒,微皱着眉侧回身来。

高一年级教学楼,6班教室外。

宋晚栀站在裴明萱身前,安静而好奇地望着面前的女生。裴明萱站到教室外的短短几分钟里,宋晚栀已经看到很多个男生重复路过她们身旁,或疯闹或笑骂,余光尽数往这边偷瞟,而他们关注焦点里的女生目不斜视地抬着下巴,没多给他们半个眼神。

她确实和自己完全不一样,宋晚栀想。衣服是裁剪精致的小洋装,发饰是晶莹剔透的,扎起的马尾也是栗色微卷的长发,五官像混血一样立体感明显,浑身上下都透着那种骄傲又明艳的漂亮。

江肆,还有其他男生,愿意认识这种类型的女孩子再正常不过。

谁会不欣赏明艳灿烂的牡丹。

宋晚栀也爱看。

于是,裴明萱说完一大段话,觉得口干想歇会儿,一落回眼就发现面前这个比她矮将近十厘米的小姑娘正在发呆。

还是望着她的脸发呆？

裴明萱气笑了："我在跟你说话，你这样走神是不是有点不尊重人？"

"抱歉。"女孩回神，朝她歉意地颔首。

裴明萱一噎："我刚刚说什么了，你听见了吗？"

"嗯。"

小姑娘看起来只是沉默了几秒，就很文静地，以一种和裴明萱的语气完全不同，以至于有点别扭的感觉，把裴明萱刚刚的话重复了一遍。

裴明萱听得额角抽抽，望向宋晚栀的眼神也逐渐诡异。

等宋晚栀几乎一字不差地重复完，她终于没忍住："江肆跟你聊得来，不会是因为智商差异小吧？"

宋晚栀听得一怔："他没有跟我聊得来，而且挺大的。"

"什么挺大的？"裴明萱没跟上。

"江肆小时候就进门萨天才俱乐部了，他们的入会标准是IQ（智商）一百五以上，江肆可能在一百六左右。"宋晚栀眼神里似乎是遗憾，于是鼻尖两翼不自觉地轻轻皱起来了一点，"我申请过那个测试，只有一百三十五。"

裴明萱："……只有？"

这一次宋晚栀没来得及回答。

隐约的骚动声在走廊里响起，其中夹杂着的某个名字惹得宋晚栀不禁回眸朝声音传来的方向望去。然后她就看见江肆清瘦挺拔的身影从长廊另一头走来。

难得见那人一点不笑，眉眼郁郁。

宋晚栀正有些失神。

面前的裴明萱像是不甘心又像解气地哼了声笑："这就来兴师问罪了，还说他跟你不熟？"

"？"

宋晚栀茫然回过头。

不等她追问，江肆也在一两秒后停在两人身旁。

他侧颜的线条绷得凌厉，眼神微冷地望着裴明萱："跟我走。"

裴明萱抱着胳膊,目光在走廊两边那些八卦的视线里转了一圈,笑着转回来:"哦?江校草确定,是要带我走吗?那你新朋友怎么办?这么多人看着呢。"

"……"

江肆眼角像是被某种情绪拽得抽动了下。

于是那张清隽面孔更少有地透出冷峻,眉眼也染上一点薄淡的戾气:"谁让你来打扰她?"

"我好奇啊,我们江校草和我认识的时候都不让近身,这才多久?一身毛病都给你纠正了?"裴明萱勾着唇笑,"江大校草的交友原则,被你自己吃掉啦?"

江肆也笑,那双桃花眼更蛊人得冷也艳丽,说话声却像是扎着冰碴子:"和你有关系吗?"

裴明萱笑容一僵。

宋晚栀怔望着两人,此时才回神:"你真的误会了,我和他没有你说的那种关系。"迟疑了下,她抑着情绪朝两人轻轻颔首,"你们谈,我回教室了。"

宋晚栀说完就转身。

但没能走出去。

女孩低头,看见江肆情不自禁伸过来拉住了她手腕的手——他屈起的骨节微微泛白,用力得厉害,攥得她隐隐生疼。

宋晚栀顺着他的手望上去:"江肆?"

江肆仍是没松开,他攥着宋晚栀的时候那点凉淡的笑意就散掉了,皱着眉低下声音:"别走。"

宋晚栀回神,周围偷偷瞥来的目光令她不安,她几乎本能地就想从江肆的禁锢里脱出手腕。不知道是不是察觉了她的想法,在她挣动以前,江肆就将五指收得更紧。

同时那人抬起眼,漆黑的眸子将她的身影收进去。

那个眼神是近乎带着点请求的。

裴明萱却突然笑了:"拜托哈,江肆,你自己看到底谁在打扰她?如果不想打扰她,那你离得远点就好了啊。自己带坏好学生,难道最后还要怪到我们身上啊？"

江肆眼皮一跳。

像是最后一根弦儿在这几句话里绷断了，他捉着宋晚栀的手不但没有松开，反而拉着女孩朝身后走廊外去。

宋晚栀被他拽着走了两步，懵着挣扎："江肆，我们下节课就要上了，你干什么？"

"落下的我给你补。"江肆没停。

女孩着急了："那也不能逃课！"

"啧，好学生。"

"不是好学生，这是最基本的校规校纪——"

江肆不知道是气还是笑，缓停长腿，目光向旁边一落。

宋晚栀以为江肆改主意了，却听见他朝着旁边站着的男生问："6班的？"

"呃，是，学长。"

"你们下节课上什么？"

"物……物理？"

"哦，那物理老师问起，"江肆侧身，拽着宋晚栀的手指无意识地捏紧了她一下，"就说她是被我强行带走的。她反抗了，但没用，我坚持要给她辅导一节课的高一物理。"

男生："？"

宋晚栀也听呆了。

江肆再次抬腿前，回身望了她一眼，眸子黑漆漆地俯近，到她耳旁："你要是还不肯走，就真的会被'强行'带走了。"

宋晚栀哽住："你——"

"别怀疑，我做得出来。"江肆懒撩起眼，漆黑的眸子勾着的眼神像要将光吞没，"或许民主一些，被拎走还是被扛走，可以让你自己选。"

宋晚栀："……"

在这令人发指的威胁下，宋晚栀选了自己走。

五分钟后。

江肆终于在高一年级楼后的那片树林子间的长廊下松开了宋晚栀。

女孩第一秒就把手腕抽回去，揉着被他捏红的地方，无声地恼看向他。

江肆眸子落过去:"……我弄红的?"

宋晚栀不想理他,一边揉手腕一边忧心地回头看向已经在上课的教学楼。

"你身上,"江肆皱着眉靠近最后一点距离,抓住她手肘想托起来看,"怎么什么地方都跟脸皮一样薄。"

宋晚栀:"?"

没防备又被他捉了手肘,宋晚栀慌忙转回来,把胳膊抽回来了。

不负某人所望,还没退稳身,女孩脸就已经沁起红了。不知道是赧然更多还是恼怒更多,她仰着湿潮的眸一声不吭地望着他。

江肆停了两秒,在她那个眼神下很快就自觉投降了:"抱歉,我不知道会有人来打扰你。"

"你知道的,"宋晚栀安静地望着他,"裴学姐说,你和她走得近就是为了让其他人别再来烦你。"

江肆眼底情绪一跳:"你觉着我也在利用你?"

宋晚栀没说话。

江肆气得笑了,上前两步,把宋晚栀拉开的那点距离踩碎,然后在宋晚栀回神想再后退时,直接把人逼到廊柱前寸步不能离。

"你搞清楚,宋晚栀,"江肆低声,"是她们纠缠,是她们乐意,利害关系我说得清清楚楚,她们自己答应的——这也要怪我吗?"

江肆身上的气息迫得太近,宋晚栀不得不完全贴在冷冰冰的廊柱上:"我没怪你,我没那个立场。"

"你是没立场怪我,"江肆咬得颧骨轻颤了下,"我要是想找挡箭牌,我会找你?"

宋晚栀眼睫一抖,抬起眼来望他。

倒也没来得及怎么难过。

江肆在身侧攥了又松、松了又攥的手还是抬起来了,捉着她被他握红还没消退的手腕抬到她脸旁:"就你这一捏就碎的模样,你能给我挡什么?"

他有点咬牙切齿的,像是在忍着某种亟待爆发的情绪。

宋晚栀感觉自己应该是被他嘲笑了,虽然他说一捏就碎时的那个眼神莫名有点让她胆战心惊的。

"你说得对,我没办法做你的挡箭牌,"她在思考似的安静后,抬眼,望着他这样说道,"我没有她们那样的魄力和底气,也没有她们那样的精力和时间,这不是我的错。但我还是做错了。"

像有某种预感,江肆握着她手腕的手指一颤:"你错什么了?"

宋晚栀安安静静地望着他,他的眼神很深。

她却眼睫一抖,垂落下去,然后开口:"我不该接近你,江肆。"

"——"

江肆僵停。

宋晚栀无声地垂着眼。

她应该像从前一样远远看着,藏在他看不到的角落里。

可望而不可即。不可,是不可以、不要去。

如果辛德瑞拉没有水晶鞋,那场午夜12点前的舞会就会成为她一生的诅咒。这一辈子她都要站在烟雾缭绕的厨房,过着柴米油盐的生活,面对操劳无度的日子绝望地幻想那晚梦一样的盛大璀璨。

做过一夜的公主,要怎么做一生的仆役?

风过长廊。

落了花的藤蔓被吹得轻晃。

江肆没等到宋晚栀的第二句话,她什么也没再说,但江肆好像什么都听懂了。

他弯下腰,笑了:"宋晚栀,我到底什么时候给了你错觉?"江肆俯停了身,额头也抵上冷冰冰的廊柱,一侧下颌就能看见女孩被他呼吸灼得轻抖着的眼睫和想躲的脸颊。

他就故意狎近,而并不真的欺负到她。

"什么……错觉?"女孩还是被他弄得惊慌,声线都藏不住颤。

江肆却没回答她:"而且你应该搞清楚,是我主动接近你。你没做错。因为不管你给不给我机会和允许,我从来肆意妄为只会按着自己的想法生活,所以你给不给,结果都一样,没区别。"

"……"

宋晚栀终于听懂他的意思了。她惊得眼神一抖,没顾得这距离,侧回脸来看他。

江肆被女孩潮湿的眸一勾，眼底就搅碎了情绪。

他僵了下，直起身，操着一副懒洋洋又不正经的口吻："从今天起，你就是我异父异母的亲妹妹了。"

宋晚栀有所预料但还是惊得不轻，磕磕绊绊地张口："江肆你别……别胡说。"

"第一次养妹妹，没经验，好在我学习能力比较强，你等着。"江肆像没听见她的话。

宋晚栀："……"

她也是第一次听人示好的时候说"你等着"。像约架似的。

江肆又想起什么："最后声明一遍，我不可能把你当挡箭牌。你这小骨架，经得起谁折腾？"他皱了皱眉，不满道，"高三A栋离着高一楼太远了……你们班助教的位置有人了吗？"

宋晚栀听他越说越离谱，脸儿都发白："江肆，我才不会给你当妹妹。"

"为什么，"江肆好像一点都不意外，还懒洋洋地侧身靠到廊柱上问，"我长得不好看吗？"

宋晚栀被那双蛊人的桃花眼盯着，心虚地转开脸："你不要这么肤浅。"

江肆一愣，随即低头，哑然笑了："不是肤浅。你看我有很多让你们这种好学生讨厌的事：逃课，没纪律，目无师长，偭规越矩——除了脸一无是处，好像是没什么配得上当你哥哥的。"

"？"

宋晚栀一听到这句，眉心就蹙起来了，前面加起来都没现在蹙得厉害。那双湿潮的茶色眼眸里好像都要着起火来了，瞪着他好几秒才涨红了脸憋出来句："才不是！"

江肆愣了两秒，扑哧一声就侧头笑了。

他转身背靠上廊柱，笑得愉悦而嗓音低哑，跟抽风了似的。

宋晚栀没来得及替他出口的那些辩解就全都被噎回去了。

她被他笑得有点蒙。

"上回在池塘边我就怀疑了，"江肆终于笑罢，懒懒侧过脸来，低了眸盯着她，"你其实崇拜我吧，宋栀子？"

"——！"

宋晚栀一秒就红透了脸颊。

不知道过去多久她才僵涩着声音否认："你……你胡说。我没有。"

"是真的，不是胡说。"江肆看着她，眼神被藤蔓漏下的碎光晕得深浅起伏，"你那时候看我在水里的眼神，差一点就哭了。当时我就有种奇怪的感觉。"

宋晚栀心说"别被骗，别问了"，但还是没忍住，悄声道："什……什么感觉？"

江肆转回去，轻声一笑："感觉，我要是死了，墓碑前哭得最难过的应该就是你了。你能哭抽过去。"

宋晚栀的声音一下就慌了，带颤的："江肆！"

江肆笑着支起身。"嗯，就这种眼神。"他转回她面前，停下，"所以为什么不能给我当妹妹？"

宋晚栀僵绷了好几秒，终于还是拗不过那人的眼神。

她偏开脸，低轻着声："我又不是你。"

"什么？"

"你态度反反复复的，会影响我的成绩。"宋晚栀攥紧了手指，带着点细微的怨气，"比如现在。"

江肆听得轻眯起眼："我就这么不值得信任？"

女孩小声道："你又没长久过。"

"？"

江肆气得太阳穴疼。

"行，"他低头，喉结轻滑出声笑，"那你就别承认，我先单方面坚持到你高中毕业。"

"……"宋晚栀回眸，"？"

6

江肆认妹妹的方式果然独辟蹊径。

那天之后不久，高一6班就真多了位不领工资还供各科"白嫖"的助教"老师"。

最令林盛海感动的是，江肆的课堂出勤率从那时开始也有了一个质的飞跃——虽然大多数时间都是出勤在高一6班的教室里，但至少某种意义上已经不算逃课在外，大大降低了各种违规违纪的可能。

年级内表彰用的流动红旗终于像往届一样，常驻高三1班。为此，林盛海对江肆离谱的高一助教"兼职"也选择了睁一只眼闭一只眼的纵容态度。

众所周知，灾厄不会消失，只会转移。

于是在林盛海日渐神清气爽的背后，头疼的老教师变成了高一6班班主任刘琦宏。

"是好事啊老刘，"同办公室的5班班主任抱着大茶缸，一边吹茶叶一边感慨，"我们班还想要这样的助教呢，都找不到。高三生做助教太合理了，不然去哪里找得到科科都会辅导的助教？可惜绝大多数高三生都是自顾不暇，谁愿意抽时间来给高一辅导啊。"

刘琦宏笑得艰难："双刃剑，双刃剑。"

隔壁老师也回过身子来插话："我听我们班钱老师说，江肆最近还常往任课老师的办公室跑？噢，他好像也经常来找刘老师你嘛。"

"是，"刘琦宏嘴角抽抽了下，"主要是……交流一些解题教学方法。"

"这么敬业，这是一门心思和我们抢饭碗啊？"问的那个老师笑了，又一顿，"不过以江肆的水平，高一哪还有能难得住他的题？"

"哈……哈哈，所以是交流，互相的。"刘琦宏笑着笑着就叹了口气，"碰上这种学生，真的会让任课教师很有压力和挫败感。"

"嗯？"

刘琦宏犹豫了下，抬手，手指在脑袋旁转了两圈："天才的脑回路，和正常学生、老师不大一样。"

"咦，这怎么说？"

班主任办公室的其他老师也来了兴趣，不少视线或远或近地投过来。

刘琦宏对着那些期待的目光，斟酌了几秒："就比方，面对同一类型题，我们最先想到的都是依据课本公理定理衍生出来的最常规、最普适的解题方法，可以直接套用进这类类型题里。江肆就不，他会跳过那些定理形式,只想步骤最简单、解题最高效的那个。"

"这不是很好吗?"

"好是好,但很多学生听不懂啊,"刘琦宏苦笑道,"而且就算听懂了,这个方法受条件限制只能用于这一题,遇上下一道同类型题,他们自己想不到能直达的简便方式,该不会还是不会。"

"……"

有老师点头:"善学不一定善教啊。"

"所以说,"邻桌老师想到什么,忍着笑,"他来找任课老师,就是想了解一下普通脑子是怎么想的?"

刘琦宏无奈点头。

"那我就想不明白了,"那老师又问,"对江肆自己没啥益处,他还得费心去研究那些他本来就会的东西的套路,去你们班当这个助教是干吗的?"

刘琦宏一噎。

过了几秒,他心虚地笑着转向电脑屏幕:"哈……哈哈,可能就……觉着好玩吧。"

"也是。天才的脑回路,不懂。"

"……"

几分肃杀的秋风吹进窗户,穿过课间吵闹的教室。

低头做卷子的宋晚栀无意识地单手拢紧外套领口,另一只手还捏着笔,书写未停。

直到有人走到窗前,将大敞的窗拉上。

"晚栀,"同桌轻轻撞了撞女孩的胳膊,小声提醒,"江学长又来啦。"

"?"

卷子上投下清瘦的长影。

宋晚栀抬眸,堪堪回神。

对上那人比出入自己班还自如的神态,宋晚栀有点无奈,轻声道:"你怎么又过来了?"

"上班打卡。"江肆情绪松散地笑,朝她抬了下腕表,"你们下节课不是自习吗,助教老师当然要来监督了。"

宋晚栀叹气:"你们班自己的课表你都没记得这么清楚吧。"

"栀子真了解我。"江肆长腿钩过桌前的凳子,懒洋洋地玩笑。

"……"

宋晚栀被他隔着书立的直白眼神盯得有点不自在。

自从安乔中学开始实施助教制度,高一每个班级在最靠窗那列的最前方都额外留了一张助教桌——只不过在别班,这张桌子形同虚设,多用来摆放班里的教具杂物,在6班却被利用得很彻底,基本属于某人的专属位子了。

教室内四列桌椅,每个月做一次轮换,这周开始,刚好轮到宋晚栀和同桌坐第一张桌的这列靠窗位置。

换句话说,她和江肆的助教桌就只隔着一个转身的距离了。

于是,本就频繁报到的江肆,从这个月开始更是每节自习课都会出现在6班的教室里。

宋晚栀沉默着,抬手,慢吞吞地把书立和书往课桌中间挪了挪,成功拦住了靠在墙边的江某人望回来的视线。

刚拦住一秒。

沉重的书架又被江肆单手抵开了几厘米的距离。

漆黑的、萦着笑意的眸子又勾住了她的眼睛:"这个周六是大休吧?有安排了吗?"

宋晚栀微微警觉:"你问这个做什么?"

"来自你异父异母亲哥哥的关怀,"江肆抬手撑到她的课桌后沿,肆无忌惮地托着脸朝她笑,"一对一辅导,怎么样?"

宋晚栀脸颊一热:"……不怎么样。"

"别啊,课我已经备好了,送上门给'白嫖'——免费的教学,"在栀子同桌憋笑的眼神里,江肆转得险急又淡定,"为什么不要?"

宋晚栀没听出那个吞了一半的字音:"周六,有事。"

江肆轻眯起眼,威胁道:"说谎的小朋友长不高。"

"是真的,"宋晚栀无奈道,"学校组织各班周末减负活动,活动内容是看电影,我们班就安排在周六。"

"那我们班为什么没收到通知?"

宋晚栀叹气："可能因为你高三了吧。"
"啧，"江肆直回身去，"这是歧视。"
"……"
那一整周江肆都没再提这件事，宋晚栀就以为他放弃了。
周六上午，也是电影活动当天。
高一的1班到10班都安排在同一时间的不同放映厅里，各班提前在校门口集合，列队带向最近的电影院——距离学校一公里多些。
"晚栀，你什么东西都没带吗？"同桌有点惊讶。
"嗯？"宋晚栀迟疑地提了提手里的保温杯，"我带了水。"
"不是呀，就零食什么的，好不容易有这样的机会欸，到了电影院那边，老师们肯定不会放我们过去买爆米花的。"
"嗯，没关系的，我不吃零食。"
"什么零食都不吃吗？"
"嗯。"
"欸……那好吧。"
同桌女生讪讪地退了回去，和后排的同学聊起来了。宋晚栀习以为常，继续跟着前一个班级的方阵往前走去。

她的学生时代里一直是这样的——没什么朋友，不喜欢说话，和同龄人没有共通的兴趣爱好或特点，日常就是学习、学习和学习，大约就是同学们心目中最枯燥的"书呆子"形象。

老师们倒是很喜欢她。

不过那些人的态度，对她来说也不重要。

除了……

宋晚栀抬眸，微微一怔，回头向身旁走过的树后看去。

并没有人。方才她的余光里仿佛瞥见了一道熟悉的少年身影，但似乎又只是因为想起了那个人而产生的错觉。

也对，江肆怎么会在这里呢。

一定是最近看到他太多太多次，所以都要形成惯性记忆了。

这可不是什么好事。

宋晚栀在心底不知道第多少遍告诫自己，这才收拾起因为想到某人而变得有点凌乱的心情。学生方队朝着已经出现在视野中的电影院走过去。

电影院的几个放映厅大小不同,其中4班到7班分到了最大的巨幕厅,能容纳三百人左右。

学生一多,难免不好控制。尤其刚从放映厅两个后门进场的时候,整个影厅内都能听见嘈杂兴奋的讨论声,以及老师和班委们维持纪律的声音。

"陡坡!台阶!不许推搡,注意脚下!"

"按顺序进,不准随便坐!"

"你,就站过道的那个,哪个班的?赶紧坐下!"

……

巨幕厅内是阶梯坡度式的座位设计,即便是后排也不需要担心被遮挡屏幕,于是座位安排就按照班级,4班、5班居前,6班、7班居后。

宋晚栀坐的是6班最后一排最外边靠过道的位子。

从两个后门进场,他们是最后一批,几乎是刚坐下,影厅内的大灯就一下暗了下来。

宋晚栀犹豫了下,只好在伸手不见五指的黑暗里摸索着,试图把没来得及放好的水杯搁进座椅扶手前的水杯槽里。

就在此时,她身后几步远外,影厅的后门之一被人推开。

一道光块投在她脚旁的过道上,一两秒后又随着关门而消失不见。

宋晚栀没回头。

估计是随队的哪个老师晚了几步才刚进来,她们这边位子已经坐满了,料想那人也不会过来。

宋晚栀这个想法还没完全闪过脑海——

她在黑暗中摸索水杯槽的手腕突然被人轻轻一托,向前挪了两三厘米的位置:"这里。"

咔嗒。

保温杯卡进水杯槽里。

宋晚栀的心跳跟着狠狠漏了一拍。

耳边那个低哑的、似乎因为跑动而带上轻微喘息的声音,几乎吓得她要跳起来，却又在第一秒麻掉了她半边身体的活动机能。

宋晚栀没敢说话。

于是黑暗里那人就按着她手腕下的扶手，屈膝低身，干脆在她座位旁的坡度台阶上坐了下来。

宋晚栀僵了好几秒，慢慢侧过身。

逐渐适应了黑暗的眼睛已经能在远处大屏幕昏暗光线的辅助下，模糊看出轮廓。说不上是那人额角一绺碎发翘起的不羁弧度还是那人清隽的侧颜线条，总之，她很轻易就把江肆认了出来。

"你……你怎么来了？"女孩惊得声音都还温软带颤。

"嘘。"少年压着扶手，轻歪过身，玩笑道，"混进来的，被人发现会被抓走。"

宋晚栀："？"

江肆声音更轻："你应该不忍心看你们班可怜的、贫穷的、不领工资还倒贴的助教老师就这么被带走吧？"

宋晚栀："……"

与之同时。

影厅外，电影院内的购票窗口。

攥着粉红钞票的收银小姐姐欲哭无泪地对着经理说："我真的不想让他进来，但是他给我看学生证了，确实也是安乔中学的学生，然后就非要买一张票。"

"今天的位子在系统里都录入为满座了，"经理皱眉，"你卖给他什么位子？"

收银小姐姐迟疑了下，小声道："是他自己说的。"

"什么？"

"站……站票。"

巨幕影厅内。

宋晚栀当然不知道江肆是靠"发明"了电影院站票这种离谱说法进来的，但电影已经开场，再想计较也不能在这个时候，她只好忍下再追问的念头，想等电影散场再说。

不过江肆显然不是个安分的。

电影开场就是个黑漆漆的暴风雨夜，雷声轰鸣。

巨幕厅里是3D环绕音，宋晚栀只觉得脚下都在震动。这开场多少有点瘆人，但她却心不在焉很难入戏，只想先把自己被江肆"霸占"的扶手抢回来。

黑暗模糊了距离的感知，反而仿佛把江肆的气息拉得更近。

宋晚栀神色赧然微恼，趁着这没顶的背景音，轻着声道："江肆，你干什么？"

"我怕。"江肆坦然极了。

宋晚栀："？"

像是配合那句话，某人搭在扶手上的手指真假难辨地轻抖了下。

宋晚栀跟着一僵。

其实宋晚栀心里是不信的。

江肆在她的记忆里总是桀骜又恣肆的，她从没见他怕过什么；而这个人又总是散漫、不正经的，她分辨不出他哪句话是玩笑，哪句话是真心。

但哪怕就只为了那微乎其微的可能是真实的可能性，宋晚栀也没忍心把扶手抢回来。

即便他攥得并不紧。

即便他给足了她退后的余地。

巨幕厅里的暴风雨还是停歇下来。最后一排的过道间，女孩的胳膊始终垂在椅外，任江肆按着扶手，靠在身旁。

整场电影在影厅的屏幕上淌过。

大约是为了响应减负活动的号召，学校组织的这场电影活动，很少有地选了一部刚上映的悬疑电影。

在剧情、选角、演技、光影，以及音乐水平都在线的前提下，电影很轻易就把观众带进了紧张情绪里。

宋晚栀也难得入神，以至于忘记了某人。

于是在最后一幕恢宏的背景音乐里，电影陡然推向真相的高潮，然后整个巨幕猝然暗下，而全场灯光亮起的时候，宋晚栀和其他人一样并没能回过神。

她是被起身的前排男生那声"我去"惊醒的。

顺着对方难以置信的目光，宋晚栀后知后觉地僵着转头，看向自己身旁过道——

开场时候把"我怕"说得真实又坦然的某人，不知何时睡了过去，抱着扶手靠在了她胳膊上睡得又香又沉。

直到被这声打搅，江肆碎发下半遮着的眉峰缓慢一皱。长睫困倦而不耐烦地抬起，然后对上前面几排齐刷刷的惊呆的目光，以及女孩羞恼欲绝的红透的脸。

僵持数秒。

宋晚栀终于回过神志，收回发麻的手，慌乱起身以自己的最快速度从江肆身旁绕过去，直出影厅后门。

江肆慢了几秒，突然被惊醒的感觉让他特别躁。

一点没按住的戾气就勾进笑里，他一边揉着靠睡得发麻的肩，一边懒懒散散地起身："看什么，没见过睡路边的流浪——"

他对自己的定位在流浪狗和流浪汉之间卡住了。

江肆懒得分辨，敲了敲在小朋友身旁睡得格外沉，大概昏掉了的脑袋，转身走向门外。

出了放映厅还没十几米，宋晚栀就被依仗着腿长优势追上的江肆拎住了。

"江肆！"女孩气得雪白的脸颊通红，像是高山白雪落染了艳丽的梅瓣。

"我错了，"江肆哑声应得妥帖，"没想到会睡那么沉。"

宋晚栀气得说不出话，咬着唇瞪他。

两人站的地方就是各个影厅出口的必经之路，已经听得到长廊各个方向隐约传出的散场后的脚步声。

女孩眼神流露不安。

江肆的视线顺着长廊墙壁上的标识扫过，就拎着女孩的袖角，朝某个方向走去："跟我来。"

"？"

一番七拐八绕，宋晚栀都不知道被江肆带到了什么地方。好在那些令她心慌的散场声音都远了。

江肆主动停下，把她藏在这段折角墙壁的阴影后。

他就靠在她身旁。

宋晚栀无声平复刚刚像逃跑似的一段路里被惹得加快的心跳。

直到想起什么，她揉着手腕，抬头，对上江肆不知道从什么时候开始一直在盯着她看的带着笑的桃花眼。

刚消散了点的热度卷土重来，她说："……你还笑得出。"

江肆低哂："看着你，为什么会笑不出？"

"我好笑吗？"女孩记仇地瞪他，更小声地恼着咕哝，"会相信你说害怕，是很好笑。"

江肆哑声，笑着朝她俯身："嗯，很好笑。"

宋晚栀气得感觉肺都要鼓起来了："你——你听过《狼来了》的故事吗？那个总是说谎骗人的小孩，最后没人信他也没人救他，他就被吃掉了！"

"哦，"江肆低声附和，眼底微微熠着光，"那你是狼吗，还是你觉得你吃得掉我？"

"——！"

宋晚栀被他一句话逗得面红耳赤，脑海里都混沌成糨糊了。

她慌乱地扭开脸，不再看他。

宋晚栀也不记得他们在那个角落里待了多久。

那天他们大概是最后两个离开影院的。

出了电影院门已经是正午时候，头顶的太阳明晃晃的，温暖灿烂。

宋晚栀和江肆一起，走在深秋铺满了落叶的树下。

"你今天，"走了一段，宋晚栀忍不住问，"来做什么的？"

江肆："不是看电影吗？"

宋晚栀很轻很浅地哼了声："你明明都睡过去了，还是一整场。"

"准确说，其实是三分之二场。"

宋晚栀偷偷撇嘴："连凶手都没看到，算什么看电影。"

"凶手，"江肆挑眉，"那个警察？"

"？"

宋晚栀一愣，本能地扭头看走在旁边的那人："你看到结局了吗？"

"没看，猜的。"

"三……三分之一就可以猜到了吗？"

"嗯。"

女孩蹙紧了眉心，以一种复杂的心情和表情，低回头去。

半晌她才很轻地说："哦。"

江肆："'哦'是什么意思？"

"就……难怪睡过去了，"宋晚栀撇开视线，小声道，"悬疑电影对你来说应该很没意思的。"

"如果是两个人一起看，那应该挺有意思。"

宋晚栀警觉回头："你以前跟哪个妹妹一起看过？"

"？"

话说出口，两人同时一停。

在江肆略有深意的视线落下来的第二秒，宋晚栀的脸蛋就忽地热起来了。

反应过来自己脱口而出了什么可怕的心里话，她眼神慌乱地转回前方，就想加快脚步往前走——但没成功，第一步还没迈出去，就被江肆拽回来了。

"什么？"

江肆低垂下来的桃花眼里，黑漆漆的眸子满满地盈着潋滟的笑意。

宋晚栀羞赧欲绝，躲开他眼神："没……没什么。"

"我要是没理解错，小朋友刚刚是在闹脾气吗？"

"我没有，"宋晚栀本能地反驳，"你胡说。"

"你自己说的，说谎是会被狼吃掉的。"

"——"

宋晚栀成功被自己不久前刚说的话哽住了。

她被情绪迫得赧然又慌，偏逃不掉拽着她的手，就只能仰起脸来，犹豫地望向江肆。

那双眼眸湿潮，雪白脸颊蔓上艳丽的红，干净又漂亮。

江肆不由得从身侧抬起另一只手，他像是要触碰什么，却在回神时停下，细长手指虚握起来。

宋晚栀不解地歪了歪头。

拽着她的手一并松开,错身而过的少年清朗的声音洒在日光与树荫的碎隙间,低低晃着笑。

"我们栀子,什么时候才能长大啊?"

7

对于高三学生来说,下学期的时间往往能给他们带来人生里最神奇的一种体验——

既无比漫长,仿佛每一分钟、每一节自习课都是上刑似的煎熬,又无比短暂,似乎被什么命运的洪水猛兽追在身后而疲于奔命地向前,却还是攥不住那点溜过指缝的时间。

今年的年关来得格外晚。

2月中旬的除夕,年后的新学期开学已是月底,也意味着高三生活只剩三个月。

立在安乔中学校门内的大公告牌顶端,电子屏幕上"距离高考还剩××天"字体鲜红,像恐怖片里的生命倒计时器。

遑论高三,即便只是上高一的宋晚栀在每天早上走过去时,还是会由衷地体会到一种压力感。

好像在这样的招牌前,多一句与学习无关的玩笑都需要莫大的勇气。

"是你们想太多了。"

对于宋晚栀的话,某位正牌高三学生答得松散又随意,话尾没压住,还懒洋洋地拽上了个哈欠——

"一块破牌子,能放个大禁言术吗?"

宋晚栀无奈地仰眸看他:"你真的一点都不紧张吗?"

"紧张,"江肆单手抵着单车,半垂下眼,"紧张得黑眼圈都出来了。"

宋晚栀:"……"

这人皮肤是那种质地很冷淡的白,于是下眼睑稍抹几分乌青也会非常明显。倒是不怎么影响他这张脸的美感,反而为他带上点颓懒不羁的味道。

宋晚栀观察几秒，微微蹙眉："你昨晚没睡好？"

"不是昨晚。"

"嗯？"

江肆一抬手腕，把腕表给宋晚栀看："晚上 9 点 50 分下晚自习，早上 6 点半就要到校，去掉往返路程和洗漱，以及早餐时间，睡眠时长都不到七个小时——恐怕接下来每一天我都睡不好。"

宋晚栀推开他手腕："七个小时，也还好吧。如果按你们高三年级正常要求，是 6 点前到校的。我听说学长学姐们的睡眠时间也就在五个小时左右。"

"我还在发育期，"江肆顶着他一米八五以上只多不少的身高，迈着长腿说得面不改色，声线倦懒，"需要长身体，应该保证九个小时的充足睡眠。"

宋晚栀偷偷瞥他，在被他捉到以前转回去，小声咕哝："不知羞。"

"我听到了。"江肆懒洋洋地扯了下唇。

宋晚栀一哽，随即底气不足地说："听到就听到，本来就是。"

"我没什么关系，"江肆叹气，很顺手就抬手摸了摸身旁女孩的头顶，"可高一要 6 点半到，我们栀子花苗长不起来怎么办？"

"——！"

宋晚栀噎住，等反应过来，气呼呼地给他手扒拉开了。

她加快步子往前，身后那人懒懒散散地笑着推着链条咔嗒轻扣的变速单车，不紧不慢地跟了上来。

江肆一直把宋晚栀送到了高一教学楼下。高一楼里的学生们看了半学期"某人"的接送，起初还新鲜、好奇、八卦，现在却已经有点习以为常了。

宋晚栀跟江肆道别后，拎着背包进楼。走出去几步后，她迟疑着慢下脚步，转身往后看。

那人站在熹微的晨光里，懒扶着车停在原地。

宋晚栀之前走在楼里时也见过，江肆总是要等她完全进楼，才推着单车往高三那边去的。

而此时，接到她望来的视线，江肆收住那个没打完的哈欠，朝她轻轻抬手，桃花眼低敛下懒散的笑，像早上拉开窗帘扑入怀里的第一束阳光。

"怎么了？"

他朝她无声地问。

宋晚栀眼睫扑扇了下，在原地停留片刻后，转身走回江肆面前。

江肆有点意外："怎么回来了？不怕迟到了？"

"晚一点也没关系，"宋晚栀一顿，"我就是有话想问你。"

"嗯？"

"我听我们老师说的，上学期你可以申请保送，但是你拒绝了，"宋晚栀迟疑地抬眸，"是真的吗？"

"嗯。"

江肆应得随意，就仿佛这件事对他来说不过是一个早上吃了什么早餐的问题。

宋晚栀却微微蹙起眉心来。

见状，江肆忍不住笑着抬手，想要拍拍她的头："别皱，花瓣都要蔫了。"

宋晚栀躲开他的手，仍蹙着眉问："你拒绝的原因，和我有关系吗？"

"我说没有，栀子信吗？"

"……"

江肆哑然地笑，扶着单车车把，微微低身："林老头提起的时候，第一个在我脑海里浮现的原因确实是你。"

宋晚栀想说话。

"但是，"江肆慢条斯理地接上了，"就算没有你，我也还是不可能选保送。"

宋晚栀一怔："为什么？"

"原因很多，"江肆懒散地直回身，随口道，"比如，保送可能还要去申请的学校笔试、面试，很麻烦。"

宋晚栀："那高考不麻烦吗？"

"你说呢？"江肆似笑非笑地问她。

想起某人这种没有她在就为所欲为的态度，宋晚栀不得不承认自己这个问题问错了人。

一个连半点压力都没有的高三学生，高考对他来说大概就跟普通的期末考一样没什么区别吧。

"而且还有一个很重要的原因。"江肆突然说。

"嗯？"

江肆："高考我一定要参加。"

那人神情散漫，宋晚栀就没防备地接话："为什么？"

"这样，栀子就会在考场外等我，"江肆懒懒低声道，笑意氤氲进漆黑的眸子里，"遇到考场外蹲点采访的记者，他们就会问，'你是在等你哥哥吗'。"

"——！"

宋晚栀完全没想到，这么正经的话题还会被江肆拉到这个方向。

她白皙的脸颊以肉眼可见的速度漫上红晕，却还能坚持着撑回去："你别想了，我绝对不会去等你的。"

江肆："啊，那万一出点状况，都没人帮我了。"

宋晚栀："……"

前一秒刚说完"绝对"的小姑娘，此刻顿时就哑然无声。

江肆被她逗得忍俊不禁，很想把面前的女孩捏一捏、揉一揉，总之，做点什么都好。可惜伸手前就已经被打磨得残存不多的良知摁下了。

他悠长地叹了声气："九百六十五天。"

宋晚栀听得一怔："什么？"

江肆眼神微动，低了低腰："你猜。"

"……"

猜没猜到，但是宋晚栀却又望到了那人眼睑下的淡淡乌色，像润色上好的瓷器上覆了层薄灰。

她下意识地抬手，差点儿摸上去。所幸理智回笼得及时，指尖就堪堪停在江肆长垂的眼睫下。

而此时宋晚栀才发现，江肆明明眼见她抬手过来伸到距离眼睛极近的危险位置，却还是一动未动的。

那人只耷下长睫，似笑非笑："占学长便宜？"

"！"宋晚栀脸一红，"我没有。"

"那这是什么？"

"就是……看见你眼睑下面——"宋晚栀磕巴了两下，轻声道，"你之后不要来送我上学了。"

江肆想都没想："不可能。"

"？"

那人直回身，略微不爽地插起兜："我不送，难道让给别人送？在学校里有老师们看着我还能放心，在校外，我必须看紧了。"

宋晚栀被他语气弄得想笑："那你也只能再送三个月。"

话声一出，两人同时沉默了。

安静几秒后，宋晚栀有点抱歉："我是开玩笑的……"

江肆长睫半垂："我之前考虑过，要不要干脆留两级，陪你一起高考。"

"？"宋晚栀一下子就仰起脸了，惊恼道，"不行！"

江肆一怔，随即笑了："虽然知道你不会同意，但也没想到反应这么大。"

宋晚栀绷着没什么情绪的脸，半点也不给他玩笑的余地："如果是要你后退才能和我保持一致的步调，这样的一致关系我宁可不要。"

"好，知道了。"江肆低声道，"我后来想过，比你高两届也好。有什么经历和状况我都能提前知道，这样我们栀子以后就不会踩坑了。"

"……"

宋晚栀听得心情莫名复杂，像浸满了水的海绵一样，很沉，但又透着湿润的柔软。

伴着预备铃响起，宋晚栀回过神，在江肆的目送下再一次向他摆手告别，转身走进教学楼里。

直等到女孩背影彻底消失在视线中，江肆才扶着单车懒散地朝高三A栋的方向走去。

大概走出十几米远，他放在口袋里的手机微微振动了下。

江肆随手拿出，没什么情绪地耷下视线扫了一眼，然后蓦然停下。

　　　向前走吧，江肆。即便山高水远，我会尽我全力走到你身边。

一言为定。

罕有的温柔笑意漫上那人眉眼,他轻慢而郑重地回复。

如果失信,那就要把整株栀子都赔给我。

对面静默几秒。

赔多久哇?
一辈子。
到死那天,我也要把栀子种在我墓碑旁边。

那年高考的那两天,又离奇反常地下了场雨。

学生们开玩笑,说是考题太难,把天都难哭了。高考后雨过天晴,于是被征用考场的高一、高二学生们回到学校,校门口继续迎来送往,一届届学生流水似的淌过,和前面的、后面的许多年也没什么不一样。

暑假既短也长。

江肆陪栀子泡了将近两个月的图书馆。沈鹏宇他们叫不出江肆来,就酸溜溜地抱怨他学生生涯十几年加起来都没高考结束后的两个月这么不辞辛劳。

然后9月还是来了。

江肆之前自然是没什么悬念地被S大录取,顺便揽走了市状元。宋晚栀一度怀疑他和省状元失之交臂的主要原因是他几乎每场都提前二三十分钟交卷出来。

但江肆对此不以为意,并表示"多考十分也不会奖励一朵栀子,没有折腾的必要"。

"栀子本栀"对此很是仇视以及嫌弃。

S大在P市,距离安城几百上千公里。

就算坐飞机走直线,往返也要两个小时,何况安城压根儿没有专门的机场,还要坐半小时的高铁到隔壁城市才有。

换句话说，见面变成了异常困难的事情。

江肆拖到了宋晚栀开学后，才准备出发去学校报到。

走的那天是个工作日，他没让宋晚栀送他，自己一个人离开的。

宋晚栀上课的时候从来都是聚精会神，是全教室里腰板挺得最直、最专注也最漂亮的小姑娘，可是那天下午她总是走神，忍不住去看窗外，然后又一次次迫着自己把注意力拉回来。

傍晚晚饭后，从食堂回来的路上，她给问自己问题的同桌讲思路——有江肆带着，她前面一年开朗了许多——题讲到一半，头顶有架飞机飞了过去。

宋晚栀就下意识地停下了，仰头去看。

"晚栀？晚栀？"

"——嗯？"

直到同桌叫了好几声，她才回过神来。

"你看什么呢，这么入迷？"同桌问。

"我在看……天。"女孩默然很久，低下头来，很轻地笑着叹了一小口气，不知道在对谁说，"天真远啊。"

"……"

江肆去了S大以后，除了最开始，没给宋晚栀发过信息或者打过电话。

是宋晚栀不让的。

女孩聪明、自律，很擅长剖析反省，还有点狠心。

她知道如果通信不禁止，那她大概永远没办法专心，总是会忍不住去看那些信息，或者回想不久前那个人的声音。

与其沉浸和耽误，不如暂且封存。

江肆自然是不想同意的，他觉着宋晚栀就是想逼疯他，但他偏偏拿这个看起来温软但骨子里可以韧到固执的小姑娘没办法。

于是最后一通被"宣令"禁止的电话里，江肆气得咬牙切齿还得笑着问："你就不怕我们从此断了联系？"

"怕，特别怕。"女孩声音温软地答他。

江肆一下子就心软了，软得泥泞，开始后悔为什么没忍住放前一句狠话。

然后他还没想好补词就听见电话里小姑娘用最轻的声音说最"狠"的话——

"但那样的话，也是好事。说明我不值得你等，你也不值得我等。"宋晚栀安静几秒，声音更轻，"如果那样的话，等我也考去 S 大，就算见了面，也装不认识吧。"

江肆生平第一次被人噎得差点儿心绞痛。

回过神再想想她说的那个相见不识的场面，心绞痛又快转成心肌梗死了。

于是最后一通电话里，死寂很久后，宋晚栀才听见江肆被情绪搞得低沉沙哑的嗓音："我不找你，可以。但你每个月要给我发一次信息，我不会回。发一个句号也行。"

宋晚栀："……句号？"

"我要知道你平平安安的。"江肆像是把声音压得很深，深进胸腔里，"要是敢不发，我就……"

宋晚栀听江肆幼稚得像比她还小，难过里有点想笑："就怎么样？"

江肆最后只叹了声很长的气："就把栀子连根刨了，埋到我宿舍的花盆里。"

"……"

宋晚栀就真的笑了。

那天开始宋晚栀果真养成了习惯，每个月都会给江肆发一个句号。

她自然有几千字几万字想和他说，但她知道她不能。说了会忍不住。那是一个闸门，所有和他有关的情绪必须封存在闸门之后，一丝一毫都不能松。

好在她记忆力很好，牢牢记着，每个月 8 号的晚上 8 点整，总会有一个句号准时发送。

8 月 20 日——

江肆的生日。

……

但宋晚栀忽略了，记忆力再好，也会有意外发生。

意外就发生在她高考结束那天，下午她和母亲卢雅去了外婆家庆祝。

结果晚饭后卢雅突然出了病症，非常严重地上吐下泻，怎么也止不住。村里没什么靠谱的医院，宋晚栀急切地陪着外婆挨家挨户求助有车的邻居，这才在第二天早上天还没亮的时候，搭车将卢雅送去市里的医院。
　　出发前走得匆忙，作为学生本来也不常被随身带着的手机就忘在了外婆家的床上。
　　医院急诊里忙得水泄不通，宋晚栀忙上忙下给卢雅挂号看诊。最后卢雅被确诊为急性肠胃炎，还一并引发了早就有的慢性阑尾炎转成了急性，于是急匆匆地安排手术。
　　将近傍晚，卢雅才在病房里悠悠转醒。
　　这一整天下来，宋晚栀忙得脚不沾地，中午时她恍恍惚惚觉着忘了什么事情，但早被护士确认家属信息的话又赶去了九霄云外。
　　于是近夜，天色黑沉。
　　宋晚栀拎着刚买好的饭菜带回病房，准备和病床旁的外婆一起吃晚饭，结果还没归拢摆置好，病房的门被人从外面轰然推开——
　　流通的夜风从窗口扑入，白色的窗帘被蓦地掀起。
　　像漆黑的夜下了场盛大的雪。
　　然后窗帘垂下。
　　宋晚栀看见站在病房外，眸子漆黑、眼尾彻红的青年。
　　"宋、晚、栀。"
　　她第一次听那人嗓音嘶哑，如此咬牙切齿。
　　像负气至极，又好像要被她欺负哭了。
　　但最后那个人只是红着眼圈恶狠狠地走到她面前，僵着微颤的手，欲抬又止——
　　"你干脆气死我吧。"

8

　　站在医院住院部的外廊上，吹着夹着夏日雨丝的夜风，宋晚栀才终于想起那件被自己遗忘的事——
　　今天不巧是 6 月 9 日。

昨天晚上，她忘记给江肆发那个约好的句号了。

宋晚栀本能地去摸口袋，在摸了个空的时候，想起被她匆忙间扔在外婆家床上的手机。

宋晚栀心情复杂地看向江肆。

窗旁的夜色和灯火之间，那人挟裹着一身低气压，负气似的望着窗外。

似乎在余光里瞥见宋晚栀的动作，他冷哼了声，靠着墙壁侧过身："你知道我今天给你打了多少通电话吗？"

"没带手机，"宋晚栀歉意地小声道，"你以为我出事了吗？"

江肆俯身过来，抬手忍耐又忍不住地微微用力捏女孩的脸颊，冷哂："我以为我好不容易熬到你高中毕业，你第一天就跑了。"

宋晚栀："……"

不知道是心虚还是歉意作祟，对于这样欺负的举动，宋晚栀竟然一点都没挣扎，就微蹙着眉心不安也不说话地拿那双茶色眼眸瞧着江肆。

江肆本来也下不去多狠的手，捏了一下就松开了。

"！"宋晚栀没防备，受惊地抬起眼睛望向江肆。

却还是没躲。

医院的灯光亮得雪白。

宋晚栀就清楚看着，俯身站在极近处的江肆顶着那张两年不见好像多了点清隽沉稳的脸，桃花眼仍是如旧地蛊人，眼底像有块经年的墨石融开，将包裹她的目光从清朗澄澈慢慢染得晦暗深邃。

他垂手时俯近她，负着身后将倾的如山的夜色。

"再有下次，加倍让你还回来。"

"——"

宋晚栀睁开眼，脸颊微微烫起来。

江肆的手指从她手腕一侧很轻地滑下，然后钩进她手心里，轻轻牵起她的手。他一根一根穿过她手指间，像耐心又厮磨地弹一首夜曲，直至十指相扣，完全契合。

"栀子香，"江肆嗅过她发边，低哑又释然地笑，"久违了。"

宋晚栀犹豫了下，还是克服羞耻心，回握住他的手。但握紧了的时候，宋晚栀只觉得江肆那细长凌直的手指像冰玉似的，凉得她细眉都皱起来。

到此时她认真去看他身上的衣着,才发现这人在今天的暴雨降温天里,只穿了最单薄的 T 恤。

外面风雷大作。

宋晚栀把那人从颈窝旁拨起来:"你只穿着这点衣服就回安城了吗?"

"说好的每月一个句号没了,打十几通电话不接——我竟然还记得穿衣服,"江肆没个正经地耷下那双桃花眼,似笑非笑地瞥她,"多不容易?"

宋晚栀噎得不轻,本能地轻声驳回:"那你还要裸奔吗?"

江肆散漫应了:"也行。"他抬手就作势要脱衣服。

宋晚栀一惊,抬眼却先看清江肆冷白的指背。

她心里微涩了下,抬手覆住他的手。

"你先跟我回病房。"宋晚栀放弃和江肆在这里继续交谈的想法,决定先把人带回去。

江肆垂眼一笑,跟了几步进到内廊,瞥见身穿病号服的路人路过,他忽然想起什么,拉得她一停:"等等。"

宋晚栀:"嗯?"

江肆:"病床上那位是阿姨吧?"

宋晚栀点头。

江肆神色微妙,罕有地能分辨出一点不自信:"这种没有提前说明的拜访,会不会太不正式,显得我过于贸然和轻浮了?"

宋晚栀一怔。

她是没想到江肆竟然还会担心自己在外人眼里的形象——毕竟这人恣意妄为到常人难及的地步,她以为他脑海里没有这个概念呢。

"不会,"宋晚栀回神,转身拖着怎么也不可能用太大力气反抗她的江肆往病房走,声音轻快,"反正不会比你刚刚冲进病房的模样更轻浮了。"

江肆:"?"

走出去的女孩嘴角终于没压住,勾起一抹嫣然的笑。

江肆则在回神后,望着面前长高了几厘米的女孩的纤细背影轻眯了下眼,然后低懒下嗓音,抹掉那点不安后,立刻就回到宋晚栀最熟悉的骚气模式:"手机上发我的短信只有一个句号,现实里其实已经会调戏人了?"

"……调侃,和调戏区别很大的。"宋晚栀微红着脸,不回头地辩驳。

"哦,是吗?"江肆突然用力,把走在前面没防备的小姑娘拽回了拐角后的墙根前,直接俯身,拿自己的身影俯低扣住她,"那我这算调侃吗?"

"——"

宋晚栀吓了一跳,好在这会儿天早黑了,病房外廊上来往的人不多,也都没注意到拐角后的这个角落。

僵了两秒,她憋着声道:"不算,你这算不要脸。"

"这就算不要脸了?"江肆笑起来,点头,"挺好。"

"好什么?"

"嗯,说明我们小朋友很听话,知道上大学前不能早恋。"

江肆愉悦得很,不紧不慢地直回身。

宋晚栀没忍住,偷偷看了他一眼,撇开脸儿小声咕哝:"明明你才是让人不放心的那个。"

"?"

刚准备牵着小朋友走的江肆顿时停下,回眸:"什么?"

"没……什么。"宋晚栀轻了尾音,想绕过他去。

江肆却不放她走,懒洋洋地又给人拽回来:"不行,说清楚。"

"……"

宋晚栀和江肆对视好几秒,最后还是她败下阵,站在墙根前小声说了:"高二中间的寒假回校后,学校里有人说,你在S大已经有了热恋期的女朋友。"

江肆听完愣了两秒,回过神,气得笑声发哑:"去他的热恋,谁造的谣?我守身如玉好不好?"

宋晚栀听得微微绷脸。

某人上大学后怎么还学会骂脏话了。

宋晚栀本来想说点什么,但想到江肆是因为那个她失约的句号才隔着这么远跑来,她又不忍心了。

于是女孩纠结地咬住唇。

"怎么了？想骂我？"江肆却察觉，低了眸子望她，眼神还着了魔似的盯着，"骂啊，别憋着。"

宋晚栀："……骂人不好。"

江肆很轻易就听懂她的意思，抑着眉眼："是他们造谣得过分，S大里就差传我不行了。"

宋晚栀听得懵懂："不行了，是什么意思？"

江肆一顿，失笑："等我以后解释给你听。"

"哦。"

见家长的道路是艰难坎坷的。

尤其在对方家长的第一印象是你没打招呼就冲进病房红着眼眶找人家的宝贝女儿的情况下。

江肆在他这辈子遇到的绝大多数长辈面前都是恣肆难驯的，但他同样明白这个道理。

于是宋晚栀就在母亲的病床边，第一次见到了一个堪称"乖巧"的江肆——

问什么答什么，绝不顶嘴，语气温和态度谦卑，俨然一个听话懂事、脾气好、温和有礼、进退有度的十佳杰出青年。

高三1班林老师如果看见大概都会感动到流泪。

可惜这面目没能维持太久——也不是宋晚栀拆穿的。

是在江肆自我介绍后就一直若有所思地靠在病床墙角的宋晚栀外婆，在江肆主动帮忙去护士站做换药登记的时候，望着江肆的背影，在某一秒恍然大悟的。

"S大，江肆，他是不是就是隔壁老任的那个小孙子？"外婆惊问。

病床上，卢雅听得一愣："他就是任阿姨那个在P市上学的孙子吗？"

宋晚栀见左右瞒不住，也就承认了。

外婆顿时对着卢雅愁眉："老任虽然是相熟的，但她那个公公家可了不得，当年在村里传得厉害，说是P市有名有姓的高门大户，青年下乡才沦落到我们这穷乡僻壤的。"

卢雅:"任阿姨早些年回乡长住,难道就是因为这个?"

"村里人嚼什么舌根的都有,不是自家人,谁也不清楚,不过……"外婆忧愁地看了眼宋晚栀,"我听老任的意思,她这个小孙子本性和能力都不差,但脾性上有点大家门出来的……"

外婆的话没说完,望向宋晚栀的表情却已经了然了。

卢雅跟着惊讶:"难道……刚刚他都是装的啊?"

"……"

宋晚栀被看得心虚。

其实卢雅是很好骗的,向来如此,但外婆对江肆知根知底,遮掩不过。

迟疑数秒,宋晚栀只得坦诚道:"江肆平常确实不是这样的。"想起方才病床边的某人,宋晚栀又低垂了眼尾有点想笑,"但那个任奶奶说得对,江肆本性很好,只是行事作风比较随性。"

卢雅还在遗憾怅然:"看不出啊,挺乖的一个孩子。"

宋晚栀眼里含笑。

"我们栀栀,很喜欢他?"外婆望着宋晚栀沉默了很久,突然问道。

宋晚栀一怔,下意识扭头,看向病房外。

那人还没回来。

女孩就放心转回来,点头:"嗯,我很喜欢他。他很优秀也很厉害,是值得我喜欢的人。我想考到 S 大,想以后都可以和他一起并肩。"

"……"

宋晚栀极少在母亲卢雅面前这样吐露心声,她声音虽轻,但眼神语气里的坚定却是谁都看得出来的。

病床旁边又安静了很久。

外婆拍了拍欲言又止的卢雅的手,点头笑道:"我们栀栀听话又懂事,从小就像个小大人儿一样。我相信栀栀看人的眼光。"

宋晚栀垂在身侧的手也是悄然无声攥着的。

她呼吸屏得紧张,也没想过会这样容易过关,以至于听见这句,她呆了几秒才反应过来,脸颊都红扑扑的:"谢谢外婆!"

"虽然知道你明白,但还是要说,"卢雅难得严肃,"恋爱归恋爱,不能耽误自身学业。"

"嗯！"宋晚栀认真点头，"就算上了S大，我也会把学习放在第一位的！"

"——？"

刚进病房门的"三好青年"江肆不幸听到这句，如闻噩耗，笑容就僵在了脸上。

……

毕竟来得突然，学校里没做准备，江肆在安城过夜后，外婆和卢雅也没再留他，而是嘱咐宋晚栀把人送去车站。

"栀子，让我再待一天行不行？"计程车里，江某人可怜巴巴。

"不行。"女孩神色不动。

计程车司机乐得不轻："小姑娘，你这么狠心的啊，让他再住一天呗。"

宋晚栀俏脸一红："他……他还有事。"

"是啊。"江肆叹着气，"只要栀子发话，没有也有。"

宋晚栀："？"

宋晚栀赧红了脸扭头看向江肆。

司机大哥只当是后座的小青年玩闹，乐呵呵地笑过去，把两人送进车站里了。

下了车就是检票入口。

降温的风从两人身旁刮过去，江肆拽着宋晚栀的手，攥进掌心，不肯松开："你说我能把栀子直接揣进口袋里，带回P市吗？"

"拐卖犯法。"宋晚栀忍不住笑，又有点心疼地皱眉看他衣服，"你还是快进去吧。"

江肆低叹，把面前的女孩往怀里抱一抱，侧过身去给她挡风："不想走。"

宋晚栀就耐心哄他："等我也考取S大，我们就能天天见面了。"

"那还要三个月。"江肆幽幽纠正，然后突然想起什么，眸子熠熠地低向她，"等我学校那边放假了，我是不是可以来陪你？"

"——"

宋晚栀差点儿就被江肆那个像大狗狗似的眼神骗过去了，答应的话险些出口。

所幸最后一秒，理智堪堪拉住："……不行。"

"大狗狗眼"一秒失去光芒。

桃花眼又懒垂回去，成了那副松散还勾人的模样。

"三个月。"江肆再次忧郁地重复了一遍。

宋晚栀终于没忍住，笑弯了杏眼："你再不进去检票，小心延误。"

"哦，那就不走了。"

"不行。"

大约是看出了宋晚栀不会被他的态度动摇的认真，江肆只得妥协。

从可怜巴巴的角色脱离出来，江某人显露本性，捉着宋晚栀的两个纤细手腕，把人抵在身前严肃警告："我不在的时候，不准跟人跑了。"

不知道是不是接收到了宋晚栀无语的眼神，江肆忽然敏锐地察觉了什么。

"我刚想起来，"他轻眯起眼，"你说高二寒假后在学校里听到关于我的流言？"

"嗯。"

宋晚栀没防备地点头。

江肆薄唇一扯，凉飕飕地笑了下："我都在流言里面和别人'热恋'了，那个月你还是只发了一个句号给我？"

宋晚栀微微蒙了下，下意识地回答他："我相信你啊，而且我也是只相信眼见为实的。如果亲眼见到他们说的是真的了，那我……"

风一吹，宋晚栀抖了下，蓦地回神，收口。

江肆下颌轻抬，又威胁又蛊惑："那你什么？"

宋晚栀眼睫轻扑了下，躲开他烫人的眼神，小声玩笑："那我就跟别人跑了。"

"？"

江肆："虽然你说的前提条件不会发生，但你要是敢跟别人跑掉，"他低俯下漆黑的眸子，"小心我咬你。"

那人靠得太近，宋晚栀眼神一慌："你别——"

"那是你欠我的，"江肆到底还是没有顺势欺上，"我忍了这么这么这么多天,不能白忍。"

宋晚栀听他仿佛是委屈极了的语气,莫名地又想起昨晚那人像变魔术一样出现在她面前的一幕。

印象最深刻的,还是江肆发红的眼眶。

像要哭了一样。

宋晚栀想得走神,等回归理智,又心疼又忍不住想笑。

她不由自主地抬手,踮着脚摸了摸他的碎发:"听话的狗狗不咬人。"

"?"

表演委屈到一半的江肆停滞了一两秒,然后微微咬牙,本性毕露——

"咬不咬人,以后你就知道了。"

9

今年 S 大新生报到日,又是一个燥热的艳阳天。

学生宿舍楼少有地完全开放,不禁进出,方便新生家长们帮新生搬送行李。

女生寝室 2 号楼。

穿过阴凉清爽的大堂,拐进长廊,手边遇上的第一间寝室木门上拿红漆漆得圆滚滚的三个数字:104。

寝室木门半掩,宋晚栀推着自己的小行李箱进门时,房间里另外三个女生已经到了。其中一个抱着水杯靠在门旁,背朝门外正说得手舞足蹈。

"新生群里都在传呢,说他女朋友就是我们这届的!"

有个戏谑带笑的女声在宋晚栀看不到的寝室里面响起:"啊,那今天岂不是 S 大附中少女梦碎之日?"

"No, no, no,"门口的梨花烫女生摇摇杯子,严肃纠正,"如果是真的,那可是 P 市少女梦碎之日。"

"有人来了。"一道冷淡的女声插入。

循着这句,宋晚栀缓步停下的视野里,三个神色打扮截然不同的女生纷纷或扭头,或探身地露了脸。

四双眼睛互相试探着,做了一遍自我介绍。

宋晚栀将自己的小行李箱推进门内,放到唯一的空床下。

之前靠墙的女生,也就是王意萱,好奇地凑过脑袋来:"你只带了一个小行李箱吗?"

"其他的行李在后面。"宋晚栀示意了下门外,"大概是还没卸下来。"

"噢,你家长来送你的是吧?"

宋晚栀迟疑了下,脸颊微红:"不是家长。"

"嗯?"王意萱抬到一半的水杯停住,好奇地问,"那是谁?"

与此同时,寝室门外一阵骚乱——

"104,那是106,你四六不分吗?"

"明明是箱子太高挡住视线了!江肆,你也太没义气了,我可是来给你女朋友搬家当苦力的,你还嘲讽我!"

"行,苦力大爷,"门板也没遮住那人压得低哑骚气的笑,"进吧。先敲门。"

"&*%￥#……"

在104寝室短暂的几秒死寂里——

笃笃。

房门被听话地叩响了。

要去洗手间的邢舒没表情地拉开门,然后直接进到洗手间里。

抱着大箱子摞小箱子的元浩和扶着两个大行李箱的江肆就前后从门外进来。箱子被宋晚栀示意着放在她的床位下面。

直到江肆将两个大行李箱归拢后直身,房间里仍是安静着的。

站得最近的王意萱瞠目结舌,一眼不眨地望着江肆。

江肆停了两秒,略微挑眉,倾下上身靠向宋晚栀,嗓音压得低低的:"难道……我进来以前,你们正在说我的坏话?"

宋晚栀想起进门后扫入耳中的那几句,眼神微动有点恍然,但她没说什么,只轻声转移重点:"女生寝室,你还是别留太久吧。"

江肆轻眯起眼:"用完就扔?"

宋晚栀想了想,茶色眼眸染笑:"明天中午请你吃食堂。"

"明天?"江肆眼神都危险了,"那今晚呢?"

"你和元浩学长一起吃吧。"

"？"

江肆被宋晚栀半推半哄地送出寝室，最后停在门外墙旁，长腿抵着门。

宋晚栀无奈："我要关门了江肆同学。"

江肆低哼了声："叫元浩都是'学长'，到我这儿就是'同学'了？"

"你和他们又不一样。"宋晚栀脸颊微热，干净清亮的眸子仰望他，"你要怎么样才肯走，说吧。"

"随我说？"江肆眼尾微微挑起来。

宋晚栀差点儿让他蛊进去，第一时间转开眼："……我不一定答应。"

"啧，"江肆抬手捏了下宋晚栀脸颊，"第一个条件，明天开始至少每天有一顿正餐要陪我一起吃。"

宋晚栀犹豫了下："嗯。"

"第二个条件，每天再答应我三个条件。"

宋晚栀："？"

被女孩茶色澄净的眼眸恼生生一瞪，江肆就忍不住哑然地笑了，捏过女孩脸颊的指腹轻缓地滑下去，钩抬了她下颌一下。

"第三个条件，"江肆凑近，哑声，"亲我一下。"

"？"宋晚栀往后一躲，"人来人往的，江肆你……你注意形象。"

"他们又不认识你。至于我，"江肆头都没回，低声笑了，"我就只要栀子，不要形象。"

"！"

女孩雪白的脸颊被情绪染得嫣红，茶色的眸也浸得湿潮。

直等到某个间隙，江肆身后的长廊上没别的人影，她拽着江肆的线衣领口向下一扯。那人毫无反抗地勾着唇含着笑顺从低身。

宋晚栀攀着他颈后，在他唇上飞快地吻了下。

然后脚跟落地，一秒后，房门砰然合上。

"……"

对着紧闭的房门，仿佛能听见靠在门内的女孩急促的心跳。江肆咬了下唇侧，笑着插兜转身走了。

长腿踏下寝室楼梯,江肆披着一身目光,停到久等的元浩身旁:"走了,陪你们打球。"

　　"嗯?今天心情这么好?"元浩刚一回头就被闪了下,"知道你终于能贴着女朋友了,但你能别笑这么骚吗?跟那什么似的。"

　　"哪什么?"江肆确实心情极好,半点计较的意思都没有。

　　单身狗元浩更加不爽,故意激他:"会所少爷,喜迎金主。"

　　江肆停了一两秒,蓦地笑了:"是差不多。等了两年,金主终于上门了。"

　　元浩悻悻道:"那您这少爷还得倒贴,这生意做得多赔啊。"

　　江肆轻描淡写地接了:"为爱而做,乐意。"

　　元浩:"?"

　　开学当晚就是 S 大的新生欢迎庆典。

　　事实证明,即便是 S 大这种百年学府,新生典礼也很难搞出什么与众不同的特殊花样。在经历过一轮又一轮的校领导致辞后,会堂里的新生们已经开始梦回令人困倦的高中课堂,话筒里收录的高低音像是被转换成了催眠曲,越发令人困从中来不可断绝了。

　　直到一声清脆的报幕——

　　"下面有请 20×× 届自动化系 1 班,江肆学长,代表校学生会全体成员做新生欢迎致辞。"

　　台下一静。

　　随即涌起成一片哗啦啦的掌声浪潮。

　　会堂某个角落,宋晚栀同时接收到来自三位室友的目光洗礼。

　　王意萱坐在宋晚栀身旁,经过一个白天,她已经和宋晚栀熟络了许多,此时悄咪咪猫过上身,在如潮的掌声里问:"晚栀同学,感受到来自你男朋友的迷弟迷妹们的压力了吗?"

　　宋晚栀那点困意都被这阵掌声拍没了,于是认真点头:"我会努力的。"

　　"?"

　　王意萱蒙了几秒,扭头:"努力什么?"

宋晚栀望着那个站在台中央的青年，语气轻而坚定："我会成为和他一样优秀的人。先从这学期拿到专业第一的目标开始。"

王意萱："……"

嘀咕着"果然拿得下江肆的也不会是什么正常人类"这样的话，王意萱心情沉重地缩了回去。

宋晚栀的耳边回归安静，整个会堂里只剩那一个人的声音缭绕身周。或高或低的，宋晚栀听得无比专注，望得也聚精会神。

只是不可抗拒地，从某一秒开始，宋晚栀的视线慢慢模糊起来。

像是一脚踏空，她跌进了某个夏夜的梦。

那是一个很漫长很漫长的梦。

梦里的一切栩栩如生，以至于醒来的那几十秒里，她只是茫然地睁着眼睛，像庄周梦蝶似的无法分辨哪边是真实，哪边是梦境。

直到台上那熟悉的声音低缓地诵起某首英文诗。

恍惚如高中某个夕阳斜照的傍晚，在安乔中学一角的花坛后，她抱着长裙枕着膝盖，听那人翻着泛黄的书页，用好听的嗓音给她轻轻诵读。

……

And every fair from fair sometime declines,
被机缘或无常的天道所摧折。

By chance or nature's changing course untrimmed.
没有芳艳不终于凋残或消毁。

But thy eternal summers hall not fade,
但是你的长夏永远不会凋落。

……

So long as men can breathe or eyes can see,
只要一天有人类，或人有眼睛，

So long lives this, and this gives life to thee.
这诗将长存,并且赐给你生命。

低而有磁性的声线收住了最后一句古英语诗文。
会堂寂静。
王意萱回神,悄然凑过来:"晚栀,你知道江肆最后读的是什么诗吗?"
"莎翁的,《仲夏夜之梦》。"
宋晚栀轻声说。
像是某种心有灵犀,她隔着半个会堂,朝台上望去。
而江肆也在诗文的最后一刻复抬眼,于无数人间,他仿佛只望见那一个女孩。
停了几秒,他一笑,低声重复。
"栀子盛开的长夏,将永不凋谢。"

The End

图书在版编目（CIP）数据

银河坠落 / 曲小蛐著 . — 成都：四川文艺出版社，
2023.8
ISBN 978-7-5411-6669-3

Ⅰ.①银… Ⅱ.①曲… Ⅲ.①长篇小说—中国—当代
Ⅳ.① I247.5

中国国家版本馆 CIP 数据核字 (2023) 第 088738 号

YINHE ZHUILUO

银河坠落

曲小蛐　著

出 品 人	谭清洁
特约监制	王传先　临　渊
责任编辑	邓　敏
责任校对	段　敏

出版发行	四川文艺出版社（成都市锦江区三色路 238 号）
网　　址	www.scwys.com
电　　话	010-82068999（市场部）　028-86361781（编辑部）
印　　刷	河北鹏润印刷有限公司
成品尺寸	146mm×210mm　　　　开　本　32 开
印　　张	10　插页 4　　　　　　字　数　320 千
版　　次	2023 年 8 月第一版　　　印　次　2023 年 8 月第一次印刷
书　　号	ISBN 978-7-5411-6669-3
定　　价	49.80 元

版权所有·侵权必究。如有质量问题，请与本公司图书销售中心联系调换。电话：010-82069336